BASTEI LÜBBE

Von Francesca Santini sind als Bastei Lübbe Taschenbücher erhältlich:

14503 Zypressenmond
14588 Die florentinische Braut

FRANCESCA SANTINI

Der Himmel über Siena

ROMAN

BASTEI LÜBBE

BASTEI LÜBBE TASCHENBUCH
Band 14891

1. Auflage: April 2003

Vollständige Taschenbuchausgabe

Bastei Lübbe Taschenbücher ist ein Imprint der Verlagsgruppe Lübbe

Originalausgabe

Umschlaggestaltung: Wustmann & Ziegenfeuter, Dortmund
Satz: KCS GmbH, Buchholz/Hamburg
Druck und Verarbeitung: Ebner & Spiegel, Ulm
Printed in Germany
ISBN 3-404-14891-6

Sie finden uns im Internet unter
http://www.luebbe.de

Der Preis dieses Bandes versteht sich einschließlich
der gesetzlichen Mehrwertsteuer.

Für meine zauberhafte Tochter Elena

Dum loquimur, fugerit invida aetas: Carpe diem quam minimum credula postero.
Noch während wir sprechen, ist die missgünstige Zeit schon entflohn: Nutze diesen Tag und vertraue am allerwenigsten dem nächsten!

Horaz

Die Namen aller Personen des Romans und auch die beschriebenen toskanischen Güter sind frei erfunden. Eventuelle Ähnlichkeiten wären rein zufällig und sind nicht beabsichtigt.

PROLOG

Sie riss sich los und rannte die Treppe hinunter, immer zwei Stufen auf einmal nehmend. Eine Sekunde länger in diesem Haus, und sie würde ersticken. Ihr war immer noch schlecht, obwohl sie gerade erst ihren gesamten Mageninhalt von sich gegeben hatte. Der Ausdruck von Schuld in Fabios Gesicht war in ihrem Kopf, eingeätzt wie mit Säure, und sie wusste, dass dieses Bild sich niemals vertreiben lassen würde. In ihrer Eile, nach draußen zu kommen, achtete sie nicht darauf, ob er ihr gefolgt war. Erst als sie draußen in der Einfahrt in ihren Wagen stieg, merkte sie, dass er im Haus geblieben war. Mit zitternden Fingern kramte sie in ihrer Tasche nach dem Autoschlüssel, fand ihn jedoch nicht. Sie öffnete das Handschuhfach, tastete darin herum und bekam auf Anhieb den Reserveschlüssel zu fassen, den sie dort aufbewahrte. Die aufsteigenden Tränen trübten ihren Blick, sie konnte kaum etwas sehen, als sie ihn ins Zündschloss schob. Sie schluchzte rau und abgehackt, während sie heftig Gas gab und den Wagen auf die von Zypressen gesäumte Zufahrt lenkte. Nur um Haaresbreite entging sie dabei einer Kollision mit einem der Pflanzenkübel. Sie schrie auf und riss im letzten Sekundenbruchteil das Lenkrad herum. Gleich darauf gab sie einen zweiten, wesentlich lauteren Schrei von sich, denn im Rückspiegel sah sie, dass Paolo hinter ihr im Fond saß. Der Wagen machte einen unkontrollierten Satz und schoss die steile Zufahrt hinunter.

»Ich muss mit dir reden«, sagte Paolo. »Vorhin im Haus ging's ja nicht, also bin ich zu dir in den Wagen gestiegen. Du hast es gar nicht mitgekriegt, weil du so in Eile warst und so laut geweint hast. Er hat dich zum Weinen gebracht, der Mistkerl.«

Reflexartig trat Chiara auf die Bremse, um anzuhalten, doch der Wagen reagierte nicht. Chiara versuchte erneut zu bremsen, doch das Pedal bot keinen Widerstand, ihr Fuß pumpte ins Leere. Erschrocken keuchte sie auf und umklammerte das Steuer.

»Du musst dich vor ihm hüten. Er ist ein Lügner und Betrüger und geht über Leichen. Alfonso war nur der Anfang.« Paolo redete schnell, die Worte sprudelten förmlich aus ihm heraus. »Fabio konnte diese Heirat nicht zulassen, denn dann hätte Giovanna vielleicht die Auszahlung ihres Anteils am Gut verlangt, um mit Alfonso weggehen zu können. Das wäre Fabios Ruin gewesen. Und ebenso wenig kann er es zulassen, dass du mein Kind auf die Welt bringst. Es wäre der rechtmäßige Erbe. *Mein* Erbe. Verstehst du mich? Du bist in Gefahr!« Paolo beugte sich so weit vor, bis er ihr ins Gesicht schauen konnte. »Es gibt nur eine Möglichkeit. Wir gehen weg. Weit weg.« Paolo lächelte, herzzerreißend und flehend. »Ich freue mich auf das Kind, und ich werde mich anstrengen, ein guter Vater zu sein.« Er hielt inne, dann fuhr er leise fort: »Als ich im Krankenhaus aufwachte und zuerst nicht wusste, wer ich bin, da hatte ich dein Gesicht vor Augen. Das war außer den Schmerzen die einzige Realität, die ich hatte. Dein wunderschönes Gesicht. Dann habe ich mich nach und nach erinnert. An alles. Und an dich. Du bist meine Frau, und darüber bin ich froh. Habe ich dir heute schon gesagt, dass ich dich liebe?«

Er lächelte sie an, und für einen Moment stockte Chiaras Herzschlag, als sie ihn so neben sich sah. Dieses hinreißende Lächeln, dieser Blick. Sein makellos schönes Gesicht …

Mit einem Ruck wurde sie in die Wirklichkeit zurückgerissen. Verzweifelt versuchte sie, den Wagen zum Stehen zu bringen, doch auch diesmal funktionierte die Bremse nicht. Hastig zerrte sie an der Handbremse, ebenfalls ohne Erfolg. Der Wagen beschleunigte stetig bergab, und Chiara schrie auf, als Augenblicke später die erste Serpentine vor ihr auftauchte. Hart riss sie das Lenkrad herum und wurde von der Fliehkraft gegen die Tür gepresst, während der Wagen sich schlingernd und mit kreischenden Reifen in die Kurve legte.

Die nächste Biegung war nur noch fünfzig Meter entfernt. Dann dreißig, dann zehn. Und dann gab es keine Straße mehr, nur noch die blaue Weite des Himmels, der ihr entgegenflog. Chiara öffnete den Mund, um zu schreien, doch bevor sie einen Ton hervorbringen konnte, verschwand das Blau und wurde zu einem rasenden, wirbelnden, sich unaufhaltsam nähernden Grün. Einen Lidschlag später war auch das Grün weg, und es gab nichts mehr außer einer endlosen, alles verschlingenden Schwärze.

1. KAPITEL

»Ich sage dir, der Typ ist ein Knüller. Wenn du ihn siehst, weißt du, was ich meine. Er hat dieses spezielle Etwas, das es nur bei dem ganz alten Adel gibt.« Lucy setzte sich auf die Kante von Chiaras Schreibtisch und schlug die Beine übereinander. Ein schwärmerisches Leuchten lag in ihrem Blick, während sie Chiara die unbestreitbar adligen Wesenszüge des neuen Kunden schilderte.

»Er ist einer von der *wirklich* vornehmen Sorte. Ein Typ wie Cary Grant, weißt du.«

Chiara klickte ungerührt auf ihrer Computertastatur herum. »Ist der nicht schon tot? Oder zumindest weit über achtzig?«

Lucy schnalzte verärgert mit der Zunge. »Du weißt genau, was ich meine. Dieser Paolo Cortezzi sieht genauso aus wie Cary Grant in *Über den Dächern von Nizza*. Nur besser und jünger. Schade, dass du nicht da warst.«

Konzentriert zog Chiara mit der Maus eine verschlungene Kontur nach, die ihr Zeichenprogramm auf dem Monitor aufleuchten ließ. Sie arbeitete an einem Entwurf für ein neues Porzellandesign, ein spezielles Blattmuster, wie es Sandro Botticelli in seinen Gemälden verwendet hatte.

»Er wird wieder auf uns zukommen«, sagte Lucy.

»Woher willst du das wissen?«

»Weil er es gesagt hat«, meinte Lucy triumphierend. »Heute war ja erst die Vorbesprechung. Die Verträge müssen noch ausgearbeitet werden. Emilio hat gesagt, du wirst dich um die ersten Entwürfe kümmern.«

»Die ersten Entwürfe von was?« Chiara ersetzte mit einem weiteren Mausklick das dunkle Rot, das sie für die Blüte gewählt hatte, durch ein helleres.

»Für die Flasche und das Etikett.«

»Ah, ein Weinbauer«, murmelte Chiara.

Lucy war entrüstet. »Kein Bauer. Ein Graf. Und er macht nicht irgendeinen Wein, sondern einen ... Wie heißt diese Sorte, dieses Superdings ...«

»Ich glaube, Supertoscano.«

»Genau. Sein Wein ist enorm berühmt.« Lucy hielt inne, dann setzte sie hinzu: »Oder er wird es jedenfalls sein, wenn er erst in die von dir entworfene Flasche kommt. Ich habe es im *Gefühl*, dass du bei ihm den ganz großen Hit landest! Du wirst einen Designerpreis gewinnen, und Emilio wird dir eine höhere Beteiligung anbieten müssen!«

»Warum nicht«, sagte Chiara zerstreut. Sie testete verschiedene Grüntöne für die Blätter. Später würde sie sich ihren Block vornehmen und weitere Versuche machen. Die Arbeit am PC machte ihr Spaß, konnte aber bei der Erstellung eines Farbdekors die herkömmliche Methode mit Zeichenbrett und Stiften nicht völlig ersetzen. Erst recht galt das für den Entwurf spezieller Formen – in diesem Fall einer neuen Linie für ein Teeservice.

Lucy räumte den Platz auf Chiaras Schreibtischkante und streckte sich, bis ihre Knochen knackten. »Also, dieser Graf ...«, begann sie erneut. Sie kam nicht dazu, den Satz zu beenden.

Die Tür ging auf, und Emilio schob seinen kahl rasierten Schädel hinein. »Ich brauche dich mal eben, hast du Zeit?«

Und schon war er wieder verschwunden. Bei Emilio gab es keine gemächlichen Bewegungen.

»Himmel«, stöhnte Lucy. »Das hab ich ganz vergessen! Ich bin eine schlechte Assistentin!«

»Nein, du bist die beste«, widersprach Chiara. »Was hast du vergessen?«

»Während du in Rom warst ... Ach, du musst es selber sehen.«

»Ich ahne es schon.« Chiara schloss das Zeichenprogramm ihres Computers und stand auf, um Emilio in sein Büro zu folgen. Er stand mitten im Raum und blickte sie erwartungsvoll an. Dann deutete er mit dramatischer Gebärde um sich. »Wie findest du es?«

Chiara sah sich um und stöhnte unmerklich. Emilio war in mancher Beziehung ein Genie, vor allem geschäftlich machte ihm so leicht keiner etwas vor. Aber sein Drang, mindestens dreimal im Jahr sein Büro neu zu dekorieren, war schon beinahe krankhaft. Die ganze Belegschaft von Brunello & Scarlatti lachte hinter vorgehaltener Hand darüber.

»Es ist ... interessant«, sagte Chiara höflich.

»Es gefällt dir nicht!« Er ließ seinen stämmigen, zu kurz geratenen Körper auf den Drehstuhl hinter seinen Schreibtisch fallen und rieb mit beiden Händen über seinen blanken Schädel, was wegen seiner feuchten Hände ein leise quietschendes Geräusch erzeugte. Emilio litt unter einer seltenen Krankheit namens Hyperhidrose, die sich bei ihm in Form übermäßig schwitzender Handflächen äußerte. Sobald er in Stress geriet, wurden die Innenseiten seiner Hände klatschnass.

Wie von einem unsichtbaren Gummiband gezogen, sprang er von seinem Stuhl auf und begann zwischen Schreibtisch und Wand hin und her zu wandern.

»Was gefällt dir nicht daran?«, wollte er wissen.

»Ich habe nicht gesagt, dass es mir nicht gefällt«, widersprach Chiara. Sie war seit zwei Jahren Emilios Teilhaberin, aber an die nervösen Ausbrüche ihres Kompagnons hatte sie sich immer noch nicht recht gewöhnt.

»Ich hab's auch so bemerkt!« Emilio zerrte erregt an dem Kragen seines Button-down-Hemdes. Seine Wangen hatten einen gefährlich roten Farbton angenommen. »Dein Gesicht spricht Bände! Ich *wusste*, dass du es grässlich findest! Ich wusste es ganz einfach! Sogar schon, bevor du hier reingekommen bist!«

»Meine Güte.« Chiara wurde ungeduldig. Bei Emilio war sämtliche Diplomatie fehl am Platze. Wenn er es sich in den Kopf gesetzt hatte, beleidigt zu sein, dann war er nicht davon abzubringen. »Es ist dein Büro, nicht wahr? Du kannst es umdekorieren, wie du willst. Und wenn du es in Schottenkaros anmalen möchtest, dann kannst du das jederzeit tun.«

Emilio verzog schmerzlich das Gesicht. »Du hast ja Recht. Vor einer Woche dachte ich noch, es wäre eine wunderbare Idee. Es kam mir so ... natürlich vor! Beinahe folgerichtig!«

»Vor einer Woche warst du noch in Edinburgh.« Chiara lächelte ihn, wie sie hoffte, beschwichtigend an. »Da ist dieses Muster etwas völlig Natürliches. Die Schotten lieben es.« Sie unterließ es wohlweislich, Emilio darauf hinzuweisen, dass er selbst ein waschechter Italiener ohne jeglichen schottischen Einschlag war, doch Emilio war nicht schwer von Begriff.

Erbittert musterte er das prachtvolle Muster, schwarze Karos auf karminrotem und moosgrünem Grund. Unvermittelt holte er mit dem Fuß aus und gab der unschuldigen Wand einen wütenden Tritt. Er ärgerte sich weniger über die unnütze Geldausgabe als über seine missglückte Wahl des Anstrichs.

Chiara unterdrückte ein Lächeln. Zum Glück beschränkten sich Emilios gelegentliche Fehlgriffe auf die Innendekorationen seines Büros oder seiner Wohnung – hin und wieder auch auf die Auswahl seiner männlichen Begleiter. Wenn es allerdings darum ging, ergiebige Aufträge zahlungskräftiger Interessenten an Land zu ziehen, war sein Urteilsvermögen unerreicht.

»Wie war es übrigens in Edinburgh?«, erkundigte Chiara sich. Bei seinem Aufbruch in der vergangenen Woche war Emilio ziemlich aufgeregt gewesen. Seiner Reise waren wochenlange Verhandlungen per Fax, Mail und Telefon vorausgegangen. Das Unternehmen, das er besucht hatte, gehörte zu den bedeutendsten Haushaltswarenherstellern in Schottland und plante eine so genannte »italienische Produktlinie«. Es ging um nicht weniger als den Entwurf einer kompletten, besonders luxuriösen Aussteuerserie, vom Besteck über Gläser und Porzellan bis hin zum passenden Geschirrtuch.

»Wir haben den Auftrag, was sonst.« Emilio gab ein grunzendes Geräusch von sich, während er die beiden Plastikwannen aus der Schublade holte, mit deren Hilfe er seine schwitzenden Hände behandelte. Natürlich hätte er die Prozedur auch zu Hause durchführen können, doch nichts lag Emilio ferner als das. Es wäre ihm ein unvorstellbares Gräuel gewesen, wenn einer seiner jungen Begleiter von diesem – in Emilios Augen entsetzlichen – Gebrechen erfahren hätte. Zu seinem Leidwesen dauerte keine seiner Beziehungen lange genug, um den Grad an Vertrautheit zu erreichen, der hierfür nötig gewesen wäre.

»Italienisches Design ist überall gefragt«, fuhr Emilio fort, »und nichts spricht sich in unserer Branche so schnell herum wie gute Qualität. Sogar in diesem vermaledeiten, kalten, verregneten Schottland.«

Jetzt musste Chiara grinsen, sie konnte nicht anders. »Vielleicht haben sie die ewigen Karos über.«

Emilio kicherte, während er am Waschbecken in einer Ecke des Raums Wasser in die Wannen füllte. »Du bist ein blödes Weibsstück, Chiara di Scarlatti.«

»Danke gleichfalls.«

Diese Bemerkung entlockte Emilio ein wieherndes Gelächter. Um ein Haar ließ er die Wannen fallen. Immer noch glucksend, stellte er sie auf dem Schreibtisch zurecht und schloss sie ans Stromnetz an. Aufseufzend schob er seine Hände ins Wasser und lehnte sich in seinem Stuhl zurück. »Aah, wie ich das hasse. Warum hat mich der liebe Gott mit solchen Händen geschlagen? Was würden die Leute von mir denken, wenn sie mich so sehen könnten – die Hände in zwei Bottichen, die unter Strom stehen!« Unvermittelt blickte er auf. »Ich muss noch mit dir über diesen Grafen sprechen.«

»Lucy hat mir schon von ihm erzählt. Wie viel würde er uns einbringen?«

Emilio nannte ihr die Summe des Budgets, und Chiara pfiff durch die Zähne. »Ziemlich viel für eine einfache Flasche.«

»Auf die Flasche und die Etiketten entfällt nur ein Teil. Er möchte ein komplettes Konzept für eine neue Präsentation seines Gutes. Das Große und Ganze, verstehst du? Das Gesamtprodukt.« Emilio nahm die Hände aus den Wannen und fuchtelte herum, wobei er nach allen Seiten Wassertropfen versprühte. »Wein ist heutzutage nicht nur eine Flasche mit einer Flüssigkeit darin, sondern eine bestimmte Lebensart. Dazu gehört alles, was damit zusammenhängt. Die Rebe, auf der die Trauben wachsen. Die Kelter, bei der ihr Saft gewonnen wird …« Er holte Luft und setzte noch eins drauf, denn wenn sein Hang zur blumigen Übertreibung erst geweckt war, gab es meist kein Halten mehr. »Das Fass, in dem der Wein zur Göttlichkeit heranreift. Der Keller, in welchem er den Duft jahrhundertealter Mauern atmet …«

Chiara wich den Wassertropfen aus. »Was will er? Einen Prospekt? Eine Internetpräsenz? Solche Dinge sind nicht unser Metier. Wir sind für das Design von Haushalts- und ähnlichen Gebrauchsgegenständen zuständig. Der Rest ist Aufgabe einer Werbeagentur.«

Emilio wedelte ungeduldig mit den Händen. »Er will das, was er bei uns kriegen kann. Eine neue Flasche. Ein tolles Logo. Dafür bist du zuständig. Was er außerdem will: Er möchte, dass jemand von uns die Arbeit mit einer Werbeagentur koordiniert. Ein *joint venture* sozusagen.«

Chiara musterte ihn zweifelnd. »Seit wann machen wir so was?«

»Wir haben schon mit Werbeagenturen gearbeitet.«

»Die haben mit *uns* gearbeitet«, verbesserte Chiara.

»Was macht das für einen Unterschied?«

Chiara öffnete den Mund, um Emilio die himmelschreiende Diskrepanz auseinander zu setzen, doch ihr Teilhaber schnitt ihr einfach mit einem gewinnenden Lächeln das Wort ab. »Lass es erst mal auf dich zukommen und rede mit diesem Cortezzi.«

Ein vernünftiger Vorschlag, gegen den es im Grunde nichts einzuwenden gab.

»Und bedenke dabei«, setzte Emilio hinzu, »noch haben wir den Auftrag nicht. Wir möchten ihn gern haben. *Das* verstehe ich unter einem Unterschied.«

»Was wolltest du mir denn noch über den Typen sagen?«, fragte Chiara.

Emilio legte seine Hände mit einer bedächtigen Bewegung, die seinem sonst so quirligen Naturell zuwiderlief, zurück ins Wasser. Er schwieg eine Weile, dann meinte er zögernd: »Er ist … irgendwie eigenartig, und ich finde, du solltest das vorher wissen.«

»Was meinst du damit?«

Emilio ließ ein vages Brummen hören. »Keine Ahnung.« Er hielt inne. »Nein, das ist nicht wahr. Ich weiß nur nicht recht, wie ich es beschreiben soll.«

Chiara hob amüsiert die Brauen. »Wenn er irgendein abartiger Perversling ist – vergiss den Auftrag.«

Emilio schüttelte indigniert den Kopf. »Nicht doch, Chiara. Für wen hältst du mich?« Er schürzte die Lippen und suchte nach Worten. »Lass es mich so ausdrücken: Er ist charismatisch, das ja. Jeder Zoll ein echter Graf. Aber wenn du mich fragst – irgendwie habe ich den Eindruck, es stimmt was nicht mit dem Kerl.«

Chiara und Lucy wohnten mitten in Florenz, in der Via Faenza, unweit der Piazza di Santa Maria Novella. Die Wohnung befand sich im ersten Stock einer vierhundert Jahre alten Villa, die in den Achtzigerjahren das letzte Mal saniert worden war. Der damalige Eigentümer hatte ursprünglich selbst dort einziehen wollen und deshalb bei dem Ausbau an nichts gespart. Teurer Marmor zierte die Flure und den Treppenaufgang, und auch die Küchen und Bäder der einzelnen Wohnungen waren in kostspieligem Design ausgestattet. Elfenbeinfarbener Deckenstuck schmückte die hohen, luftigen Räume, und von den schmiedeeisernen Balkonen an der Rückseite des Gebäudes blickte man hinab in einen stillen, begrünten Innenhof.

Der Besitzer der Villa war gestorben, bevor der Umbau abgeschlossen war, worauf die Erben das Haus in drei Wohneinheiten aufgeteilt und vermietet hatten.

Chiara hatte sich auf Anhieb in die Wohnung verliebt. Bis zur Agentur in der Nähe der Piazza della Repubblica waren es nur wenige Minuten zu Fuß. Im Grunde war die Wohnung viel zu teuer, die Miete war höher als das Gehalt, das Chiara anfangs bei Emilio bekommen hatte. Es war also in mehr als nur einer Hinsicht ein glücklicher Zufall gewesen, dass Lucy zu jener Zeit ebenfalls eine Wohnung gesucht hatte. Das Arrangement mit Lucy hatte sich bewährt. Sie bildeten ein harmonisches Gespann, nicht nur im Beruf, sondern auch im täglichen Leben. Mit ihrem Überschwang glich Lucy den gelegentlichen Hang Chiaras zur Düsterkeit aus. Dafür besaß Chiara einen ausgeprägten Sinn fürs Praktische, wodurch wiederum Lucys Unfähigkeit, Ordnung zu halten, einigermaßen gezügelt wurde.

Chiara war außerdem der »Kopf« ihrer Wohngemeinschaft – so bezeichnete Lucy sie gern – und kümmerte sich um alle geschäftlichen Belange wie Überweisungen, Versicherungen oder Ärger mit der Hausverwaltung.

Davon gab es in der Woche nach Chiaras Rückkehr aus Rom wieder einmal reichlich. Die Hiobsbotschaft wurde vom Hausmeister überbracht, einem mageren Männlein mit backpflaumenartig verkniffenen Zügen und einer ungesunden gelblichen Gesichtsfarbe. Er hieß Massini und besaß die unangenehme Eigenschaft, sich mit absoluter Lautlosigkeit anzuschleichen, wenn er im Haus zu tun hatte. Signora Ettore, die alte Frau aus dem Parterre, hatte bereits mehrfach geklagt, garantiert bald einen Schlaganfall zu erleiden. Es könne nicht mehr lange dauern, bis dieser Mensch sie unter die Erde brachte. Aber demnächst werde sie dagegen Schritte einleiten – eine diffuse Drohung, von der sie bei jeder sich bietenden Gelegenheit gern Gebrauch machte.

Signor Massini ließ es sich nicht nehmen, die Mieter stets persönlich von zusätzlich anfallenden Kosten zu unterrichten. Einmal waren es unumgängliche Reparaturarbeiten am Dach, ein anderes Mal ging es um die defekte Heizungsanlage im Keller, ein drittes Mal musste die Hausklingel auf den neuesten Stand gebracht werden – alles Ausgaben, die prozentual auf die Mieter abgewälzt wurden. Laut Vertrag war dies möglich, ganz zu schweigen von den mit empörender Regelmäßigkeit wiederkehrenden Mieterhöhungen. Signor Massini legte bei jedem seiner Besuche großes Verständnis für die geschröpften Mieter an den Tag, doch Chiara und Lucy hatten ihn im Verdacht, dass er, während er eine Miene aufrichtigen Bedauerns zur Schau trug, sich in Wahrheit am Schock der Betroffenen weidete.

Lucy öffnete ihm die Tür und erkannte sein Anliegen sofort an seinem erbarmungswürdigen Gesichtsausdruck. »Chiara«, rief sie über die Schulter in den rückwärtigen Teil der Wohnung hinüber, »wir haben lieben Besuch!«

Chiara, die sich gerade in ihrem Zimmer umzog, hörte schon am Tonfall ihrer Freundin, was im Busch war. »Nicht schon wieder«, murmelte sie. Doch da es erfahrungsgemäß keinen Sinn hatte, dem Unumgänglichen auszuweichen, stieg sie seufzend in ihre Jogginghose, streifte ein ärmelloses Top über und ging dann barfuß in die Diele, wo Signor Massini sie schon mit demütig gesenktem Blick erwartete.

»Guten Abend, Signorina«, sagte er mit ausgesuchter Höflichkeit, wobei Chiara den Eindruck hatte, dass ein erwartungsvolles kleines Zittern in seiner Stimme mitschwang.

»Guten Abend«, erwiderte Chiara ebenso höflich. »Worum geht es diesmal?«

Lucy schwenkte voller Entrüstung einen Brief. »Du musst es mit eigenen Augen sehen, sonst glaubst du es nicht!«

Signor Massini rang mit allen Anzeichen von Verzweiflung die Hände. »Glauben Sie mir, Signorina, ich hasse es, das tun zu müssen! Doch ich habe keine andere Wahl!«

»Die hat man immer«, behauptete Lucy streitsüchtig. »Es hätte gereicht, wenn Sie uns den Brief einfach in den Briefkasten geworfen hätten. Aber dann könnten Sie ja was von unserem Schock verpassen, wie?« Ihr englischer Akzent machte sich stärker bemerkbar als sonst, wie immer, wenn sie wütend wurde.

»Aber Signorina«, gab Signor Massini winselnd zurück,

»wenn ich das tue, behaupten die Bewohner des Hauses hinterher, keine Nachricht erhalten zu haben! Und Sie wissen doch, es müssen Fristen eingehalten werden! Wie soll das gehen, wenn die Mieter sagen, sie hätten nichts bekommen?«

Tatsächlich war das schon passiert. Anfangs hatte die Hausverwaltung, in deren Auftrag Signor Massini seine Aufgaben wahrnahm, die Mieter schriftlich über alle Belange informiert, was indessen vor allem von Signora Ettore mit hartnäckiger Regelmäßigkeit ignoriert worden war, sodass fortan die Devise galt, dass alle Informationen von nun an persönlich überbracht werden mussten.

»Es kommt noch einmal mit der Post, als Einschreibebrief. Aber ich wollte es Ihnen schon vorab geben. Damit Sie Bescheid wissen.« Mit einem unterwürfigen Seitenblick auf Chiara, die immer noch nicht wusste, worum es ging, setzte er hinzu: »Es ist ... ähm ... sehr wichtig.«

Lucy reichte Chiara den Brief und wartete mit vor der Brust verschränkten Armen und ärgerlich hochgezogenen Brauen darauf, dass Chiara ihn las.

»Eine Kündigung«, sagte sie betroffen.

»Ganz recht!«, schrie Lucy erzürnt. »Wir müssen ausziehen!«

Signor Massini zuckte zusammen. Lucy konnte ziemlich laut schreien. In weinerlichem Tonfall gab er zu bedenken: »Ich weiß, es ist schlimm. Sehr schlimm. Aber für Signora Ettore ist es sehr viel unangenehmer. Bedenken Sie, die Ärmste ist schon über achtzig.«

Lucy richtete sich empört zu ihrer vollen Größe von reichlich eins siebzig auf, womit sie Signor Massini mindestens um Haupteslänge überragte. »Die alte Schachtel hat Geld wie Heu und könnte in einer Riesenvilla am Arno wohnen, wenn sie nicht so geizig wäre und solche Angst vor Einbrechern hätte!« Mit anklagend ausgestrecktem Finger stach sie in Richtung des sich windenden Hausmeisters. »Wie stellen Sie sich das vor? Wir haben wahnsinnig viel Geld in die Wohnung gesteckt! Wir haben eine Küche eingebaut! Und jede Menge für Tapeten und Farbe ausgegeben!« Sie hielt inne und wandte sich verblüfft zu Chiara um, die zurück in ihr Zimmer ging und dort ihre Turnschuhe anzog.

»Was hast du vor? Du willst doch nicht etwa jetzt Rad fahren?«

Anstelle einer Antwort zuckte Chiara mit den Achseln und zog ein Haarband aus der Tasche ihrer Biker-Shorts, um ihre Lockenmähne zu einem festen Zopf zu bändigen.

Lucy hob den Brief ein Stück an. »Du kannst jetzt unmöglich weg!«

»Wir reden nachher drüber. Es wird sich schon eine Lösung finden. Tut mir Leid, aber ich brauche frische Luft.«

»Ich fasse es nicht! *Frische Luft,* sagt sie! Wie kann es dir gefallen, in diesem Smog herumzufahren! Und was ist mit der Wohnung? Chiara!«

Chiara ignorierte sie. Mit einer gemurmelten Entschuldigung schob sie sich an Signor Massini vorbei, der bei Lucys letztem Ausruf zusammengezuckt war und der Engländerin nun aus den Augenwinkeln einen Blick zuwarf, als erwarte er einen tätlichen Angriff.

Chiara sprang die Treppe hinab, wobei sie immer zwei Stufen auf einmal nahm, während sie oben Lucy weiterhin lamentieren hörte. Natürlich war ihr selbst die Kündigung alles andere als gleichgültig. Die Wohnung war teuer, aber die Lage war einmalig und der Zuschnitt von seltener Schönheit und zeitloser Eleganz. Es würde alles andere als einfach sein, in der Innenstadt von Florenz eine vergleichbare Wohnung zu finden. Natürlich gab es sie, aber nur zu horrenden Mieten und astronomischen Ablösesummen.

Chiara holte ihr Fahrrad aus dem Keller, schwang sich in den Sattel und fuhr los. Ihre Route war fast immer dieselbe:

die Via Faenza entlang, bis sie zu ihrer Linken die Fassade von San Lorenzo aufragen sah. Der Außenbau war unvollendet und wirkte roh, fast primitiv. Im fünfzehnten Jahrhundert war den Stiftern das Geld ausgegangen, sodass Brunelleschis Arbeiten an der Basilika ins Stocken geraten waren. Allein die Medici hatten gewaltige Mittel zur Fertigstellung ihrer Familienkirche aufgewendet, doch für die Verkleidung der Fassade hatte es nicht mehr gereicht – nach Ansicht nicht weniger Kunstkenner ein wahrer Segen, wenn man bedachte, in welch monumentalistischem Größenwahn die Medici die *Capella dei Principi* hatten ausstatten lassen, ihr später errichtetes Familienmausoleum.

Während Chiara in gedrosseltem Tempo an der Kirche vorbeiradelte, entstanden vor ihrem inneren Auge Bilder von den im Inneren verborgenen Schätzen. Lippis *Verkündigung*, Donatellos Kanzeln, Brunelleschis *Sagrestia Vecchia* und natürlich die *Sagrestia Nuova* mit Michelangelo Buonarrotis meisterhaften Skulpturengruppen.

Nein, es kam nicht infrage, dass sie aus der Innenstadt fortzog. Es würde sich eine Lösung finden müssen. Notfalls musste sie mit Emilio in neue Verhandlungen um ihre Beteiligung eintreten. Er hatte gerade einen großen Auftrag an Land gezogen und würde daher vielleicht ein wenig mehr Entgegenkommen an den Tag legen als beim letzten Mal.

Chiara ließ San Lorenzo hinter sich und wandte sich nach rechts in die Via dei Martelli. Sie wich einer unübersichtlichen Horde angeregt schnatternder Japaner aus, die in Pulks in Richtung Baptisterium und Dom strebten. Wie immer waren die Sehenswürdigkeiten im Herzen der Stadt von Touristen umlagert. Chiara stieg vom Rad und verlegte sich für ein paar hundert Meter aufs Schieben. Florenz war keine Stadt zum Fahrradfahren, vor allem nicht die Altstadt, doch Chiara verteidigte ihr aus England importiertes Hobby mit einem an

Trotz grenzenden Eifer. Auf jeden Fall hielt sie es für weit ungefährlicher, als sich mit einer Vespa in den Straßenverkehr zu stürzen, so wie Lucy es tagein, tagaus tat.

Dichte Menschentrauben drängten sich vor den Toren des Baptisteriums, und ein ähnlicher Auftrieb herrschte rund um den Campanile und vor den Pforten von Santa Maria del Fiore. Der Dom war das Herzstück der Stadt; von der tief stehenden Sonne rötlich bestrahlt, wirkte er so gewaltig, dass er sich dem Auge des Betrachters zu entziehen und an seinen Rändern aufzulösen schien.

Ich muss mit Emilio über eine höhere Beteiligung reden, dachte Chiara in plötzlicher Entschiedenheit, während sie wieder aufs Rad stieg und auf ihrer gewohnten Route weiterfuhr.

Es war Emilio zu seinem großen Ärger noch nicht gelungen, den Grafen auf einen festen Auftrag festzunageln, was mit Sicherheit auch der Grund für seine Behauptung war, dass irgendwas nicht mit dem Kerl stimmte – wenn etwas bei Emilio nicht klappte, hatten meist andere Schuld.

Chiara hatte das nördliche Ufer des Arno erreicht. Inzwischen schwitzte sie heftig, nicht nur, weil die Hitze des Tages schwer wie eine Glocke über der Stadt hing, sondern weil sie während der letzten paar hundert Meter ihr Tempo gesteigert hatte. Am Rand der Uferstraße hielt sie an und schaute ins Wasser, das trübe unter ihren Füßen dahinströmte.

Wie er wohl aussah, der Graf? Chiara schloss die Augen und versuchte, ihn sich vorzustellen, doch alles, was sie sah, war der alternde Cary Grant, wie er mit der blutjungen, bildschönen Grace Kelly schäkerte.

Neben Chiara erscholl ein gellender Schrei, und erschrocken riss sie die Augen auf. In etwa zwanzig Metern Entfernung waren ein Mann und eine Frau in eine lautstarke Auseinandersetzung vertieft. Der Mann hatte den Kopf wie ein wütender Stier gesenkt und beantwortete die schrillen Vorwürfe der Frau mit Lauten, die wie das wütende Kläffen eines wilden Hundes klangen. Die beiden redeten – oder besser: brüllten – in einer Sprache, die Chiara nicht verstand, vermutlich irgendetwas Slawisches.

Chiara wischte sich mit dem nackten Unterarm den Schweiß von der Stirn und stieg erneut aufs Rad. Sie fragte sich, was Emilio damit gemeint hatte, als er sagte, der Graf sei charismatisch. Die Menschen hatten naturgemäß unterschiedliche Auffassungen von den Dingen, und was ein Paradiesvogel wie Emilio unter *charismatisch* verstand, wusste allein der Himmel. Es konnte gut sein, dass er dabei an jemanden wie Berlusconi dachte, aber ebenso gut an Siegfried und Roy, die er glühend bewunderte. Oder an Liberace oder Elton John …

Die Frau am Straßenrand keifte immer noch. In diesem Augenblick hob der wütende Mann die geballte Faust und schlug sie der Frau ins Gesicht. Chiara bremste bei dieser unerwarteten Zurschaustellung roher Gewalt scharf ab und blieb stehen, ebenso wie andere Passanten, die sich umwandten und das Paar schockiert und angewidert anstarrten. Die Frau war von dem Schlag zurückgetaumelt und hielt sich mit beiden Händen das Gesicht. Der Mann trat auf sie zu und knuffte sie mehrmals grob gegen die Schulter. Die Frau schluchzte laut auf. Der Mann spürte die Blicke der Umstehenden auf sich und schien ein Stück zu schrumpfen. Hastig packte er die nun leise wimmernde Frau beim Arm und zerrte sie davon, während er wütende Schimpfworte von sich gab.

Die Leute gingen weiter. Zögernd setzte Chiara ihr Rad wieder in Bewegung. Die Szene ging ihr nicht aus dem Kopf. Sie hatte noch nie vorher erlebt, wie jemand einen anderen Menschen, dazu noch eine Frau, auf derart brutale Weise schlug. Natürlich hatte sie es hunderte von Malen in Kino und

Fernsehen gesehen, aber dies hier war die Realität gewesen. Mit einem Mal spürte Chiara, wie ihr trotz der Hitze und des Schweißes, der ihr nach wie vor aus allen Poren quoll, ein kalter Schauer über den Rücken lief.

Zu ihrer Rechten erstreckten sich die prachtvollen Fassaden der Uferpaläste, und vor ihr erhob sich in strahlendem Sonnenlicht anmutig der Ponte Vecchio, doch Chiara erschien es, als hätte plötzlich alles um sie herum den Glanz verloren. Rasch und ohne sich umzublicken, setzte sie ihren Weg fort.

2. KAPITEL

Warum konntest du es nicht so einrichten, dass er noch einmal in die Agentur kommt?«, wollte Lucy wissen.

»Weil der Graf ausdrücklich darum gebeten hat, dass ich nach Siena komme. Er hat es so mit Emilio ausgemacht.«

»Du könntest eine Ausrede erfinden.«

»Wozu denn, um Himmels willen?«

Lucy, die an der Tür zu Chiaras Zimmer lehnte und ihrer Freundin beim Ankleiden zuschaute, antwortete mit gekränkten Blicken. Offenbar war für sie die Nachricht, dass die nächste Besprechung mit dem Grafen nicht in Florenz stattfinden sollte, fast ein ebensolcher Schlag gewesen wie die Wohnungskündigung vorletzte Woche. »Eventuell könnte ich mitkommen«, schlug sie unverdrossen vor.

»Ich glaube nicht, dass das eine gute Idee ist. Vielleicht beim nächsten oder übernächsten Mal.«

»Ich hatte mich so drauf gefreut, ihn wiederzusehen«, klagte Lucy.

»Lieber Himmel, du hast den Typ doch erst ein einziges Mal gesehen!«

»Wenn du ihm erst begegnet bist, weißt du, was ich meine.« Lucy beugte sich vor und nahm Chiara den Schuh aus der Hand, den sie gerade anziehen wollte. »Diese Dinger kannst du nicht tragen. Damit sehen deine Füße aus wie U-Boote, nimm's mir nicht übel.«

Chiara bedachte die pfirsichfarbenen Slingpumps mit grollenden Blicken. »Ich habe sie gekauft, weil *du* sie toll fandest und gemeint hast, dass sie hervorragend zu meinem neuen Kleid passen! Sie haben fast hundertfünfzig gekostet!«

»Ich fand sie an *meinen* Füßen toll«, korrigierte Lucy gereizt. »Und die sind nun mal zwei Nummern kleiner als deine.«

Chiara versagte sich eine Antwort. Es war nicht zu übersehen, dass Lucy heute in denkbar schlechter Stimmung war. Dafür gab es mehrere Gründe, von denen einer die von Signor Massini überbrachte Kündigung von der Hausverwaltung war und der andere Chiaras Absicht, den bestaussehenden Grafen Italiens allein treffen zu wollen. Den dritten und eigentlichen Grund konnte Chiara nur vermuten, wobei sie ahnte, dass es eine Männergeschichte war. Schon in der letzten Woche hatte Lucy in sich gekehrt gewirkt und auf beiläufige Fragen, ob alles in Ordnung sei, ungewohnt einsilbig reagiert.

Chiara holte ein anderes Paar Schuhe aus dem Schrank, schlichte weiße Lackslipper, die ihre Füße zwar auch nicht sonderlich klein aussehen ließen, aber immerhin einigermaßen zu dem Kleid passten, das sie heute tragen wollte. Sie streifte es über und drehte sich vor dem Spiegel. »Meinst du, das geht so?«

Lucy stieß sich von der Wand ab und stellte sich neben sie, um unverwechselbar zu ihr aufzublicken. Sie reichte Chiara kaum bis zum Kinn. »Du bist ein Riesenweib, ungefähr zwanzig Zentimeter zu groß, aber sonst ganz okay.«

Chiara lachte, und zu ihrer Erleichterung stimmte Lucy mit ein. Vielleicht waren die Sorgen, die sie plagten, doch nicht so schlimm.

»Ich hab mir übrigens heute Morgen eine Wohnung angesehen«, begann Chiara.

»Übrigens, der Graf ist ungefähr genauso groß wie du«,

meinte Lucy, die anscheinend nicht gewillt war, auf das von Chiara angeschnittene Thema einzugehen. »Obwohl es ihm mit Sicherheit nichts ausmachen würde, kleiner zu sein als eine Frau. Er ist nicht der Typ, der sich unterlegen fühlt, weißt du.«

»Dann bin ich ja beruhigt«, entgegnete Chiara trocken, doch Lucy hatte sich bereits abgewandt und war aus dem Zimmer gegangen.

Chiara furchte besorgt die Stirn. Sie hatte das Gefühl, sich mehr um Lucy kümmern zu müssen. Wenn sie nur nicht wegen des bevorstehenden Termins so unter Zeitdruck gewesen wäre! Sie hatte schon vor einer Stunde losfahren wollen, aber dann hatte ein ziemlich wichtiger Kunde angerufen und sie mit einer Vielzahl von Änderungswünschen zu einem ihrer Entwürfe überschüttet, sodass sie länger als geplant in der Agentur geblieben war.

Rasch fuhr sie mit der Bürste durch die widerspenstige Masse ihrer Haare, und wie immer kam es ihr vor, als ob die ganze Prozedur des Kämmens nur dazu führte, dass sie hinterher schlimmer aussah als vorher. Sie hatte schon versucht, ihr Haar kurz zu tragen, doch bei einer Länge von weniger als zehn Zentimetern neigte es dazu, wie bei einem Borstenschwein in unzähligen Stacheln von ihrem Kopf abzustehen, also trug sie es schulterlang und kam sich vor wie ein Pferd mit einer störrischen Mähne.

Andere hatten Chiaras Äußeres weit weniger freundlich beschrieben. In dem Internat, das sie von ihrem neunten bis siebzehnten Lebensjahr in England besucht hatte, gab es einen Jungen, der sie monatelang mit seinen Beleidigungen verfolgt hatte, bis einer der Lehrer es mitbekam und sofort die nötigen Schritte einleitete. Es gab einen schriftlichen Tadel mit der Androhung eines Schulverweises. Danach hatte der Junge Chiara in Ruhe gelassen, doch seine hasserfüllten Blicke waren ihr überallhin gefolgt. *Seinen* Namen hatte Chiara nicht vergessen. Er hieß Frederic. Und auch die Worte hatte Chiara noch im Ohr, böse und tückisch und ätzend wie Schwefelsäure. *Pakischwein. Niggerhure. Japsenbiest. Itakerschlampe.* Frederic wollte sich nicht festlegen. In seinen Augen hatte sie von allem etwas. Eine afroasiatisch-europäische Promenadenmischung mit hellbraunem Kräuselhaar und dunkelblauen Schlitzaugen. Seufzend wandte Chiara den Blick von ihrem Spiegelbild ab und betrachtete stattdessen die gerahmten Familienbilder an der Wand.

Viele waren es nicht. Da gab es einen fünfzehn Jahre alten Schnappschuss ihres Vaters, hoch gewachsen und blond und strahlend in die Kamera lächelnd. Dann eine erst kürzlich entstandene Aufnahme ihrer Großmutter Sophia, die fast so groß war wie Chiara selbst und noch im Alter von fast achtzig Jahren eine bemerkenswerte, fast madonnenhafte Schönheit ausstrahlte. Sie lebte auf einem Gut in der Nähe von Montepulciano. Neben dem Foto von Sophia hing ein Bild von Luisa und ihrem Mann Marco. Chiara betrachtete es voller Zärtlichkeit. Ihre Tante – eigentlich die jüngere Schwester ihrer Großmutter und damit Chiaras Großtante – war die einzige Frau in ihrem Leben gewesen, zu der Chiara jemals so etwas wie Nähe hatte aufbauen können.

Die drei Menschen auf den Bildern waren Chiaras ganze Familie. Ein Foto ihrer Mutter gab es nicht. Möglicherweise hatte der Marchese welche aufbewahrt, doch Chiara hatte nie danach gefragt und würde es vermutlich auch künftig nicht tun.

Unter hochgezogenen Brauen bedachte Chiara ihr Spiegelbild mit einem letzten Blick, dann schnappte sie sich Autoschlüssel und Aktenkoffer und ging in die Diele.

»Ich bin dann weg«, rief sie durch Lucys geschlossene Zimmertür. Drinnen blieb es still.

»Lucy?« Chiara klopfte sacht an die Tür. »Alles in Ordnung bei dir?«

»Ja«, kam die mürrische Erwiderung.

»Heute Abend reden wir, in Ordnung?«

»Worüber denn?«, kam es patzig zurück.

»Über das, was los ist. Ich *weiß*, dass was mit dir nicht stimmt.«

Lucy hüllte sich in Schweigen. Chiara hatte keine Zeit, eine Diskussion vom Zaun zu brechen. Eilig verließ sie die Wohnung und stöhnte, als sie Signora Ettore sah, die sich mit Unheil verkündender Miene in der Toreinfahrt aufgebaut hatte, genau vor Chiaras Wagen. Ihr Gehstock klopfte rhythmisch auf das Pflaster, und ihr Blick verhieß nichts Gutes.

»Die Mieter dürfen nicht in der Einfahrt parken«, hob sie an.

»Ich weiß«, versicherte Chiara eilig. »Aber es ist ein Notfall.«

»Das sagen Sie jedes Mal!«

»Und Sie erklären mir jedes Mal, dass es verboten ist«, versetzte Chiara verärgert.

Die alte Frau zitterte vor Empörung. »Ich werde Schritte einleiten, verlassen Sie sich darauf, Sie ...«

Wortlos warf Chiara Handtasche und Koffer auf den Rücksitz des Fiat, dann stieg sie ein und ließ den Motor an. Signora Ettore machte keine Anstalten, ihren Platz mitten in der Zufahrt aufzugeben. Erst als der Fiat mit brummendem Auspuff näher rückte – langsam, sehr langsam, Chiara hatte den Gashebel exakt unter Kontrolle –, bequemte die Alte sich zur Seite. Es gab nur wenige Menschen, die Chiara nicht ausstehen konnten, doch Signora Ettore war einer davon. Ihr Mann, der vor zehn Jahren gestorben war, hatte im Krieg zu den Schwarzhemden gehört. Signora Ettore machte kein Hehl daraus, im Gegenteil. Die ganze Nachbarschaft wusste, dass er vor einem halben Jahrhundert mit vorgehaltenem Sturmgewehr florentinische Juden zur Deportation auf Lastwagen getrieben hatte wie Vieh. Einer, der auf diese Weise die Stadt verlassen hatte, war Emilios Vater. Seine Mutter hatte sich damals mit dem neugeborenen Baby – wie viele andere ihrer Glaubensgenossen – im Labyrinth der Gänge zwischen der inneren und äußeren Kuppelschale von Santa Maria Fiore versteckt und so den Massenmord der Nazis überlebt.

Vor dem Krieg hatte Signor Ettore in einer Knopffabrik gearbeitet, und danach hatten er und seine Frau in Wohlstand geschwelgt, von dem niemand genau wusste, woher er stammte. Doch entsprechende Vermutungen kursierten immer noch unter den Bewohnern des Viertels, sogar heute noch, nach fast sechzig Jahren. Während des Bündnisses zwischen Deutschland und Italien war allein in Florenz tonnenweise Gold konfisziert worden, das den deportierten Juden gehörte hatte. Anscheinend war es für einige Schwarzhemden, die sich wie Signor Ettore in den richtigen Stellungen befanden, nicht weiter schwierig gewesen, davon etwas für sich abzuzweigen.

Das war indessen nicht der Grund für Chiaras Abneigung gegen Signora Ettore, sondern der kalte, reptilienhafte Blick, mit dem die Alte Chiara bei jeder sich bietenden Gelegenheit stumm mitteilte, was mit ihr geschehen wäre, wenn sie damals schon gelebt hätte.

Der Verkehr war wie immer mörderisch. Später am Nachmittag würde es erst recht hektisch zugehen, und sämtliche Ausfallstraßen würden rettungslos verstopft sein. Schon jetzt, um kurz vor eins, schoben sich dichte, hupende Blechschlangen durch die Hauptstraßen. Chiara konnte von Glück sagen, wenn sie ihre Verabredung mit dem Grafen um vierzehn Uhr einhalten konnte. Vermutlich würde sie Siena rechtzeitig erreichen, doch wenn die Parkplatzsituation in der Stadt nur halb so miserabel war wie bei ihrem letzten Besuch dort, konnte es knapp werden.

Chiara fragte sich vage, warum der Graf sie nicht auf sein Familiengut bestellt hatte. Für eine erste Arbeitsbesprechung wäre das sicher vorteilhafter gewesen als ein Treffen in einem Restaurant in Siena. Wollte er zunächst eine gewisse Distanz wahren? Wie ernst war es ihm überhaupt mit dem Auftrag?

Das Restaurant, in dem sie verabredet waren, befand sich in der Via della Galluzza unweit des Campo. Es dauerte einen Moment, bis Chiaras Augen sich den gedämpften Lichtverhältnissen des Kellergewölbes angepasst hatten. Suchend ließ sie ihre Blicke schweifen, und dann, im nächsten Moment, wusste sie, wer er war. Obwohl sämtliche Tische besetzt waren, war er nicht zu übersehen. Nicht nur, weil er aufgestanden war, als Chiara das Lokal betreten hatte, sondern weil er der einzige Mann war, auf den Lucys Beschreibung einigermaßen zutraf.

Bei seinem Anblick spürte Chiara, wie ein breites, albernes Grinsen sich auf ihrem Gesicht ausbreitete, und sie dachte: Lieber Himmel, was muss er von mir denken!

Und dann, mit einer Verzögerung von einigen Sekundenbruchteilen, dachte sie: Gott, sieht der Kerl gut aus!

Das war noch untertrieben. Selbst zu seinen besten Zeiten hatte Cary Grant nicht so gut ausgesehen. Nicht einmal halb so gut. Lucy hatte völlig Recht gehabt. *Warte, bis du ihn siehst ...*

Er war hoch gewachsen, irgendwo zwischen eins achtzig und eins fünfundachtzig, womit er in etwa so groß war wie sie selbst. Er überbrückte die wenigen Schritte, die sie voneinander trennten, und kam mit raschen, eleganten Bewegungen auf sie zu.

»Signorina Scarlatti.«

Es war eine Feststellung, keine Frage. Chiara spürte unwillkürlich, wie ein winziger Schauer sie überlief. Von der Stimme hatte Lucy nichts erwähnt. Sie klang wie warmer, leicht angerauter Samt. Mit einem Blick registrierte sie sein Äußeres. Schneeweißes Hemd mit offenem Kragen. Gut – nein, *sehr* gut! – sitzende Designerjeans, keine Socken, Lederslipper von Gucci.

Lieber Himmel, dachte sie beunruhigt, ich bin völlig overdressed! Ich hätte nie und nimmer dieses blöde Seidenkleid anziehen dürfen!

Falls er derselben Meinung war, ließ er sich jedenfalls nichts davon anmerken. Er umfasste ihre Erscheinung mit bewundernden Blicken und streckte ihr die Hand hin.

»Gestatten Sie. Paolo Cortezzi di Velaghese.«

Chiara ergriff die dargebotene Hand und genoss den festen Druck seiner Finger.

»Guten Tag. Tut mir Leid, dass ich zu spät komme.«

»Sie scherzen. Es sind nicht mal zwanzig Minuten.« Er nahm ihren Arm, ging mit ihr die paar Schritte zu dem Tisch, den er reserviert hatte, und wartete, bis sie Platz genommen hatte, bevor er sich ihr gegenübersetzte.

»Haben Sie einen anständigen Parkplatz bekommen?«

»Ja, in der Nähe des Doms.« Sie verschwieg, dass sie länger als eine halbe Stunde um die Stadt herumgekurvt war, bis sie endlich eine Parklücke entdeckt hatte. Und das auch nur, weil jemand weggefahren war, als sie gerade vorbeikurvte.

»Ja, seitdem wir das Parkleitsystem haben, ist das Chaos nicht mehr ganz so groß. Natürlich gibt es immer noch viel zu wenige Parkplätze. Die meisten Besucher parken außerhalb auf den Großparkplätzen und kommen mit dem Bus herein. Waren Sie schon oft in Siena?«

»Erst ein einziges Mal. Ich bin in England aufgewachsen und erst vor ein paar Jahren nach Italien gekommen. Als Kind war ich hin und wieder zu Besuch in der Toskana und einmal auch in Siena. Ich war damals ungefähr sieben oder acht Jahre alt und habe mit meinem Vater einen Palio besucht. An viel kann ich mich nicht erinnern. An eine Menge brüllender Leute. An eine Horde wild herumlaufender Pferde und viele bunte Fahnen. Und an einen göttlich schmeckenden Kuchen, den wir hier irgendwo in einem Café gegessen haben.«

Der Kellner kam und brachte die Karten, was Chiara Gelegenheit verschaffte, ihr Gegenüber unauffällig zu betrachten. Sein gebräuntes Gesicht mit einer klassisch römischen Nase, dichten Brauen und einem markanten Kinn war schmal geschnitten. Am auffälligsten waren die Augen, sie waren von einem klaren, bezwingenden Bernsteingold.

»Ich hoffe, Sie haben richtigen Hunger. Das Essen ist sehr gut hier, und der Koch mag es nicht, wenn man nur darin herumstochert.«

»Keine Sorge, Conte. Im Moment bin ich so hungrig, dass ich einen ganzen Ochsen essen könnte.«

Er grinste entwaffnend. »Das hatte ich befürchtet.«

Chiara blinzelte überrascht. »Was denn?«

»Dass Sie mich so nennen. Dann muss ich Marchesa zu Ihnen sagen, nicht wahr?«

Offenbar hatte er von Emilio bereits einiges über sie gehört.

»Du liebe Zeit«, wehrte sie ab, »mein Vater ist Marchese. Es gibt keine Marchesa, er ist unverheiratet, und Söhne sind keine da.« Sie lächelte spitzbübisch. »Wir sind ein aussterbendes Geschlecht.«

Der Graf zog die Brauen hoch. »Ich höre wohl nicht recht. Sie sind blutjung und werden eines Tages einen ganz Stall voll Kinder haben!«

»Dazu müsste ich erst mal einen Mann haben, der es mit mir aushält«, entfuhr es ihr. Anschließend biss sie sich verlegen auf die Lippe.

Doch der Graf warf lediglich den Kopf zurück und lachte herzlich. Dann sah er sie mit funkelnden Augen an. »Da Sie schön wie eine Göttin sind und das sicher sehr genau wissen, muss ich annehmen, dass Sie von Ihrem Charakter reden.«

»Das ist ein Aspekt, über den sich streiten lässt.«

»Welche schrecklichen Eigenschaften haben Sie denn, dass die Männer vor Ihnen die Flucht ergreifen?« Er hob die Brauen. »Lassen Sie mich raten: Sie können nicht kochen.«

Chiara kicherte unwillkürlich, während sie feststellte, dass sie sich in seiner Gegenwart herrlich unbeschwert und locker fühlte. Der Graf sah nicht nur besser aus als jeder andere Mann, den sie bisher kennen gelernt hatte, sondern war mit Sicherheit auch einer der nettesten.

»Ich hatte eigentlich mein Aussehen gemeint.«

»Und ich hatte eigentlich gedacht, dass Sie es nicht nötig haben, Komplimente zu fischen.«

Sie fühlte, wie sie errötete, doch mit seiner nächsten Bemerkung nahm er ihr sofort die aufkommende Befangenheit. »Es liegt an Ihrer Größe, nicht wahr?«

Überrascht blickte sie ihn an, dann nickte sie zögernd. »Auch. Aber nicht nur. Bis vor ein paar Jahren hielt ich mich für ziemlich hässlich.«

Zu groß, zu plump, zu kraushaarig, zu dunkelhäutig, zu schlitzäugig. Eine Missgeburt.

»Nun, ich schätze, ungefähr neunundneunzig Prozent aller Frauen würden ihren ganzen Besitz hergeben, um Ihre Augen und Ihre Haut zu haben.« Er sagte es sachlich, ohne jeden schmeichelnden Beiklang. »Da ich Ihren Vater kenne, nehme ich an, dass diese interessante exotische Mischung von Ihrer Mutter stammt – ein Grund, ihr sehr dankbar zu sein.«

Dankbarkeit war das Letzte, was Chiara für ihre Mutter empfand, doch das konnte sie ihm natürlich nicht sagen.

»Sie kennen meinen Vater?«, fragte sie neugierig.

Er zuckte die Achseln. »Kennen ist übertrieben, außerdem ist es sicher schon fünfzehn Jahre her, dass ich ihn getroffen habe. Ich bin ihm einmal bei einer dieser steifen Adelsfeierlichkeiten in Florenz begegnet, bei der Hochzeit eines entfernten Cousins von mir. An sein Aussehen kann ich mich allerdings noch gut erinnern, weil das für einen toskanischen Marchese wirklich ungewöhnlich war. Ungefähr die Hälfte aller anwesenden Frauen waren in ihn verliebt. Die andere Hälfte war über sechzig, aber auch sie konnten ihre Augen nicht von ihm lassen. Er war damals ein echter Partyknüller. Fast einsneunzig groß und strohblond wie ein Wikinger.«

Chiara lachte. »Ja, mit seinem Äußeren kommt er ganz nach meinem Großvater.«

»Ein Deutscher, nicht wahr?«

Chiara fragte sich unwillkürlich, wie viel er bereits über sie wusste. Anscheinend war Emilio wieder einmal einem Anfall von Redseligkeit erlegen.

»Ganz recht«, sagte sie. »Er hieß Richard Kroner und war Oberleutnant bei der Wehrmacht. Meine Großmutter und er haben sich mitten im Krieg hier in der Gegend kennen gelernt. Er war ein feiner Mensch, ich hatte ihn sehr gern. Meine Großmutter lebt noch. Sie hat in der Nähe von Montepulciano ein Gut.«

»Davon habe ich gehört. Und Ihr Vater? Er lebt in London, nicht wahr?«

»Ja, er ist schon als junger Mann ausgewandert.«

»Dann sind Sie auch dort aufgewachsen?«

Chiara nickte. »Ich bin vor sechs Jahren nach Florenz gekommen. Ursprünglich wollte ich nur zwei Semester Kunstgeschichte studieren, aber dann bin ich hier hängen geblieben.«

»Vermissen sie Ihren Vater nicht?«

»Ich sehe ihn ziemlich oft. Papa verbringt jeden Sommer mehrere Wochen auf La Befana – so heißt das Familiengut –, und seit ich in Italien bin, kommt er auch im Winter regelmäßig hierher.« Sie lächelte. »Meine Großmutter gibt die Hoffnung nicht auf.«

Als der Graf sie fragend anblickte, erklärte Chiara: »Sie hätte es gern gesehen, wenn er das Gut übernommen hätte. Doch er hatte nie Ambitionen zum Grundbesitzer.«

»Vielleicht hätte er es einmal ausprobieren sollen. Dann wüsste er, was ihm heute entgeht. Eigenes Land zu besitzen und es zu bebauen – ich könnte mir nichts anderes vorstellen.«

Chiara fand, das sei ein geeigneter Augenblick, zum Geschäftlichen überzuleiten. Sie räusperte sich. »Ich weiß kaum etwas über Ihr Gut.«

Er musterte sie mit leiser, aber unverkennbarer Belustigung. »Sie sind sehr eifrig, nicht wahr? Ihr Kompagnon hat mich bereits ausgiebig informiert, wie tüchtig Sie sind. Ich wette, in diesem kleinen Köfferchen haben Sie so eine Art tragbares Büro, oder? Mit einem Laptop und einem Handy und allem, was sonst noch dazugehört.«

»Ich dachte, das hier wird ein Arbeitsessen«, meinte Chiara ein wenig steif.

»Es wäre eine Sünde, bei diesem Essen zu arbeiten.« Er sagte es mit solch würdevoller Überzeugung, dass Chiara lachen musste. »Ich gebe zu, dass ich schlecht tippen kann, während ich esse«, räumte sie ein.

»Dann sind wir uns einig. Zum Arbeiten ist später noch Zeit.«

Chiara wollte die Speisekarte aufklappen, doch der Graf streckte die Hand aus und hinderte sie daran.

»Haben Sie Mut?«

Leicht überrumpelt blickte Chiara auf seine Hand, die halb

auf der Speisekarte, halb auf ihrer Hand lag. »Kommt darauf an, wozu.«

»Folgen Sie bei der Auswahl des Menüs meiner Empfehlung?«

»Da Sie den Koch zu kennen scheinen, nehme ich die Herausforderung an.« Chiara lächelte ihn an. »Solange Sie nicht erwarten, dass ich Wein zum Essen trinke. Ich muss ja noch fahren.«

»Ein Jammer, aber das holen wir beim nächsten Mal nach.«

Er hatte seine Hand noch nicht weggenommen, und abermals spürte Chiara dieses kleine, angenehme Erschauern. Seine Finger waren lang und schlank, die Nägel gepflegt und kurz geschnitten. Er trug einen goldenen Siegelring mit einer komplizierten Verzierung, offenbar das Wappen seiner Familie. Chiara beschloss, ihn später danach zu fragen, sobald er so weit war, sich übers Geschäft zu unterhalten. Für den Moment hatte sie nichts dagegen, rein privat mit ihm hier zu sitzen. Sie hatte sich schon lange nicht mehr so angenehm unterhalten gefühlt – und dabei konnte das Gespräch bisher kaum als sonderlich tief schürfend bezeichnet werden.

Das Essen war ausgezeichnet. Nach getrüffelten Spaghettini gab es als Hauptgang *Scaloppine alla Grotta*, mit Käse und Spinat überbackene Schnitzel.

»Gut?«, fragte der Graf.

Chiara nickte mit vollem Mund und verdrehte schwärmerisch die Augen, was dem Grafen abermals ein Lachen entlockte.

»Ich schlage vor, dass wir den Nachtisch woanders bestellen. Haben Sie Lust, mit mir auf dem Campo einen Espresso zu trinken?«

Sie hatte keine Einwände, im Gegenteil. Widerspruchslos ließ sie es zu, dass er nach dem Essen die Rechnung übernahm. Er hatte etwas an sich, dass sie sich zart, verwöhnungsbedürftig und beschützt vorkam. Sie fühlte, wie eine wohltuende Mattigkeit von ihr Besitz ergriff, als er draußen vor dem Lokal ihren Arm nahm.

»Es gefällt mir, dass Sie so groß sind«, murmelte er, so leise, als sei es eher für seine eigenen Ohren bestimmt als für die ihren. Doch sie verstand jedes Wort mit einer seltenen Klarheit, als seien ihre sämtlichen Sinne geschärft und auf ihn eingestimmt.

Sie zog ihre Sonnenbrille aus der Handtasche und setzte sie auf, obwohl die schmale Gasse völlig im Schatten der hohen, mittelalterlichen Häuserzeilen lag. Die verspiegelten Brillengläser verschafften ihr die Möglichkeit, ihn unauffällig ansehen zu können. Aus der Nähe betrachtet, zeigte sein Profil keinen Makel. Er war schön wie ein junger römischer Gott. Wie alt er wohl sein mochte? Dreißig, einunddreißig? Ob er ihr später anbieten würde, mit ihm hinaus zu seinem Gut zu fahren? Es war nicht allzu weit von der Stadt entfernt, vielleicht eine Viertelstunde mit dem Wagen. Natürlich hatte sie im Laufe der letzten Woche versucht, per Internet mehr über den Grafen herauszufinden, doch die verfügbaren Informationen, die in erster Linie aus Weinführern und Touristenseiten stammten, waren eher allgemein gehalten und damit enttäuschend spärlich gewesen.

Velaghese. Weingut im Chianti classico nördlich von Siena, ca. 60 Hektar groß, davon 30 unter Reben. Altes Familienunternehmen, erst kürzlich modernisiert. Conte Paolo Michele Cortezzi di Velaghese und sein Bruder Fabio erzeugen dort Weine verschiedener Preisklassen. Beeindruckender Riserva, ausgezeichneter Sangiovese. Absolut bestechender Supertoscano.

Chiara hatte keine rechte Vorstellung davon, was einen Supertoscano von einem einfachen Chianti unterschied. Natürlich hatte sie vor diesem Treffen etwas über die offiziellen

Einteilungen gelesen, sie wusste, was die Bezeichnungen DOC und DOCG bedeuteten. Sie hatte sich über Produktionsmengen und Anbaugebiete informiert, über gute und schlechte Jahrgänge, über Ernte-, Kelter- und Lagermethoden. Doch sie hatte ernsthafte Zweifel, ob es ihr je gelingen würde, einen guten Wein von einem hervorragenden zu unterscheiden. Das lag natürlich hauptsächlich daran, dass sie keine Weintrinkerin war. Sie gab nicht viel auf Alkohol. Ab und zu teilten sie und Lucy sich abends beim Fernsehen eine Flasche Prosecco, wobei Lucy den Löwenanteil der Flasche verkonsumierte. Und damit hatte es sich auch schon.

»Im Internet habe ich gelesen, dass Sie einen Bruder haben«, sagte Chiara, um das Gespräch wieder in Gang zu bringen.

»Das ist richtig. Ich mag ihn gern, aber er ist doch eher ein langweiliger Mensch, also lassen Sie uns über etwas anderes reden.« Der Graf blieb stehen, ohne Chiara loszulassen. Mit der freien Hand machte er eine ausholende Geste. »Darüber zum Beispiel. Schauen Sie.«

Chiara fragte sich unwillkürlich, ob er ihren Arm absichtlich näher zog, sodass sie nicht anders konnte, als sich gegen ihn zu lehnen. Nicht, dass sie etwas dagegen gehabt hätte. Sie spürte die Wärme seines Oberkörpers, roch seinen Duft, eine Mischung aus Leder, Zitrone und Zedernholz. Dann folgte sie seiner Blickrichtung und gab beim Anblick des weiten Platzes, der sich vor ihnen erstreckte, einen leisen Laut der Überraschung von sich.

»Damals war er nicht so groß«, platzte sie heraus.

Der Graf lachte. »Das lag wahrscheinlich daran, dass ein paar tausend Menschen ihn belagert haben. Wenn der Palio stattfindet, ist hier jeder Zentimeter besetzt.«

Der Campo breitete sich muschelförmig zu ihren Füßen aus. Zur breiten Seite hin abfallend, lag er inmitten einer malerischen Kulisse von mittelalterlichen Palästen, in denen sich Restaurants und Cafés befanden. Zu einem davon gingen sie nun und setzten sich in den Schatten unter den Markisen, die vor dem Haus aufgespannt waren. Der Graf bestellte beim Ober Espresso und *panforte*, einen sienesischen Kuchen mit kandierten Früchten und Mandeln.

Chiara probierte davon und stöhnte unwillkürlich vor Behagen.

»Das ist der Kuchen, den ich meinte!«, rief sie aus.

Der Graf lächelte sie an, und um ein Haar hätte sie sich an einem Stück Mandel verschluckt. Hastig schlang sie einen weiteren Bissen herunter, um ihre plötzliche Befangenheit zu überspielen. »Das ist noch eine Sache, die mir an Ihnen gefällt. Sie essen, wie eine Frau essen sollte.«

»Wie sollte eine Frau denn essen?«

»Sie sollte *essen*, das ist alles. Die meisten Frauen schieben nur das Essen auf ihrem Teller hin und her, wenn man mit ihnen ausgeht.«

Vermutlich ist er schon mit vielen Frauen ausgegangen, dachte Chiara. Eine schöner als die andere.

Sie trank von dem glühend heißen Espresso und ließ ihre Blicke über den Campo wandern. Die südliche Seite des Rathausplatzes wurde beherrscht von dem schlanken, hohen, mit Zinnen bewehrten Glockenturm des mit sienesischen Bögen verzierten Palazzo Pubblico, dem Torre del Mangia.

Der Graf war ihren Blicken gefolgt. »Wissen Sie, woher der Turm seinen Namen hat?«

Chiara kannte zwar den Namen, konnte aber nichts damit verbinden.

Der Graf erzählte ihr, dass es nach der Fertigstellung des Turms einen Glöckner gegeben hatte, der den Namen *Mangiaguadagni* – Geldfresser – trug und die zweifelhafte Ehre besessen hatte, dem Turm seinen Namen zu verleihen.

»Die Aussicht von oben ist wirklich atemberaubend, aber man steht mindestens eine Stunde an.« Der Graf deutete auf die Touristen, die sich zu Füßen des Turms zusammenscharten und auf Einlass warteten.

Chiara genoss die Atmosphäre des Campo. Der allgemeine Touristentrubel, der hier mindestens so lebhaft war wie in Florenz, machte ihr nichts aus, das gehörte einfach dazu. Die Sienesen schienen das ähnlich zu sehen. Menschen aller Altersklassen, darunter vermutlich etliche Einheimische, hatten es sich auf dem Pflaster des Platzes bequem gemacht. Einzeln oder in Grüppchen saßen oder lagen sie dort, um zu reden, zu lesen oder einfach nur in der Sonne zu dösen. Viele von ihnen hatten sich in der Nähe eines mit pittoresken Reliefs geschmückten Brunnens niedergelassen, der an der höher gelegenen Seite des Platzes lag.

»Der Fonte Gaia«, sagte der Graf. »Die fröhliche Quelle.«

»Und woher stammt dieser Name?«

»Dazu muss man wissen, dass der Brunnen im fünfzehnten Jahrhundert fertig gestellt wurde und dass das Wasser über einen fünfundzwanzig Kilometer langen Aquädukt hierher geleitet werden musste. Soweit ich weiß, sind die Leute bei der Inbetriebnahme in Begeisterungsstürme ausgebrochen, weil das Wasser genau da herauskam, wo es herauskommen sollte.«

Chiara kicherte. »Ja, das Leben war damals schon sehr kompliziert.«

»Aber heute nicht weniger«, gab der Graf zurück. »Denken Sie nur an all die fehlenden Parkplätze.«

Sie lachten beide, und in diesem Moment, als sie ihn so sah, mit blitzenden weißen Zähnen und zahlreichen kleinen Lachfältchen in den Augenwinkeln, spürte Chiara plötzlich die besondere Schwingung zwischen ihnen. Sie hätte ihn gern berührt, so wie vorhin auf dem Weg vom Restaurant hierher, nur um sich zu vergewissern, ob seine Haut wirklich so warm und sein Körper so muskulös war, wie sie sich zu erinnern glaubte.

Er begegnete ihrem Blick, und sein Lachen verebbte. »Chiara«, sagte er weich.

Sie senkte rasch die Lider und rührte in ihrem Espresso, obwohl kaum noch etwas in der Tasse war.

»Bitte nennen Sie mich Paolo«, sagte er unvermittelt.

Sie schaute auf und verlor sich in der unergründlichen Tiefe seiner goldenen Augen.

3. KAPITEL

An diesem Nachmittag sprachen sie nicht mehr über geschäftliche Dinge. Zwischen ihnen schien eine unausgesprochene Übereinkunft zu herrschen, dass alles Nüchterne aus dieser ersten Begegnung ausgeklammert werden sollte.

Lediglich einmal, während sie vom Café in Richtung Dom schlenderten, stellte Chiara eine Frage zu seinem Gut, doch er gab nur eine nichts sagende Antwort und wechselte dann rasch das Thema.

»Schauen Sie, *Bellezza*, der Dom!« Er hakte sie unter und zog sie an sich, um ihr einen besseren Blickwinkel zu ermöglichen. »Haben Sie ihn schon gesehen?«

»Ich bin vorhin daran vorbeigekommen, hatte aber keine Zeit, ihn mir genauer anzuschauen.«

Er schnalzte mit der Zunge. »Ein unentschuldbares Versäumnis. Was meinen Sie, würde Ihnen eine kleine Führung gefallen? Haben Sie noch Zeit?«

Chiara hatte alle Zeit der Welt. Sie hatte keine Ahnung, wie spät es war, und es war ihr auch völlig gleichgültig. Ursprünglich hatte sie vorgehabt, auf der Rückfahrt bei einer Glasmanufaktur in der Nähe von Poggibonsi Halt zu machen. Brunello & Scarlatti ließen dort die meisten von Chiara entworfenen Glasgegenstände fertigen, und Chiara schaute des Öfteren dort vorbei, um mit dem Glasbläser, Signor Vascari, zu sprechen und den Stand der Arbeiten zu begutachten.

Doch sie hatte für heute keinen festen Termin vereinbart, sondern lediglich telefonisch angekündigt, dass sie vielleicht vorbeikäme.

»Ich habe den ganzen Tag Zeit«, versicherte sie.

»Wunderbar. Aber bitte sehen Sie mir meine Schnitzer nach. Ich bin kein Historiker.«

»Ich auch nicht«, lächelte Chiara.

Nach einer Weile fragte sie sich, ob sie sich die leichte Benommenheit, die sie beim Zuhören spürte, nur einbildete. Den Blick die meiste Zeit auf sein Profil gerichtet, nahm sie kaum etwas von dem wahr, was er ihr zeigte. Irgendwann fing sie einen belustigten Seitenblick von ihm auf und zwang sich, aufmerksamer hinzuhören und wenigstens ein Mindestmaß von Interesse an dem beeindruckenden Bauwerk zu bekunden, obwohl sie insgeheim fand, dass die mit aufwändigen Ornamenten verzierte Marmorfassade viel zu überladen wirkte und die auffällige, schwarz-weiße Streifenmusterung der drei Pfeiler, die das Hauptschiff von den beiden anderen trennten, an ein überdimensionales Zebra erinnerte.

Während sie langsam das Gebäude abschritten, berichtete Paolo von der Entstehung des Doms. Im dreizehnten Jahrhundert hatte Siena zu Ehren der Muttergottes eine Kirche errichten wollen, doch nach Fertigstellung des Hauptschiffs fanden die Verantwortlichen das Bauwerk zu klein, vor allem im Vergleich zum weit größeren Florentiner Dom. Der fertig gebaute Teil sollte fortan lediglich das Querschiff bilden, und das – wesentlich gewaltigere – Längsschiff sollte folgen und alle bisher in der christlichen Welt bekannten Kirchen in den Schatten stellen.

»Der Rest ist Geschichte«, sagte Paolo. »Die Pest warf alle Pläne über den Haufen. Halb Siena fiel damals der Krankheit zum Opfer, und die anderen, die das Glück hatten, die Seuche zu überleben, waren pleite. Zum Weiterbauen fehlte das

Geld, so wie es damals ja oft vorkam.« Er deutete auf ein gigantisches gotisches Portal, das auf seltsame Weise ins Leere ragte. »Hier ist noch ein Teil der angefangenen Arbeit zu sehen, man hat einen Eindruck davon, wie groß das Längsschiff werden sollte.«

Im Inneren des Doms bewunderte Chiara die von Löwensäulen gestützte Marmorkanzel von Pisano und den Fußboden mit den aufwändig gestalteten Mosaiken biblischer Darstellungen.

Irgendwann blickte Paolo auf seine Uhr. »Himmel!«, rief er zerknirscht aus. »Es ist ja schon fast sechs! Ich habe völlig die Zeit vergessen!«

»Haben Sie noch einen Termin?«, erkundigte Chiara sich mit einem vagen Gefühl der Enttäuschung. Sie hatte selbst nicht vorgehabt, so lange zu bleiben, doch wenn es nach ihr gegangen wäre, hätte dieses Treffen noch andauern können.

»Ja, einen ziemlich dringenden sogar«, meinte Paolo bedauernd. »Ich fürchte, ich muss unsere Unterredung für beendet erklären. Aber ich habe noch genug Zeit, Sie zu Ihrem Wagen zu bringen.« Wieder nahm er ihren Arm mit einer Selbstverständlichkeit, die nichts Aufdringliches oder Unangebrachtes an sich hatte. Chiara fühlte sich beschwingt und lebendig in seiner Gegenwart. Plötzlich wünschte sie sich, er möge noch etwas Nettes zu ihr sagen, bevor sie den Parkplatz erreichten. Etwas Persönliches, woran sie erkennen konnte, dass sie ihm gefiel und dass er sich darauf freute, sie bald wiederzusehen.

»Da drüben steht mein Wagen.« Chiara machte Anstalten, ihre Geldbörse herauszunesteln, um die Parkgebühr zu bezahlen, doch Paolo hielt ihre Hand fest. »Nicht doch, überlassen Sie das mir.« Und dann tat er etwas völlig Unerwartetes, fast so, als hätte er ihre geheimsten Gedanken gelesen. Er beugte sich vor und küsste sie sanft auf die Lippen. Chiara fühlte, wie glühende Röte von ihrem Hals aufstieg und sich über ihr Gesicht ergoss.

»Bin ich sehr unverschämt?«, fragte er leise an ihrer Wange.

Sie schüttelte den Kopf und fühlte dabei das sanfte Kratzen seines Kinns an der Haut ihres Gesichts.

»Da ist etwas«, sagte Paolo zögernd. »Zwischen uns, meine ich. Sie … du hast es auch bemerkt, oder?«

Diesmal nickte sie, immer noch stumm, unfähig zu sprechen, weil ihr Herz so laut klopfte, dass sie vermutlich kein Wort von dem, was sie hätte sagen können, verstanden hätte.

»Am liebsten würde ich den ganzen Abend mit dir verbringen«, flüsterte er ihr ins Ohr. »Ah, Siena ist wunderschön am Abend. Überall ist Musik. In den Gassen wird gefeiert und gelacht und getanzt, immer ist irgendwo ein Fest. Ich könnte mit dir durch die Gassen spazieren und dir abenteuerliche Geschichten über die Contraden erzählen. Oder die Legende von der heiligen Katharina.«

Chiara lehnte sich gegen ihn, um seine Nähe noch für ein paar Augenblicke genießen zu können, doch er löste sich bereits von ihr.

»Wir sehen uns sehr bald wieder.« Er ergriff ihre Hand, zog sie an seine Lippen und küsste kurz ihre Fingerspitzen, dann half er ihr in den Wagen wie ein Ritter seinem Burgfräulein auf den Zelter. Unter normalen Umständen wäre es ihr vermutlich peinlich gewesen, doch bei Paolo wirkte es vollkommen natürlich, sich ins Auto helfen zu lassen. Auch sein Winken, das an einem anderen, weniger selbstbewussten Mann vielleicht affektiert gewirkt hätte, kam ihr ganz selbstverständlich vor.

»Wow«, sagte sie laut, als sie den Wagen vom Parkplatz lenkte und Paolos Gestalt im Rückspiegel kleiner werden sah. »Was für ein Mann.«

Zwei Wochen später war sie dessen nicht mehr so sicher. Er hatte sich nicht mehr gemeldet, weder bei ihr persönlich noch bei Emilio. Sie hatte ihm zwar nicht ihre Telefonnummer gegeben, aber er hätte sie leicht in der Firma erreichen können. Außerdem stand ihre private Nummer im Telefonbuch. Doch es kam kein Lebenszeichen.

In den ersten Tagen schneite sie ständig unter irgendwelchen Vorwänden bei Emilio ins Büro hinein und fragte – beiläufig in die Unterhaltung eingeflochten –, ob er bereits etwas vom Grafen gehört habe. Emilio verneinte jedes Mal verdrossen.

»Ich verstehe nicht, was da schief gelaufen ist. Wir waren *so* dicht an dem Auftrag dran.« Mit Daumen und Zeigefinger demonstrierte er, wie gering der Abstand zwischen Hoffnung und Realität gewesen war, bevor Chiara nach Siena gefahren war.

»Weißt du, Chiara, du verstehst vielleicht etwas vom Design. Aber vom Geschäft hast du nicht viel Ahnung.« Emilio tigerte auf seine gewohnte rastlose Art zwischen seinem Schreibtisch und der immer noch schottisch karierten Wand hin und her. Er arbeitete an einem neuen Dekor für sein Büro, hatte sich aber noch nicht entschieden. »Es war ein Fehler, dich allein hinzuschicken. Aber dieser Typ wollte es ja unbedingt. Beim nächsten Mal werde ich das zu verhindern wissen, glaub mir. Wenn es überhaupt ein nächstes Mal gibt. Wahrscheinlich hat er jedes Interesse verloren, nachdem er deine Vorschläge gehört hatte.«

»Ich habe dir doch gesagt, dass wir noch gar nicht übers Geschäft gesprochen haben!«

»Eben«, sagte Emilio verbittert.

Darauf wusste Chiara nichts zu erwidern. Sie verließ sein Büro ohne ein weiteres Wort, nur um beim nächsten Mal eine ähnliche, ebenso fruchtlose Unterhaltung mit Emilio zu führen. Das Gefühl, in irgendeiner Form versagt zu haben, nagte an ihr. Sie ging in eine Weinhandlung und kaufte alle Weinsorten, die der Händler vom Gut Velaghese vorrätig hatte. Allein von dem, was sie für den Supertoscano bezahlen musste, hätte sie eine Woche lang zum Essen ausgehen können. Demgemäß öffnete sie zum Probieren nur den Riserva und fand ihn ziemlich trocken. Die Flasche selbst wirkte vom Design her ebenso wie das verschnörkelte Etikett altbacken und hatte nichts von der schlichten, eleganten Aufmachung, mit der innovative Weinerzeuger heutzutage ihre Produkte in den Handel brachten. Chiara war sicher, dass sie einige gute Ideen einbringen konnte. Doch dazu hätte Paolo sich erst melden müssen …

Ständig lauschte sie mit einem Ohr aufs Telefon, und wenn sie doch einmal die Wohnung oder das Büro verlassen musste, stellte sie regelmäßig Lucys Geduld auf die Probe, indem sie jedes Mal bei ihrer Rückkehr fragte, ob jemand für sie angerufen habe.

»Gib es auf«, sagte Lucy nach ein paar Tagen. »Der Kerl meldet sich nicht mehr. Glaub mir, es gibt solche Typen. Die machen sich einen Jux daraus, Frauen mit ihrem Charme einzuwickeln, das brauchen die für ihr Ego. Sobald sie merken, dass sie dich im Sack haben, tun sie so, als wärst du gestorben. Okay, die meisten legen Wert darauf, einen wenigstens einmal vorher ins Bett zu kriegen. Aber nicht alle.«

»Er hatte mich keineswegs im Sack«, widersprach Chiara gereizt.

»So, wie du mir das Treffen geschildert hast, kann er unmöglich übersehen haben, dass du ihm willenlos verfallen warst«, erklärte Lucy mitleidlos.

Ein paar Tage später überraschte sie Chiara abends beim Fernsehen damit, dass sie sich kerzengerade in ihrem Sessel aufrichtete und sagte: »Er könnte einen Unfall gehabt haben!«

Chiara verschluckte sich an einem Stück Melone, von der sie gerade aß. »Was meinst du?«

»Ein Unfall«, wiederholte Lucy, während sie mit einer ungeduldigen Drehung ihres Kopfes die lange schwarze Mähne nach hinten warf. »Stell dir vor, er ist mit dem Wagen verunglückt und liegt irgendwo im Koma! Das wäre doch eine ausgezeichnete Erklärung, warum er sich nicht meldet!«

Die Vorstellung war geradezu lachhaft, doch mit der Zeit gewann die Idee für Chiara an Überzeugungskraft. Schließlich verunglückten jeden Tag Menschen. Sie kamen ins Krankenhaus und konnten in dieser Situation natürlich keinen Gedanken darauf verschwenden, jemanden anzurufen, den sie kurz zuvor erst kennen gelernt hatten und mit dem sie erst einmal zum Essen aus gewesen waren. Manchmal waren sie so schwer verletzt, dass sie tage-, ja wochenlang ohne Bewusstsein blieben. Davon las man ständig in den Zeitungen. Schlimmstenfalls konnte so ein Unfall auch tödlich ausgehen, aber Chiara weigerte sich, daran auch nur zu denken. Zumindest versuchte sie es, jedenfalls für eine Weile. Schließlich hielt sie es nicht mehr aus und brachte Paolos Telefonnummer in Erfahrung. Es war geradezu lächerlich leicht, so leicht, dass Chiara sich fragte, wieso sie nicht viel früher auf die Idee gekommen war. Andererseits hatte sie sich auch noch nie vorher in einer Situation befunden, in der sie Tag für Tag an nichts anderes mehr denken konnte als daran, warum ein bestimmter Mann nichts von sich hören ließ.

Chiara ging ganz einfach zu Emilios Sekretärin und erkundigte sich, ob der Graf damals bei seinem ersten Besuch hier eine Visitenkarte hinterlassen hatte.

Renata schien an dieser Frage nichts Besonderes zu finden. Sie zog sofort ein Visitenkärtchen aus ihrer Schreibtischschublade und reichte es Chiara.

Es war nicht aus dem kostbaren, handgeschöpften Büttenkarton, wie sie es bei einem Mann wie Paolo erwartet hätte, sondern eine dieser glatten, steifen, wie lackiert wirkenden computergefertigten Karten, auf der sein Name und sein Titel, die Anschrift des Weingutes und mehrere Telefon- und Faxnummern aufgedruckt waren. In der rechten oberen Ecke war dasselbe Wappen eingeprägt wie auf seinem Ring, und sie erinnerte sich jetzt, dass sie es auch schon auf den Weinflaschen gesehen hatte, nur dass sie jetzt die Gelegenheit wahrnahm, es sich genauer anzuschauen. Das Wappen wies drei verschiedene Symbole auf, die vertikal übereinander angeordnet waren: Oben eine Krone, in der Mitte ein Kreuz und darunter ein Löwe, alles umrankt von stilisiertem Blattwerk – vermutlich Weinlaub.

Es war zwar einfach gewesen, die Nummer herauszufinden, doch es stellte sich als ungleich schwieriger heraus, dort anzurufen. Dreimal hatte Chiara bereits den Hörer in der Hand, dreimal legte sie ihn wieder hin. Ihr fehlte der Mut, daran gab es nichts zu deuteln.

Um sich abzulenken, scannte sie das Wappen in den PC ein. Sie vergrößerte und bearbeitete es mit verschiedenen Farben, nur um zu sehen, was man daraus machen konnte. Dummerweise suchte Emilio sich ausgerechnet diesen Moment aus, um zu Chiara ins Büro zu kommen. Er warf nur einen Blick auf ihren Monitor und erstarrte. »Das kann nicht dein Ernst sein!«, erboste er sich. »Du sitzt hier und verschwendest deine kostbare Arbeitszeit darauf, an dem Wappen dieses *Nebbich* herumzupfuschen?«

Chiara ließ mit einem Mausklick das Wappen verschwinden und schwang auf ihrem Drehstuhl zu Emilio herum. »Das ist meine Angelegenheit«, beschied sie ihn kühl. »Wenn du etwas mit mir besprechen willst, komme ich rüber in dein Büro.«

Doch Emilio machte keine Anstalten, klein beizugeben. Er

plusterte sich zu seiner vollen Größe von knapp eins fünfundsechzig auf. »Hör mir zu, meine Liebe! Ich bin nicht achtundfünfzig Jahre alt geworden, um mir von einer frechen Göre ins Gesicht spucken zu lassen! Privat kannst du meinetwegen alles tun, was du willst, aber wenn es ums Geschäft geht, hört der Spaß auf, klar? Noch gehören mir achtzig Prozent der Firma, und wenn hier jemand bestimmt, wo es langgeht, bin ich das!«

Chiara runzelte die Stirn. Er war aufgeblasen und hysterisch und tötete ihr wie jetzt manchmal den letzten Nerv. Aber natürlich hatte er Recht.

Sie seufzte. »Manchmal würde es ganz einfach ein anderer Ton tun, Emilio.«

Sofort veränderte sich sein aufgebrachter Gesichtsausdruck. Er riss die Augen auf. »Du lieber Himmel, es tut mir Leid, mein Kind!«

Überrascht zuckte sie zusammen, als er auf sie zueilte und ihre Hände ergriff. »Ich bin so unsensibel, so ein Elefant! Du bist jung und schön, und dieser dämliche Graf sieht aus wie ein Hollywoodschauspieler. Du hast dich in ihn verguckt, nicht wahr? Natürlich hast du das! Deshalb ständig deine Frage, ob er angerufen hat. Oh, Chiara, mein Kleines, jetzt begreife ich alles!« Leicht abfällig setzte er hinzu: »Obwohl er ganz und gar nicht mein Typ ist, wirklich nicht. Er ist ... zu glatt. Keine Ecken und Kanten. Keine rauen Stellen. Viel zu perfekt. Aber lassen wir das. Ich habe gleich gesagt, dass mit dem Burschen irgendwas nicht stimmt, also vergessen wir ihn einfach.«

»Ja, vergessen wir ihn«, stimmte Chiara matt zu, während sie dem Bedürfnis widerstand, sich die feuchten Hände an ihrer Jeans abzuwischen. Emilios Finger hatten sich angefühlt wie nasses Gemüse. Sie wartete, bis er mit ein paar lautstarken Aufmunterungen ihr Büro verlassen hatte, dann griff sie erneut zum Telefon und wählte entschlossen Paolos Nummer.

Das Ergebnis ihrer Bemühungen veranlasste Lucy am Abend desselben Tages zu einer Reihe abfälliger Äußerungen. »Vergiss den Kerl endlich. Musst du dich noch weiter erniedrigen, indem du ihn anrufst? Wusstest du nicht, dass das der schlimmste Fehler ist, den eine Frau in einer Beziehung machen kann – *als Erste* anzurufen?«

Lucy hielt ihre Strafpredigt von einem Stepper aus, der heute von dem Versandhandel angeliefert worden war, wo sie ihn kürzlich bestellt hatte. Ihre Füße flogen rhythmisch auf und ab, ihr Hemd war schweißdurchtränkt. Das lange Haar hatte sie zu einem lockeren Zopf geflochten, der im Takt ihrer Bewegungen hin- und herschwang.

»Heutzutage«, fuhr sie keuchend fort, »hat jeder Mensch ein Handy. Ganz egal, wo er ist – er hätte dich jederzeit anrufen können. Eine Reise ist keine Entschuldigung, nichts von sich hören zu lassen. Wenn er einfach in Urlaub fährt, ohne sich bei dir zu melden, ist er ein Scheißkerl. Sorry, wenn ich dir das so offen sage.«

»Woher willst du wissen, dass er in Urlaub gefahren ist?« Chiara saß mit übergeschlagenen Beinen in dem Rattanschaukelstuhl vor der offenen Balkontür und nippte an einem Glas von dem Supertoscano, den sie heute kurz entschlossen entkorkt hatte. Sie hatte nicht den Eindruck, dass er wesentlich anders oder gar besser schmeckte als der Riserva, von dem sie neulich getrunken hatte.

Lucy stöhnte – vor Ungeduld oder wegen der Anstrengung – und verringerte mit einem Tastendruck das Tempo des Steppers. »Okay, fassen wir nochmal die Fakten zusammen: Du hast angerufen und hattest irgendeinen unfreundlichen Kerl am Apparat, der dir erzählt hat, dass der Graf verreist ist. Nehmen wir also an, er musste ganz plötzlich mitten in der Nacht zu einer wahnsinnig wichtigen Geschäftsreise aufbrechen. Und zwar irgendwohin, wo es keine Telefone gibt. Und natürlich auch keine Mobilfunkantennen.« Zweifelnd hielt sie inne. »Ich wüsste zwar keinen Ort der Welt, auf den das zutrifft, aber bitte, wir nehmen es ja nur an. Also, der Graf sitzt nun in der Einöde und kann nicht telefonieren. Da würde es doch nahe liegen, dass er vor seiner Abreise bei seinem Sekretär, oder wer auch immer der unfreundliche Bursche am Telefon war, eine Anweisung hinterlässt. Oder? Ich meine, er muss doch immerhin damit rechnen, dass wichtige Leute ihn erreichen wollen. Also muss er jemandem Bescheid sagen, wo er ist und wann er wiederkommt. Hat er das etwa gemacht?«

Chiara sparte sich eine Antwort. Sie wusste ebenso gut wie Lucy, dass sie sich einem Hirngespinst hingab. Die Tatsachen sprachen für sich. Es war an der Zeit, dass sie sich den Kerl aus dem Kopf schlug und wieder zur Tagesordnung überging.

Während sie sich ein weiteres Glas von dem sündhaft teuren Wein einschenkte, dachte sie über das Telefonat nach, das sie heute Vormittag von ihrem Büro aus geführt hatte. Der Mann, der sich gemeldet hatte, hatte tatsächlich ziemlich ruppig reagiert. Sie hatte ihren Namen genannt und sich höflich erkundigt, ob sie den Grafen sprechen könne, woraufhin der Mann ihr in barschem Tonfall mitgeteilt hatte, dass das nicht möglich sei. Auf ihre bange Frage nach dem Grund – sie hatte plötzlich wieder die schlimmste nur denkbare Möglichkeit vor Augen – hatte der Mann kühl geantwortet, dass der Graf verreist sei. Anschließend hatte er ohne ein weiteres Wort aufgelegt.

»Wenn du mich fragst, hat er sogar tatsächlich eine Anweisung hinterlassen.« Lucy stellte ihre Bemühungen auf dem Stepper ein und stieg schwer atmend ab. »Nämlich die, dass man dich abwimmelt, für den Fall, dass du anrufst. Das würde hundertprozentig passen, findest du nicht?« Sie griff nach einem Handtuch, hängte es sich um den schweißnassen Nacken und ging an Chiara vorbei hinaus auf den Balkon.

»Vermutlich hast du Recht.« Chiara folgte ihr an das schmiedeeiserne Geländer und sog tief den Duft von Jasmin ein, der unten im Innenhof blühte. Es war fast zehn Uhr abends, doch draußen war es taghell. Jetzt war es Anfang Juni, und bis zum ersten September würden sie ausziehen müssen. »Was ist mit der Wohnungsbesichtigung morgen Nachmittag?«, wollte sie wissen. »Kommst du mit?«

»Ach, ich weiß nicht. Ich hab keine rechte Lust dazu.«

»Wir müssen uns aber bald drum kümmern.«

»Macht es dir etwas aus, wenn du das übernimmst?«

Lucys Frage war rein rhetorisch, denn Chiara *hatte es* bereits übernommen. Lucy zeigte sich alles andere als enthusiastisch, wenn es um dieses Thema ging.

Chiara hatte immer noch keine Ahnung, welche Laus ihrer Freundin vor ein paar Wochen über die Leber gelaufen war. Sie hatte versucht, mit ihr darüber zu reden, doch Lucy war ihr beharrlich ausgewichen. Nach ein paar Tagen war sie dann zum Glück wieder ganz die Alte gewesen, fröhlich, sprunghaft und respektlos. Was immer sie ein paar Tage lang beschäftigt hatte – sie hatte es mit sich allein ausgemacht, und nun war es vorbei.

Doch was die Wohnungssuche betraf, verhielt sie sich immer noch so, als würde sich das Problem von selbst lösen. Am liebsten wollte sie gar nichts davon hören.

Chiara hatte sich im Laufe der letzten Wochen ein halbes Dutzend freier Wohnungen in der Innenstadt angeschaut, aber im Vergleich zu dieser hier waren es die reinsten Ställe gewesen, völlig inakzeptabel und darüber hinaus unvorstellbar teuer.

Sie hatte noch nicht mit Emilio über eine höhere Firmenbeteiligung gesprochen, denn sie war ziemlich sicher, dass er ihr ins Gesicht lachen würde, wenn sie ausgerechnet jetzt damit kam. Natürlich hatte sie nach wie vor die Möglichkeit, sich selbstständig zu machen, aber ihr war völlig klar, dass sie nicht von heute auf morgen schwarze Zahlen schreiben würde. Der Vertrag mit Emilio beinhaltete einige für diesen Fall übliche Klauseln, die es ihr untersagten, Kunden abzuwerben. Sie konnte sich zwar einen eigenen Kundenstamm aufbauen, doch dazu brauchte sie Zeit und als notwendige Folge davon Geld, mit dem sie die Zeit überbrücken konnte. Wie es aussah, steckte sie mit ihrem Ehrgeiz in einer Zwickmühle, sowohl geschäftlich wie auch privat.

Chiara holte Luft, dann sprach sie unvermittelt aus, was sie schon den ganzen Abend hatte sagen wollen. »Wenn du lieber allein wohnen willst, solltest du es mir sagen.«

Lucy fuhr herum. »Um Himmels willen, wie kommst du denn auf diese Idee?«

»Wir haben nicht darüber gesprochen, dass wir uns weiterhin eine Wohnung teilen. Ich habe es einfach stillschweigend vorausgesetzt. Aber es ist mir nicht entgangen, wie wenig du dich für eine neue gemeinsame Wohnung interessierst. Wenn du andere Pläne hast …«

Lucy starrte sie mit großen Augen an. »Das ist nicht dein Ernst, oder?«

»Doch, sonst würde ich dich nicht darauf ansprechen.«

In Lucys Augen glänzten plötzlich Tränen. »Du verrücktes Weibsstück, das würde dir so passen, wie? Kannst es gar nicht erwarten, mich loszuwerden!«

»Nicht doch, ich wollte nicht …«

Doch Lucy gab ihr keine Gelegenheit, den Satz zu Ende zu bringen. Mit einem unterdrückten Aufschrei fiel sie Chiara um den Hals und versicherte ihr, dass sie den Teufel tun würde, allein zu wohnen. »Du bist doch der einzige Mensch hier in Italien, dem was an mir liegt! Du hast mich damals nach dieser grässlichen Scheidung gerettet, als ich total am Boden war und nicht wusste, wohin! Du hast dafür gesorgt, dass diese hysterische Schwuchtel von Emilio eine Gehaltserhöhung für mich ausspuckt! Du hast mir ein Zuhause verschafft!« Durchatmend hielt sie inne, überlegte kurz und setzte dann hinzu: »Und du bist die einzige Person in dieser Stadt, die wirklich ein gottverdammt gutes Englisch spricht.«

Chiara legte den Kopf in den Nacken und lachte, überwältigt von diesem Ansturm ungeordneter Gefühle.

Lucy war noch nicht fertig. »Ich weiß, ich bin ein Drückeberger, weil ich dir allein diese ganze Aktion mit der Wohnung aufhalse! Aber wenn du mich loswerden willst, musst du mich schon aus dem Fenster schmeißen!«

Chiara grinste, packte Lucy um die Mitte, hob sie ein Stück an und gab vor, sie mit Schwung übers Geländer stoßen zu wollen. Lucy klammerte sich kichernd fest, und beide verstrickten sich in ein spielerisches Gerangel, bis Lucy sich plötzlich ein paar verirrte Haarsträhnen aus den Augen wischte und mit einem Blick über Chiaras Schulter perplex äußerte: »Da soll mich doch einer.«

Chiara drehte sich um und sah Signora Ettore unten im Innenhof stehen, die Hände auf ihren Stock gestützt und das Gesicht zum Balkon emporgewandt. Ihr Körper war zu einer Statue der Missbilligung erstarrt.

»Na warte, du alte Scharteke, gleich kriegst du was zu sehen«, murmelte Lucy. Mit süßem Lächeln wandte sie sich zu Chiara um, stellte sich auf die Zehenspitzen und verpasste ihr einen feuchten, verschwitzten Kuss auf den Mund, wobei sie darauf achtete, dass Signora Ettore jede Einzelheit mitbekam.

Chiara ließ es sich gutmütig gefallen. »Du bist ein verrücktes Huhn.«

»Ja, das bin ich. Und du bist so geduldig wie eine Heilige. Ich habe dich nicht verdient, weißt du das?« Lucy spähte herausfordernd in den Hof hinunter, wo Signora Ettore gerade mit durchgedrücktem Kreuz ihren Beobachtungsposten räumte. »Übrigens – ich weiß, wer der neue Eigentümer des Hauses ist.«

Chiara zog sofort die richtigen Schlüsse. Fassungslos starrte sie Lucy an. »Etwa die Alte?«

Lucy nickte. »Massini hat's mir heute erzählt. Kein Wunder, dass wir ausziehen müssen, oder? Sie hat das mit ihrer eigenen Kündigung nur getürkt, damit wir nicht merken, dass sie es ist, die uns rausschmeißt. Aber dann hat sie's sich anders überlegt und Massini ausdrücklich erlaubt, uns die Wahrheit zu erzählen. Ich frage mich, wieso sie auf einmal ihre Meinung geändert hat.«

Chiara hätte ihr einen guten Grund nennen können, doch sie tat es nicht. Es hätte ja doch nichts an ihrer Situation geändert, ausziehen mussten sie ohnehin.

»Sie ärgert sich über alles und jeden, und eines Tages trifft sie sowieso der Schlag«, meinte sie stattdessen philosophisch.

Lucy nickte und putzte sich geräuschvoll mit dem Handtuch die Nase, dann nahm sie Chiara das Weinglas aus der Hand und trank es leer. »Bäh, das schmeckt ziemlich streng, oder? Ist es die teure Sorte? Was finden die Leute nur daran, dass sie einen Haufen Geld für dieses Zeugs ausgeben!« Sie stellte das Glas weg, dann wandte sie sich plötzlich mit leuchtenden Augen zu Chiara um. »Ich habe eine Idee! Wir veranstalten eine Party! Was hältst du davon?«

»Eine Party?«, fragte Chiara verblüfft zurück. »Haben wir einen Grund zum Feiern?«

»Na, deinen Geburtstag.«

»Der ist noch lange nicht.«

»Na und? Muss man immer einen Grund zum Feiern haben?« Lucy lachte, begeistert von ihrem eigenen Einfall. »Wir machen richtig einen drauf, ja? Es ist schon ewig her, dass wir das letzte Mal Leute eingeladen haben!«

»Sechs Wochen«, sagte Chiara, der das nicht allzu lang vorkam.

»Siehst du!« Lucy strahlte sie triumphierend an. Dann zog sie besorgt die Brauen hoch. »Ich muss mir unbedingt etwas Neues zum Anziehen kaufen, weil ich vorhabe, bis dahin mindestens drei Kilo abzunehmen.«

»Du bist sowieso viel zu dünn«, sagte Chiara nachsichtig.

In diesem Punkt ließ Lucy sich auf keine Debatten ein, außerdem gingen ihr bereits andere, weit wichtigere Dinge durch den Kopf. »Was meinst du, sollen wir es lieber auf einen Samstag oder einen Freitag legen? Jetzt im Sommer fahren viele übers Wochenende weg, dann sind samstags kaum Leute in der Stadt ... Ich finde den Freitag besser, und du?« Geschäftig summend ging Lucy zurück in die Wohnung, für eine zweite Runde auf dem Stepper. Sie drehte dazu nicht nur die Musik auf ohrenbetäubende Lautstärke, damit Signora Ettore auch etwas davon hatte, sondern trank auch noch ein Glas von dem teuren Rotwein.

»Er ist doch nicht so eklig, wie ich zuerst dachte«, rief sie Chiara zu. »Vielleicht ist es beim Wein wie bei der Liebe. Man muss sich einfach darauf einlassen!«

4. KAPITEL

Lucy überredete Chiara dazu, die Party schon am kommenden Freitag steigen zu lassen. Ein paar ihrer Freunde hatten vor, in Urlaub zu fahren, sodass am Samstag nicht alle hätten kommen können. Lucy und Chiara hatten sich im Laufe der letzten beiden Jahre einen netten Bekanntenkreis aufgebaut, und es verging kaum ein Monat, in dem sie nicht zu irgendeinem geselligen Anlass zusammenkamen.

Sie beschlossen, an diesem Abend auf dem Balkon zu grillen, obwohl es – ebenso wie das Parken in der Toreinfahrt – verboten war.

»Soll die Alte sich doch aufregen«, sagte Lucy vergnügt, während sie die Schnitzel mit einer selbst fabrizierten Marinade einstrich. »Was glaubst du, welche Schritte wird sie wohl gegen uns einleiten?«

»Vielleicht die Kündigung?«, fragte Chiara mit gespielter Besorgnis zurück.

Lucy lachte prustend.

Chiara musterte ihre Freundin wohlgefällig. Lucy sah heute bezaubernd aus. Sie trug ein veilchenblaues Kleid, das auf dramatische Weise den Farbton ihrer Augen widerspiegelte. Das Haar war frisch getönt und wies ebenfalls einen leichten Blaustich auf. Sie hatte noch kein Make-up aufgelegt, was ihre Haut noch durchscheinender als sonst wirken ließ.

»Hab ich dir schon gesagt, dass du toll aussiehst?«, fragte sie.

Lucy blickte überrascht auf. »Nein, noch nicht. Aber danke. Und gleichfalls natürlich. Dein Outfit ist wirklich der Knaller, und das sagt dir eine, die was davon versteht!«

Chiara hatte sich zur Feier des Tages ebenfalls etwas Neues gekauft, ein Jeanskleid von Armani, um das sie schon die ganze letzte Woche herumgestrichen war. Sie war jeden Tag auf ihrem Weg von der Firma nach Hause an dem Schaufenster vorbeigekommen und hatte mit sich gerungen, ob sie es sich kaufen sollte. Es war aus einem traumhaft weichen, blassen Jeansstoff mit kunstvoll besticktem Oberteil. Chiara hatte sich daran nicht satt sehen können, erst recht nicht, nachdem sie den Fehler gemacht hatte, es anzuprobieren. Es saß wie eine zweite Haut und war, alles in allem, einfach ein Traum. Dasselbe galt leider für den Preis, nur dass dieser deutliche Tendenzen zum Albtraum zeigte. Das Kleid sollte fast fünfhundert Euro kosten.

Dann war vor drei Tagen Tante Luisas Geburtstagsscheck gekommen und hatte augenblicklich alle Zweifel Chiaras am Für und Wider dieses Kleiderkaufs zerstreut. Er kam ein paar Wochen früher als erwartet, und es hatte ein Begleitschreiben beigelegen.

Mein liebes Mädchen,

dieses Jahr kommt mein Brief etwas früher, weil wir in den kommenden Tagen zu unserer China-Reise aufbrechen, von der ich dir bei unserem letzten Treffen erzählt habe. Wir werden uns aber sicherlich spätestens im September auf La Befana wiedersehen, zum 80. Geburtstag deiner Großmutter, auf den ich mich schon sehr freue. Du wirst es doch einrichten können, zu kommen, oder?

Es folgten fast zwei Seiten mit Luisas gewohnt charmantem Geplauder über einige familiäre Nebensächlichkeiten und am Ende schließlich:

Dir wünsche ich einen wunderschönen Geburtstag und alles Gute, auch von Marco

in Liebe, Luisa

PS: Bitte brüskiere mich nicht dadurch, dass du den Scheck nicht einlöst. Florenz ist schrecklich teuer, und ich erinnere mich, dass ich in deinem Alter oft knapp bei Kasse war.

Das war natürlich vor ihrer großen Erbschaft gewesen, zu der Zeit, als sie sich noch als kleine Restaurateurin durchs Leben geschlagen hatte. Luisas Onkel hatte ihr damals in den Sechzigern ein Vermögen an Immobilien, Aktien und Kunst hinterlassen, das heute gut und gern doppelt so viel wert sein mochte, schon allein wegen der unschätzbar wertvollen Gemäldesammlung. Eines Tages würde vermutlich alles Chiara gehören, da es keine anderen gesetzlichen Erben gab.

Beim Anblick des Schecks, der über eine Summe von dreißigtausend Euro ausgestellt war, hatte Chiara für einen Moment die Augen geschlossen und fröstelnd daran gedacht, was es bedeutete, reich zu sein. Nicht nur wohlhabend wie ihr Vater, sondern *richtig* reich, so wie Tante Luisa. Reich genug, ganz beiläufig einen Scheck in dieser Höhe auszustellen, um ihn einer Nichte zum Geburtstag zu schenken.

Chiara hatte ihren Stolz begraben und den Scheck kurz vor Ablauf der Vorlegefrist eingelöst. Das Geld kam gerade richtig. Nicht, um das Kleid zu kaufen, sondern für die Wohnung, die sie vor ein paar Tagen zum ersten Mal besichtigt und seitdem vier weitere Male angeschaut hatte.

»Huhu, jemand zu Hause?« Lucy wedelte mit einer gelben Paprika vor Chiaras Nase herum.

»Du träumst schon die ganze Zeit vor dich hin! Es ist gleich acht, und wir haben noch keinen Zipfel Gemüse klein geschnitten! Und außerdem bin ich noch nicht geschminkt!

Woran denkst du die ganze Zeit? Doch nicht etwa an diesen Typen von neulich, oder?«

Genau genommen dachte Chiara immer noch öfter an ihn, als ihr lieb war, aber in den letzten Tagen hatte sich ihr Interesse zunehmend einer anderen Sache zugewandt.

»Nein, wenn du's schon wissen willst: an die Wohnung. Wann nimmst du dir endlich mal die Zeit, sie dir mit mir zusammen anzuschauen?«

Lucy wandte sich schulterzuckend ab. »Regel doch einfach alles so, wie du es für richtig hältst. Ich lass mich dann überraschen.«

Chiara band sich eine Schürze um und schnitt Tomaten und Paprika klein, während sie versuchte, sich ihren Ärger über Lucys hartnäckiges Desinteresse nicht anmerken zu lassen. Lucy war ins Bad gegangen, wo sie leise trällernd vor dem Spiegel Make-up auflegte. Kurze Zeit später trafen die ersten Gäste ein, Giancarlo und Marina, ein junges Paar aus der Nachbarschaft, und kurz darauf kamen Anna und Donata, die Chiara vor ein paar Jahren hier in Florenz an der Uni kennen gelernt hatte. Renata war ebenfalls eingeladen, sie war eine recht gute Freundin von Lucy. Bis um neun Uhr waren alle Gäste eingetrudelt, eine bunt gemischte Gesellschaft gut aufgelegter, weltoffener junger Großstädter.

Zwei der Männer gingen sofort auf den Balkon, wo sie die Oberherrschaft über den Grill an sich rissen.

»Deshalb mache ich so gerne Barbecue«, verriet Lucy den übrigen Gästen. »Das einzige Essen, bei dem die Männer wirklich gute Köche abgeben.«

Chiara kam mit einer Karaffe Rotwein aus der Küche und schenkte reihum die Gläser voll.

»He, der ist ausgezeichnet«, rief Giancarlo überrascht. »Ist das ein Luce?«

»Nein, ein Supertoscano«, sagte Chiara.

Marina lachte. »Ein Luce ist ein Supertoscano, du Lämmchen.«

Chiara breitete ergeben lächelnd die Hände aus. »Hier siehst du einen blutigen Laien. Aber ich bin lernfähig. Nun, dieser Wein ist ebenfalls ein Supertoscano, der dieses Jahr auf den Markt gekommen ist.«

»Woher stammt er?«, wollte Giancarlo wissen.

»Von einem Weingut namens Velaghese.«

»Ah, ich hab davon gehört. Ein aufstrebendes Gut bei Siena.« Er nahm einen Schluck Wein und rollte ihn auf der Zunge. »Hast du in der Lotterie gewonnen, oder feiern wir etwas Besonderes, Chiara?«

»Ich wollte nur testen, ob jemand von euch merkt, dass dieser Wein etwas Besonderes ist.«

»So besonders ist er auch wieder nicht«, warf Lucy ein. Ihre argwöhnischen Blicke signalisierten Chiara, dass sie ihr die Geschichte von dem Test nicht abkaufte.

Chiara wusste selbst nicht, warum sie den Wein gekauft hatte. Sie hatte es einfach getan, ohne großartig darüber nachzudenken. Normalerweise war das nicht ihre Art.

»Neulich habe ich gelesen, dass die meisten Weinkenner nur aufgeblasene Wichtigtuer sind«, sagte Renata. »In Wahrheit kann kaum jemand einen guten von einem schlechten Wein unterscheiden.«

»Das ist nicht wahr«, protestierte Marina. »Giancarlo kann das blind!«

»Giancarlo ist auch ein alter Angeber«, raunte Lucy hinter vorgehaltener Hand Renata zu.

»In dem Artikel stand, dass Fachleute den Geschmack von Wein oft nicht besser beurteilen können als Laien«, sagte Renata. »Sie lassen sich leicht von den schillernden Namen des Weins blenden. Ein französischer Wissenschaftler hat das bei einer Untersuchung herausgefunden.«

»Die Franzosen sind sowieso die größten Aufschneider«, rief einer der Männer vom Balkon.

»Der französische Forscher hat mehr als fünfzig bekannte Weinkenner verschiedene Rotweinproben testen lassen«, fuhr Renata unbeirrt fort. »Es war auch ein Glas mit rot gefärbtem Weißwein dabei. Niemand hat die Fälschung bemerkt. Außerdem hat er die Experten eine Reihe Spitzenweine probieren lassen – darunter auch Proben von ganz billigem Wein.«

»Lass mich raten«, sagte Giancarlo launig. »Sie haben ihn über den grünen Klee gelobt.«

»Genau wie du eben«, sagte Renata lachend.

»Darauf trinke ich«, meinte Giancarlo, während er sein Glas hob. »Und wie auch immer: Dieser hier ist auf jeden Fall eine Marke, die man sich merken muss.«

Die Party kam allmählich in Schwung und verlief wie die meisten anderen Feiern mit ihren Freunden. Sie war lustig, laut und dauerte bis tief in die Nacht. Anders als sonst nahmen Chiara und Lucy diesmal keine Rücksicht auf Signora Ettore, die dann auch pünktlich um zehn mit einem Besenstiel gegen die Decke hämmerte, um ihre ungestörte Nachtruhe einzufordern. Lucy reagierte umgehend, indem sie den CD-Player lauter stellte und wie eine boshafte Nixe kichernd durchs Zimmer tanzte. Die anderen machten ausgelassen mit.

Von den Gästen musste niemand am anderen Morgen früh aufstehen, bis auf Alfredo, ein junger Assistenzarzt, der pünktlich zum Beginn der Frühschicht im Krankenhaus sein musste. Er ging kurz nach zehn, als die Stimmung gerade ihren Höhepunkt erreichte. Keine dreißig Sekunden später läutete es an der Haustür.

Chiara drückte den Türsummer, doch der hatte schon früher am Abend nur sporadisch funktioniert und gab auch diesmal keinen Mucks von sich. Chiara nahm es nicht weiter krumm, sie war bester Laune. Mit gefährlich großen Sätzen sprang sie die Treppen hinab, um Alfredo die Tür zu öffnen. Dieser Bursche vergaß nochmal seinen Kopf! Beim letzten Mal hatte er seine Hausschlüssel liegen lassen. Davor war es ein Jackett gewesen.

Sie riss die Tür auf. »Was ist es diesmal? Deine Zi…«

Das Wort erstarb ihr auf den Lippen. Der Mann, der vor ihr stand, war nicht Alfredo. Es war jemand, mit dem sie in diesem Augenblick zuallerletzt gerechnet hätte.

»Hallo, Chiara«, sagte Paolo.

In diesem Augenblick ging hinter Chiara die Wohnungstür auf, und Signora Ettore erschien, das Gesicht eine einzige hasserfüllte Anklage.

Chiara trat instinktiv aus dem Blickfeld der Alten, hinaus vor die Haustür, die sie hinter sich zufallen ließ. Unverwandt schaute sie Paolo an. »Ich hätte nicht gedacht, dass ich dich noch einmal wiedersehe.«

Seine Blicke umfingen sie von Kopf bis Fuß. »Ich hatte es dir versprochen.«

»Woher soll ich wissen, ob du ein Mann bist, der seine Versprechen hält?«

»Nun, ich bin hier, oder nicht?«

»Ja«, sagte sie leise. »Jetzt ja.«

Er streckte die Hand aus und legte sie gegen ihre Wange. »Gott, ich hatte völlig vergessen, wie schön du bist!«

Sie lachte unsicher, erhitzt von seiner Gegenwart und vom Wein, den sie getrunken hatte. Plötzlich war sie froh, dass sie das Kleid gekauft hatte. Es war fast so, als hätte sie bei der Anschaffung schon gewusst, was Paolo heute tragen würde – ein Hemd aus weichem, ausgeblichenen Denim und dazu passende Jeans, alles im selben Farbton wie Chiaras Kleid. Paolo hatte es ebenfalls bemerkt. Er ergriff ihre beiden Hände und hielt sie seitlich von ihrem Körper weg. »Na so was, wir tragen Partnerlook. Wenn das kein gutes Zeichen ist!«

Chiara lachte ihn atemlos an. »Ja, das ist es vermutlich.«

»Hast du Zeit und Lust, mit mir auszugehen? Ich möchte dir etwas zeigen.«

»Ich …« Chiara blickte unwillkürlich hoch zum ersten Stock, wo die Party immer noch in vollem Gange war. Dies war Florenz im Sommer, und der Abend hatte gerade erst angefangen. »Ja«, sagte sie. »Ja, ich habe Zeit. Ich hole nur schnell meine Tasche.«

Lucy war auf der Toilette, was Chiara der Notwendigkeit enthob, ihr von Angesicht zu Angesicht mitzuteilen, dass sie vorhatte, von der Party zu verschwinden. Sie hatte eine Ahnung, dass Lucy darauf nicht sonderlich erfreut reagieren würde.

»Ich geh noch weg«, rief sie halblaut durch die geschlossene Badezimmertür. »Paolo ist gekommen!«

»Was?«, kam es in ohrenbetäubender Lautstärke zurück. »Hast du gerade *Paolo* gesagt?«

»Ja, stell dir vor! Wir gehen aus. Mach dir keine Gedanken, wenn es spät wird. Viel Spaß noch!«

Im nächsten Moment war sie auch schon auf dem Weg nach unten. Als sie im Parterre ankam, hörte sie von oben Lucys wütende Stimme. »Das kannst du nicht machen! Komm sofort zurück!«

Chiara knallte mit Bedacht die Haustür zu. Mit Lucy konnte sie morgen noch genug herumstreiten. Natürlich hätte sie Paolo auch nach oben bitten können, doch danach stand ihr nicht der Sinn. Sie wollte mit ihm allein sein.

Im ersten Stock ging ein Fenster auf, und Lucy beugte sich heraus. Ihr langes Haar wehte wie eine Unheil verkündende schwarze Flagge im Wind. »Chiara! Geh nicht!«, schrie sie, zuerst auf Italienisch, dann noch einmal auf Englisch – ein sicheres Indiz für ihren Gefühlsaufruhr.

Doch Chiara hatte Paolo bereits untergehakt und ihn um die nächste Häuserecke gezogen.

Er lachte leise. »So eilig?«

»Ja! Schnell, lass uns verschwinden. Wo ist dein Wagen? Ich kann nicht mehr fahren.«

»Er steht da drüben.« Immer noch lachend, deutete er auf einen dunklen Jaguar.

Wie beim letzten Mal half er ihr in den Wagen, nur dass es diesmal etwas schneller gehen musste, weil Chiara jeden Moment damit rechnete, dass Lucy wie ein Racheengel um die Ecke geschossen kam, um sie vor ihrem Unheil zu retten.

Paolo stieg zu ihr in den Wagen und ließ den Motor an, der mit dem satten Brummen zahlreicher Pferdestärken zum Leben erwachte.

»Die junge Dame kam mir bekannt vor«, sagte Paolo.

»Das war Lucy. Du hast sie schon gesehen, bei uns in der Firma. Sie ist meine Assistentin und lebt auch mit mir zusammen. Wir sind Freundinnen.«

»Sie ist keine Italienerin, oder?«

»Nein, sie stammt aus England. Aber im Gegensatz zu mir ist sie waschechte Londonerin. Trotzdem lebt sie schon länger in Italien als ich. Witzig, oder?«

»Sehr«, versicherte Paolo ihr augenzwinkernd.

»Sie war mit einem Italiener verheiratet. Er hat sie ziemlich mies behandelt.«

»Vielleicht hegt sie seitdem generelle Vorurteile gegen italienische Männer«, schlug Paolo vor.

Chiara kicherte. »Nein, sie hatte genug Gelegenheit, sie abzubauen.« Bewundernd blickte Chiara sich in dem Wagen um. Sie hatte immer gedacht, ein Auto sei ein Auto, aber Leder und Holz machten entschieden mehr her als Plastik, vor allem in Kombination mit all diesen blinkenden Armaturen, deren Funktion Chiara nur erahnen konnte.

»Wie kommst du überhaupt darauf, dass sie Vorurteile gegen italienische Männer hat?«, wollte sie wissen.

»Sie schien etwas dagegen zu haben, dass du noch mit einem ausgehst.«

»Tja, sie ist nicht gut auf dich zu sprechen«, sagte Chiara unumwunden.

Paolo lenkte den Wagen mit sicheren Bewegungen in Richtung Corso. »Bin ich ihr in irgendeiner Form zu nahe getreten?«

»Sie glaubt, dass du ein mieser Schuft bist, weil du mich erst geküsst und dich dann wochenlang nicht gemeldet hast.«

Paolo blickte sie überrascht von der Seite an. »Aber ich hatte dir eine Nachricht hinterlassen! Auf deinem Anrufbeantworter!«

»In der Firma?«

»Nein, bei dir zu Hause. Ich habe mir von der Auskunft deine Nummer besorgt und Bescheid gesagt, dass ich die nächsten Wochen nicht da bin. Ich hatte dir meine Handynummer aufs Band gesprochen. Hast du es denn nicht abgehört?«

Chiara starrte ihn stumm an. Natürlich hatte sie das Band abgehört, jeden Tag, häufig sogar mehrmals, nur um ganz sicherzugehen, dass nichts von ihm dabei war. Manchmal hatte jemand eine Nachricht für sie oder Lucy hinterlassen, manchmal war das Band auch leer gewesen. Aber Paolo war nicht unter den Anrufern gewesen. Doch jetzt gab es zumindest eine plausible Erklärung für alles. Sie hatten erst vor zwei Monaten einen neuen Anrufbeantworter angeschafft, und Lucy hatte sich anfangs mehr als einmal darüber beschwert, dass das Ding nicht richtig funktionierte. Die Wahrheit war, dass sie in allen technischen Dingen eine ausgesprochene Niete war. Jedes Elektrogerät mit mehr als drei Knöpfen stellte für Lucy eine echte Herausforderung dar. Sogar über den neuen

Stepper fluchte sie ständig. Chiara konnte sich ohne weiteres vorstellen, dass Lucy immer noch nicht mit dem Anrufbeantworter zurechtkam. Gut denkbar, dass sie an besagtem Tag vor drei Wochen aus Versehen alle Anrufe gelöscht hatte.

»Na ja, jetzt ist es auch egal«, sagte Chiara. »Anscheinend hat da etwas nicht richtig funktioniert.«

Paolo stoppte den Jaguar vor einer roten Ampel und wandte sich zu Chiara um. »Bist du mir böse? Ich hätte es noch einmal versuchen sollen. Aber nachdem ich nichts von dir gehört hatte, dachte ich, dass du vielleicht keinen Wert darauf legst.«

»Dasselbe, was ich gedacht habe«, murmelte Chiara. Sie war wie gebannt von den winzigen Funken, die in seinen Goldaugen tanzten.

»Denkst du jetzt auch dasselbe wie ich?«, fragte er mit rauer Stimme.

Chiara schluckte mühsam. »Das ist gut möglich.«

»Dann lasse ich es darauf ankommen.« Er umfasste ihr Gesicht mit beiden Händen und zog sie zu sich heran, um sie zu küssen.

»Wohin fahren wir überhaupt?«, fragte Chiara fünf Minuten später. So lange hatte sie gebraucht, um aus ihrer verträumten Stimmung zu erwachen, die der Kuss in ihr ausgelöst hatte. Leider hatte die Ampelphase kaum länger als eine Minute gedauert.

»Oh, das habe ich dir ja noch nicht gesagt. Nach Siena natürlich. Ich hatte dir doch einen Abend bei Tanz und Musik versprochen.«

Auf der Autostrada zwischen Florenz und Siena herrschte an diesem Abend nicht viel Verkehr; bei dem halsbrecherischen Tempo, das Paolo eingeschlagen hatte, würden sie für die restliche Strecke kaum länger als eine halbe Stunde brauchen. Das Tageslicht war nur zögernd verblasst, und der rötliche Saum, den der Sonnenuntergang am Horizont über den Hügeln zurückgelassen hatte, färbte sich langsam zu einem tiefdunklen Lila. Chiara spürte, wie der Stress der letzten Zeit von ihr abfiel. Sie hätte singen und tanzen und die ganze Welt umarmen können, fast so wie vor zehn Jahren, als sie, geschminkt und aufgebrezelt mit den neuesten In-Klamotten aus der Portobello-Road, zusammen mit ihren Freundinnen losgezogen war, auf irgendwelche Partys oder in die Disco.

»Wo warst du eigentlich in den letzten Wochen?«, erkundigte Chiara sich.

»Kreuz und quer in den USA unterwegs. Heutzutage reicht es nicht, einen guten Wein zu machen. Man muss ihn auch gut verkaufen. Das bedeutet, dass man neue Märkte erschließen und potente Partner gewinnen muss.«

»Und neue Präsentationskonzepte entwickeln«, setzte Chiara hinzu, während sie ihm einen Blick von der Seite zuwarf.

Paolo lächelte breit. »Keine Sorge, eure Firma wird den Auftrag schon kriegen. Ich hatte einfach keine Zeit, das vor meiner Reise unter Dach und Fach zu bringen. Es war ursprünglich geplant, dass ich erst nächsten Monat rüberfliege, aber dann musste ich ganz plötzlich umdisponieren.«

»Ich wusste übrigens, dass du verreist warst«, gestand Chiara. »Vorletzte Woche habe ich bei dir angerufen, weil ich wissen wollte, was los ist. Es war ein ziemlich unfreundlicher Typ dran. Er hat mir nicht gesagt, wo du bist oder wann du wiederkommst, sondern einfach aufgelegt. Einer von deinen Angestellten?«

Paolo seufzte. »So, wie du ihn beschreibst, könnte es sich um Fabio, meinen Bruder, handeln.«

»Er kann nicht viel mit dir gemeinsam haben«, erklärte Chiara aus tiefster Überzeugung.

»Es ist oft nicht einfach mit ihm«, gab Paolo stirnrunzelnd zu.

»Erzähl mir was von dir«, bat sie spontan. »Hast du außer deinem Bruder noch mehr Familie?«

»Da sind Giovanna, meine Schwester, und meine Großmutter Valeria.«

Er wandte sich zu ihr um. »Und du, hast du auch Geschwister?«

»Nein. Meine Mutter ist abgehauen, als ich noch ziemlich klein war. Mein Vater hat danach nicht mehr geheiratet.«

Er musterte sie von der Seite. »War es schlimm für dich? Das mit deiner Mutter, meine ich.«

Chiara zuckte die Achseln. »Ich hab's überstanden. Sie hat sich sowieso nicht viel um mich gekümmert, dazu hat ihre Arbeit ihr keine Zeit gelassen. Sie war Schauspielerin. Oder jedenfalls das, was sie dafür hielt. Eines Tages hat sie einen Kerl getroffen, der ihr einen Job in Hollywood versprochen hat, mit dem ist sie dann verschwunden. Papa und ich haben nie wieder was von ihr gehört oder gesehen, bis auf die Scheidungspapiere, die irgendwann kamen.«

Es war nicht so leicht gewesen, wie sie es darstellte. Chiara konnte sich noch gut daran erinnern, wie sie im Bett gesessen und gebetet hatte, lange nachdem Enrico ihr Gute Nacht gewünscht hatte. *Bitte lieber Gott, mach, dass Mama wiederkommt und Papa nicht mehr traurig ist.* Nun, sie war nicht wiedergekommen, und irgendwann war von ihr nichts mehr geblieben außer einem zerknitterten Foto und der immer schwächer werdenden Erinnerung an einen schwachen Duft nach Vanille und an dunkle, mandelförmige Augen.

Chiara verdrängte die trüben Gedanken und konzentrierte sich auf den Mann an ihrer Seite. Er fuhr rasant, aber kontrolliert. Es war ihm anzusehen, dass ihm das Fahren Spaß machte.

Vor ihnen leuchteten bereits die Lichter der Stadt.

»Wir haben Glück«, meinte Paolo fröhlich, während er den Wagen auf einen freien Parkplatz unterhalb der Fortezza Medici steuerte. »Hier muss gerade erst einer weggefahren sein.«

Er hakte sie unter, und gemeinsam stiegen sie eine steinerne Treppe hoch bis zu einer der steilen, engen Gassen, die sich wie Adern durch die Innenstadt wanden. Überall herrschte noch reges Treiben. Ein buntes Gewimmel von Touristen und Einheimischen drängte sich durch das Straßengewirr der Altstadt. Vor den Kneipen und Restaurants standen Tische und Stühle, die den Platz zwischen den mittelalterlichen Backsteinbauten noch weiter verringerten. Zahllose Gerüche durchzogen die Nacht, eine undeutbare Mischung aus Wein, Essensdünsten, Parfum, Schweiß, Rauch und dem Duft von Jasmin. Die Luft war von Musik und Lachen erfüllt.

Chiara fasste Paolos Arm fester. Es war eine gute Idee gewesen, mit ihm herzufahren. Der kurze Anflug von schlechtem Gewissen Lucy gegenüber war längst verflogen. Die gemeinsame Party war weit weg, so weit, dass es Chiara vorkam, als wäre das Ganze bereits Wochen her. Sie fühlte sich großartig. »Es ist wundervoll hier! Wohin gehen wir?«

Strahlend wandte sie sich Paolo zu. Seine Augen waren auf gleicher Höhe wie die ihren und sahen sie mit beunruhigender Intensität an. »Lass dich überraschen.«

Ein paar Gassen weiter stand eine lange Reihe gedeckter Tische, an denen zahlreiche Menschen saßen. Andere liefen hin und her und servierten Essen und Getränke.

Paolo wurde von einigen Leuten erkannt und mit Zurufen und Schulterklopfen begrüßt. Er winkte zurück, lachte und tauschte mit dem einen oder anderen Begrüßungsworte aus, während er Chiara weiterzog, bis sie einen freien Tisch erreicht hatten.

Chiara schaute sich neugierig um. Anscheinend feierten die Anwohner dieses Viertels eine Art Bankett im Freien.

Paolo zog ihr einen Stuhl zurecht, und während sie Platz nahm, machte sie eine ausholende Gebärde. »Ist das hier eine Contradenfeier?«

Paolo setzte sich auf den Stuhl gegenüber und lächelte sie an. »Was weißt du über die Contraden, *Bellezza*?«

Chiara zuckte die Achseln. »Nicht besonders viel, fürchte ich. Die Contraden sind die Stadtteile von Siena, und wenn ich mich richtig erinnere, gibt es zehn davon.«

»Siebzehn«, verbesserte Paolo. »Zehn von ihnen dürfen jedes Mal am Palio teilnehmen.«

»Und was ist mit den anderen sieben?«

»Die dürfen beim nächsten Palio mitmachen. Es geht immer reihum.«

»Und die restlichen drei, die bis zu den zehn noch fehlen?«

»Die werden ausgelost, unter den Zehn, die vom letzten Jahr übrig geblieben sind.«

Chiara rechnete rasch, dann runzelte sie die Stirn. »Dann kann es passieren, dass manche Contraden jahrelang nicht an die Reihe kommen.«

Paolo lachte. »Das ist das Leben. Eine Reihe von Zufällen. Aber das macht es ja auch so spannend. Und das Ganze wird noch schwieriger dadurch, dass jedes Jahr zwei Rennen so dicht hintereinander stattfinden, am zweiten Juli und am sechzehnten August, ohne dass es zwischen den beiden Ereignissen irgendeinen Zusammenhang gäbe.«

»Klingt für mich alles ziemlich kompliziert.«

»Ist es auch. Es ist eine Wissenschaft für sich. Im Juli werde ich dir alles haarklein erklären, an Ort und Stelle auf dem Campo. Und was du bei diesem Palio nicht begriffen hast, wirst du beim nächsten lernen.«

Eine Frau brachte ihnen Wein und Brot. Sie machte eine

scherzhafte Bemerkung, die in der einsetzenden Musik unterging. Unweit der Tische war eine kleine Tribüne aufgebaut, auf der eine Band ihre Instrumente stimmte.

»Was wird hier gefeiert?«, rief Chiara.

»Ach, es gibt immer etwas zu feiern, jeden Tag.« Paolo hob sein Glas und stieß mit ihr an. »Zum Beispiel, dass wir uns endlich wiedergefunden haben.«

Chiara spürte, wie ihr Herz schneller klopfte, als Paolo sich zu ihr beugte und sie sanft auf die Lippen küsste. Am liebsten hätte sie sich gegen ihn gedrängt, um mehr von ihm zu spüren. Einen Moment lang sagte sie sich, dass sie vielleicht zu viel hinter seinen Aufmerksamkeiten vermutete und dass es ein Fehler war, sich gefühlsmäßig so stark auf diesen Mann einzulassen. Schließlich sah sie ihn heute erst zum zweiten Mal.

Es war nicht ihre Art, vorschnell mit Männern etwas anzufangen. Natürlich hatte sie mit ihren sechsundzwanzig Jahren die eine oder andere Beziehung gehabt, manche mehr, manche weniger intensiv, aber es war selten vorgekommen, dass sie sich von der bloßen Gegenwart eines Mannes so hatte aus der Ruhe bringen lassen. Sie fühlte sich wie berauscht von seiner Nähe. Als er sein Glas abstellte und nach ihrer Hand griff, erwiderte sie den Druck seiner Finger, ohne zu zögern.

Eine andere Frau schob sich durch das Gedränge zwischen den Tischen und brachte ihnen Teller mit dampfender Pasta, Fettuccine in einer Sauce aus Käse, Sahne und Meeresfrüchten. Chiara probierte davon, doch nach ein paar Bissen musste sie passen. Ihr Magen spielte verrückt, was zum einen daran lag, dass Paolo sie ständig auf diese eindringliche Art musterte, und zum anderen damit zusammenhing, dass sie früher am Abend schon zu Hause reichlich gegessen hatte. Sie legte die Gabel weg und lächelte der Frau, die gerade zu ihnen herüberschaute, bedauernd zu. Anschließend probierte sie den Rotwein und genoss den leicht rauchigen Geschmack.

Die Musiker stimmten ein neues Stück an, mit schnellen Gitarrenläufen und rasantem Trommelwirbel. An den umliegenden Tischen standen ein paar Leute auf und begannen, ausgelassen zu tanzen.

»Komm, *Bellezza*«, sagte Paolo. Er erhob sich und nahm Chiaras Hand.

»Willst du tanzen?«, fragte sie atemlos.

»Nein«, sagte er. »Später vielleicht. Lass uns woanders hingehen.«

Sie schlüpften an den tanzenden Menschen vorbei und schoben sich zwischen den voll besetzten Tischen hindurch, bis sie die nächste freie Gasse erreicht hatten. Hinter ihnen schwoll die Musik an und wechselte dann unvermittelt in eine andere Tonart über und in ein langsameres, getragenes Stück voll unterdrückter Wehmut.

5. KAPITEL

Das hier ist das Haus der heiligen Katharina«, sagte Paolo, während er auf eine jahrhundertealte Villa mit einem schönen Portikus deutete. »Hast du von ihr gehört?«

Chiara schüttelte den Kopf. »Nein, leider nicht. Ich bin nicht besonders religiös.«

»Nun, das ist keine Schande, außerdem ist sie lange tot. Sie war eine Dominikanernonne und starb vor mehr als sechshundert Jahren, aber immer noch wird jedes Jahr im April hier ihr Fest gefeiert. Die Straße und die Häuser werden mit Tüchern und Blumen geschmückt, und die Leute kommen her und beten um ihre Gnade und Fürbitte. Eine Legende ist von ihr überliefert, die mir besonders gut gefällt.«

Paolo zog Chiara dicht an seine Seite und schlang den Arm um ihre Taille. Sie schmiegte sich an ihn und genoss den Körperkontakt.

»Eines Tages, als die heilige Katharina noch sehr jung war, kam ein hübscher Bursche in die Stadt, um sich die Wettrennen anzuschauen. Er war ein Edelmann, der aus Perugia stammte. Beim Wein hat er dann wohl ein wenig zu viel über die Verwaltung gelästert, was der damaligen Signoria zu Ohren kam. Zu der Zeit haben die Machthaber nicht lange gefackelt, er wurde kurzerhand zum Tode verurteilt. In der Nacht, bevor er geköpft werden sollte, kam Katharina zu ihm in die Zelle, um mit ihm zu beten. Er verliebte sich auf Anhieb in sie. Sie aber hatte nichts weiter im Sinn, als ihm sein Sterben leichter zu machen, und sie betete zu Gott und allen Heiligen, dass der arme Junge in den Zustand der Gnade erhoben werden möge. So beteten und weinten sie zusammen die ganze Nacht. Schließlich fasste er sich und erklärte, er habe nur noch den einen Wunsch, nämlich dass sie im Moment seines Todes seinen Kopf halten möge.«

»Und was geschah dann?«, fragte Chiara gespannt.

Paolo lächelte traurig. »Sie tat es. Das Letzte, was er vor dem Fallbeil sah, war ihr wundervolles, gottergebenes Gesicht. Es heißt, er sei mit einem Lächeln auf den Lippen gestorben.«

Chiara wusste nicht, was sie darauf erwidern sollte.

»Wie gesagt, das ist eine Legende«, fuhr Paolo fort. »Aber im Zusammenhang mit der heiligen Katharina gibt es auch so manches, das geschichtlich verbürgt ist. So sind beispielsweise von ihr hunderte von Briefen erhalten, die heute als wichtige Dokumente der italienischen Sprache gelten.«

»An wen hat sie geschrieben?«, wollte Chiara neugierig wissen.

»Na ja, hauptsächlich wohl an den Papst«, sagte Paolo lachend. »Irgendein Gregor, wenn ich mich recht erinnere. Das war zu der Zeit, als es in Frankreich noch einen Gegenpapst gab. Katharina soll maßgeblich zur Einigung der Kirchenfürsten beigetragen haben.« Er deutete auf die rotbraune Backsteinfassade einer uralten gotischen Kirche. »In dieser Basilika hier gibt es Reliquien von ihr. Dort wird in einer Seitenkapelle ihr Kopf aufbewahrt – und ein in Silber gefasster Finger.«

Er grinste, als Chiara unwillkürlich einen Laut des Abscheus von sich gab. »Das war damals nichts Ungewöhnliches, *Bellezza*. Sie war eine bedeutende Persönlichkeit ihrer Zeit. Ach ja, außerdem gibt es dort ein schönes Fresko von Vanni, auf dem sie abgebildet ist. Er hat Katharina persönlich gekannt, deshalb gilt die Darstellung als authentisch. Gelegentlich muss ich sie dir zeigen.«

Schweigend gingen sie weiter. Inzwischen war es fast eins, und der Trubel in den Straßen hatte sich ein wenig gelegt.

»Schau«, sagte Paolo, »der Fonte Branda.« Sie waren vor einem romantisch illuminierten Brunnenhaus stehen geblieben.

»Oh«, hauchte Chiara entzückt. Unter den uralten Gewölben erstreckte sich eine glasklare Wasserfläche, unter der behäbige Karpfen schwammen.

Paolo legte seine Lippen gegen ihr Ohr, und Chiara erschauerte.

»Man muss ihn bei Nacht gesehen haben«, murmelte Paolo.

»Er ist wunderschön.«

Paolo ergriff sie bei den Händen und drehte sie zu sich um. »Chiara.«

Mehr sagte er nicht, doch das war auch nicht nötig. Chiara beugte sich zu ihm wie eine Blume, die sich zur Sonne neigt. Als er sie endlich küsste, stöhnte sie auf und drängte sich gegen ihn, umschlang ihn mit beiden Armen.

Nach einer Weile löste er sich vorsichtig aus ihrer Umarmung und hielt sie ein Stück von sich weg. Sein Atem ging schwer. »Komm mit.«

Er nahm sie bei der Hand und zog sie hinter sich her. Chiara folgte ihm blindlings, es war ihr völlig gleichgültig, wohin er sie brachte. Sie wäre ihm in die Hölle gefolgt.

Doch sein Ziel war wesentlich profaner. Es handelte sich um ein First-Class-Hotel, das in einer Jugendstilvilla mit Blick auf die Fortezza di Medici untergebracht war, umgeben von einem reizvollen Garten.

Vor dem Eingang zur Lobby blieb Paolo stehen und drehte sich zu Chiara um. »Du willst es doch, oder?«

Gerührt von dem leicht unsicheren Tonfall in seiner Stimme, hob Chiara die Hand und legte sie leicht an seine Wange. Was seine Frage betraf, so musste sie nicht nachdenken. Sie nickte, ohne zu zögern. Mit einem erleichterten Lachen zog er sie durch die Tür. Chiara wartete ein wenig befangen im Hintergrund, während er am Empfangstresen die Anmeldeformalitäten erledigte. Sie hatten kein Gepäck dabei, und es lag auf der Hand, wozu sie das Zimmer benötigten, doch der Portier verzog keine Miene, als er Paolo den Zimmerschlüssel aushändigte.

Eilig folgte Chiara Paolo zum Lift, und als die Tür hinter ihnen mit erlösendem Zischen zuglitt, drückte sie kichernd ihr Gesicht gegen seine Brust. »Mein Gott, wie peinlich.«

Er umfasste ihr Kinn und hob es an. »Ich weiß. Es tut mir Leid, dich in so eine Situation zu bringen. Es ist … unwürdig.«

Sie griff nach den Enden seines Kragens und zog ihn näher. »Es ist mir egal.«

Der Aufzug erreichte das obere Stockwerk, und nur wenige Sekunden später waren sie im Zimmer.

Wortlos standen sie voreinander. Chiara hatte keinen Blick für den luxuriös eingerichteten Raum. Sie wollte Paolo berühren, aber ihr Körper gehorchte ihr nicht. Sie konnte ihn nur anstarren, sich dem Blick dieser unglaublichen Augen ergeben.

Dann hob er langsam, fast wie in Zeitlupe, die Hand und legte sie sacht auf ihre rechte Brust, während er sie weiter unverwandt anschaute.

Die Berührung hatte den Bann gebrochen. Mit leisem Keuchen presste Chiara ihre Hand auf seine Finger, um den Druck zu verstärken, und im nächsten Augenblick lag sie in seinen Armen.

Beim ersten Morgengrauen verließen sie das Hotel. Paolo bestand darauf, weil er, wie er sagte, Chiara nicht erneut in eine unangenehme Situation bringen wollte. Er bezahlte das Zimmer beim Nachtportier, dann verließen sie Arm in Arm das Hotel und schlenderten durch das graue Licht des anbrechenden Tages zum Parkplatz. Es herrschte kaum Verkehr, sie hatten freie Fahrt über die Autostrada nach Florenz. Chiara döste mit zurückgelegtem Kopf; in der Nacht hatte sie kaum geschlafen. Ab und zu spürte sie Paolos Blicke auf sich ruhen, dann wurde sie wach und lächelte ihn träumerisch an. Worte waren überflüssig. Noch nie hatte sie sich nach einer Nacht mit einem Mann so glücklich gefühlt.

Als er vor dem Haus in der Via Faenza hielt, kam sie bereitwillig in seine ausgebreiteten Arme.

»Ich ruf dich an«, sagte er.

»Ich freu mich.«

Er brachte sie zur Haustür, wo sie sich mit einem zärtlichen Kuss verabschiedeten. Im Hausflur zog Chiara die Schuhe aus. Leichtfüßig und geräuschlos lief sie nach oben, doch ihr Versuch, unbemerkt in die Wohnung zu gelangen, schlug fehl. Lucy war schon – oder noch – auf. Sie saß im Wohnzimmer in einem Sessel, mit untergezogenen Beinen und undeutbarem Gesichtsausdruck. Das Partykleid hatte sie ausgezogen. Sie war nackt bis auf ein winziges Spitzenhemdchen mit passendem Slip. Das lange Haar lag wie ein dunkler Vorhang über ihrer rechten Gesichtshälfte.

»Wo warst du mit ihm?«, fragte sie anstelle einer Begrüßung.

Chiara räusperte sich. »In Siena.«

»Du hast mich einfach hier hängen lassen. Es war auch deine Party. Deine Gäste.«

»Ich weiß. Es tut mir Leid. Aber ...« Chiara machte eine ziellose Bewegung mit der Hand. »Ich konnte nicht anders. Ich hab mich so gefreut, ihn wiederzusehen. Du weißt doch, wie verrückt ich mich die ganze Zeit deswegen gemacht habe.«

Lucy schwieg, dann meinte sie unvermittelt: »Ich habe mir Sorgen gemacht. Ich dachte nicht, dass du die ganze Nacht wegbleibst.«

»Es tut mir Leid. Ich hätte anrufen sollen.«

»Du hast dein Handy ausgeschaltet.«

»Ja«, räumte Chiara ein. »Ich … wir wollten nicht gestört werden.«

»Wart ihr bei ihm?«

»Äh … nein.«

»Im Hotel?«

Chiara nickte und fragte sich dabei, warum zum Teufel sie dabei ein so schlechtes Gewissen hatte. Sie war erwachsen und wusste, was sie tat. Lucy war nicht ihre Mutter. Es gab keinen Grund, warum Chiara sich ihr gegenüber hätte rechtfertigen müssen.

»Und, wie war er?«, wollte Lucy mit zusammengekniffenen Lippen wissen. »Hat es sich für dich wenigstens gelohnt?«

Chiara nickte wortlos, dann ging sie auf ihr Zimmer, um das zerdrückte Kleid auszuziehen. Die Euphorie von vorhin war verflogen. Sie merkte, wie verschwitzt und übernächtigt sie war, und die Müdigkeit zerrte plötzlich an ihr wie Blei.

Lucy war ihr gefolgt. »Was ist los, redest du nicht mehr mit mir? Hast du etwas gegen mich? Bin ich dir irgendwie zu nahe getreten?«

Chiara streifte ihr Kleid ab und warf es achtlos über einen Stuhl. »Ich gehe ins Bett. Tut mir Leid, wenn ich nicht besonders gesprächig bin. Aber ich bin hundemüde.«

»Mit anderen Worten: Halt die Klappe, Lucy. Zieh Leine, Lucy.« Lucy kam näher, beide Hände auf die schmalen Hüften gestemmt.

»Was ist los mit dir?«, wollte Chiara gereizt wissen. »Ich hatte eine tolle Nacht mit einem tollen Mann. Seit einem halben Jahr war es das erste Mal, dass ich wieder Sex hatte. Und er war gut. Nein, nicht nur gut, sondern hervorragend. Wer hat mir denn seit Monaten gepredigt, dass ich in Gefahr bin, zu einer vertrockneten alten Jungfrau zu mutieren?« Sie zog BH und Höschen aus, ließ beides auf den Boden fallen und ging ins Bad. »Entschuldige, aber ich bin nicht in der Stimmung, mit dir zu streiten.«

Lucy kam ihr nach. »Wer sagt denn, dass ich mit dir streiten will? Ich will nur wissen, wie es war! Du hast mir sonst immer alles erzählt! Warum nicht diesmal?«

»Weil du im Moment eine ziemlich miese Laune hast, und da macht es nun mal keinen Spaß, über so was zu reden.«

Lucy hob die Hände. »Meine Laune ist bestens. Ich bin nicht böse. Es geht mir gut, wirklich. Ich habe mir nur *Sorgen* gemacht!«

Chiara ließ sich von dem leicht verzweifelten Unterton in Lucys Stimme erweichen. Sie ließ es zu, dass Lucy ihr ins Bad folgte und sie dabei beobachtete, wie sie unter die Dusche stieg und den Wasserhahn aufdrehte.

»Und jetzt erzähl mir alles«, befahl Lucy.

Chiara tat so, als hätte sie wegen des rauschenden Wassers kein Wort verstanden, aber Lucy wiederholte ihre Frage in einer Lautstärke, die Chiara fürchten ließ, dass Signora Ettore abermals zum Besen greifen würde.

»Es war ... wunderbar«, sagte sie, das Gesicht voll in den Duschstrahl haltend. Ihre Stimme klang prustend und undeutlich, doch Lucy hatte sie problemlos verstanden.

»Was meinst du mit wunderbar?«, wollte sie wissen.

»Lass uns morgen drüber reden.«

»Es *ist* morgen.«

»Es ist noch nicht mal halb sechs, und ich sterbe vor Müdigkeit.« Chiara drehte die Dusche ab, griff nach einem

Handtuch und wand es sich um den Körper. Mit einem weiteren Handtuch frottierte sie ihr Haar, bis es wie eine feuchte Wolke von ihrem Kopf abstand. Nach einem ebenso flüchtigen wie erfolglosen Versuch, die Strähnen mit dem Kamm zu glätten, ging sie zurück in ihr Zimmer. Diesmal machte Lucy nicht den Versuch, ihr zu folgen, sondern verschwand eingeschnappt in ihrem eigenen Zimmer. Chiara war zu müde, um sich deswegen den Kopf zu zerbrechen. Mit Lucys gelegentlichen Stimmungsumschwüngen konnte sie leben. Gut möglich, dass sie schon in ein paar Stunden wieder durch die Wohnung hüpfte und Chiara überschwänglich um den Hals fiel.

Als Chiara im Bett lag, versuchte sie, sich an die Wärme und die Leidenschaft in Paolos Armen zu erinnern, doch sogar dazu war sie zu müde. Der Schlaf kam rasch und war tief und traumlos.

Als sie aufwachte, war es fast zwei Uhr nachmittags. Lucy war nicht da, hatte aber einen Zettel mit einer Botschaft für Chiara hinterlassen.

Ich weiß, ich bin eine Nervensäge. Nicht böse sein. Bin einkaufen. Bis später. L.

Chiara lächelte erleichtert, als sie Lucys Worte las. Und dann wurde sie von der Erinnerung an die letzte Nacht überflutet. Den Zettel noch in der Hand, erhob sie sich auf Zehenspitzen und vollführte mitten in der Küche eine Pirouette – recht brauchbar sogar, wie sie fand. Immer noch auf Zehenspitzen, tänzelte Chiara in die Diele, wo sie vor dem Spiegel stehen blieb und ihr erhitztes Gesicht betrachtete. Ihr Haar war eine einzige Katastrophe, weil sie es vor dem Schlafengehen nicht trockengeföhnt hatte. In zotteligen Borsten umstand es ihren Kopf, doch Chiara fand, dass sie noch nie im

Leben so hübsch ausgesehen hatte. Ihre Augen glänzten, und ihre Haut schimmerte wie von innen heraus.

»Das muss Liebe sein«, summte sie, während sie frische Sachen aus dem Schrank holte.

Da sie heute nicht ins Büro musste, zog sie sich leger an, alte, abgeschnittene Jeans, die kaum ihre Oberschenkel bedeckten, und dazu ein weißes Baumwolltop mit Spaghettiträgern. Barfuß ging sie anschließend in die Küche, um sich einen Espresso zu kochen. Während die Maschine zischte, klingelte es an der Haustür. Chiara ließ fast die Tasse fallen, so eilig hatte sie es, zum Türöffner zu kommen. Sie riss die Wohnungstür auf und hörte mit heftigem Herzklopfen die Schritte im Treppenhaus nach oben kommen. Männerschritte, eindeutig. Als sie den dunklen Haarschopf und die breiten Schultern an der letzten Kehre auftauchen sah, stieß sie einen kleinen Schrei aus. Ohne nachzudenken rannte sie ihm entgegen, um ihn zu umarmen. Zu spät erkannte sie, dass der Mann nicht Paolo war, sondern ein Fremder. Von ihrem eigenen Schwung vorwärts getragen, landete sie an seiner Brust und musste sich festklammern, um nicht mit ihm gemeinsam die Treppe hinunterzufallen. Der Mann reagierte instinktiv und packte ihre Hände, um sie zu stützen. Nachdem sie ihr Gleichgewicht zurückgewonnen hatte, ließ er sie los und schob sie ein Stück weit von sich weg, mit einer Bewegung, die Chiara ziemlich brüsk erschien.

»Entschuldigung«, sagte sie peinlich berührt. »Ich habe Sie mit jemandem verwechselt.«

»Das war nicht zu übersehen.« Die Stimme war ebenso harsch wie die Bewegung. Außerdem erkannte Chiara sie auf Anhieb. Sie gehörte dem unfreundlichen Kerl, der sich am Telefon gemeldet hatte, als sie versucht hatte, Paolo anzurufen. Das musste sein Bruder Fabio sein.

Bei näherem Hinsehen war es für Chiara unbegreiflich, wie

sie diesen Mann für Paolo hatte halten können. Es war so gut wie keine Ähnlichkeit vorhanden, sah man von dem dunklen, lockigen Haar einmal ab. Zog man allerdings die Tatsache in Betracht, dass nahezu die Hälfte aller italienischen Männer solches Haar hatte, war es erst recht unverständlich, dass sie sich zu diesem Irrtum hatte hinreißen lassen. Vermutlich lag es allein daran, dass sie so fest mit seinem Besuch gerechnet hatte.

Dieser Mann – Fabio – sah völlig anders aus als Paolo. Sein Körper war viel kräftiger; er hatte nichts von Paolos schlanker, drahtiger Eleganz, sondern war gebaut wie ein Preisboxer, mit harten Kanten und festen Muskeln überall. Als Nächstes stellte Chiara fest, dass er um einiges größer war als Paolo, denn er stieg zwei Treppenstufen herauf und stand nun neben ihr. Sie musste den Kopf ein wenig in den Nacken legen, um ihn anschauen zu können. Sein Gesicht ließ noch weniger Familienähnlichkeit erkennen. Kein Mensch würde je auf die Idee kommen, diesen Mann und Paolo für Brüder zu halten. Während Paolo aussah wie eine Statue des Apoll, hatte dieser Mann mehr von einem urzeitlichen Krieger. Seine Züge waren beinahe hässlich, mit scharfen, fast groben Linien, wie von einem wütenden Bildhauer mit wenigen Griffen geformt und unfertig zurückgelassen. Die Nase sprang weit vor und hatte am Ansatz einen Höcker, der auf einen früheren Bruch hindeutete. Kinn und Stirn waren breit und kantig, und die Haut von Wangen und Schläfen war von zahllosen kleinen Falten gefurcht, Anzeichen dafür, dass er sich häufig unter freiem Himmel aufhielt. Am bemerkenswertesten waren jedoch seine Augen. Sie glühten in einem fast unwirklichen Blauviolett, das sich hell vor der sonnenverbrannten Haut seines Gesichts abhob.

Einen Moment kam es Chiara in den Sinn, dass sie sich vielleicht geirrt hatte. Es war ausgeschlossen, dass dieser Bursche mit Paolo verwandt war. Was die Stimme betraf, so konnte sie sich auch getäuscht haben. Er hatte gerade eben nur einen einzigen Satz gesagt.

»Ähm … Signor …?«

»Cortezzi«, schnarrte er.

Also hatte sie die Stimme doch erkannt. Er war genau der, für den sie ihn gehalten hatte. Womit allerdings noch nicht geklärt war, was er hier zu suchen hatte. Welchen Grund konnte er haben, hier aufzutauchen?

»Paolo – ihm fehlt doch nichts, oder?«

Auf ihre ängstliche Frage hin runzelte er die Stirn, was ihm das Aussehen eines zornigen Barbaren verlieh. Erst bei seinen nächsten Worten ging Chiara auf, dass er tatsächlich zornig war.

»Nichts, was ihm nicht schon gestern oder die ganze Zeit gefehlt hätte.«

Von der Aggressivität seines Tonfalls eingeschüchtert, ging sie automatisch einen Schritt zurück, was sie um ein Haar dazu brachte, erneut zu straucheln, weil sie nach wie vor auf der Treppe stand. Diesmal fing sie sich ohne seine Hilfe und stieg die restlichen Stufen hinauf, zum einen, weil sie keine Lust hatte, hier im Treppenhaus ein Spektakel zu veranstalten, und zum anderen, weil sie es vorzog, einen ausreichenden Sicherheitsabstand zwischen sich und diesen groben Klotz von Mann zu legen.

Doch sofort machte er ihre Absichten zunichte, indem er ihr folgte. Anscheinend hatte er ihr noch mehr zu sagen.

Chiara überlegte, ob sie ihm einfach die Tür vor der Nase zuschlagen sollte, doch zu ihrer Überraschung sagte er in gemäßigtem Ton: »Es geht ihm gut.«

Chiara gestattete sich ein hörbares Aufatmen.

»Warum sind Sie dann hier?«

Zu ihrem Verdruss war er ihr dreist bis ins Wohnzimmer

gefolgt, wo er sich eingehend umschaute und das Mobiliar musterte. Zum Glück hatte Lucy gestern nach der Feier noch aufgeräumt. Nach ihren Festen sah es normalerweise ziemlich wüst in der Wohnung aus. Allerdings machte dieser Fabio nicht gerade den Eindruck, als würde er besonders viel Wert auf Ordnung legen. Er selbst wirkte nicht gerade wie aus dem Ei gepellt. Seine Jeans war mit Sicherheit älter als Chiaras Shorts und mindestens ebenso abgewetzt, und auch sein T-Shirt hatte schon bessere Tage gesehen. Es war viel zu eng; die ausgewaschene, dunkelblaue Baumwolle spannte über den Schultern und am Rücken, sodass jede Bewegung seiner Muskeln zu erkennen war. Seine großen nackten Füße steckten in ausgelatschten Sandalen, die auf dem Parkett ein leises Quietschen erzeugten, während er eine Reihe von Aquarellen abschritt, die von Luisa stammten. Die meisten von ihnen zeigten ländliche Motive von La Befana, aber es war auch ein gut gelungenes Porträt von ihrer Großmutter darunter.

Er machte keine Anstalten, ihr zu sagen, was ihn hertrieb.

»Kann ich Ihnen vielleicht einen Espresso anbieten?«, fragte Chiara höflich.

Als er nickte, ging Chiara mit einem ziemlich mulmigen Gefühl in die Küche und bereitete dort zwei Tassen Espresso zu, während sie mit einem Ohr hinüber nach nebenan lauschte.

Der Typ hatte richtig gefährlich ausgesehen, erst recht in diesem Aufzug. Wenn sie daran dachte, wie perfekt Paolo sich kleidete …

An ihrer eigenen Aufmachung konnte sie momentan nicht viel tun. Wenn sie gewusst hätte, dass Besuch kommen würde, hätte sie etwas Präsentableres angezogen als diese aufreizend knappen Shorts und das viel zu kurze Hemdchen. Und ihr Haar … Hektisch versuchte Chiara, zumindest einen Hauch von Ordnung in ihre wüste Mähne zu bringen. Mit allen zehn Fingern fuhr sie hindurch, ohne viel mehr dabei zu erreichen, als sich etliche Haare auszureißen.

»Vielleicht sollten Sie einen Kamm benutzen.«

Er stand in der offenen Küchentür, eine Schulter an den Rahmen gelehnt, beide Hände in den Hosentaschen. Wenn er es darauf anlegte, konnte er sich offenbar anschleichen wie ein Raubtier. Er sah auch aus wie eines, als er nun die Hände aus den Taschen nahm und langsam auf sie zukam. Nur mit Mühe widerstand Chiara dem Bedürfnis, abermals vor diesem Mann zurückzuweichen. Er hatte etwas an sich, das sie dazu brachte, vor ihm weglaufen zu wollen, am liebsten so weit wie möglich.

Er streckte die Hand aus, und unwillkürlich zuckte sie zurück. Doch er nahm nur eine der beiden Tassen von der Anrichte. Daran nippend, meinte er beiläufig: »Sie hätten vielleicht besser in England bleiben sollen.«

Chiara schluckte. War das etwa der Versuch einer normalen Konversation? Bisher hatte sie nur Grobheiten von diesem Kerl gehört. Paolos Bruder hin oder her, sie war froh, wenn er wieder verschwunden war. Es wurde Zeit, dass er erklärte, warum er hier war, um anschließend so schnell wie möglich abzuhauen.

»Woher wissen Sie, dass ich von dort stamme?«, fragte sie bemüht höflich. »Hat Paolo es Ihnen erzählt?«

Er zuckte die Achseln, ohne zu antworten.

Chiara holte Luft, dann stellte sie ihre Tasse weg. »Hören Sie, das wird mir jetzt zu dumm«, sagte sie mit mühsam gezügelter Wut in der Stimme. »Ich habe keine Ahnung, was Sie hier wollen. Sie kommen hier rein, benehmen sich unverschämt und grob wie ein Bauer und stehlen mir die Zeit. Wenn Sie nicht sofort damit herausrücken, weshalb Sie hier sind, schlage ich vor, dass Sie ...«

Etwas lag in seinem Blick, das sie mitten im Satz aufhören

ließ. Geschmeidig wie ein Tiger kam er näher, und bevor Chiara auch nur den Versuch machen konnte, ihm auszuweichen, umfasste er mit einer Hand ihren Kopf und zog sie näher. Im nächsten Sekundenbruchteil pressten sich seine Lippen mit glühender Heftigkeit auf ihren Mund und erstickten ihren Protest bereits im Ansatz.

Keuchend hob er den Kopf. »*So* benimmt sich ein Bauer!«

Seine andere Hand fuhr ebenfalls in ihr Haar und packte ihren Kopf. »Was reizt dich an ihm, sag es mir. Ist es sein Geld? Oder doch eher *das*?«

Als sie in einer instinktiven Geste der Abwehr beide Hände hob, um ihn von sich zu stoßen, umschlang er sie mit beiden Armen und drückte sie mit einer Gewalt an seinen Körper, die Chiara den Atem aus den Lungen presste. Sie rang nach Luft, was sich als Fehler erwies, denn im nächsten Augenblick bemächtigte er sich wieder ihrer Lippen und drängte seine Zunge in ihren Mund, so tief, wie es ihm möglich war, wodurch sie erst recht nicht mehr atmen konnte. Er hielt sie so fest, dass ihre Brüste an seinen Rippen fast zerquetscht wurden. Langsam ging ihr der Sauerstoff aus, und sie fürchtete, ohnmächtig zu werden. Dennoch war sie klar genug bei Verstand, um jede Einzelheit seines sich an sie drängenden Körpers wahrzunehmen. Sein verschwitztes Hemd, seinen Geruch, durchdringend, aber merkwürdigerweise nicht unangenehm, seine kratzigen Bartstoppeln, die Härte seiner Brust und seiner Oberarme. Und, von allen Details am deutlichsten, seine Erektion, die sich gegen ihren Bauch schob und rieb.

Chiara zappelte und wand sich und war sich bei jeder Bewegung ihrer absoluten körperlichen Unterlegenheit bewusst. Egal, was dieser Kerl vorhatte – sie würde ihn nicht daran hindern können. Sie hatte immer gedacht, dass sie stark genug wäre, um sich gegen männliche Gewalt zur Wehr setzen zu können, doch nichts hatte sie auf ein eins neunzig großes, neunzig Kilo schweres und zweifellos geisteskrankes Sexmonster vorbereitet, das sie zu allem Überfluss auch noch eigenhändig am helllichten Tag auf einen Espresso hereingebeten hatte.

»He, was ist denn hier los?«

Noch nie in ihrem Leben hatte Chiara eine solche überschäumende Erleichterung gespürt wie jetzt beim Klang von Lucys Stimme. Der Kuss – sofern man diesen brutalen Übergriff überhaupt so nennen konnte – fand im selben Augenblick ein Ende. Fabio ließ sie los und fuhr zur Tür herum.

»Störe ich etwa?« Lucy kam in die Küche, in jeder Hand eine volle Einkaufstüte. Mit schrägen, aber unverkennbar neugierigen Blicken beäugte sie Fabio von der Seite. »Habe ich da seit gestern irgendetwas Wichtiges verpasst, oder hat dieser Bursche sich um Mitternacht von einem Prinzen in ein Ungeheuer verwandelt?«

Chiara wäre um ein Haar in hysterisches Lachen ausgebrochen. »Schön, dich zu sehen, Lucy. Du hast nichts verpasst. Unser Besuch wollte sowieso gerade gehen.«

Sie hatte den Satz kaum ausgesprochen, als Fabio auch schon verschwunden war.

Verblüfft starrte Lucy ihm nach. »Wer war der Kerl?«

Chiara atmete zittrig aus. »Ein Verrückter.«

Lucy stellte die Tüten ab. »Was du nicht sagst. Gestern warst du noch mit einem anderen zusammen, oder nicht? Kannst du den Hals nicht voll kriegen?«

»Versteh doch. Er hat ...« Chiara machte eine hilflose Bewegung und betastete vorsichtig mit den Fingern ihre geschwollenen Lippen.

Lucy hob ungläubig die Brauen. »Du meinst, er hat dich überfallen?«

Chiara nickte.

»Wie ist er denn hier reingekommen?«

»Ich hab ihn reingelassen«, sagte Chiara lakonisch. »Er ist Paolos Bruder.«

»*Das* ist Paolos Bruder? Dieser … dieser Terminator-Verschnitt?«

»Ich konnte es zuerst auch nicht glauben.«

»Er sieht ganz anders aus als Paolo.«

»Von seinem Benehmen ganz zu schweigen«, pflichtete Chiara ihr bei.

»Was wollte er hier?«

»Ich weiß es nicht. Er tauchte hier auf, hat mir Beleidigungen an den Kopf geworfen, einen Schluck Espresso getrunken – und fiel über mich her. Dann bist du reingekommen, gerade noch rechtzeitig.« Die letzten Worte brachte sie kaum noch heraus, denn mit einem Mal setzte der Schock ein, und ihr wurde plötzlich schwindlig. Mit zittrigen Knien taumelte sie zur Anrichte, um sich dort festzuklammern.

»Himmel, was ist los mit dir?«, rief Lucy bestürzt aus. »Ist dir schlecht?«

Chiara wollte ihr sagen, dass es nur die verspätete Reaktion auf Fabios rüde Attacke war, doch sie brachte kein Wort heraus. Sofort war Lucy an ihrer Seite, um sie zu stützen. »Komm, setz dich erst mal. Leg den Kopf auf die Knie und atme tief durch!«

Chiara folgte ihrem Rat. Langsam ließ sie sich zu Boden gleiten und hockte sich auf die Fliesen, den Rücken gegen den Küchenschrank gelehnt.

»Ist es so schlimm? Soll ich einen Arzt rufen?«

Chiara schüttelte den Kopf. »Es geht schon wieder«, sagte sie matt. »Ich hätte nicht auf nüchternen Magen Kaffee trinken sollen.«

»Du hättest nicht auf nüchternen Magen diesen Kerl in die Wohnung lassen sollen«, korrigierte Lucy sie. »Alles wieder in Ordnung?«

Chiara nickte und strich sich das Haar aus dem Gesicht. »Ich bin okay.«

»Wenn du mich fragst – die ganze Familie ist bescheuert. Dieser tolle Graf inklusive. Die haben sie doch nicht alle.«

»Paolo ist ganz anders.« Chiara fühlte sich sofort bemüßigt, für ihre neue Liebe eine Lanze zu brechen. »Außerdem hast du vor ein paar Wochen selbst noch von ihm geschwärmt, hast du das vergessen?«

Lucys Gesicht verschloss sich. »Ich habe meine Meinung geändert.«

»Das hat sich alles aufgeklärt.«

Lucy richtete sich auf und fing an, die Einkaufstüten auszupacken. »Was hat sich aufgeklärt?«

»Warum er nicht angerufen hat.« Chiara legte den Kopf in den Nacken und holte tief Luft. Sie fühlte sich besser. Ihr Kreislauf hatte sich beruhigt.

Als drüben im Wohnzimmer das Telefon klingelte, wusste sie sofort, dass es Paolo war, doch bis sie sich auf die Füße gestemmt hatte, war Lucy bereits nach nebenan gerannt und hatte abgehoben. Chiara hörte sie ein paar scharfe Worte zu dem Anrufer sprechen, konnte aber nicht verstehen, was sie gesagt hatte.

Sie kam ebenfalls ins Wohnzimmer. Lucy stand an dem kleinen Telefontischchen. Ihr wütend verzerrtes Gesicht sprach Bände. Chiara entriss ihr den Hörer und presste ihn glücklich ans Ohr. »Paolo?«

»*Ja, Bellezza.* Ich bin's. Ich hatte dir versprochen, anzurufen, und diesmal konnte nichts auf der Welt mich davon abhalten, es zu tun.« Dem gelegentlichen Rauschen in der Leitung nach zu urteilen, sprach er vom Autotelefon aus. Trotzdem reichte allein seine Stimme, um alles in ihr zum Schmelzen zu bringen. Wenn sie nach der letzten Nacht noch Zweifel gehabt haben sollte, ob sie sich wirklich in diesen

Mann verliebt hatte, so waren sie in diesem Moment verflogen.

»O Gott, ich ...«

»Was ist, Liebste? Du hörst dich aufgeregt an.«

»Paolo, es ist ... Ich weiß nicht, wie ich es dir sagen soll, aber ...«

»Ist etwas passiert?«, wollte er beunruhigt wissen.

»Ich ... Na ja ...« Chiara suchte nach Worten, um ihm das Unvorstellbare begreiflich zu machen, ohne den Vorfall allzu dramatisch klingen zu lassen, doch ihr wollten keine passenden Formulierungen einfallen. »Dein Bruder war hier«, sagte sie schließlich lahm.

»Wirklich? Was wollte er?«

»Nun ... Keine Ahnung.«

Lucy gab einen unterdrückten Laut der Entrüstung von sich. Sie hatte ihren Platz neben dem Telefon noch nicht geräumt. Mit zornigen Gesten bedeutete sie Chiara, ruhig das Kind beim Namen zu nennen.

Chiara zwirbelte die Schnur des Telefons zwischen ihren Fingern. »Er ... Ich weiß nicht, er war sehr ... unhöflich. Er war richtiggehend ... ähm, grob.«

Lucy beugte sich näher und brüllte in den Hörer: »Er wollte sie vergewaltigen!«

Chiara drehte ihr verärgert den Rücken zu und legte die Hand über die Muschel.

»Chiara.« Paolos Stimme klang verzweifelt. »Es ist sicherlich ein ungünstiger Zeitpunkt, dass ich ausgerechnet jetzt damit herausrücke, und ganz gewiss wollte ich es dir nicht am Telefon sagen, aber jetzt geht es nicht anders. Mein Bruder ist ... Er ist nicht ganz normal.«

»Was meinst du damit, nicht normal?«

Lucy stand immer noch neben ihr. »Natürlich ist er nicht normal! Ihr seid alle nicht normal!«

»Halt die Klappe«, zischte Chiara.

»War das Lucy? Sie nimmt kein Blatt vor den Mund.«

»So ist sie«, sagte Chiara gewollt fröhlich. »Nimm das, was sie sagt, nicht so ernst.«

Lucy gab einen gepressten Laut von sich, der halb nach Verachtung, halb nach Verzweiflung klang, dann hieb sie den Arm in die Ellbogenbeuge und räumte mit dieser internationalen Geste das Feld. Sekunden später drang ohrenbetäubend laute Musik aus ihrem Zimmer.

»Was ist los mit deiner Freundin? Hat sie ... Hat sie irgendetwas zu dir gesagt? Über mich, meine ich.«

»Nicht direkt. Sie ist rausgegangen. Wir können jetzt sprechen.«

»Ist Fabio dir wirklich zu nahe getreten?«

»Er ... hat versucht, mich zu küssen.« Chiara sagte sich, dass es keinen Zweck hatte, das Vorgefallene über Gebühr aufzubauschen. Vermutlich war es für Paolo auch so schon schlimm genug. Wie musste er sich fühlen, diesen Rüpel zum Bruder zu haben? Im Grunde war sie erleichtert. Wenn Fabio wirklich unter einer Art Geisteskrankheit litt, gab es für das, was sich vorhin hier abgespielt hatte, wenigstens einen annehmbaren Grund.

»Ist er gefährlich?«, erkundigte sie sich besorgt. »Wird er öfters gewalttätig?«

»Nicht wirklich. Soweit ich mich erinnere, ist es vielleicht höchstens zwei-, dreimal vorgekommen. Und er hat niemals jemandem etwas getan. Jedenfalls nicht so, dass es ... ähm, Konsequenzen gegeben hätte. Er hat so eine Art Nervenleiden, weißt du.«

»Wieso ist er überhaupt hergekommen?«

»Ich nehme an, dass er uns beide in Siena zusammen gesehen hat.«

»Ja, aber ...«

»Der kleinste Anlass reicht bei ihm manchmal aus, um einen seiner Anfälle zu kriegen.«

Chiara empfand das nicht gerade als ausreichende Erklärung. Sie wusste immer noch nicht, was Paolos Bruder dazu getrieben hatte, herzukommen und derart ausfallend zu werden. Das Gespräch über Fabio warf mehr Fragen auf, als bisher beantwortet worden waren, doch Paolo hatte offenbar keine große Lust, länger über seinen Bruder zu sprechen.

»Er ist ein bisschen verrückt, aber im Grunde harmlos«, sagte er. »Es gab da ein paar traumatische Erlebnisse in seiner Jugend. Wenn wir uns das nächste Mal sehen, erzähle ich dir mehr darüber.« Er senkte die Stimme. »Du fehlst mir, *Bellezza.*«

Chiara fühlte das nun schon vertraute Kribbeln in ihrem Magen. »Du mir auch. Wann sehen wir uns wieder?«

»An diesem Wochenende nicht, ich habe viel zu tun. Aber nächste Woche bestimmt. Ich ruf dich an. Außerdem wirst du sowieso von mir hören. Rein beruflich.«

»Wie meinst du das?«

»Schon vergessen?«, neckte er sie.

Chiara lächelte. »Der Auftrag.«

»Natürlich. Ich wollte es schon längst erledigen, ich bin nur einfach nicht dazu gekommen. Du kannst dir nicht vorstellen, was hier manchmal los ist. Die Familie, der Betrieb – es gibt Zeiten, da geht alles drunter und drüber. Ich weiß nicht, wie ich es erklären soll, aber hin und wieder wird es so schlimm, dass ich kaum zum Nachdenken komme.«

Chiara hatte durchaus eine Vorstellung davon. Wenn der Rest der Familie ähnlich anstrengend war wie sein verrückter Bruder, war es kein Wunder, dass Paolo den Kopf voller Sorgen hatte.

Sie unterhielten sich noch kurz über die Einzelheiten seines Vertrages mit Brunello & Scarlatti, dann wurde die Verbindung schlechter, und sie beendeten das Gespräch.

Den Rest des Wochenendes verbrachte Chiara wie auf Wolken schwebend. Der Himmel war blauer, die Sonne strahlender und der Blütenduft, der vom Hinterhof durch die offene Balkontür hereinwehte, intensiver als sonst.

Am Montagmorgen ging sie zu Emilio ins Büro und eröffnete ihm, dass Paolo ihnen den Auftrag erteilen wollte. »Er will noch diese Woche unterschreiben und uns den Vertrag schicken.«

Emilio war angenehm überrascht. »Wie hast du das denn hingekriegt?«

»Fachliche Kompetenz.«

Emilio musterte sie fragend, und als Chiara ihm ein breites, strahlendes Lächeln schenkte, kicherte er. »Ich frage nicht nach den Einzelheiten. Aber egal wie du es geschafft hast – gut gemacht! Ich wusste schon immer, dass du ein besonderes Händchen fürs Geschäft hast. Die Entscheidung, dich als Partnerin zu beteiligen, war goldrichtig.«

»Ja, weil ich dich sonst verlassen und meine eigene Firma aufgemacht hätte«, konterte Chiara.

Emilio warf ihr einen beleidigten Blick zu, zuckte dann aber die Schultern und ließ das Thema auf sich beruhen. Nicht so Chiara.

»Emilio«, begann sie.

Er streckte beide Hände aus. »O nein. Bitte nicht. Komm mir nicht damit.«

»Woher weißt du, was ich sagen wollte?«

»Du hast diesen ganz speziellen, berechnenden Blick, den alle Frauen aufsetzen, wenn sie mich ausbeuten wollen.«

Chiara verkniff sich ein Kichern. »Was verstehst du schon von Frauen.« Dann wurde sie ernst. »Wir müssen über meine Beteiligung reden. Meiner Meinung nach ist sie nicht mehr angemessen. Ich arbeite viel und hart, und du weißt das. Die wichtigsten Entwürfe der letzten beiden Jahre stammen von mir. Jedenfalls die, mit denen wir richtig viel Geld verdient haben.«

Das konnte Emilio schlecht abstreiten, Chiara kannte die Zahlen genauso gut wie er. Es waren nicht die kostbaren Glasserien oder die edlen Dekorationsgegenstände, die der Firma die Hauptgewinne einbrachten, sondern eher die Entwürfe für den schlichten Alltagsbedarf. Ein Türstopper, eine Mischbatterie und ein Wasserkocher, alles von Chiara im Laufe der letzten achtzehn Monate entworfen, hatten Brunello & Scarlatti einen unerwarteten Aufschwung beschert. Chiara verfügte nicht nur über ein ausgeprägtes künstlerischen Gespür, sondern hatte auch einen sicheren Instinkt für alles Praktische und Machbare. Ihre Zusammenarbeit mit den Handwerkern und Fachbetrieben bei der Erstellung der Prototypen klappte in allen Phasen des Entwicklungs- und Herstellungsprozesses stets hervorragend.

»Wie viel willst du?«

»Vierzig Prozent.«

Emilio schrie auf. »Gott!«

»Nicht doch. Sieh es positiv. Dir bleiben immer noch zehn Prozent mehr als mir. Das ist eine Menge. Du wirst dich nicht einschränken müssen, denn wir haben seit dem letzten Jahr zweistellige Zuwachsraten erzielt.«

»Du treibst mich in den Ruin mit deinen Forderungen!« Emilio rang in der für ihn typischen Art die Hände. Sein Gesicht hatte sich zu einem Ausdruck des Jammers verzerrt. Jeder, der ihn nicht kannte, wäre davon überzeugt gewesen, dass er die Wahrheit sagte.

»Ich habe übrigens auch eine Idee, wie du dein Büro umgestalten könntest.«

Emilios Stirnfalten glätteten sich. »Wirklich?« Eifrig sprang er von seinem Stuhl auf und bezog vor der immer noch schottisch karierten Wand Stellung. »Wie denn?«

»Es war nur so ein Gedanke, aber ich fand spontan, dass es wunderbar zu dir passen würde. So eine Art Ethnolook. Indianisch, aber ganz reduziert. Mit einem Hauch Mexiko-Nostalgie. Terracotta-Optik, Ziegel, Karmin, Ocker. Ornamental, aber nicht übertrieben.«

»Das klingt fantastisch«, sagte Emilio mit leuchtenden Augen. Aufgeregt musterte er die Wand und versuchte, sich das neue Muster vorzustellen. »Kannst du mir einen Entwurf machen?«

»Sicher. Was ist mit meinen vierzig Prozent, sind wir uns einig?«

Emilio runzelte die Stirn und wedelte achtlos mit der Hand. »Das sehen wir dann.«

In ähnlicher Form hatte er sich damals bei der Begründung ihrer Partnerschaft auch geäußert. Ihre höhere Beteiligung war praktisch ausgemacht.

Damit standen ihre Finanzen auf einer soliden Basis. Mit dieser neuen Sicherheit im Rücken und dem Startkapital von Tante Luisa konnte sie sofort den Mietvertrag unterzeichnen. Doch eigentümlicherweise verspürte Chiara während der nächsten Tage wenig Lust dazu, obwohl zweimal jemand von der Hausverwaltung anrief und wissen wollte, wann es ihr terminlich passte. Beide Male antwortete sie ausweichend und erklärte, dass sie sich wieder melden werde. Ihr eigenes Verhalten hätte sie vermutlich mehr beunruhigt, wenn sie nicht eine recht genaue Vorstellung vom Grund ihrer nachlassenden Euphorie gehabt hätte. Im Stillen hoffte sie, dass die Geschichte mit Paolo sich zu etwas Festem entwickeln würde. Nein, das traf es nicht: Sie war davon *überzeugt*, dass es so sein würde. Seit Jahren hatte sie nicht das Bedürfnis verspürt, mit einem Mann zu leben. In London hatte sie für ein paar Monate mit einem Broker eine Wohnung geteilt, doch ihr anfänglich gutes Verhältnis hatte sich nach kurzer Zeit in permanenten Streitereien über volle Aschenbecher, ungewaschene

Socken und ungeleerte Mülleimer aufgelöst. Während ihres ersten Jahres in Florenz hatte sie ein paar schöne Wochen mit einem Anwalt in dessen Wohnung in der Nähe der Piazza del Carmine verbracht. Seine häufige Abwesenheit hatte sie auf seine zahlreichen Geschäftsreisen und Termine zurückgeführt, bis eines Tages seine Frau vor der Tür stand. Bei der Gestaltung seines Doppellebens hatte er sich sehr geschickt angestellt. Drei Tage in der Woche verbrachte er mit seiner Frau und seinen Kindern, drei Tage bei Chiara. Am siebten Tag erholte er sich von den Strapazen der vergangenen Woche beim Golfen. Vermutlich hätte das jahrelang so weitergehen können, wenn seine Frau es nicht herausgefunden hätte. Chiara hatte sich von dem Schock recht schnell erholt; sie hatte ihn gern um sich gehabt, aber die unsterbliche Liebe war es nicht gewesen. Sie hatte ihre Gefühle unter Kontrolle gehabt.

Bei Paolo war das anders. Allein beim Gedanken an ihn beschleunigte sich ihr Herzschlag. Es war sinnlos, sich etwas vormachen zu wollen. Sie war nach Strich und Faden verknallt.

Bis zu ihrem Auszug blieb noch genug Zeit, um herauszufinden, ob diese neue Beziehung mehr versprach als nur ein paar heiße Begegnungen im Hotel. Und wenn dem so war …

Chiara entschied, die Sache mit der neuen Wohnung nicht vorschnell zu entscheiden. Wenn sie sich jetzt mit einem längerfristigen Mietvertrag festlegte, würde sie sich möglicherweise bald deswegen ärgern. Und was Lucy betraf, so musste sie ohnehin darüber nachdenken, ob sie die Wohngemeinschaft fortsetzen würde. Seit der verpatzten Party war Lucy launischer denn je. Sie ging häufig aus, ohne Chiara anschließend zu erzählen, wo sie gewesen war oder mit wem sie den Abend verbracht hatte. Sonst hatte sie immer stundenlang genüsslich alle Einzelheiten vor Chiara ausgebreitet. In der letzten Zeit erschien sie Chiara oft geistesabwesend, und wenn sie doch einmal wie gewohnt ihre Witzchen riss, wirkte ihr

Lachen gekünstelt. Von ihrem alten Überschwang war nicht mehr viel zu spüren.

Doch Chiara wollte sich deswegen nicht den Kopf zerbrechen. Ihr ganzes Denken kreiste nur um Paolo. Am Dienstagvormittag rief er sie während der Arbeit an und fragte, ob sie Zeit habe.

Sie blickte auf die Uhr. »Jetzt?«

»Natürlich jetzt!«

»Ja«, sagte sie mit fester Stimme.

Mit dem lächerlichen, aber auch köstlichen Gefühl, etwas Verbotenes zu tun, verließ sie ihr Büro und eilte nach Hause, um sich dort mit ihm zu treffen. Sein Wagen parkte in der Toreinfahrt, als sie ankam, doch von Signora Ettore war weit und breit nichts zu sehen.

»Hat sie dir noch nicht mit der Polizei gedroht?«

Er kam auf sie zu und schloss sie ohne Rücksicht auf etwaige Zuschauer in die Arme. »Ich habe ihr eine Flasche Wein mitgebracht.«

Sie verbrachten eine leidenschaftliche Stunde im Bett. Anschließend räkelte Chiara sich träge in seinen Armen. »Ich habe schon ein paar erste Entwürfe fertig. Wenn du willst, kann ich sie dir diese Woche zeigen. Und am Freitag habe ich einen Termin mit der Werbeagentur. Ich habe da ein paar sehr gute Ideen für einen Flyer …«

Paolo rollte sich auf sie und küsste sie. »Wer hat schon Lust, übers Geschäft zu reden, wenn er mit einer so schönen Frau im Bett liegt!« Er strich ihr das Haar aus der Stirn. »Du bist ein Wunder, *Bellezza*. Ich bin verrückt nach dir!«

Sie liebten sich erneut. Anschließend schliefen sie ein, doch wenig später wachten sie auf und begannen das Spiel von vorn.

Plötzlich piepte seine Armbanduhr, und der Zauber des Augenblicks war verflogen.

»Ich muss los«, sagte er. »Mein Flug geht in einer Stunde.«

»Du musst weg?«, fragte Chiara enttäuscht.

Mit einer eleganten, fließenden Bewegung stand er auf und suchte seine Sachen zusammen. Chiara konnte sich nicht an ihm satt sehen. Die Form seines Oberkörpers, die langen, kräftigen Beine, das muskulöse Hinterteil. Die winzigen Schweißperlen auf seiner Brust, die feine Linie schwarzer Haare, die sich von seinem Nabel nach unten zogen und um sein Geschlecht herum verbreiterten. Er grinste lausbübisch. »Keine Sorge, ich bringe alles wieder mit.«

Sie rollte sich herum und warf das Kopfkissen nach ihm. »Das würde ich dir auch raten. Sonst kannst du was erleben!« Dann setzte sie sich auf. »Wohin fliegst du?«

»Kalifornien. Napa Valley.«

»Bleibst du lange?«

»Mindestens für eine Woche.«

Sie war machtlos gegen die tiefe Enttäuschung, die sie bei seinen Worten fühlte, doch sie versuchte, es sich nicht allzu deutlich anmerken zu lassen.

Betont sachlich fragte sie: »Was ist mit meinen Plänen für die Produktlinie?«

»Du hast völlig freie Hand. Ich vertraue dir vollkommen.«

»Aber ich weiß doch gar nichts über Wein«, sagte sie etwas kläglich.

»Dann lerne es. Du schaffst das.«

»Da bin ich nicht so sicher«, murmelte Chiara. Insgeheim hatte sie die ganze Zeit gehofft, dass er sie endlich auf sein Gut einladen würde.

»Mach alles so, wie du es für richtig hältst. Alles Weitere besprechen wir, wenn ich wieder da bin.« Er stieg in seine Jeans, dann beugte er sich zu ihr herunter und küsste sie zärtlich auf den Mund. »Ich ruf dich an.«

6. KAPITEL

Im Laufe der folgenden Woche musste Chiara häufig an diese Worte denken. An seinen Gesichtsausdruck beim Abschied, als er ihr ins Ohr geflüstert hatte, dass er es gar nicht erwarten könne, sie das nächste Mal zu lieben, aber richtig, wie es sich gehöre – die ganze Nacht lang.

Die beiden ersten Tage nach seiner Abreise machte sie sich noch keine Gedanken. Sie sagte sich, dass er einen anstrengenden Flug hinter sich hatte, dass er vermutlich von früh bis spät unterwegs war. Die geplante Kooperation mit dem kalifornischen Weingut warf eine Unzahl technischer, juristischer und wirtschaftlicher Fragen auf, es würde nicht seine letzte Reise dorthin sein, das hatte er selbst gesagt.

Sie hatte nicht den geringsten Zweifel gehabt, dass er sie noch am Abend seiner Ankunft anrufen würde. Doch er hatte es nicht getan. Am nächsten Tag war ebenfalls kein Anruf von ihm eingegangen, obwohl Chiara sogar für die Zeit ihrer Abwesenheit jeweils eine Anrufweiterschaltung von ihrem Telefon im Büro und von zu Hause auf ihr Handy eingerichtet hatte.

Am Abend des zweiten Tages hielt sie es nicht mehr aus und rief ihn unter seiner Mobilfunknummer an. Es meldete sich nur eine automatische Stimme mit der Ansage, dass der gewählte Teilnehmer derzeit nicht erreichbar sei. Aus verständlichen Gründen wagte Chiara nicht, auf Velaghese anzurufen. Sie hatte keine Lust, sich mit Fabio herumzuärgern. Die Erinnerung an seinen rabiaten Überfall war noch zu frisch.

Chiara verfluchte sich, weil sie nicht daran gedacht hatte, Paolo nach dem Namen des kalifornischen Weinguts zu fragen. Ein Blick ins Internet zeigte ihr, dass es in Napa Valley mehrere hundert Weinerzeuger gab, und sie hatte nicht den geringsten Anhaltspunkt, wer von denen Paolos Geschäftspartner war.

Die übrigen Tage der Woche verstrichen quälend langsam. Chiara achtete darauf, immer in Reichweite eines Telefons zu bleiben. Sie schlief schlecht und schreckte nachts oft hoch, weil sie sich einbildete, ein Klingeln zu hören, nur um jedes Mal zu ihrer grenzenlosen Enttäuschung feststellen zu müssen, dass sie sich geirrt hatte.

Lucy reagierte auf Chiaras Unruhe mit wachsender Gereiztheit. »Du machst mich wahnsinnig, wie du den ganzen Tag lang um das Telefon herumschleichst. Auf den Kerl kannst du lange warten. Es ist genau dasselbe wie beim letzten Mal. Aber du hast ja nicht auf mich hören wollen. Jetzt hast du die Quittung. Ich sage es dir noch einmal: Vergiss ihn einfach.«

Das war das Letzte, was Chiara im Sinn hatte. Am Ende der Woche war sie davon überzeugt, dass diesmal tatsächlich etwas passiert war. Eine andere Erklärung gab es nicht.

»Er wollte doch nur mit dir ins Bett. Einmal war nicht genug, also hat er's nochmal versucht und dich mit derselben Methode aufs Kreuz gelegt. Schön blöd von dir, wieder auf ihn reinzufallen.«

Chiara ersparte es sich, darauf zu antworten. Mit Lucy war in letzter Zeit sowieso nicht gut Kirschen essen, man konnte kaum vernünftig mit ihr reden. Während sie sonst immer sofort mit Trost und Zuspruch bei der Hand gewesen war, wenn es Chiara einmal schlecht ging, reagierte sie auf Chiaras Sorgen um Paolo geradezu aggressiv.

»Merkst du denn nicht, dass er dich reingelegt hat? Das ist doch ein Schwindler, wie er im Buche steht! Hat er vielleicht den Vertrag unterschrieben, hm?«

Der Vertrag war im Moment Chiaras geringste Sorge. Abgesehen davon fiel es ihr schwer, überhaupt mit Lucy zu reden. Chiara hatte sie in Verdacht, dass sie Geld von ihr genommen hatte. Neulich hatte sie dreihundert Euro vermisst, die sie zwischen ihrer Wäsche aufbewahrt hatte, und wenig später war ihr auch das Fehlen einer antiken Taschenuhr aufgefallen, ein Geschenk von Luisa. Doch Chiara war nicht in der Verfassung, Lucy deswegen zur Rede zu stellen.

Am darauf folgenden Samstag war sie mit ihren Nerven am Ende. Sie *wusste* ganz einfach, dass ihm etwas passiert war! Sie holte Paolos Visitenkarte aus ihrer Brieftasche und starrte die Telefonnummer an. Nicht, dass es nötig gewesen wäre. Sie kannte sie längst auswendig, weil sie das Ding in den letzten Tagen so häufig in der Hand gehalten hatte, dass es schon ganz fleckig war. Nun, Paolo hatte eine große Familie. Es gab nicht nur diesen verrückten Fabio, sondern auch eine Schwester und eine Großmutter. Die Chancen, dass ausgerechnet er dranging, wenn sie anrief, standen nur eins zu drei. Kein schlechter Schnitt. Das Risiko war überschaubar. Inzwischen hätte sie weit mehr gewagt als diesen Anruf, um herauszufinden, was mit Paolo los war.

Entschlossen wählte sie die Nummer. Es klingelte eine Weile, und als die Verbindung hergestellt wurde, meldete sich eine Frauenstimme. Chiara unterdrückte ein erleichtertes Aufstöhnen.

»Signora, Sie kennen mich vermutlich nicht, mein Name ist Chiara Scarlatti. Ich rufe wegen Paolo an. Ich meine natürlich den Grafen. Ich …«

»Moment«, sagte die weibliche Stimme, dann war die Verbindung unterbrochen.

Ein paar Augenblicke später war eine Männerstimme zu hören. »Ja, bitte, wer ist da?«

Chiara fühlte sich, als hätte ihr jemand einen heftigen Schlag versetzt. Ein Anfall von Übelkeit zog ihr den Magen zusammen, und sie spürte einen sauren Geschmack auf ihrer Zunge.

Der Mann, der sich gemeldet hatte, war nicht Fabio.

Es war Paolo.

Sie konnte nicht sofort sprechen. Ihre Kehle war wie zugeschnürt. Schließlich brachte sie ein mühsames Hallo heraus.

»Chiara?« Seine Stimme klang überrascht. »Bist du das?«

»Ja«, sagte sie tonlos. Dann holte sie Luft und umkrampfte den Hörer so fest, dass ihre Handknöchel weiß wurden. »Ich dachte, du wärst in Amerika.«

Am anderen Ende der Leitung herrschte Schweigen.

»Paolo?«

»Hör zu, Chiara. Sei bitte nicht böse. Glaub mir, ich hätte mich gemeldet. Heute, spätestens morgen, hätte ich dich angerufen. Es ... es ist etwas passiert.«

Sofort gewann ihre Besorgnis wieder die Oberhand. »Ist alles in Ordnung mit dir? Was ist los? Ist dir etwas zugestoßen?«

»Ich kann jetzt nicht reden. Es ist ... ein Familienproblem.«

»Hat es mit deinem Bruder zu tun? Hat er etwas angestellt?«

»Bitte, lass uns beim nächsten Mal darüber sprechen. Ich melde mich, sobald es geht.«

Er legte auf. Chiara nahm den Hörer vom Ohr und starrte ihn an. In ihrem Inneren tobte eine Reihe widerstreitender Gefühle, sie wusste nicht, ob sie schreien, weinen, lachen oder fluchen sollte. Sie war wütend, verwirrt, erleichtert, gedemütigt, schockiert – alles zugleich und noch einiges mehr, von dem sie nicht wusste, wie sie es benennen sollte. Langsam legte sie den Hörer auf und ging hinaus auf den Balkon, wo sie tief durchatmete. Draußen war es windstill, die Luft stand förmlich, ein dichtes Gemisch aus Abgasen, Essensgerüchen, Grillrauch und dem schweren Duft der Blüten unten im Hof. Von Ferne hörte man Glocken zur vollen Stunde läuten. Einmal, zweimal – dann überlagerte wieder der allgegenwärtige Verkehrslärm die anderen Geräusche der Umgebung.

Chiara kam sich vor wie in einem merkwürdigen Film, der viel versprechend begonnen und dann eine surreale Wendung erfahren hatte. Sie befand sich auf einer emotionalen Achterbahnfahrt, bei der es keinen Ausstieg gab. Ihre Gedanken wirbelten durcheinander wie Blätter im Sturm. Nur vage nahm sie wahr, dass Lucy in der Zwischenzeit vom Einkaufen zurückgekommen war.

»Weißt du, was die alte Ettore vorhin gesagt hat?«, rief sie auf den Balkon hinaus. »Dass sie noch nie so guten Wein getrunken hat. Und ob sie mal wieder eine Flasche bekommen könnte. Keine Ahnung, was sie meinte. Hattest du ihr welchen gegeben?«

Sie hatte im Wohnzimmer eine CD aufgelegt und paradierte nun im Rhythmus der Musik auf und ab. »Ist das nicht eine göttliche Scheibe? Die neue von Robbie Williams. Ah, ich liebe diesen Mann. Er führt sich auf wie ein Mistkerl, aber darauf fährt die Welt ab. Wie gefällt dir mein neues Outfit?«

Sie trug ein schmal geschnittenes rosa Top mit den in diesem Jahr aktuellen Rüschen und dazu eine hautenge Jeans von Gaultier. Zur Abwechslung schien sie bester Laune zu sein.

»Sehr schön«, sagte Chiara geistesabwesend.

»Was ist los? Du siehst aus, als wäre jemand über dein Grab gelaufen.«

Ein Anglizismus, der Chiaras Gefühle treffend beschrieb.

Lucy stellte die CD leiser. »Was ist passiert?«

»Du willst es gar nicht wissen. Es hängt mit Paolo zusammen.«

Lucy fuhr zu ihr herum. »Und ob ich das wissen will!«

»Ich habe bei ihm auf dem Gut angerufen. Er war da.«

»Wo, in Amerika? Hast du doch noch den Namen dieses kalifornischen Weinbergs rausgefunden?«

»Nein, ich meine Velaghese. Ich habe vorhin dort angerufen, und er ist ans Telefon gekommen.«

Lucy ließ sich in einen Sessel plumpsen. »Ist nicht wahr!«

»Doch«, sagte Chiara. Ein Hauch von Verbitterung hatte sich in ihre Stimme eingeschlichen. Ihr war immer noch übel, und sie spürte, wie sich eine Kopfschmerzattacke anbahnte.

Lucy musterte sie kurz, dann sprang sie auf, rannte in die Küche und holte eine Flasche Evian aus dem Kühlschrank. Sie goss ein Glas randvoll und brachte es Chiara. »Hier, du musst unbedingt etwas trinken. Du siehst aus, als würdest du gleich umkippen. Fast so grün wie neulich, als der Terminator über dich hergefallen ist.«

Chiara trank ohne große Begeisterung, doch zu ihrer Überraschung merkte sie sofort, dass ihr das frische Wasser gut tat.

»Was für eine Entschuldigung hat er sich diesmal ausgedacht?«

»Er sagte, es sei etwas passiert.«

»Was denn?« Lucy hob die Hand. »Warte, sag es nicht. Ich komme sofort selbst darauf. Sein Flugzeug musste mitten im Atlantik notlanden, und er war die ganze Woche über auf einer einsamen Insel gefangen. Und im Wasser hat sich der Akku von seinem Handy entladen, sodass er dich unglücklicherweise auch nicht anrufen konnte. War es so?«

»Er hat mir gar nicht gesagt, was los ist. Er konnte nicht reden, er hat mir nur gesagt, dass es ein Familienproblem gibt.«

»Wahrscheinlich stand die ganze Zeit sein geisteskranker Bruder mit einer Axt in der Hand hinter ihm.«

»Lucy, ich kann an der ganzen Situation absolut nichts Komisches entdecken.«

»Ich auch nicht«, sagte Lucy grimmig. »Du kapierst es immer noch nicht, was? Du willst nicht begreifen, was für eine Sorte Mann das ist.«

Mit einer ruckartigen Bewegung stellte Chiara das Wasserglas auf den Couchtisch. »Bis später«, sagte sie im Hinausgehen.

»Was hast du vor?«

Doch Chiara war bereits in ihrem Zimmer, um sich umzuziehen. Zwei Minuten später war sie bereits auf dem Weg nach unten in den Keller, um ihr Fahrrad zu holen.

Doch diesmal brachte ihr die Tour durch die Innenstadt nicht die gewohnte Entspannung. Unaufhörlich kreisten ihre Gedanken immer wieder um die Frage, was mit Paolo los war. Was zum Teufel konnte er damit gemeint haben, dass etwas passiert sei? Ein Familienproblem. Das konnte alles Mögliche bedeuten. In jedem Fall schien es gravierend genug zu sein, um Paolos gesamten Alltag vollständig aus den Angeln zu heben. So sehr, dass er es nicht einmal mehr geschafft hatte, sie anzurufen.

Chiara drehte um, als sie den Arno erreicht hatte, genau da, wo neulich der Mann seine Frau geschlagen hatte. Eine unerklärliche Bedrohung schien von der Stelle auszugehen.

An diesem Nachmittag kam Florenz ihr seltsam farblos vor, mit einer Atmosphäre, die trotz des allgegenwärtigen Touristengewimmels wie eingefroren wirkte. Die Arkaden der Uffizien, normalerweise eine Stätte der Heiterkeit, schienen auf einmal tief in ihren Schatten düstere Geheimnisse zu bergen, etwas Böses, das hervorspringen würde, sobald man ihm zu nahe kam. Chiara ging rasch weiter. Schwitzend schob sie ihr

Rad über die Piazza della Signoria, wo ihr Blick sich unwillkürlich zu der Nachbildung von Donatellos Figurengruppe hob. Judith, die Holofernes in sachter Zärtlichkeit umwarb. Und er, der sich ihr voller Vertrauen hingab, die Süße ihres Leibs einatmend, nicht ahnend, dass die Frau, die er so begehrte, ihm Sekunden später den Dolch in die Kehle stoßen würde. Ihr Gesicht war so überirdisch schön, doch hinter der lieblichen Fassade lauerte die schlimmste nur denkbare Heimtücke.

Trotz der allgegenwärtigen Hitze spürte Chiara ein Frösteln. Auf einmal hatte sie es sehr eilig, nach Hause zu kommen.

Zehn Tage später hatte sie immer noch nichts von Paolo gehört. Lucys wiederholte Predigten hatten inzwischen Ergebnisse gezeigt. Chiara hatte sich damit abgefunden, dass sie sich in Paolo getäuscht hatte. Sie hatte begriffen, dass er sich bei ihr gemeldet hätte, wenn es ihm ernst mit ihr gewesen wäre. Egal was passiert war, wie schlimm auch immer die Lage auf Velaghese war – Zeit für ein kurzes Telefonat hätte er immer finden können.

Es war nicht einfach gewesen, sie hatte sich zuerst nicht eingestehen wollen, dass ihre Menschenkenntnisse tatsächlich so erbärmlich schlecht waren, wie Lucy die ganze Zeit über behauptete. Manchmal schloss sie sich in ihrem Zimmer ein und gab dem Drang nach, ihr Kissen voll zu heulen. Normalerweise hatte sie nicht so nah am Wasser gebaut, und auch in der Vergangenheit hatte sie den einen oder anderen Liebeskummer ganz gut verkraftet. Wenigstens hörte sie nach ein paar Tagen auf, ständig auf das Klingeln des Telefons zu lauschen. Sie zwang sich, nicht mehr an ihn zu denken, was ihr jedoch nicht leicht fiel, zumal sein Auftauchen in ihrem Leben in mehrfacher Hinsicht Folgen hatte.

Da war einmal der frustrierende Umstand, dass Emilio die in Aussicht gestellte Beteiligung erst dann vertraglich fixieren wollte, wenn der von Paolo unterzeichnete Vertrag eintraf. »Quid pro quo«, sagte er achselzuckend, als Chiara ihn in der folgenden Woche nochmals deswegen ansprach. »Wenn alle deine Geschäfte so laufen wie dieses, sehe ich keinen Grund, das Geld zum Fenster rauszuwerfen.«

Sie konnte es ihm nicht einmal verdenken.

Die Wohnung, für die sie sich interessiert hatte, war mittlerweile anderweitig vermietet worden, womit sich auch diese Option zerschlagen hatte.

Chiaras Verhältnis zu Lucy blieb angespannt. Die Engländerin sprach inzwischen offen davon, sich selbst eine andere Bleibe zu suchen. »Vielleicht ziehe ich ganz aus Florenz weg, mal sehen. Dieser Job gefällt mir in letzter Zeit sowieso nicht mehr so gut.« Mehrmals verschwand sie für zwei oder drei Tage, ohne dass Chiara wusste, wo sie war.

Chiara hatte es aufgegeben, sich in ihr Leben einzumischen. Die Zeiten, in denen sie nicht nur die Wohnung, sondern alle möglichen kleinen und großen Privatgeheimnisse geteilt hatten, schienen unwiederbringlich vorbei.

Nach alledem stand Chiara unter dem Eindruck, als sei ihr von der Affäre mit Paolo nichts weiter geblieben als ein hässlicher Scherbenhaufen, der sich nun vor ihr auftürmte und ihr die Sicht auf eine halbwegs zufriedene Zukunft versperrte.

Doch erst in der darauf folgenden Woche stellte sie fest, dass es noch etwas anderes gab, das Paolo ihr hinterlassen hatte. Ihre Periode war seit drei Tagen überfällig. Normalerweise kam ihre Regelblutung immer sehr pünktlich. Seit Jahren war sie jedes Mal auf den Tag genau eingetroffen, Chiara hatte praktisch die Uhr danach stellen können. Doch an diesem letzten Freitag im Juni tat sich nichts, ebenso wenig wie am Samstag oder Sonntag. Die Nacht von Sonntag auf Montag schlief sie miserabel. Sie wachte häufig auf und war in Schweiß gebadet.

Beim ersten Mal waren sie spontan ins Hotel gegangen, und weder Paolo noch sie selbst hatte ein Verhütungsmittel dabeigehabt. Er hatte das praktiziert, was gemeinhin als »aufpassen« bezeichnet wurde, nur dass das in dem Fall vermutlich nicht viel genützt hatte.

Beim zweiten Mal hier in ihrer Wohnung war sie vorbereitet gewesen, allerdings hätte ihr da kein Kondom der Welt mehr etwas genützt, weil sie zu diesem Zeitpunkt längst schwanger gewesen war.

Am Montagmorgen besorgte sie in der Apotheke einen Schwangerschaftstest und nahm ihn mit ins Büro. Den ganzen Vormittag ließ sie ihn in ihrer Schreibtischschublade liegen und bemühte sich, nicht daran zu denken. Doch irgendwann trieb ihre volle Blase sie zur Toilette. Chiara bemühte sich nach Kräften, die aufkommende Panik zu unterdrücken, doch als sie das Päckchen aufriss, zitterten ihre Hände so sehr, dass sie kaum das Teststäbchen halten konnte.

Bereits nach zwei Minuten tauchten zwei blaue Linien im Anzeigefeld auf. Der Test war positiv. Natürlich gab es Unsicherheitsfaktoren, doch sie wusste genug über solche Tests, um darüber informiert zu sein, dass es zwar hin und wieder falsch-negative Ergebnisse gab, jedoch so gut wie nie falsch-positive. Sie war schwanger.

Als sie nach einer halben Ewigkeit endlich in ihr Büro zurückging, lief sie Lucy über den Weg, die gerade mit ein paar Mappen zum Kopierraum unterwegs war.

»Was ist los mit dir? Du bist so weiß wie ein Laken!«

»Mir ist nicht gut. Wahrscheinlich habe ich was Falsches gegessen. Ich gehe nach Hause und leg mich hin.«

»Soll ich dir ein Taxi rufen?«

Chiara schüttelte stumm den Kopf und verließ das Büro, die rechte Faust immer noch um das Plastikstäbchen gekrampft. Es schnitt und brannte in ihrer Hand, doch sie konnte es nicht loslassen.

Auf dem Weg nach Hause versuchte sie, Ordnung in ihre wirren Gedanken zu bringen, doch es gelang ihr nicht. Der einzige klare Satz, der sich immer wieder aus dem Chaos in ihrem Kopf herauskristallisierte, lautete: O Gott, ich erwarte ein Kind!

Dann bog sie um die nächste Ecke in die Via Faenza. Sie spürte, dass jemand auf sie wartete, und noch bevor sie den Wagen in der Toreinfahrt parken sah, wusste sie, dass es Paolo war. Er selbst war nirgends zu sehen. Chiaras Hände zitterten so sehr, dass sie es kaum schaffte, den Schlüssel in die Haustür zu praktizieren. Sie hörte seine Stimme im Treppenhaus, er stand vor Signora Ettores Wohnungstür und sprach mit der Alten. Als Chiara hinter ihm das Haus betrat, drehte er sich um und strahlte sie an.

»*Bellezza*! Endlich! Ich habe gerade versucht, dich anzurufen, aber bei dir im Büro hieß es, du bist heimgegangen. Da habe ich einfach auf dich gewartet.«

Sie konnte ihn nur stumm anstarren. Seine Augen leuchteten voller Übermut und ehrlicher Freude, sie wiederzusehen. Doch sein Gesicht war auch von Sorgen umschattet. Ein Zug von Erschöpfung lag um seine Mundwinkel, und die Linien auf seiner Stirn wirkten tiefer als sonst. Aber als er jetzt auf sie zukam und die Arme nach ihr ausstreckte, hatten seine Bewegungen den gewohnten Schwung. Chiara dachte keine Sekunde nach, sie schloss die Augen, trat einen Schritt nach vorn und ließ sich in die wohltuende Wärme seiner Umarmung sinken.

»Du bist gekommen«, sagte sie leise. Und dann fing sie an zu weinen.

»Chiara«, sagte er bestürzt. »Bitte nicht ... Lass mich dir erklären ...«

Chiara umklammerte ihn heftig und sog seinen ihr schon vertrauten Geruch ein, als wollte sie sich vergewissern, dass er kein Trugbild war, das im nächsten Augenblick wieder verschwinden würde.

Trotz ihres desolaten Gemütszustandes wurde sie sich gleich darauf der Anwesenheit einer weiteren Person bewusst. Als sie den Kopf hob, sah sie Signora Ettore im Hintergrund stehen, das geierartige Gesicht zu einem Ausdruck abwägender Neugier verzogen.

»Komm, wir gehen rauf.« Chiara fasste Paolo bei der Hand und zog ihn zur Treppe.

»Auf bald, Signora«, rief Paolo leutselig über die Schulter zurück. »Beim nächsten Mal bekommen Sie eine Flasche von unserem Allerbesten!«

Signora Ettores sonst so grimmige Miene entspannte sich zu einem strahlenden Lächeln. Sie sah plötzlich so verändert aus, dass Chiara es kaum glauben konnte.

Doch im Moment hatte sie andere Sorgen als die ungewohnte Stimmungslage ihrer Nachbarin. Sie weinte immer noch. Die Tränen strömten ihr ungehindert übers Gesicht. Sie war nicht in der Lage, die Wohnungstür aufzuschließen. Paolo nahm ihr den Schlüssel aus der Hand und erledigte es für sie.

»Chiara, bitte nicht!« Hilflos setzte er hinzu: »Ich hatte doch gesagt, dass ich mich melde!«

»Eine Minute«, schluchzte sie, »länger hättest du auf keinen Fall gebraucht!«

Sein Gesicht verschloss sich, und er senkte die Augen. »Du hast Recht. Länger hätte es nicht gedauert.«

Am liebsten hätte sie auf ihn eingeschlagen, eine Anwandlung, die sie aus heiterem Himmel überfiel, und zwar mit solcher Heftigkeit, dass Chiara vor sich selbst erschrak. Sie wich einen Schritt zurück und verschränkte die Hände hinter dem Rücken, bis der Impuls nach ein paar Sekunden verflogen war.

»Offen gesagt hatte ich nicht mehr damit gerechnet, dass du dich überhaupt noch einmal meldest«, sagte sie tonlos. »Ich hatte im Grunde schon mit der ganzen Angelegenheit abgeschlossen. Dass ich jetzt so außer mir bin, hat andere Gründe. Normalerweise benehme ich mich nicht so, auch nicht nach einer missglückten Affäre.«

»Bin ich das für dich?« In seinen Augen stand Schmerz, und plötzlich sah er wesentlich älter aus. »Eine abgeschlossene Angelegenheit? Eine missglückte Affäre?«

Sie hob den Blick und sah ihn unverwandt an. Dann schüttelte sie den Kopf, machtlos gegen die Gefühle, die plötzlich mit aller Gewalt in ihr aufbrachen. »Nein. Das bist du nicht. Ich dachte, dass es so wäre. Aber ich habe mich geirrt.«

Im nächsten Moment lag sie in seinen Armen. Für den Moment war es ihr gleichgültig, warum er sich zwei Wochen lang nicht gemeldet hatte. Später würde er ihr alles erklären. Im Augenblick war nichts mehr für sie wichtig außer seinen Küssen, seiner fieberhaften Umarmung, seiner Leidenschaft. Wie beim letzten Mal hinterließen sie auf ihrem Weg zu ihrem Bett eine Spur verstreuter Kleidungsstücke, doch die Art und Weise, in der sie zusammenkamen, unterschied sich von ihrer letzten Begegnung. Chiara empfand bei seinen Berührungen eine fast schmerzhafte Zärtlichkeit, sie konnte nicht genug bekommen von dem Gefühl seiner nackten Haut unter ihren Fingerspitzen, der Sanftheit seiner Lippen, dem dunklen, verheißungsvollen Flüstern an ihrem Ohr, während er sie liebte.

Danach blieben sie dicht aneinander geschmiegt liegen, die zerwühlten, verschwitzten Laken zur Seite geschoben, die Gesichter einander zugeneigt. Ein schwacher Wind war aufgekommen und strich durch das geöffnete Fenster. Chiara schlummerte ein. Als sie eine Weile später aufwachte, lag er schlafend neben ihr. Sie weckte ihn mit einem sanften Kuss.

»Ich erwarte ein Kind«, sagte sie leise.

Seine Augen weiteten sich ein wenig, ansonsten war ihm keine Reaktion anzumerken. Er lag reglos neben ihr, ein Arm unter ihrem Nacken, den anderen quer über ihren Körper gelegt.

»Seit wann weißt du das?«

»Seit einer Stunde.«

Chiara empfand eine fast träumerische Gelassenheit, während sie ihn ansah. Alles Schwere war von ihr abgefallen. Sie hätte sich über ihre eigene Ruhe wundern sollen, die fast an Gleichmut grenzte, doch nicht einmal dazu konnte sie sich aufraffen. Es war, als seien sie und Paolo in einem schwerelosen Kokon eingesponnen, in dem nichts und niemand sie beide verletzen konnte, ganz egal, was geschah. Vielleicht lag es auch daran, dass es in einer Beziehung zu einem Menschen nur ein gewisses Quantum verletzter Gefühle gab, und dass sie, Chiara, dieses Quantum bereits aufgebraucht hatte, sodass sie jetzt nichts mehr kränken konnte. Es war völlig egal, was er sagte, es würde sie nicht mehr berühren.

Wie naiv diese Einschätzung war, erkannte sie gleich darauf bei Paolos nächstem Satz, denn die Erleichterung, die er damit bei Chiara auslöste, war so stark, dass sie am liebsten laut aufgeschrien hätte.

»Du machst mich glücklich, *Bellezza.* Jetzt haben wir einen Grund.«

»Einen Grund wozu?«, wollte sie mit zitternder Stimme wissen.

»Zu heiraten.«

Von einem Moment zum nächsten machte seine Trägheit einem vibrierenden Energieschub Platz. Er setzte sich auf und beugte sich neugierig über Chiaras Bauch. »Lass mal sehen.«

Sie lachte. »Du bist verrückt. Ich bin im ersten Monat, da sieht man noch nichts.« Sie räusperte sich. »Hast du mir vorhin einen Heiratsantrag gemacht?«

»Wie hat es sich denn in deinen Ohren angehört?« Er sprang auf und begann, sich anzuziehen. »Ich fahre gleich los und werde heute noch das Aufgebot bestellen. Du besorgst alle Papiere, die du brauchst. Ich will keinen Tag länger als nötig warten.«

»Aber ...« Verwirrt setzte sie sich ebenfalls auf. Sie hatte sich bisher keine Gedanken über eine Heirat gemacht, doch nachdem Paolo es einmal ausgesprochen hatte, war sie mehr als angetan von der Idee. Aber wozu die Eile?

»Wir müssen das nicht überstürzen«, sagte sie. »Außerdem ... Ich denke, das braucht alles seine Zeit.«

»Wieso?«, fragte er erstaunt, während er den Gürtel seiner Hose schloss.

Chiara betrachtete wohlgefällig seinen perfekt geformten Brustkorb.

»Na, die ganzen Vorbereitungen. Wir müssen uns einen Termin überlegen, der unseren Familien passt. Einladungen müssen geschrieben werden ...«

»Nein.« Paolo überraschte sie, indem er entschieden den Kopf schüttelte. »Ich will es nicht an die große Glocke hängen. Niemand soll es wissen. Nur du und ich.« Er setzte sich zu ihr auf die Bettkante und schaute sie eindringlich an. »Und damit meine ich wirklich nur uns beide. Niemanden sonst! Das musst du mir vorher versprechen!«

Chiara begegnete verblüfft seinen Blicken, dann zuckte sie die Schultern. »Mir soll's egal sein, ich bin nicht der Typ Frau, der unbedingt eine große Hochzeit braucht. Aber ... warum darf es niemand wissen?«

Er fixierte einen Punkt rechts oberhalb ihrer Schulter.

»Ich sagte doch, dass etwas passiert ist. Dachtest du, dass ich aus lauter Bequemlichkeit vergessen habe, dich anzurufen?«

»Dann erzähl es mir endlich!«

Er seufzte. »Auf Velaghese hat es einen Mord gegeben.«

Chiara starrte ihn entsetzt an. »Wann denn?«

»An dem Tag, als ich in die Staaten fliegen wollte. Ich saß schon am Gate und wurde kurz vor dem Abflug ausgerufen. Ich bin sofort zurückgefahren.«

»Was ist passiert?«

»Der Verlobte meiner Schwester ist umgebracht worden. Jemand hat ihn erschossen.«

Ein furchtbarer Verdacht drängte sich Chiara auf, und sie sprach ihn aus, ohne nachzudenken.

»Dein Bruder?«

Paolo zuckte die Achseln. »Wir wissen es nicht. Ein paar Arbeiter fanden Alfonso tot in einem Olivenhain.«

»Könnte es nicht auch Selbstmord gewesen sein?«

»Er wurde von hinten erschossen.« Er legte seine rechte Hand auf Chiaras Rücken und begann, sie mit langsamen, kreisenden Bewegungen zu massieren. Es fühlte sich wunderbar an, und Chiara stöhnte unwillkürlich vor Wonne, trotz der schockierenden Mitteilung.

»Ich hatte meine Gründe, dich nicht anzurufen«, sagte Paolo niedergeschlagen. »Die Polizei trieb sich praktisch täglich von morgens bis abends auf dem Gut herum. Pausenlos haben sie alle Leute ausgequetscht und jeden Stein herumgedreht. Dann, eines Abends, ist auf einem der Felder ein Feuer ausgebrochen. Wir haben Stunden für die Löschaktion gebraucht, und wenn nicht zufällig ein Arbeiter den Brand entdeckt hätte, wäre Velaghese jetzt ruiniert.« Erklärend setzte er hinzu: »In einem profitablen Weinberg steckt jahrzehntelange

Arbeit. Kultivierung, Pflege, der richtige Schnitt – das alles benötigt viel Zeit. Guter Wein entsteht am Berg, nicht im Keller.« Stirnrunzelnd hielt er inne. »Jemand hat das Feuer vorsätzlich gelegt.«

Seine Hand wanderte höher und legte sich in Chiaras Nacken. »Das war übrigens einen Tag, bevor du angerufen hattest. Alles ging drunter und drüber. Die Feuerwehr war erst kurz zuvor abgerückt. Das ganze Haus war voller Polizei.«

»Meine Güte, ich verstehe«, sagte Chiara betroffen.

»Nein, das tust du nicht«, widersprach er bestimmt. »Und das war auch nicht der Grund, warum ich dich nicht angerufen hatte.« Er beugte sich vor und legte seine Stirn gegen ihre. »Die Vorstellung, dass mein eigener Bruder ein Mörder und Brandstifter sein könnte, war unerträglich für mich. Aber noch schlimmer war für mich die Möglichkeit, das der Frau zuzumuten, die ich liebe.«

Chiara atmete ruckartig aus. Zum ersten Mal hatte er von Liebe gesprochen.

»Ich konnte es einfach nicht«, fuhr er fort. »Dazu war unsere Bekanntschaft zu neu. Ich hatte Angst, dass du …« Er lehnte sich zurück und schüttelte den Kopf, als wollte er ein lästiges Insekt abwehren. »Du bist eine Frau, wie ein Mann sie nicht alle Tage kennen lernt. Begabt, schön, erfolgreich …«

»Das ist übertrieben«, murmelte Chiara, die sich noch gut genug an ihre letzte Unterredung mit Emilio erinnerte.

»Ich war davon überzeugt, dass Fabio es getan hatte. In der letzten Zeit hatte er mehr Ausfallerscheinungen als sonst. Dir gegenüber ist er ja auch gewalttätig geworden.« Paolo hob die Hand und strich ihr über die Wange. »Mein armer Liebling. Hat er dir sehr wehgetan?«

»Es war mehr der Schreck«, sagte sie wahrheitsgemäß. Dann furchte sie die Stirn. »Wieso konntest du es mir nicht einfach erzählen? Ich hätte es verstanden. Genau so wie jetzt.«

»Es ist eine Frage der Ehre«, erwiderte Paolo in ruhigem Ton. »Du stammst aus einer der angesehensten Familien des Landes. Wie kann ich von einer Frau wie dir erwarten, einen Mann zu treffen, dessen Bruder ein Mörder ist?«

Chiara sah das vollkommen anders, doch sie hielt sich nicht damit auf, deswegen mit ihm zu diskutieren, zumal er so offensichtlich davon überzeugt war, richtig gehandelt zu haben.

»Und was hat deine Meinung am Ende geändert? Wieso bist du dann doch hergekommen?«

»Die Polizei hat die Ermittlungen vorerst eingestellt.«

Chiara blickte ihn forschend an. »Und damit ist der Fall erledigt?«

»Es steht zumindest nicht mehr zu befürchten, dass Fabio wegen Mordes verhaftet wird.« Er band seine Schnürsenkel zu, dann richtete er sich auf. »Wir haben außerdem einen Deal mit ihm geschlossen.«

»Wir?«

»Ich. Meine Familie.« Paolo streckte die Hand aus und fuhr ihr durch die wirren Locken. »Dein Haar ist eine wahre Pracht.«

»Es ist schrecklich«, wehrte Chiara ab. »Welchen Deal?«

»Er hat uns versprochen, von Velaghese zu verschwinden. Er will noch im Juli ins Ausland gehen.«

»Und wenn nicht?«

Paolo lächelte mit schmalen Lippen. »Dann hätte er nicht mehr viel Spaß. Er bekäme keinen Cent von mir. Glaub mir, er wird es sich dreimal überlegen, dazubleiben, wenn er kein Geld mehr hat, um sein nichtsnutziges Leben zu finanzieren.«

Paolo nahm ihre Hand und zog sie vom Bett hoch. Mit einer schnellen Bewegung drehte er sie vor sich herum und betrachtete sie in ihrer Nacktheit. »Eins weiß ich jetzt schon«, lachte er.

»Was?«, fragte sie atemlos.

»Sie werden alle Augen machen, wenn sie dich sehen.«

»Und du willst es ihnen wirklich nicht vorher sagen?«, wollte sie zweifelnd wissen.

»Kein Wort«, erklärte er entschieden. »Es würde sich in Windeseile herumsprechen und gleich am nächsten Tag in allen Zeitungen stehen. Das wäre eine Katastrophe. Schon wegen Fabio. Wenn er davon erfährt, ist es so gut wie sicher, dass er seine Pläne ändert. Er wird hier bleiben und garantiert alles verderben. Kein Mensch kann vorhersehen, was er als Nächstes in seinem verkorksten Hirn ausbrütet. Vor allem, wenn es mich betrifft, ist er absolut unberechenbar. Vorletztes Jahr hatte ich eine Freundin, der hat er ...« Paolo unterbrach sich und schüttelte den Kopf. »Ach nein, ich will nicht darüber reden.«

»Wenn er wirklich so krank ist – gehört er dann nicht eigentlich in ärztliche Behandlung?«

Paolo schnaubte abfällig. »Wenn es darauf ankommt, kann er sich völlig normal geben. Er läuft ja nicht herum und lallt unverständliches Zeug oder behauptet, Elvis begegnet zu sein oder irgendetwas in dieser Art.«

Nein, er tut viel schlimmere Dinge, dachte Chiara. Doch sie sprach es nicht aus. Es war nicht ihre Sache, was Paolos Bruder anstellte. Ihr konnte es nur recht sein, dass er nicht mehr auf dem Gut war, wenn sie das erste Mal dorthin kam.

»Wir werden natürlich dort leben«, sagte Paolo, als hätte er gemerkt, in welche Richtung ihre Gedanken wanderten. Er fuhr mit den Fingerspitzen über ihren nackten Arm. »Ich freue mich schon darauf.«

»Na ja, ich denke, für eine Weile kann ich auch meine Arbeit von Siena aus erledigen«, stimmte Chiara vorsichtig zu. »Und dann ...«

»Dann werden wir weitersehen«, sagte Paolo leichthin. »Das mit deinen Papieren war mein Ernst. Erledige es so schnell wie möglich, ich möchte nicht, dass du es dir vielleicht noch anders überlegst.«

»Ganz sicher nicht.« Chiara beugte sich vor, um ihn zu küssen.

»Und rede mit niemandem, hörst du? Auch nicht mit deiner Freundin.«

Chiara war erstaunt. »Warum nicht mit ihr? Ich dachte, sie könnte unsere Trauzeugin sein!«

»Frauen reden viel, wenn der Tag lang ist, speziell Lucy. Und außerdem hast du selbst gesagt, dass sie mich nicht ausstehen kann.«

Chiara musste einräumen, dass er damit nicht so verkehrt lag. Genau genommen war es sogar eine eher euphemistische Umschreibung für Lucys Einstellung zu Paolo.

»Und dabei war sie am Anfang richtig von dir hingerissen«, seufzte sie.

»Es gibt Frauen, die wechseln ihre Meinung wie ihre Schuhe.«

Chiaras Bedenken waren noch nicht ausgeräumt. »Auch wenn ich es jetzt vor ihr geheim halte – später wird sie es sowieso erfahren!«

»Aber erst hinterher, wenn es nicht mehr zu ändern ist. Wenn erst vollendete Tatsachen geschaffen sind, hält sich das Geschrei in Grenzen. Das gilt auch für die Presse. Mehr als eine kleine Notiz wäre die Nachricht nicht wert. Wenn es vorher angekündigt wird, sieht das ganz anders aus.«

Vermutlich hatte er Recht. Abgesehen davon hatte die Vorstellung, heimlich zu heiraten, unbestreitbar etwas für sich. »Es ist irgendwie romantisch«, gab Chiara zu.

»Irgendwann holen wir die Hochzeitsfeier nach. Wie im Bilderbuch, mit allem fürstlichen Pomp. Wir geben ein Riesenfest und laden die halbe Toskana ein.« Er hob lauschend den Kopf. »Ich glaube, da kommt jemand die Treppe hoch.«

»Um Himmels willen, das könnte Lucy sein, vielleicht will sie nach mir schauen! Mir ging's vorhin im Büro ziemlich schlecht.«

»Dann will ich zusehen, dass ich wegkomme.« Paolo lächelte unbehaglich. »Ich glaube, mir steht nach dieser wunderbaren Stunde nicht der Sinn nach Gezänk und Geschrei.«

»Sie wird dir schon nicht den Kopf abreißen.«

Paolo beugte sich vor und küsste sie rasch auf die Lippen. »Ich ruf dich an.«

»Schwöre es.« Sie sprach die Worte lächelnd aus, doch ihre Stimme klang ernst.

Paolo hob feierlich drei Finger, während er zur Tür ging. »Bis dann. Ich liebe dich.«

»Ich dich auch«, rief sie ihm hinterher.

7. KAPITEL

Sie hatte keine Ahnung, ob er es noch gehört hatte, denn im Treppenhaus entspann sich ein heftiger Streit. Hitzige, unverständliche Wortfetzen flogen hin und her. Chiara hörte, wie Lucys Stimme vor Zorn überkippte, als sie Paolo anschrie.

Mit fliegenden Fingern riss sie ein T-Shirt aus dem Schrank und zerrte es sich über den Kopf, doch als sie zur Wohnungstür kam, war Paolo bereits verschwunden. Lucy kam ihr entgegen, das Gesicht weiß vor Wut.

»Er wird dir das Herz rausreißen«, sagte sie sehr leise.

»Diesmal ist alles anders«, beteuerte Chiara ihr eindringlich.

Doch Lucy würdigte sie keines Blickes mehr. Mit starrer Miene ging sie geradeaus an Chiara vorbei und verschwand in ihrem Zimmer. Die Tür flog mit ohrenbetäubendem Krachen hinter ihr ins Schloss.

Am nächsten Tag packte sie ihre gesamte Habe in Kisten und lud alles in einen Lieferwagen, den sie gemietet hatte. Als Chiara von der Arbeit nach Hause kam, war bereits fast alles verstaut.

»Was hast du vor?«, wollte Chiara entgeistert wissen.

»Das siehst du doch. Ich verschwinde.«

»Wohin?«

»Weit weg. Von Italien hab ich die Nase voll.« Ihr Gesicht war ausdruckslos, ihre Worte klangen unversöhnlich.

»Was ist mit deiner Arbeit?«

»Gekündigt.«

»Lucy, was ist passiert?«, fragte Chiara. Als Lucy nicht antwortete, fasste Chiara sie bei den Schultern und drehte sie zu sich herum. »Um Gottes willen, sprich mit mir! Was ist mit uns beiden geschehen? Wann ist unsere Freundschaft kaputtgegangen? Und vor allem, warum? Was habe ich falsch gemacht?«

Lucy versteifte sich in ihrem Griff, doch dann erschlaffte sie plötzlich und begann, lautlos zu weinen. Es war ein gespenstischer Anblick, die Tränen über ihr Gesicht laufen zu sehen, ohne dabei das geringste Geräusch zu hören.

Vom unwiderstehlichen Drang getrieben, ihre Freundin zu halten, zog Chiara Lucy an ihre Brust und hielt sie umfangen, doch Lucy löste sich mit vorsichtigen, aber entschiedenen Bewegungen von ihr. Von ihrem sonst so makellosen Erscheinungsbild war nichts mehr zu erkennen. Ihr Gesicht war vom Weinen verschwollen, die Augen waren gerötet. Das lange schwarze Haar hing in wirren Strähnen um ihr Gesicht, und die schicken Gaultier-Jeans, die sie neulich gekauft hatte, waren fleckig vom Packen und Schleppen der Kisten. Chiara drängte sich unwillkürlich die Assoziation von Aschenputtel auf, das von der missgünstigen Stiefmutter aus dem Schloss geworfen wird. Verzweifelt fragte sie sich, was mit Lucy los war. Sie hatten noch nie einen ernsthaften Streit gehabt. Wenn sie sich hin und wieder wegen irgendwelcher Kleinigkeiten gekabbelt hatten, war spätestens am nächsten Tag alles wieder gut gewesen.

»Lucy«, sagte sie hilflos. »Lass uns doch reden.«

Doch Lucy schüttelte den Kopf. »Lass mich einfach gehen. Bitte.«

Chiara konnte nicht verhindern, dass ihre beste Freundin ohne ein weiteres Wort und ohne eine Anschrift zu hinterlassen aus ihrem Leben verschwand.

An diesem Abend ging sie wie betäubt durch die Wohnung und betrachtete die leeren Stellen, wo Lucys Kram gestanden hatte. Die Bilder von ihrer Mutter und ihren Geschwistern. Ein alter Plüschlöwe, über den Chiara sich oft beschwert hatte, weil er so nach Mottenpulver stank. Ein Büschel verstaubter Pfauenfedern, die ein Freund vor vielen Jahren für sie auf dem Jahrmarkt geschossen hatte. Das Bad war wie leer gefegt. Lucy hatte immer ganze Batterien von Schminksachen und Parfum dort aufbewahrt.

Doch anscheinend war das nicht das Einzige, was sie mitgenommen hatte. Chiara vermisste bei Durchsicht ihrer Sachen ein mit Brillanten besetztes Armband und einen dazu passenden Ring, beides Geschenke ihrer Großmutter. Um den Schmuck einfach so als Andenken mitzunehmen, war er viel zu wertvoll, und vermutlich hatte Lucy das genau gewusst. Chiara beschloss, einfach nicht darüber nachzudenken. Der Diebstahl machte die ganze Sache noch trauriger, aber Chiara wäre nicht im Traum auf den Gedanken gekommen, Lucy deswegen anzuzeigen. Sie war weg, und daran ließ sich nichts ändern.

Am nächsten Tag wollte Emilio wissen, was los war.

»Sie hat fristlos gekündigt und alles hingeschmissen«, rief er, während er Chiara anklagend den Brief entgegenhielt, in dem Lucy ihm ihre Kündigung mitgeteilt hatte. »Ohne vorher ein Sterbenswörtchen zu sagen! Was ist los mit ihr, verdammt nochmal?«

Chiara musste nicht nur zugeben, dass sie selbst keine Ahnung hatte, sondern ihm auch notgedrungen mitteilen, dass sie zwei Wochen Urlaub brauchte.

Er musterte sie argwöhnisch. »Warum so plötzlich?«

Chiara wand sich. Sie hatte keine besondere Begabung fürs Lügen. »Es ist eine Familiensache.«

Emilio spürte genau, dass irgendetwas nicht stimmte. »Wenn du ebenfalls aufhören willst, sag es mir lieber gleich.«

»Nein«, sagte Chiara schnell – was für den Augenblick sogar der Wahrheit entsprach. Wenn überhaupt, käme nur eine vorübergehende Pause für sie in Betracht. Sie hatte nicht jahrelang studiert und sich mühsam diesen geschäftlichen Erfolg aufgebaut, um alles hinzuwerfen, nur weil sie Mutter wurde. Für sie war es selbstverständlich, als Frau im Beruf zu bleiben, auch wenn sie ein Kind hatte. Allerdings hatte sie vage Pläne, nach der Geburt eine eigene Firma zu gründen, beispielsweise in Siena. Bis dahin würde sie hier alles ordnungsgemäß abwickeln und, wenn Emilio es wünschte, auch einen Nachfolger einarbeiten. Für ein paar Monate würde es schon funktionieren. Eine Zeit lang würde es eine ziemliche Fahrerei bedeuten, aber es gab viele Pendler, die morgens mit dem Zug in die Stadt kamen. Sobald ihre Schwangerschaft es nicht mehr zuließ, würde sie eben aufhören.

Natürlich wäre es nur fair gewesen, Emilio reinen Wein einzuschenken. Doch sie sagte sich, dass es auf ein paar Tage nicht ankam. Außerdem war sie in einem Alter, in dem die meisten Frauen ihr erstes Kind bekamen, ihre Schwangerschaft somit ein Ereignis, mit dem er – rein statistisch gesehen – ohnehin hatte rechnen müssen. Die Firma würde auch ohne sie weiterlaufen.

Trotz alledem kam Chiara sich ziemlich mies vor, es ihm zu verheimlichen. Doch sie hatte es Paolo versprochen. Er hatte ihr ebenfalls etwas versprochen, und er hatte es gehalten. Heute Morgen hatte er angerufen. Die Trauung sollte in der kommenden Woche stattfinden.

»Bist du aufgeregt?«, fragte Paolo.

Seine Frage riss Chiara aus ihren Träumereien, in die sie beim Betrachten der Landschaft versunken war.

»Ja, natürlich. Was dachtest du denn? Ich kenne niemanden aus deiner Familie.« Sie schnitt eine Grimasse. »Bis auf deinen Bruder.«

»Der ist nicht mehr da.«

»Aber die anderen. Was werden sie sagen, wenn du auf einmal mit einer Frau daherkommst, die du zufällig gerade geheiratet hast!«

»Sie werden dich mögen.«

»Wie kannst du da so sicher sein?«

Paolo zuckte die Achseln. »Ich bin es eben. Wart's einfach ab.«

»Und du hast wirklich kein Sterbenswörtchen zu ihnen gesagt?«

»Nein, sie wissen nichts.«

Einen Moment lang glaubte Chiara, einen leicht hämischen Unterton in seiner Stimme zu hören, doch im nächsten Augenblick wandte er sich zu ihr um und grinste sie schelmisch an. »Wie fühlst du dich als frisch gebackene Contessa?«

»Nun, als Tochter eines Marchese kann ich keinen besonderen Unterschied feststellen«, entgegnete Chiara in gespielt hoheitsvollem Ton. Sie betrachtete ihren Ehering, den Paolo ihr vor einer Stunde während der schlichten Zeremonie in einer kleinen Sieneser Kirche angesteckt hatte. Der Ring ließ nichts zu wünschen übrig. Es war ein schön ziselierter Platinreif mit einer aufwändigen Gravur. Abgesehen davon hatte Chiara es sich als Kind immer wesentlich erhebender vorgestellt, mit einem Mann die Ehegelübde zu tauschen, nicht diesen raschen, eher unpersönlichen Akt. Der Geistliche, ein steinaltes, vertrocknetes Individuum, hatte den Eindruck gemacht, als nehme er das, was um ihn herum geschah, gar nicht mehr richtig wahr. Es gab kein Orgelspiel, keine Blumen und keine Brautjungfern, und der Protokollant, der ihnen anschließend die Heiratsurkunde aushändigte, hatte gerochen wie eine Schnapsdestille, ebenso wie seine beiden Cousins, die als Trauzeugen fungiert und sich nach dem Jawort eilends wieder zu dem privaten Zechgelage aufgemacht hatten, von dem sie zuvor gekommen waren.

Chiara hätte gut und gerne auf diese Hochzeit verzichten können. Im Grunde hatte sie nie Wert aufs Heiraten gelegt. Sie war in einem Land aufgewachsen, in dem mehr als die Hälfte aller jungen Paare unverheiratet zusammenlebte. Heirat und Ehe waren in ihren Augen keine Ideale mit sonderlich hohem Stellenwert. Vielleicht lag es daran, dass niemand es ihr vorgelebt hatte.

Paolo hatte mit Empörung reagiert, als sie ihm erklärt hatte, dass sie auch ohne Trauschein mit ihm zusammenbleiben würde. »Mein Kind wird mit meinem Namen aufwachsen, *basta*!«

Chiara verlor sich abermals im Anblick der Landschaft, die sie durchfuhren. Obwohl sie nun schon etliche Jahre in der Toskana lebte, hatte sie von dem eigentlichen Land bisher wenig gesehen. Sie staunte immer noch darüber, wie vielfältig es war. Paradiesähnliche, üppig mit Weinreben und Olivenhainen bewachsene Hügel wechselten mit kargen, wüstenähnlichen Erosionen, der *Crete*. Wie Einsprengsel aus einer Mondlandschaft unterbrachen sie jäh das liebliche Bild und vermittelten den Eindruck grenzenloser Ödnis.

Hier im südlichen Chianti, dem Herzstück des italienischen Weinbaus, wurde die Landschaft von welligen, teils bewaldeten Hügelkämmen bestimmt.

Vor ihnen wand sich die Straße in Serpentinen den Hang hinauf, zu einem Dorf, das sich wie ein helles Schmuckstück in den grünen Samt des Hügels schmiegte. Ein paar Dutzend weiß gekalkter Häuser umgaben in loser Anordnung eine Kapelle in der Mitte des Orts, der denselben Namen wie das hier ansässige Adelsgeschlecht und das diesem unterstellte Gut trug: Velaghese.

Oben auf dem Hügelkamm zeichnete sich die majestätische Silhouette eines Kastells gegen den Himmel ab. Paolo hatte ihr bisher keine Einzelheiten über sein Zuhause verraten wollen, so sehr sie ihn auch bestürmt hatte.

»Lass dich überraschen«, war seine Standardantwort auf ihre Fragen gewesen.

Und überrascht war sie wirklich. Sie hatte etwas Ähnliches erwartet wie auf La Befana, eine Art weiträumiges, elegantes Herrenhaus, eher praktisch als pompös.

Das Gutshaus von Velaghese war völlig anders. Es war sehr alt, vermutlich ebenso alt wie die Häuser im mittelalterlichen Stadtkern von Siena. Der Sandstein, aus dem es erbaut war, zeigte die Verwitterung von mindestens sechs Jahrhunderten. Verwinkelt, mit zahlreichen Anbauten, Zinnen, Erkern und Türmchen, sah es aus wie die perfekte Kulisse aus einem Märchen der Gebrüder Grimm.

Chiara pfiff leise durch die Zähne. »Du hättest mich zumindest vorwarnen können.«

»Gefällt es dir?«

»Es ist ein gottverdammtes Schloss.«

Er grinste. »Ich weiß. Es gefällt dir also.«

»Ich wüsste keine Frau, der es nicht gefallen würde, über die Schwelle eines Schlosses getragen zu werden.«

Die Zufahrt zum Gebäude führte über das letzte Stück steil den Hügel hinauf, zwischen hohen Zypressen und Maulbeerbäumen hindurch, bis zu einem bekiesten, von blühenden Sträuchern in großen Pflanzkübeln umsäumten Vorplatz. Aus der Nähe erkannte Chiara, dass das Hauptgebäude modernisiert war. Die Fenster waren neu, ebenso die Schindeln der

Dacheindeckung und die Steinstufen, die zum Eingang hinaufführten. Das Portal hingegen war alt, aus schweren, von der Zeit geschwärzten Holzbohlen, die man sorgfältig restauriert hatte.

Paolo bremste den Wagen schwungvoll ab und stieg aus. Chiara blieb sitzen, nicht weil sie darauf wartete, dass er ihr die Beifahrertür öffnete, sondern weil sie immer noch damit beschäftigt war, das Haus anzustarren.

Paolo riss die Tür auf. »Contessa.«

Leicht benommen stieg sie aus. Zum ersten Mal seit sie heute Morgen in Florenz aufgebrochen war, um ihr neues Leben zu beginnen, fühlte sie sich mulmig. Worauf hatte sie sich da eigentlich eingelassen? Sie fühlte sich plötzlich wie ein Pionier, der einen neuen Kontinent betritt. Eine lange Reise hatte sie zwar nicht hinter sich, aber ähnlich wie die Entdecker früherer Jahrhunderte hatte sie ihr bisheriges Leben aufgegeben. Die Wohnung würde sie in wenigen Wochen ohnehin räumen müssen. Ihre Möbel und ihr Hausrat befanden sich zurzeit zwar noch dort, aber es war bereits alles in Kisten verpackt und würde heute noch von einer Spedition abgeholt und eingelagert werden.

Wie es in der Firma weiterlaufen würde, wusste allein der Himmel. Niemand konnte vorhersagen, wie Emilio reagieren würde, wenn er von ihrer überstürzten Hochzeit und der Schwangerschaft erfuhr. Sie hatte ihm einen Brief geschrieben, in dem sie ihm alles erklärt hatte. Vermutlich würde er heute Nachmittag, wenn er ihn erhielt, einen Tobsuchtsanfall erleiden, von dem ihn nicht einmal das wirklich gelungene indianische Tapetenmuster, das Chiara für ihn entworfen hatte, ablenken konnte.

Sie hatte nichts mitgenommen außer ihrer Kleidung und ein paar persönlichen Gegenständen. Alles zusammen hatte in zwei großen Koffern Platz gefunden. Ihren Wagen hatte sie in Siena stehen lassen. Paolo würde ihn später abholen lassen, sobald sie das hinter sich gebracht hatte, vor dem sie am meisten Angst hatte: die Begrüßung seiner Familie. Was sie wohl von ihr denken würden?

Plötzlich fühlte sie sich hässlich wie nie zuvor. Nervös griff sie nach seiner Hand, aber er war gerade damit beschäftigt, den altmodischen Klingelzug neben dem Portal zu betätigen.

Kurz darauf wurde die Tür geöffnet, doch Chiara konnte den Bewohner des Hauses nicht sehen, weil Paolo ihre eher im Scherz geäußerten Worte von vorhin in die Tat umsetzte. Er packte sie, hob sie hoch und schleppte sie über die Schwelle ins Haus.

Chiara gab ein erschrockenes Ächzen von sich, weil es so unerwartet gekommen war, doch dann schmiegte sie sich lachend in seine Arme. »Du bist verrückt.«

»Ich weiß. Das sagen alle, also muss es stimmen.« Schwungvoll stellte er sie wieder auf die Füße. Erhitzt strich sie sich die Haare aus dem Gesicht und schaute sich neugierig um.

Sie befanden sich in einer großen Halle, die ebenso mittelalterlich aussah wie der Rest des Gebäudes. Mit den schmalen Fenstern, den groben Bodenfliesen, den uralten Gobelins auf den schweren Wandtäfelungen und den gewaltigen, rissigen Holzbalken unter der hohen Decke wirkte der Raum, als hätte sich vor ein paar Minuten noch eine Versammlung sienesischer Edelleute aus dem fünfzehnten Jahrhundert hier aufgehalten.

»Chiara, darf ich bekannt machen: Das ist Giovanna, meine Schwester. Giovanna, das ist Chiara – meine Frau.«

Chiara sah sich einer Frau gegenüber, die in allen Punkten Paolos weibliches Gegenstück war, angefangen von dem engelsgleich schönen Gesicht mit der hohen, klaren Stirn, der geschwungenen Oberlippe und den bernsteinfarbenen Augen bis hin zu dem fragilen Knochenbau. Die frappierende

Ähnlichkeit wurde noch dadurch verstärkt, dass sie ihr Haar kurz trug; in aparten Kringeln wellte es sich um ihr Gesicht. Giovanna trug ein figurbetontes Etuikleid aus weißem Leinen, das die zarte Sonnenbräune ihrer Haut hervorhob. Sie war fast so groß wie Paolo und hatte eine hübsche, zierliche Figur mit langen Beinen und schmaler Taille. Die Ähnlichkeit zwischen den Geschwistern war verblüffend, und wieder einmal fragte Chiara sich, wie diese beiden gottgleichen Wesen einen Bruder wie Fabio haben konnten. Offenbar war er in mehr als nur einer Hinsicht aus der Art geschlagen.

»Deine Frau?« Giovannas Mund klappte weit auf vor Verblüffung, was indessen ihr vorteilhaftes Äußeres kaum beeinträchtigte. »Hast du tatsächlich gerade eben *deine Frau* gesagt?«

»Meine Ehefrau, um genau zu sein.«

»Du hast *geheiratet*?«

»So ist es.«

»Wann?«

»Vor ungefähr einer Stunde. Du bist die Erste, die uns gratuliert.«

»Tue ich das?« Zwei senkrechte Falten zeigten sich auf Giovannas Stirn. Ein undeutbarer Ausdruck war auf ihr Gesicht getreten. Sie wippte auf den Zehenspitzen wie ein nervöses Rennpferd vor dem Start. Chiara kam es so vor, als wäre sie kurz davor, die Flucht zu ergreifen. Doch plötzlich begann sie, strahlend zu lächeln.

»Natürlich gratuliere ich dir!« Sie fiel ihrem Bruder um den Hals und küsste ihn auf beide Wangen, anschließend wandte sie sich Chiara zu, um sie ebenfalls zu umarmen. »Entschuldige meine lange Leitung – Schwägerin! Ich war einfach nur überrascht. Herzlich willkommen.«

Chiara erwiderte die Umarmung vorsichtig und ein wenig befremdet. Sie wusste selbst nicht, welche Reaktion sie erwartet hatte. Für einen Moment hatte Giovanna so ausgesehen, als hätte ihr jemand einen Tritt versetzt. Oder sogar eher so, als wolle sie selbst jemanden treten.

Aber dann sagte Chiara sich, dass ihre eigene Nervosität ihre Wahrnehmung beeinträchtigte. Giovanna hatte völlig normal reagiert. Niemand hatte sie darauf vorbereitet, dass ihr Bruder plötzlich eine Ehefrau anschleppte. Vermutlich hatte Paolo ihr den größten Schock seit langem versetzt. Dann biss Chiara sich auf die Lippen, weil es ihr unvermittelt wieder eingefallen war: nicht seit langem – nur seit dem Tag, an dem ihr Verlobter Alfonso ermordet worden war.

»Danke«, sagte sie. »Ich freue mich, dich kennen zu lernen.«

»Lass dich richtig anschauen.« Giovanna trat einen Schritt zurück. »Himmel, bist du riesig. Ich dachte immer, ich sei groß. Aber du musst mindestens eins achtzig sein.«

»Exakt«, stimmte Chiara zu, die nicht wusste, ob das, was Giovanna gerade gesagt hatte, ein Kompliment oder eine Mitleidsbekundung sein sollte.

»Du bist sehr hübsch«, erklärte Giovanna lächelnd. »Richtig zauberhaft. Wie ein exotisches Model. Das Kleid – ist es von Vivienne Westwood?«

»Nein, ich hab's in einer normalen Boutique in Florenz gekauft.«

Chiara erwartete eine Bemerkung darüber, dass es nicht gerade wie ein Brautkleid aussah, doch Giovanna ging nicht weiter darauf ein. »Du hättest sogar die passende Größe für den Catwalk«, meinte sie. »Hat dich schon mal jemand von einer Agentur angesprochen?«

»Ja, aber das ist sehr lange her.«

Tatsächlich war es ein paar Mal vorgekommen, als sie noch in London gelebt hatte. Doch damals war sie noch zur Schule gegangen und hatte für ihren Abschluss gelernt; ihre Freizeit war mit allen möglichen Aktivitäten ausgefüllt, die ihr keine Zeit für irgendwelche Hirngespinste wie eine Modelkarriere ließen. Sie hatte oft genug gehört, was mit Mädchen passierte, die auf diesem Weg zu Ruhm und Geld kommen wollten. Abgesehen davon hatte sie bereits damals ihren Werdegang recht klar vor Augen. Sie wollte Design studieren, seit sie vierzehn war.

»Giovanna weiß, wovon sie redet«, warf Paolo ein. »Sie hat lange Zeit in Mailand als Model gearbeitet.«

»Das war keine Arbeit«, widersprach Giovanna lächelnd. »Es war Spaß. Ich hab's nur zum Vergnügen gemacht.«

»Ich habe gehört, dass es ziemlich anstrengend ist«, sagte Chiara.

»Das wurde es mit der Zeit auch. Deshalb hab ich es wieder gelassen.«

»Hier zu Hause bist du sowieso besser aufgehoben«, meinte Paolo gelassen.

»Was du nicht sagst«, erwiderte Giovanna mit ausdrucksloser Stimme.

Chiara musterte die beiden mit leichtem Unbehagen, doch im nächsten Augenblick überraschte Paolo sie, indem er Giovanna an sich zog und sie auf die Stirn küsste.

»In der ganzen Toskana gibt es keine Frau, die so schön ist wie du.« Dann wandte er sich Chiara zu. »Abgesehen von meiner eigenen Frau. Sie ist die schönste Frau der Welt. Komm her, *Bellezza.*« Er beugte sich zu ihr und küsste sie.

Chiaras Unbehagen verstärkte sich während der kurzen Liebkosung. Sie fühlte sich beobachtet. Nicht nur von Giovanna, die wie angewurzelt neben ihnen stand und sie nicht aus den Augen ließ, sondern von jemand anderem, den sie hinter sich spürte. Zögernd drehte sie sich um. Zwei Personen standen dort. Eine davon – eine alte Frau – war ihr unbekannt. Die andere kannte sie. Das Blut schoss ihr in den

Kopf, und unwillkürlich tastete sie abermals nach Paolos Hand. Doch er war einen Schritt vorgetreten.

»Na so was, Bruderherz. Ich hatte nicht damit gerechnet, dass du heute zu Hause bist.«

Fabio war noch größer, als Chiara ihn in Erinnerung hatte. Und er sah aus, als hätte er sich seit Tagen nicht gewaschen oder umgezogen. Das ehemals weiße T-Shirt war fleckig und verschwitzt, und die in Kniehöhe abgeschnittene Jeans sah nicht viel besser aus. Sein Haar war rettungslos zerzaust, und auf der rechten Wange zog sich eine Schmutzspur von der Schläfe bis zum Kinn, was indessen erst beim zweiten Hinschauen zu erkennen war, weil sein Bartschatten so dunkel war.

»Dasselbe lässt sich in Bezug auf dich sagen«, erklärte Fabio mit unverhohlener Abneigung. Die Blicke, mit denen er Chiara und Paolo musterte, verhießen nichts Gutes.

Unter seinen bohrenden Blicken glaubte sie fast, wieder den unnachgiebigen Druck seines Mundes auf ihren Lippen zu spüren. Krampfhaft versuchte sie, woanders hinzuschauen, nur um nicht daran denken zu müssen, wie sich seine Erektion an ihrem Bauch gerieben hatte.

»Großmutter, ich möchte dir Chiara vorstellen«, sagte Paolo in aufgeräumtem Tonfall. »Sie ist die Tochter des Marchese von Scarlatti. Chiara, das ist meine Großmutter, Valeria Cortezzi.«

»Eine Verwandte von Sophia Scarlatti?«, fragte die alte Frau. Sie war etwa Mitte siebzig und wesentlich kleiner als der Rest der Familie, höchstens eins sechzig. Ihr Gesicht, sonnenverbrannt und braun wie eine Haselnuss, zeigte einen Ausdruck höflichen Interesses.

»Ja«, antwortete Chiara. »Sie ist meine Großmutter.«

Während Valeria Cortezzi auf diese Bemerkung mit einem freundlichen Lächeln reagierte, zuckte Fabio kaum merklich zurück, als hätte ihn jemand geohrfeigt. Seine Augen verengten sich zu schmalen Schlitzen, und er schaute Chiara auf einmal mit einer Intensität an, die ihr das Blut in die Wangen trieb. Während Chiara sich noch darüber wunderte, ergriff Paolo wieder das Wort. »Wir wollen doch das Wichtigste nicht vergessen. Chiara ist die neue Contessa von Velaghese. Ich habe sie heute geheiratet. Ihr dürft uns gratulieren.«

Valeria Cortezzis Miene wurde starr vor Überraschung. Sie hob die Hand und presste sie gegen den Mund. Die andere Hand streckte sie Halt suchend von sich. Fabio ergriff sie rasch und fasste sie bei der Schulter, um sie zu stützen.

Chiara schluckte und wünschte sich zum zweiten Mal innerhalb einer Minute weit weg. Fabios Großmutter sah aus, als würde sie der Schock gleich in die Knie zwingen. Von freudiger Überraschung konnte nicht die Rede sein. Diese Begrüßung war nicht gerade das, was sie sich unter einem herzlichen Willkommen vorgestellt hatte. Für Fabio galt das erst recht. Sein Gesichtsausdruck war kaum zu deuten, doch die Art, wie er seine neue Schwägerin betrachtete, brachte Chiara dazu, sich wie ein seltenes Insekt auf dem Objektträger eines Mikroskops zu fühlen. Niemand hier schien sich so recht mit der Tatsache anfreunden zu können, dass die Familie unverhofften Zuwachs erhalten hatte. Auch Giovannas Charme hatte etwas Gekünsteltes an sich, zu viele negative Untertöne, um echt zu wirken.

Abermals fragte Chiara sich, auf was sie sich hier eingelassen hatte. Es war eine Schnapsidee von Paolo gewesen, seine Familie mit dieser Neuigkeit einfach so zu überfallen.

Fabio machte eine herrische Bewegung mit dem Kinn in Richtung Giovanna, während er gleichzeitig auf seine Großmutter deutete. »Bring sie bitte auf ihr Zimmer.«

Giovanna sah aus, als wollte sie gegen den Befehl aufbegehren, doch dann fügte sie sich. Sie nahm die alte Frau beim

Arm und ging mit ihr zu der geschwungenen Treppe, die im rückwärtigen Teil der Halle nach oben führte. Sie warf einen Blick über die Schulter zurück, aus dem schiere Sensationsgier sprach. Ihr war deutlich anzumerken, dass sie das anstehende Donnerwetter nur äußerst ungern verpasste.

Chiara dagegen hätte alles Mögliche getan, nur um die Auseinandersetzung zwischen Paolo und seinem Bruder nicht miterleben zu müssen. Im Geiste ging sie blitzartig alle Möglichkeiten für ein rasches Verschwinden durch und setzte gerade zu der Frage an, wo sie sich frisch machen könne, als Fabio auch schon anfing zu reden. Sie hatte ihre Chance verpasst.

»Warum hast du sie hergebracht?« Seine Stimme war kalt, und seine Hände öffneten und schlossen sich, als hätte er große Lust, jemanden zu würgen. Chiara lief es kalt über den Rücken.

»Sie ist meine Frau«, erwiderte Paolo freundlich.

»Paolo«, sagte Chiara behutsam, »vielleicht sollten wir ...«

Paolo hob die Hand. »Nein. Er soll hören, was ich zu sagen habe. Um es kurz zu machen: Chiara erwartet ein Kind. Den Erben von Velaghese. Ich verlange von dir, dass du sie jetzt und in Zukunft mit dem ihr gebührenden Respekt behandelst. Und als Nächstes ...« Er holte Luft. Eine Mischung aus Wut und Triumph klang aus seiner Stimme, als er fortfuhr. »Du bist ihr zu nahe getreten. Ich verlange von dir, dass du dich hier und jetzt bei ihr entschuldigst.«

Fabios Gesicht lief rot an. An seiner Schläfe schwoll eine Ader.

Chiara wand sich unbehaglich. »Oh, bitte, das muss doch nicht sein. Dein Bruder ist bestimmt schrecklich in Eile. Ich meine, sicher wollte er gerade duschen oder so ...«

Ihre Stimme erstarb, als er plötzlich seine Aufmerksamkeit auf sie richtete. Zu ihrer Überraschung zeigte seine Miene zum ersten Mal so etwas wie Freundlichkeit. Das winzige Zucken in seinem rechten Mundwinkel konnte man nicht gerade als Lächeln bezeichnen, doch es verminderte den Furcht einflößenden Eindruck, den er bisher auf Chiara gemacht hatte, ganz entschieden. »Es hört sich jetzt vielleicht ziemlich blöd an, wenn ich Ihnen sage, dass diese … äh, dumme Sache in Florenz ein Missverständnis war – aber es ist die Wahrheit. Es tut mir sehr Leid.«

Und dann lächelte er richtig. Der Effekt war atemberaubend. Sein Gesicht war völlig verändert. Neben seinen Mundwinkeln zeigten sich mutwillige Grübchen, die ihm eine ungeahnte Attraktivität verliehen. Chiara starrte ihn ungläubig an. Hatte sie je gedacht, er sähe nicht gut aus? Wie war sie nur auf diese Idee gekommen?

»Verzeihen Sie mir?«

»Ich … oh, ja, gut, natürlich«, stammelte Chiara blöde.

»Nun, dann sollte ich jetzt vielleicht duschen gehen«, erklärte Fabio. Zu Paolo sagte er: »Gilt unsere Vereinbarung noch? Oder hast du sie in Anbetracht der veränderten Umstände vielleicht vergessen?« Er hob die Brauen wie bei einer Frage, aber Paolo zuckte nur mit den Schultern. »Natürlich. Geschäft ist Geschäft.«

Fabio stieg mit ausgreifenden Schritten die Treppe hoch und war Sekunden später im Obergeschoss verschwunden.

Chiara stieß in einem lang gezogenen Seufzer die Luft aus. Sie hatte gar nicht gemerkt, dass sie unwillkürlich den Atem angehalten hatte.

»Das war nicht gerade ein besonders warmer Empfang«, meinte Paolo mitfühlend. »Tut mir Leid, Liebes. Ich dachte nicht, dass es sie so umhauen würde. Meine Großmutter ist doch vielleicht zu alt für solche Überraschungen.«

Valeria Cortezzi war nicht Chiaras größte Sorge. »Ich dachte, dein Bruder ist im Ausland.«

»Das dachte ich auch. Bei ihm ist man vor Überraschungen nicht gefeit. Das hast du ja schon am eigenen Leib erlebt.«

»Vorhin hat er einen relativ normalen Eindruck gemacht.«

»Ich sagte ja schon, dass er diese Masche problemlos beherrscht, wenn es darauf ankommt.«

»Was soll jetzt werden?«, wollte Chiara wissen. Sie kam sich auf einmal ein wenig verloren vor. Paolo hatte die Hände in die Hosentaschen geschoben und blickte nachdenklich vor sich hin. Sie hätte gerne in seinen Armen Trost gesucht, doch er hatte momentan andere Dinge im Sinn.

»Was hat er damit gemeint, ob eure Vereinbarung noch gilt? Wollte er wissen, ob er das Gut wieder verlassen muss?«

»Bitte?« Aus seinen Gedanken gerissen, blickte Paolo sie an. »Ja, natürlich, was sonst.« Plötzlich sah er niedergeschlagen aus. »Ich sage es dir lieber gleich. Bitte reiß mir nicht den Kopf deswegen ab, ja?«

»Was denn?«

»Er ist vermutlich nur deswegen nochmal hier aufgekreuzt, weil er dachte, ich wäre schon weg.«

»Wieso weg? Wohin wolltest du denn?«

Paolo seufzte. »Nach Kalifornien. Es hat sich ganz kurzfristig ergeben. Meine Geschäftspartner machen Druck. Sie wollen endlich die Verträge unter Dach und Fach bringen und haben mir die Pistole auf die Brust gesetzt. Entweder ich komme morgen – oder gar nicht mehr. Die Abschlussbesprechungen sind überfällig. Wenn die Sache mit Alfonso nicht dazwischengekommen wäre, hätte ich das längst erledigen können.«

»Wann musst du hin?«

»Morgen früh um sechs geht meine Maschine. Es tut mir so Leid, Liebling.«

»Warum hast du es mir nicht schon früher gesagt?«

»Das fragst du noch?« Er legte beide Arme um sie und

drückte sie an sich. »Ich wollte dir nicht den Tag verderben. Angeblich ist das doch der schönste Tag im Leben einer Frau.«

Chiara überlegte trostlos, dass davon wohl kaum die Rede sein konnte. Bis jetzt war nichts passiert, von dem sie später einmal mit verklärter Miene ihren Enkeln würde erzählen können.

»Komm, ich zeige dir erst mal dein Zimmer.« Er nahm ihre Hand. Auf dem Weg zur Treppe meinte er: »Bist du mir sehr böse?«

»Du kannst ja nichts dafür.«

»Ich ärgere mich selbst darüber. Weißt du, ich hatte vor, dich mit einer netten kleinen Hochzeitsreise zu überraschen.«

»Wirklich?« Chiara hakte sich bei ihm ein. »Wohin denn?«

»Glaubst du, das verrate ich dir?« Paolo lachte. »Dann wäre ja die Überraschung verdorben. Du kommst schon noch auf deine Kosten. Aufgeschoben ist nicht aufgehoben.«

»Ich könnte mitkommen!«, schlug sie spontan vor.

»Auf keinen Fall«, sagte er sofort. »Du wirst dich schonen. Es kommt nicht infrage, dass du irgendetwas unternimmst, was deiner Gesundheit schadet. Tagelanges Fliegen ist sicher nicht gut für das Baby.«

Darüber hatte Chiara sich noch keine Gedanken gemacht. Ohnehin war die ganze Schwangerschaft noch kaum Realität für sie. Bis jetzt hatte sie keine Veränderungen an sich feststellen können. Die Tatsache, dass sie ein Kind erwartete, war noch nicht richtig fassbar für sie.

»Wie lange bleibst du weg?«

»Etwa zwei Wochen«, sagte er zerknirscht.

»So lange!«, rief sie betroffen.

Paolo seufzte. »Es kann sein, dass ich schon nach zwei Tagen wieder da bin. Wenn ich es nicht schaffe, diese Burschen von meiner Liquidität zu überzeugen, werde ich mich wohl oder übel gleich wieder in den Flieger nach Hause setzen können.«

»Was meinst du damit?«

»Schau, hier ist dein Zimmer.« Paolo öffnete die Tür zu einem der Zimmer, die von dem langen Flur im Obergeschoss abgingen. »Es ist natürlich nur vorübergehend, bis wir ein paar gemeinsame Räume eingerichtet haben. Platz genug gibt es in diesem alten Kasten dafür weiß Gott. Wenn ich weg bin, kannst du dir alles nach Lust und Laune ansehen.«

Chiara blickte sich um. Was sie sah, gefiel ihr. Das Zimmer war nicht allzu groß, aber behaglich eingerichtet, mit Möbeln aus Pinienholz, duftigen Gardinen und Sesseln mit bestickten Überwürfen. »Was meintest du vorhin damit, dass du die Amerikaner erst von deiner Liquidität überzeugen müsstest?«

»Ich hoffe, es gefällt dir«, sagte Paolo. »Es ist nichts Besonderes. Aber es hat ein eigenes Bad, es gibt einen Fernseher, und das Bett ist breit genug für uns beide. Nachts kann man wunderbar schlafen, es ist sehr ruhig. Abgesehen von dem Gespenst, das ab und zu hier im Haus spuken soll. Allerdings bin ich persönlich noch nie davon aufgewacht.«

»Paolo, ich habe dich etwas gefragt.«

Er fuhr sich durch die Haare. »Ach, das ist eine blöde Sache. Ich habe vor drei Monaten eine neue Weinpresse gekauft. Ein ziemlich kompliziertes, teures Ding. Außerdem haben Fabio und Giovanna in der letzten Zeit schrecklich über die Stränge geschlagen. Sie haben kein Gespür fürs Geld. Dann war eine Teilhypothek fällig, von der wir voriges Jahr die Modernisierung des Hauses bezahlt haben. Es ist natürlich noch genug Geld da, aber ich habe es zurzeit in ein paar sehr viel versprechenden Aktien investiert, die will ich nur ungern flüssig machen – im Moment würde das einen ganz enormen Kursverlust bedeuten. Und der Rest ist Festgeld, da kann ich nicht kurzfristig dran.« Er schüttelte lächelnd den

Kopf. »Und so bin ich jetzt in der absurden Situation, die fünfzigtausend Dollar momentan nicht auf den Tisch des Hauses blättern zu können.«

»Ist das die Anzahlung auf das Jointventure-Abkommen, das du mit den Amerikanern abschließen willst?«

Paolo zuckte die Achseln. »Sie fingen auf einmal davon an, dass sie den Finanzierungspool sofort anlegen wollen, zur Abdeckung der Startrisiken. Ich wusste natürlich, dass das auf mich zukommen würde, aber ich habe nicht damit gerechnet, dass sie es gleich haben wollen. In vier Wochen hätte ich mehr als genug Geld, aber nicht in diesem Augenblick.«

»Das ist kein Problem. Ich habe das Geld.«

Paolo lächelte nachsichtig. »Habe ich etwa eine reiche Frau geheiratet?«

»Ach nein, leider nicht. Aber so viel habe ich gespart.« Sie kramte in ihrer Handtasche nach ihrem Scheckheft.

»Kommt nicht infrage«, sagte Paolo.

»Ich will es aber!« Chiara zückte einen Kugelschreiber.

Paolo machte eine abwehrende Handbewegung, als sie ihm den ausgefüllten Scheck hinstreckte. »Willst du mich lächerlich machen? Du bist meine Frau. Es fehlte noch, dass ich Geld von dir nehme!«

»Du liebe Zeit, wenn ich deine Frau bin, bist du mein Mann. Ich bestehe darauf, dass du es nimmst. Du kannst es mir ja nächsten Monat zurückgeben.«

Paolo runzelte nachdenklich die Stirn. »Tja, bei Licht betrachtet, wäre es tatsächlich eine elegante Lösung.« Plötzlich grinste er entwaffnend. »Habe ich dir schon gesagt, dass du eine absolute Traumfrau bist?«

»Noch nicht oft genug«, murmelte Chiara, während er sie in seine Arme zog.

8. KAPITEL

Im ersten Morgengrauen brach er auf, um seine Maschine nicht zu verpassen. Chiara räkelte sich schlaftrunken, als er sie zum Abschied küsste. »Meinst du, du schaffst das alles hier allein?«, fragte er.

»Sicher«, murmelte sie. In diesem Moment war sie wirklich davon überzeugt. Mit Paolos Familie würde sie sich schon anfreunden. Fabio würde wieder ins Ausland verschwinden und vorerst dort bleiben, womit diese Hürde schon einmal aus der Welt geschafft war. Sie selbst hatte ihre Arbeit, die sie in der nächsten Zeit ohnehin auf Trab halten würde. Offiziell hatte sie zwar Urlaub, aber sie hatte nicht vor, sich auf die faule Haut zu legen, schon gar nicht, wenn Paolo keine Zeit für Flitterwochen hatte. Immerhin würde sie auf diese Weise genug Muße haben, sich um die Velaghese-Präsentation zu kümmern. Dabei fiel ihr ein …

»Sag mal, hast du den Vertrag unterschrieben? Emilio wird mir die Hölle heiß machen, wenn du es wieder vergisst.«

Paolo war schon an der Tür. »Er liegt in meinem Büro, irgendwo auf dem Schreibtisch. Frag einfach Giovanna, sie kümmert sich momentan um das Sekretariat.«

Im nächsten Moment zog er leise die Tür hinter sich ins Schloss.

Chiara döste wieder ein, doch eine halbe Stunde später wachte sie erneut auf und konnte nicht mehr einschlafen. Sie stand auf, ging zum Fenster und klappte die Läden zur Seite. Die Sonne war noch nicht aufgegangen, doch draußen war es bereits hell. Die Aussicht war grandios. Das Zimmer war zum Hang hin gelegen und ermöglichte einen kilometerweiten Blick über das grüne, wellige Land. Hügelabwärts war das Dorf zu sehen, eine Ansammlung weiß getünchter Puppenhäuser mit einer Miniaturkirche in der Mitte. Ein schönes Detail im Rahmen eines Werbeprospekts für das Gut, überlegte Chiara. Im Laufe der Woche wollte sie nicht nur an dem Flaschendesign weiterarbeiten, sondern auch Kontakt mit der Agentur aufnehmen, die sich um das Marketingkonzept kümmern sollte.

Sie ging ins Bad und betrachtete sich gähnend im Spiegel. Sonderlich übernächtigt sah sie nicht aus, obwohl sie wenig Schlaf bekommen hatte. Paolo hatte sie lange wach gehalten, sie hatten ausgiebig voneinander Abschied genommen.

Eine kalte Dusche vertrieb die letzten Reste von Müdigkeit und verschaffte einem anderen Gefühl die Oberhand, das Chiara schon seit dem Aufwachen zu schaffen machte: nagender Hunger. Sie und Paolo hatten gestern das Abendessen ausfallen lassen und waren auf dem Zimmer geblieben. Zwischendurch hatte Paolo einen Teller mit einem Imbiss aus der Küche besorgt. Chiara hatte mit ihm zusammen im Bett gegessen und war sich dabei sehr verrucht vorgekommen.

»Werden sie uns nicht zum Abendessen unten erwarten?«

»Sollen sie doch. Wenn wir schon die Hochzeitsreise verschieben müssen, soll es wenigstens eine perfekte Hochzeitsnacht geben.«

Er hatte Wort gehalten und Chiara so zärtlich und zugleich leidenschaftlich geliebt wie nie zuvor bei ihren bisherigen Begegnungen.

Seufzend frottierte Chiara sich das nasse Haar und machte sich dann daran, die Koffer auszupacken, die Paolo gestern

Abend noch heraufgeholt hatte. Für ihren ersten Tag in ihrem neuen Zuhause wählte sie praktische Kleidung, weil sie vorhatte, so viel wie möglich von der Gegend zu erkunden. Fragte sich nur, wer von der Familie Lust haben würde, sie herumzuführen.

Nachdem sie sich angezogen hatte, begab sie sich nach unten auf die Suche nach etwas Essbarem. Im Haus war es vollkommen still, alle Bewohner schienen noch zu schlafen, doch in der Halle stieg Chiara das Aroma von frisch aufgebrühtem Kaffee in die Nase. Zielsicher folgte sie dem Duft durch einen Gang in einen Seitentrakt, wo sie die Küche fand. Es war ein großer Raum mit schweren Holzregalen, blitzenden Arbeitsflächen und einem blank gescheuerten Esstisch. Neben dem modernen Herd gab es auch die traditionelle toskanische Feuerstelle mit einem hohen, rußgeschwärzten alten Kamin, von dem zahlreiche Pfannen und Töpfe herabhingen.

Von der Küche führte eine Tür ins Freie, die offen stand und eine angenehm kühle Brise hereinließ. Von draußen war eine Frauenstimme zu hören, die leise ein altes sardisches Volkslied sang. Chiara erinnerte sich, wie sie einmal als Kind einen Schäfer auf dem Gut ihrer Großmutter dieses Lied hatte singen hören. Sie hatte kein Wort verstanden, obwohl sie bei ihrem Vater zweisprachig aufgewachsen war und ihr Italienisch zu jener Zeit fast so gut gewesen war wie ihr Englisch. Ihre Großmutter hatte ihr die regionalen Unterschiede in Italien erklärt und ihr auch von den verschiedenen Dialekten erzählt. Die Sarden, so hatte sie gemeint, seien ein Volk für sich. Stolz, unnahbar – und manchmal auch skrupellos. In ihrer Stimme hatte ein Hauch von Bitterkeit gelegen, als sie davon gesprochen hatte. Erst Jahre später hatte Chiara erfahren, dass Tante Luisa als junge Frau von einem Sarden entführt worden war. Sie hatte sich aus der Gewalt ihres Peinigers, eines sardischen Schäfers, befreien können – indem sie ihn tötete.

Neugierig trat Chiara durch die Tür hinaus ins Freie. Sie fand sich in einem Kräuter- und Gemüsegarten wieder, der direkt an diesen rückwärtigen Teil des Hauses grenzte. Die Sonne war gerade aufgegangen und tauchte die Beete und Büsche in rötliches Licht. Ein schwacher Dunst von Morgentau lag in der Luft und entlockte zusammen mit den ersten Sonnenstrahlen den Kräutern einen betäubenden Duft. Basilikum, Majoran, Petersilie, Lauch und Liebstöckel wuchsen in schnurgeraden Reihen dicht beim Haus. Weiter hinten gab es Erbsenhecken, ein kleines Kartoffelbeet, Sträucher mit Tomaten, Paprika und Zucchini und etliche andere Gemüsesorten.

Eine Frau in einer grauen Kittelschürze stand gebückt über einer Kiste mit Setzlingen und summte vor sich hin. Obwohl Chiara beim Betreten des Gartens kein Geräusch gemacht hatte, hörte die Frau auf zu singen und richtete sich auf. Sie drehte sich zu Chiara um. Es war Valeria Cortezzi.

Als sie Chiara sah, wurde ihr Gesicht maskenhaft starr. Die Hände, die sie vor der Brust hielt, zitterten unkontrolliert.

Wir danken herzlich für Ihren Besuch, dachte Chiara ironisch. *Und kommen Sie nicht so bald wieder.*

Doch sie hatte nicht vor, klein beizugeben. Schließlich würde sie auch in Zukunft mit der alten Frau auskommen müssen.

»Guten Morgen«, sagte Chiara.

Valeria Cortezzi besann sich auf ihre Höflichkeit, auch wenn sie nicht gerade von der Ehefrau ihres Enkels begeistert zu sein schien. »Guten Morgen, mein Kind. Hast du gut geschlafen?«

Es klang ziemlich kühl und abweisend, aber Chiara verbuchte es als echten Fortschritt gegenüber gestern, als die Alte bei der Nachricht von ihrer Heirat fast in Ohnmacht gefallen war.

»Ganz ausgezeichnet, danke«, erwiderte sie freundlich. »Sie sind schon sehr früh auf.«

»Ich kümmere mich um den Garten«, sagte die Alte, als wäre das eine plausible Erklärung für ihr zeitiges Aufstehen. Sie wischte die schmutzverkrusteten Hände an ihrer Schürze ab und deutete auf die Setzlinge zu ihren Füßen. »Manche von ihnen gehen ein, wenn man nicht ständig aufpasst. Andere gehen trotzdem ein, ob man aufpasst oder nicht.« Sie bedachte Chiara mit stechenden Blicken und fragte abrupt: »Warum bist du nicht mit ihm gefahren?«

Chiara zögerte und fragte sich, ob sie es ihr erzählen sollte. Doch warum eigentlich nicht? Fabio wusste es bereits, und auch für den Rest der Familie würde es bald kein Geheimnis mehr darstellen.

»Paolo meinte, die Reise sei zu anstrengend für mich. Ich erwarte ein Kind.«

Damit hatte sie offenbar das, was sie bei der alten Frau an Boden gewonnen hatte, wieder zerstört. Valeria Cortezzi erbleichte unter ihrer Sonnenbräune. »Ein Kind?«

Chiara nickte und fragte sich beklommen, was die Alte daran so schrecklich fand. Normalerweise fanden alte Damen den Gedanken, Urgroßmutter zu werden, absolut hinreißend – zumindest sollte es so sein. Ob sie womöglich nicht mehr recht beisammen war? Eine Vorstellung, die nicht ganz von der Hand zu weisen war, wenn man sie so dastehen sah, mit schlaff herabhängenden Armen, den Blick starr ins Leere gerichtet.

Valeria sah aus, als wollte sie etwas sagen, doch sie brachte kein Wort heraus. Einen Moment später stieg sie schwerfällig über die Kiste mit den Pflanzenschösslingen hinweg, humpelte den ausgetretenen Lehmpfad entlang durch eine Pforte in der Gartenmauer und verschwand zwischen den Rosenstöcken, die dort dicht an dicht wucherten.

»Nett, mit Ihnen geplaudert zu haben«, murmelte Chiara. Niedergeschlagen blickte sie der alten Frau nach. Hatte sie etwas falsch gemacht? Oder lag es ganz einfach daran, dass diese Familie ein wenig merkwürdig war – von Paolo natürlich abgesehen.

»Nimm es ihr nicht krumm«, sagte Fabios Stimme hinter ihr.

Chiara fuhr herum, einen Aufschrei auf den Lippen. Sie ballte die Hände zu Fäusten. Gott, dieser Mann hatte es wahrhaftig an sich, sie in Angst und Schrecken zu versetzen!

»Guten Morgen«, sagte sie kühl.

Er nickte. »Habe ich dich erschreckt? Das tut mir Leid.«

»Ist schon in Ordnung.« Das war es keineswegs, doch was hätte sie sonst sagen sollen? Sie hatte nicht damit gerechnet, ihn noch einmal wiederzusehen. Paolo hatte auf ihre Frage hin gesagt, dass Fabio spätestens heute verschwinden würde, weil er sonst das Geld nicht bekommen würde, das Paolo ihm für sein Fernbleiben zahlte.

Er trug wieder seine Lieblingsaufmachung aus abgeschnittenen Jeans, verwaschenem Hemd und Sandalen. Immerhin war er frisch gewaschen und rasiert. Ein Hauch von Shampooduft umwehte ihn, als er die Hand ausstreckte und auf die Rosen hinter der Mauer deutete, wo seine Großmutter vorhin verschwunden war.

»Sie hat nichts gegen dich. Manchmal fällt es ihr nur schwer, sich mit neuen Gegebenheiten abzufinden, dann kann sie schon mal ruppig werden.«

Chiara lag eine sarkastische Erwiderung auf der Zunge, etwas in der Art wie: *Da ist sie wohl kaum die Einzige* oder dergleichen. Doch sie verkniff es sich gerade noch rechtzeitig, denn Fabio wies mit einladender Geste hinter sich, in die Küche. »Kaffee?«

Für einen Kaffee hätte sie im Moment alles getan. Da war sogar die Aussicht, sich zu diesem Zweck vorübergehend mit dem Feind verbrüdern zu müssen, weit weniger erschreckend, als sie angenommen hatte.

Wachsam folgte sie ihm in die Küche und schaute ihm dabei zu, wie er Tassen und Teller aus einem der Regale holte, Besteck aus einer Schublade nahm und den Tisch für zwei Personen deckte. Seine Bewegungen waren sparsam und gut durchdacht. Er bewegte sich mit kraftvoller, geschmeidiger Eleganz, genauso wie damals, als er auf sie zugetreten war und …

Chiara unterdrückte ein erschrecktes Keuchen, als er sich unvermittelt zu ihr umdrehte.

Er zog erstaunt die Brauen hoch und schaute sie fragend an. »Spiegeleier?«

»D-danke«, stammelte sie. »Ich meine, danke nein. Bitte machen Sie sich keine Arbeit.«

»Ich mache sowieso welche für mich. Es ist keine Extraarbeit. Und außerdem möchte ich, dass wir *du* sagen. Du bist meine Schwägerin.«

Dagegen konnte sie schwerlich etwas einwenden, vorausgesetzt, dies blieb die einzige Vertraulichkeit, die er sich ihr gegenüber herausnahm. Allerdings wirkte er im Augenblick völlig harmlos. Von der Aggressivität, die er in Florenz gezeigt hatte, war jetzt nicht das Geringste zu spüren.

Die Frage, warum er sie damals auf diese rüde Art überfallen hatte, brannte stärker in ihr als je zuvor, doch sie hätte sich eher die Zunge abgebissen, als ihn deswegen anzusprechen. Womöglich brachte sie ihn damit erst auf dumme Gedanken. Paolo hatte vergangene Nacht davon gesprochen, dass Fabios Krankheit in Schüben wiederkehrte.

»Es kommt und geht«, hatte er gesagt, »genau wie er selber. Und es gibt nur ein Mittel, es in Schach zu halten: genug Geld, damit er wegbleibt und uns alle hier nicht auch noch verrückt macht.«

»Setz dich doch. Oder willst du im Stehen essen?«

Fabio brachte einen Teller mit Wurst, Schinken und Käse zum Tisch, dann schnitt er Brot auf. Anschließend schenkte er Kaffee ein.

»Milch und Zucker?«

»Milch, bitte.«

Er holte eine Flasche aus dem Kühlschrank und stellte sie neben ihre Tasse. Chiara setzte sich, wobei sie sorgsam darauf achtete, ihn im Auge zu behalten. Sie fühlte sich wesentlich sicherer, wenn sie sah, was er tat. Er ging zum Herd, wo er in einer Kupferpfanne Olivenöl erhitzte und sechs Eier hineinschlug. Wenig später waren sie gar, und er verteilte sie auf zwei Teller, vier für ihn selbst und zwei für Chiara.

Sie bedankte sich höflich, wartete, bis er sich gesetzt hatte und fing an zu essen. Ihr Unbehagen in seiner Gegenwart vermochte an Intensität nicht mit ihrem enormen Hunger zu konkurrieren. Sie hätte einen Ochsen verspeisen können.

Chiara konnte sich nicht erinnern, je im Leben bereits so früh am Morgen solchen Appetit gehabt zu haben. Ob das an der Schwangerschaft lag? Sie glaubte, nun eine ungefähre Vorstellung davon zu haben, was das Sprichwort *für zwei essen* bedeutete.

Schweigend vertilgte sie ihre Eier und aß dazu auch reichlich von dem Brot und dem Schinken. Anschließend spülte sie alles mit dem Kaffee herunter, der hervorragend schmeckte. Sie hatte selten so gut gefrühstückt.

»Es war ausgezeichnet«, sagte sie schließlich, um das Schweigen zu unterbrechen. »Kochen Sie öfter?«

»Kochst du öfter«, korrigierte er. »Ja, meist morgens, wenn ich als Erster auf bin. Valeria ist zwar oft vor mir unten, aber sie isst so früh nichts.«

»Fahren Sie heute?«, fragte sie höflich. Es konnte nicht schaden, ihn ein wenig mit Konversation bei Laune zu halten. Er schien guter Laune zu sein, und Chiara wollte auf keinen Fall dazu beitragen, dass sich das änderte.

Er nickte. »Gleich nachher, so in zwanzig Minuten etwa.« Er streckte eine seiner großen Hände aus, nahm sich den Rest vom Brot und tunkte damit das Gelbe von seinem letzten Spiegelei auf. »Willst du mitkommen?«

»Sie … ähm, du meinst, bis Siena?« Die Idee war nicht schlecht. Ihr Wagen stand immer noch dort. Wenn er sie auf dem Weg zum Flughafen dort absetzte, hätte sie ein Problem weniger. Und in der Stadt würde sie gleich ein paar Besorgungen erledigen können, die sie sich für heute noch vorgenommen hatte. Andererseits … Wer konnte schon wissen, auf welche Ideen er käme, wenn er mit ihr allein im Auto unterwegs war?

Er schenkte ihr Kaffee nach. »Nein, nur ins Dorf. Und dann in die Reben.«

Chiara starrte ihn an. Dann schluckte sie. Was hatte er in den Reben verloren, wenn er von hier verschwinden wollte? Aber – wollte er das wirklich?

»Was ist los? Du schaust so erstaunt drein?« Seine Frage klang arglos, aber Chiara war weit davon entfernt, ihm zu trauen.

»Ach, nichts«, sagte sie, um einen lockeren Tonfall bemüht. Doch dann geriet sie ins Stottern, weil er ganz offensichtlich eine Erklärung zu erwarten schien. Welchen Sinn machte es, um den heißen Brei herumzureden, nachdem er ebenso gut Bescheid wusste sie wie sie?

»Paolo meinte nur, du würdest … ähm, verreisen. Wegen eurer … uhhh … Vereinbarung.«

Er stellte die Kaffeekanne hin und schaute nachdenklich in seine Tasse. »Was hat er dir über die Vereinbarung erzählt?«

Chiara spürte, wie ihr die Röte ins Gesicht stieg. »Bitte, ich … müssen wir darüber reden?«

»Hat er dir gesagt, dass es um Geld geht?«

»Nun … Ja.«

»Dass ich von hier verschwinde, wenn er mich bezahlt?«

Chiara senkte den Kopf, doch dann blickte sie auf, um in seinem Gesicht nach etwaigen Anzeichen eines beginnenden Wutanfalls zu forschen. Doch nichts schien darauf hinzudeuten, dass er kurz davor stand, die Beherrschung zu verlieren.

»Tja.« Fabio pustete auf den heißen Kaffee, dann trank er einen Schluck. »Die Sache ist die. Er hat mir kein Geld gegeben. Also bleibe ich hier.«

Sprachlos starrte sie ihn an.

Achselzuckend erwiderte er ihren Blick. »Was erwartest du von mir?«

Chiara holte Luft, dann sagte sie schneidend: »Nichts.«

Einen Moment lang schien er verdutzt von ihrem kalten Ton, dann begann er unvermittelt zu grinsen, und abermals war Chiara völlig überrascht von der unglaublichen Veränderung, die das Lächeln in seinem grimmigen, harten Gesicht bewirkte. Für einen Moment sah er fast jungenhaft aus. »Du musst einen sehr schlechten Eindruck von mir haben.«

Einen ziemlich schlechten, stimmte Chiara im Geiste zu. Gelassen sagte sie: »In zwei Wochen ist Paolo wieder da. Bis dahin hat er selbstverständlich das Geld. Dieser finanzielle Engpass ist nur vorübergehend. Er muss Prioritäten setzen, das musst du verstehen. In erster Linie muss er an das Geschäft denken.«

Er zog die Brauen zu einer dunklen Linie zusammen. »Wie darf ich das verstehen? Hast du ihm Geld gegeben?«

Zu spät merkte Chiara, welchen Fehler sie gemacht hatte. Womöglich glaubte er nun, dass sie seine Finanzen ebenfalls auffrischen könnte.

Sie sprang auf. »Ich muss jetzt gehen. Vielen Dank, das Frühstück war sehr gut.«

»Warte.« Er legte die Handflächen aneinander und drückte die Spitzen seiner Zeigefinger gegen den Nasenrücken, um kurz, aber fieberhaft nachzudenken. »Du glaubst, ich will dich anpumpen, stimmt's?«

Chiara stöhnte innerlich. Es war ihre eigene Schuld. Wieso hatte sie überhaupt davon angefangen?

»Keine Sorge«, erklärte er freundlich. »Es ist nicht meine Art, Frauen das Geld aus der Tasche zu ziehen.«

Stattdessen zog er es vor, sie gelegentlich zu vergewaltigen. Chiara räusperte sich. »Das wollte ich dir nicht unterstellen.«

Sein Blick sagte ihr, dass er ihre Lüge durchschaut hatte. »Mir scheint, du hast vielleicht eine falsche Vorstellung von dem, was ich hier mache.«

Sie stellte die nahe liegende Frage, da er es offenbar zu erwarten schien. »Was machst du denn hier?«

»Komm nachher mit, und ich zeige es dir.«

Sein Blick ließ sie nicht los. Trau dich, sagten seine Augen. Seine Hände, diese starken, harten Hände, lagen offen auf dem Tisch. Entspannt saß er da, zurückgelehnt, ein freundliches, erwartungsvolles Lächeln auf den Lippen. Da war es wieder, dieses subtile Gefühl von Angst und Erregung, das er mit seiner bloßen Gegenwart in ihr erzeugte. Aber diesmal war noch eine andere Empfindung dazugekommen, nämlich pure, schlichte, wachsende Neugier.

»Ich weiß nicht«, sagte sie unentschlossen. Wütend auf sich selbst, weil sie nicht sofort eine plausible Ausrede auf Lager gehabt hatte, setzte sie an, ihm zu sagen, dass sie keine Lust hatte, doch er kam ihr zuvor.

»Hast du Angst vor mir?«

Chiara starrte ihn an. Sie wusste nicht, was sie sagen sollte. Sie wusste nicht einmal, was sie denken sollte. Ein absurder Vergleich kam ihr in den Sinn. Er war wie eine Zwiebel mit vielen Schichten. Sobald sie glaubte, ihn durchschaut zu haben, häutete er sich und zeigte ihr ein ganz anderes Gesicht als zuvor.

Chiara reckte sich und hob den Kopf. »Nein.« Ihre Stimme war laut und fest.

»Fein«, sagte Fabio in geschäftsmäßigem Tonfall. Er stand ebenfalls auf und begann, den Tisch abzuräumen. »In zwanzig Minuten erwarte ich dich vorm Haus.«

Während Chiara rasch ihr Gedeck zusammenräumte und zur Spüle trug, fragte sie sich mit leiser Beklommenheit, ob sie im Begriff war, einen Fehler zu begehen. Im Moment machte er einen völlig normalen Eindruck, doch wer garantierte ihr, dass das so blieb? Sie dachte an den Mann, von dem sie nur den Vornamen wusste und den sie nie kennen lernen würde, weil er schon tot war. Alfonso … Was sich hier auf dem Gut wohl abgespielt haben mochte? Ein Familiendrama, in dem Fabio die Hauptrolle gespielt hatte?

Sie ging nach oben, um sich andere Schuhe anzuziehen. Auf dem Gang begegnete sie Giovanna, die aus einem der Zimmer kam. Sie war nackt bis auf einen winzigen Slip und völlig verschlafen. Ihr Körper war trotz der Größe zart und schmal wie der einer Puppe. Ihre Brüste waren klein, aber rund und perfekt geformt. Doch die Muskulatur ihres Körpers war deutlich ausgebildet. Zweifellos unterzog sie sich einem regelmäßigen und ausgiebigen Fitnesstraining. Als sie Chiara sah, blieb sie wie angewurzelt stehen und starrte sie an wie eine Erscheinung. »Was hast du denn hier verloren?«

»Ebenfalls einen guten Morgen«, sagte Chiara lakonisch.

»Wo ist Paolo?«

Chiara blickte auf ihre Uhr. »Um diese Zeit dürfte er in seiner Maschine nach San Francisco sitzen.«

Giovanna verschränkte fröstelnd die Arme vor der Brust. »Warum bist du hier geblieben?«

Noch jemand, dem sie das neueste Familiengeheimnis anvertrauen musste. Chiara war versucht, irgendeine Ausrede zu erfinden, doch nachdem sie es Valeria bereits gesagt hatte, machte es keinen Sinn, die Schwangerschaft gegenüber Giovanna verheimlichen zu wollen.

»Ich bekomme ein Kind.«

Giovanna taumelte zurück wie unter einem Schlag. Ihre Reaktion war geradezu filmreif, fast so wie die ihrer Großmutter. Sie tat dasselbe wie Valeria, nur mit größerer Behändigkeit und Schnelligkeit: Sie drehte sich um und floh. Türenknallend verschwand sie im gegenüberliegenden Badezimmer. Chiara hörte, wie Giovanna drinnen den Toilettendeckel hochklappte, und gleich darauf ertönte das unverkennbar würgende, gequälte Geräusch eines Menschen, der sich heftig übergibt.

Um ein Haar wäre Chiara ebenfalls das Essen hochgekommen. Mit hängenden Schultern ging sie in ihr Zimmer und setzte sich auf das Bett. Was, um alles in der Welt, war nur mit diesen Leuten los? Warum konnten sie sich nicht einfach darüber freuen, dass Paolo Vater wurde? In den meisten Familien war die bevorstehende Geburt eines Kindes ein im wahrsten Sinne des Wortes freudiges Ereignis! Warum nicht in diesem Haus?

Es klopfte an der Tür, und Chiara hob den Kopf. »Ja?«

Giovanna schob ihren Kopf durch den Spalt. »Kann ich reinkommen?«

Chiara blickte sie erstaunt und wachsam an. »Natürlich.«

Giovanna hatte einen Morgenmantel übergestreift, ein teures, seidiges Nichts, vermutlich von einem französischen Designer. »Es tut mir Leid, dass ich vorhin einfach so losgeschossen bin. Ehrlich. Ich hab gestern was gegessen, das mir nicht bekommen ist.« Sie rieb sich die Stirn. »In der letzten Zeit habe ich häufiger mal Probleme mit dem Magen.« Sie kam näher, die Hände in den Taschen ihres Morgenmantels vergraben.

»Jedenfalls, was ich dir sagen will, ist Folgendes: Ich möchte dir zu dem Baby gratulieren.« Dann hielt sie inne und schüttelte den Kopf. »Nein, das ist ja noch gar nicht da. Also, herzlichen Glückwunsch zu deiner Schwangerschaft.«

»Danke«, sagte Chiara. Sie konnte nichts gegen die Reserviertheit in ihrer Stimme tun. Giovanna hatte etwas an sich, das sie zur Zurückhaltung mahnte.

Sie stand immer noch mitten im Zimmer, die Augen gesenkt und ruhelos von einem Fuß auf den anderen tretend. Plötzlich fing sie unvermittelt an zu weinen.

Bestürzt stand Chiara vom Bett auf. »Was ist los?«

Giovanna blickte auf. »Kannst du es dir nicht denken?« Sie schluchzte herzzerreißend.

»Nein, keine Ahnung, ehrlich nicht.«

Ein bitteres kleines Lächeln erschien auf Giovannas Gesicht, während sie sich mit einem Zipfel ihres Ärmels die Tränen abwischte. Mühsam versuchte sie, ihre Stimme unter Kontrolle zu bringen, doch es gelang ihr nicht ganz. »Man sieht noch nichts, aber das ist am Anfang ganz normal. Bei dir sieht man ja auch noch nichts.« Sie schaute Chiara offen in die Augen. »Nun, du bist nicht die Einzige in diesem Haus, die schwanger ist.«

Vollkommen verdattert setzte Chiara sich wieder auf die Bettkante. »Wirklich? Du meine Güte!«

Ihr war schlagartig einiges klarer geworden. Die komischen Reaktionen von gestern Abend und heute Morgen, sowohl von Valeria und Giovanna, ergaben vor dem Hintergrund dieser neuen Information zumindest mehr Sinn.

Chiara betrachtete ihre Schwägerin mitleidig. Das arme Ding, wie musste ihr zumute sein! Auf gewaltsame Weise den Mann zu verlieren, den sie liebte, um dann festzustellen, dass sie ein Kind erwartete! In einer Familie wie dieser galt es vermutlich zudem noch als Schande, eine ledige Mutter zu sein.

»Und wie fühlst du dich?«, fragte Chiara behutsam.

»Das fragst du noch?«, antwortete Giovanna schluchzend.

Chiara hatte plötzlich das Bedürfnis, zu ihr zu gehen und sie zu umarmen. Doch mit einem Mal entspannte Giovanna sich und hörte auf zu weinen, fast von einem Moment auf den nächsten. Sie nahm die Hände aus den Taschen, schlenderte zum offenen Fenster und schaute hinaus. Draußen war der Tag zum Leben erwacht. In der Nähe ertönte das Rumpeln eines Traktors. Irgendwo krähte ein Hahn, und aus der Ferne war das Bellen eines Hundes zu hören. Sonnenlicht fiel ins Zimmer und überstäubte Giovannas kurzes, lockiges Haar mit feinen Glanzpunkten.

»Er hat ein schönes Zimmer für dich ausgesucht«, sagte sie leise.

»Ja, ich weiß.«

»Sein eigenes Zimmer ist auch sehr schön. Es liegt am Ende des Gangs, direkt neben meinem. Hast du es schon gesehen?«

»Nein, bis jetzt noch nicht.«

»Liebst du meinen Bruder?«

»Ja, natürlich, sonst hätte ich ihn nicht geheiratet.«

»Liebe ist auch ohne Heirat möglich. Dasselbe gilt umgekehrt.«

»Nicht in unserem Fall.«

Giovanna drehte sich zu ihr um, ein sanftes, madonnenhaftes Lächeln auf den Lippen. »Ja, man muss ihn einfach gern haben, nicht wahr?«

Mit diesen Worten ging sie rasch zur Tür und trat auf den Gang hinaus. Sekunden später hörte Chiara, wie die Tür von Giovannas Zimmer ins Schloss gezogen wurde.

Nachdenklich holte sie ein paar Turnschuhe aus ihrem Koffer und zog sie an. Giovanna schien mit ihren Nerven ziemlich am Ende zu sein. Im einen Moment noch gefasst und um Freundlichkeit bemüht, neigte sie im nächsten zu Tränenausbrüchen, um sich dann im übernächsten kühl und unnahbar zu geben.

Chiara band ihre Schuhe zu, schnappte sich ihre Handtasche und die Sonnenbrille von der Kommode und ging wieder nach unten.

9. KAPITEL

Als sie aus dem Haus trat, kam Fabio mit einem offenen Jeep vorgefahren. Der Kies spritzte unter den Rädern hervor, ein paar Steinchen trafen ihre Beine. Hastig trat sie ein paar Schritte zurück.

»Entschuldige«, sagte Fabio, »der Kies ist noch frisch, ich habe mich noch nicht daran gewöhnt.«

Nur am Rande registrierte sie, dass er nicht ausgestiegen war, um ihr die Wagentür aufzuhalten. Nicht, dass es sie gestört hätte, im Gegenteil. Auf seine Galanterie konnte sie ebenso gut verzichten wie auf seine Zudringlichkeiten. Es wunderte sie nur, so wie es sie generell erstaunte, dass jemand, der offensichtlich eine so vorzügliche Kinderstube genossen hatte wie Paolo, einen so groben Klotz von Bruder haben konnte. Fabio fuhr sicher und umsichtig, weit weniger rasant als Paolo. Allerdings war auch der Wagen weniger schnittig. Es war ein ziemlich altes Modell, dessen Motor beim Herunterschalten in den Kurven bedenklich knatterte.

Fabio warf ihr einen Blick von der Seite zu. »Warst du schon einmal auf einem Weingut?«

Chiara schüttelte den Kopf. »Nein, bisher noch nicht.«

»Deine Großmutter – sie hat auch ein Gut, nicht wahr?«

»Ja, sogar ein sehr großes. Aber dort werden hauptsächlich Weizen, Luzerne und Oliven angebaut. Außerdem werden auf La Befana Pferde gezüchtet.«

»Du bist nicht in Italien aufgewachsen.« Es war eine Feststellung, keine Frage. Ob er es an ihrer Aussprache merkte? Ihr Italienisch klang in ihren eigenen Ohren akzentfrei, doch es gab immer wieder Leute, die sofort feststellten, dass sie im Ausland groß geworden war. Möglicherweise lag es aber auch an ihrem Äußeren. Sie hatte wahrhaftig nicht das Geringste von einer typischen Italienerin, sondern hatte immer schon so ausgesehen, wie sie sich fühlte: wie ein Außenseiter.

Chiara merkte gar nicht, wie sie an ihrer Handtasche herumgenestelt hatte. Fabio deutete auf ihren Schoß. »Willst du das arme Ding erwürgen?«

»Ich war in Gedanken.«

»Das war nicht zu übersehen. Etwas Unangenehmes, wie es scheint.«

»Ja, das stimmt.« Mehr sagte sie nicht dazu. Ihr Privatleben ging ihn nichts an. Sie traute ihm nicht für fünf Pfennige über den Weg. Hinter dieser breiten, sonnengebräunten Stirn gingen Dinge vor, in die sie nicht den geringsten Einblick hatte. Nach dem, was in Florenz passiert war, hatte sie allen Grund, ihm zu misstrauen. Das galt erst recht in Verbindung mit den Auskünften, die sie von Paolo erhalten hatte. Chiara hatte nicht vor, in ihrer Wachsamkeit nachzulassen. Es war nett von ihm, ihr das Weingut zu zeigen, doch womöglich verfolgte er sogar damit bestimmte Zwecke, die sie nicht kannte. Chiara hatte das untrügliche Gefühl, dass zwischen den Brüdern etwas im Gange war, eine Art Spiel, in dessen Winkelzüge sie nicht eingeweiht war, bei dem sie selbst aber wie eine Figur auf einem Schachbrett hin- und hergeschoben wurde, ohne zu wissen, in welche Richtung es ging. Als Paolo beispielsweise gestern seinen Bruder von ihrer Schwangerschaft informiert hatte, war es Chiara so vorgekommen, als empfinde er eine Art Genugtuung, ja vielleicht sogar mehr als das – eine gewisse Schadenfreude? Im Übrigen war sie ziemlich sicher, dass er ihr längst nicht alles über Fabio erzählt hatte. Die spärlichen Informationen, die er ihr hatte zuteil werden lassen, waren eher widerwillig und meist nur auf ihr beharrliches Nachfragen hin gekommen.

Der Wagen rumpelte an den sonnenbeschienenen Rebenfeldern vorbei, die sich beiderseits der Straße hügelaufwärts und ins Tal hinab erstreckten. Hier und da waren Gruppen von Arbeitern zu sehen, die sich an den Rebstöcken zu schaffen machten. Alle, die nahe genug bei der Straße standen, um den Wagen vorbeifahren zu sehen, legten die Hand an die Hutkrempe, wenn der Jeep auftauchte. Fabio winkte jedes Mal grüßend zurück, ein paarmal hupte er auch.

»Gehören die Arbeiter zum Gut?« Chiara merkte selbst, wie dämlich sich ihre Frage anhören musste, doch Fabio verzog keine Miene. »Ja, alle. Im Weinbau gibt es das ganze Jahr über am Berg zu tun. Im Vorfrühling werden die Reben geschnitten, im Frühjahr müssen beim Austrieb die überschüssigen Knospen entfernt werden, im Spätfrühling werden die Schösslinge fixiert. Im Frühsommer wird die Blüte überwacht, und im Sommer muss das Reblaub ausgelichtet werden, damit genug Sonne an die Trauben kommt. Und zu guter Letzt findet dann im Herbst die Weinlese statt. Arbeit gibt es hier draußen immer. Guter Wein entsteht am Berg, nicht im Keller.«

»Ich weiß«, meinte Chiara spontan.

»Woher?«

»Paolo hat es erwähnt.«

Fabio hob die Brauen. »Du weißt also schon Bescheid über den Weinbau?«

Chiara spürte, wie sie errötete. »Nein, kein bisschen.«

»Dann war das wohl so ziemlich das Einzige, was er dir darüber erzählt hat, oder?«

Sie nickte achselzuckend, wobei sie sich aus unerfindlichen Gründen ärgerte. Nein, verbesserte sie sich sofort im Stillen. Sie wusste genau, was sie ärgerte: seine freundliche, unerschütterliche und mit einer steten, aber leisen Ironie gepaarte Gelassenheit, mit der er ihr ganz eindeutig das Gefühl vermittelte, alles im Griff zu haben, einschließlich ihrer Person.

Doch sie riss sich zusammen und beschloss, der Situation das Beste abzugewinnen, was in diesem speziellen Fall bedeutete, die Nerven zu bewahren und gleichzeitig ein paar Informationen zu erhalten.

»Ich dachte, heute gibt es für den Weinbau Maschinen.«

Fabio nickte. »Die gibt es natürlich. Wir haben sie auch früher verwendet. Aber um Spitzenweine zu erzeugen, taugen sie nicht viel. Bei der Maschinenernte landet alles in einem Topf, um es mal salopp auszudrücken. Laub, faule und unreife Trauben, Teile der Reben. Bei der Handlese werden weniger Trauben geerntet, aber daraus lassen sich bessere Weine erzeugen. Wir machen seit zwei Jahren einen Versuch mit einem sehr viel versprechenden Sangiovese-Klon.«

»Äh … Hast du *Klon* gesagt?«, fragte Chiara irritiert zurück.

Er bremste den Jeep ab und hielt in einer kleinen Straßenbucht an. »Komm, ich zeige es dir.«

Ohne zu warten, ob sie ihm folgte, sprang er aus dem Wagen und schlug sich in die Büsche. Genauer gesagt, er stapfte ein Stück weit einen schmalen Trampelpfad hinauf, der zwischen den Reben steil den Hang hochführte. Nach wenigen Metern blieb er stehen und drehte sich zu Chiara um. Sie war dicht hinter ihm und wäre fast gegen ihn geprallt – eine Situation, die sie an die fatale Begegnung im Treppenhaus vor ihrer Wohnung erinnerte. Diesmal blieb sie rechtzeitig stehen und hielt einen ausreichenden Abstand zu ihm ein.

Doch er schenkte ihr gar keine Beachtung, sondern beugte sich über eine der Weinreben und schob das Laub zur Seite. Er brachte eine Traube zum Vorschein. Die Beeren waren dunkel und rund und lagen schwer in seiner Handfläche.

»Sangiovese. So heißt die Traubensorte, aus der ein guter Chianti entsteht – unter anderem. Der Boden ist ziemlich kalkhaltig. Die Beeren haben dickere Häute als im Norden, weil es hier heißer ist. Sie geben weniger Saft, enthalten aber dafür mehr Zucker.«

Behutsam ließ er die pralle Traube wieder zurück in ihr schützendes Laubbett gleiten. Chiara folgte der Bewegung seiner Hand mit ihren Blicken. Sie erinnerte sich dunkel an fast vergessene Begebenheiten aus früheren Chemiestunden.

»Das heißt, der Wein enthält dann mehr Alkohol.«

»Richtig.« Fabio schob eine Hand in die Tasche seiner Shorts, mit der anderen machte er eine weit ausholende Geste, mit der er das ganze umliegende Land erfasste. »In den Siebzigerjahren hatte der Chianti noch einen miserablen Ruf unter Weinkennern. Bestenfalls ging er als anständiger Bauernwein durch. Das hat sich in den letzten Jahren gründlich geändert.«

»Ich habe neulich einen Supertoscano von hier getrunken. Er hat hervorragend geschmeckt. Ich habe mir sogar eine zweite Flasche gekauft, weil er so gut war.«

»Wirklich?« Er schien erfreut. Sein Lächeln kam spontan und wirkte fast ein wenig schüchtern. »Er ist noch ganz neu am Markt, aber die ersten Reaktionen waren sehr positiv.«

»Was macht man, um besseren Wein zu bekommen?«, wollte Chiara wissen.

»Die richtige Mischung an Trauben ist ausschlaggebend. Bei einem Chianti Classico darf der Anteil der zugemischten Trauben ein Viertel betragen, aber die roten Sorten dürfen nicht mehr mit weißen gestreckt werden. Französische Sorten haben sich gut bewährt. Wir arbeiten zum Beispiel mit Cabernet Sauvignon und mit Merlot.«

»Und bei dem Supertoscano?«

»Da gelten andere Regeln. Das Mischungsverhältnis ist nicht vorgeschrieben. Allerdings ist es kein Chianti Classico im Sinne der DOCG.«

Die Weinkenntnisse, die Chiara sich in der kurzen Zeit ihrer Bekanntschaft mit Paolo angelesen hatte, waren gemessen an dem, was es darüber zu wissen gab, äußerst dürftig, doch immerhin erinnerte sie sich daran, dass DOCG die Abkürzung für *Denominazione di Origine Controllata e Garantita* war, eine Art Gütesiegel für italienische Weine, das nur selten vergeben wurde. Daneben existierten noch weitere Gütesiegel, *Gallo nero* und *Gallo nero Riserva*, mit denen nur die besten Weine aus dem Chianti-Gebiet zwischen Florenz und Siena ausgezeichnet wurden. Es war, wie Chiara nicht zum ersten Mal feststellte, alles ziemlich kompliziert. Sie hatte von Paolo mehr darüber erfahren wollen, doch sie waren jedes Mal zu sehr miteinander beschäftigt gewesen. Unwillkürlich blickte sie auf ihre Uhr. Seine Maschine war noch nicht gelandet. Ob er während des Fluges an sie dachte?

Fabio beendete die Unterrichtsstunde, indem er sich an ihr vorbeischob, wobei er darauf achtete, sie nicht zu berühren.

»Komm, wir sind spät dran.«

Er kletterte den Hang wieder hinunter und klemmte sich hinters Steuer des Jeeps. Chiara stieg ebenfalls ein und fragte sich abermals, was genau sie an der Art dieses Mannes störte.

Diesmal fühlte sie keinen Ärger, sondern Irritation. Er schien sehr gut Bescheid zu wissen. Wenn man ihn reden hörte, klang es ganz danach, als sei er ebenso mit den Belangen des Weinbaus vertraut wie Paolo. Und das war nicht alles. Er schien förmlich mit der Gegend hier verwachsen zu sein. Er kannte die Menschen und das Land. Man spürte, dass dies sein Zuhause war.

Dieser Eindruck sollte sich in den nächsten Stunden noch verstärken.

Holpernd fuhr der Jeep in Richtung Tal, bis sie das Dörfchen erreichten. Am Ortseingang pickte eine Schar Hühner auf der Straße. Gackernd stoben sie auf und flitzten in allen Richtungen davon, als der Jeep näher kam.

Fabio hatte keine Anstalten gemacht, zu bremsen. »Sie schaffen es immer«, sagte er lakonisch. »Und wenn nicht, wäre es ihr Pech.« Da war er wieder, dieser leise, aber unverkennbare Hauch von Gefahr, der ihn umgab. Doch diesmal hatte Chiara sich unter Kontrolle. Sie war eher belustigt als beunruhigt. Mit einem Wagen auf eine Schar Hühner oder Tauben zuzuhalten war eine lässliche Sünde, kaum mehr als ein Schabernack. Sie selbst hatte das ebenfalls schon getan. Wenn man erst bremste oder gar anhielt, hatten die Biester einen überlistet. Sie pickten einfach seelenruhig weiter.

Auf dem runden Dorfplatz döste ein Hund unter einem Baum, und auf einer Bank saßen zwei alte Frauen, die ganz in Schwarz gekleidet waren. Sonst war kein Anzeichen von Leben auszumachen. Doch als der Jeep vorfuhr, änderte sich das. Hinter einem Haus kamen plötzlich mehrere kleine Kinder hervorgewuselt, und im nächsten Moment war Fabio von einer fordernden Meute umringt. Zahlreiche schmutzige kleine Hände krallten sich in seine Hosenbeine. Ohrenbetäubendes Geschnatter machte es unmöglich, auch nur einen einzigen zusammenhängenden Satz zu verstehen. Chiara bekam nur mit, dass es sich in irgendeiner Form um Fußball drehte, worauf auch der verdreckte und ausgeleierte Lederball hindeutete, der plötzlich wie aus dem Nichts auftauchte. Sie zählte insgesamt fünf Kinder, von denen das jüngste vielleicht drei, das älteste höchstens sieben Jahre alt war. Sie waren zu klein für die Schule, was wohl erklärte, warum sie um diese Tageszeit hier die Gegend unsicher machten.

Fabio nahm den zerfetzten Fußball und warf ihn achtlos zur Seite. Dann unterbrach er das allgemeine Gekreische mit einer gebieterischen Geste zum Wagen hin, worauf ein Junge mit affenartiger Geschicklichkeit in den Jeep kletterte und aus den Tiefen hinter der Sitzbank einen glänzenden, funkelnagelneuen Fußball zu Tage förderte. Sofort verfielen die Kinder in ehrfürchtiges Schweigen, das allerdings höchstens für drei Sekunden anhielt, bevor sie in wildes Begeisterungsgeheul ausbrachen.

Fabio hielt sich lachend die Ohren zu. »Ihr verrückten kleinen Monster!«, rief er gegen das Gebrüll an. »Kommt, wir probieren das Ding aus!«

Chiara, die das ganze Geschehen sprachlos verfolgt hatte, sah verblüfft zu, wie Fabio den Ball an sich nahm, ihn mit einer eleganten Drehung seines Fußes in die Luft kickte und im nächsten Moment im Gefolge einer begeisterten Mannschaft über den Platz in Richtung Kirche dribbelte. Gleich darauf war er in ein ungestümes Gerangel um den Ball verstrickt. Staubwolken wirbelten auf und hüllten die Spieler ein. Zwei der Jungs versuchten, Fabio den Ball abspenstig zu machen. Einem der beiden gelang es auch, bevor Fabio das runde Leder unter dem beifälligen Johlen der anderen wieder an sich brachte. Er kam frei zum Schuss, und im nächsten Moment landete der Ball mit einem enormen Krachen mitten auf dem hölzernen Kirchentor. Die Pforte erbebte bis in ihre Grundfesten. Fabio und die Kinder verharrten, und auf ihren Gesichtern lag ein solcher Ausdruck von Betretenheit und schlechtem Gewissen, dass Chiara sich nur mühsam ein Lachen verbeißen konnte.

»Äh … Das war wohl sehr laut, oder?«, versuchte Fabio die Stimmung zu retten.

Doch bevor noch jemand der umstehenden Ballsportler seine Meinung dazu kundtun konnte, öffnete sich die Tür der Kirche, und ein erzürnter Pfarrer streckte seinen Kopf ins Freie. Er sah Fabio mit dem Ball unterm Fuß dastehen und schüttelte den Kopf. »Ich hätte mir denken können, dass du es bist, Fabio Cortezzi. Von allen ungezogenen Bengeln warst du immer der missratenste.«

Fabio breitete in einer engelhaften Geste der Unschuld die Hände aus. »Ich schwöre, ich werde es beichten, Monsignore.«

Chiara hörte jemanden kichern und erkannte erst nach einem Sekundenbruchteil, dass sie es selbst war.

Die Kinder zogen die Köpfe ein und verkrümelten sich eilig wieder in den Garten, wo sie hergekommen waren.

»He, vergesst den neuen Ball nicht!« Fabio tänzelte ein Stück zur Seite, nahm Maß und schoss den Ball in einer perfekten Parabel hinüber hinter den Gartenzaun, wo er sicher in einem Kohlbeet landete. »Nichts für ungut, Monsignore«, sagte er zu dem Pfarrer, der sich daraufhin mit ergebenem Achselzucken wieder in seine Kirche verzog.

Fabio rieb sich die Hände an der Hosennaht ab und grinste Chiara an, die immer noch stumm an der Stelle stand, wo sie ausgestiegen war. Im Schutz ihrer verspiegelten Sonnenbrille betrachtete sie ihn eingehend. Er sah wieder so ähnlich aus wie gestern Abend. Eine Schmutzspur im Gesicht, Dreck an Händen und Füßen, und, als krönende Zier, eine blutige Schramme am rechten Schienbein. Wenn er nicht fast zwei Meter groß gewesen wäre, hätte er gut und gerne fünf Jahre alt sein können.

»Du hast dich verletzt«, sagte Chiara.

Er schaute verdutzt an sich herunter, sah die Schramme und grinste noch breiter. »Eine wilde Bande, oder?« Er klopfte sich den Staub aus der Hose und ging auf einen Gemischtwarenladen schräg hinter der Kirche zu. »Kommst du? Du kannst mir tragen helfen.«

Er zog den Kopf ein und betrat den Ladenraum, worauf ein melodisches Bimmeln ertönte. Chiara, die ihm gefolgt war, fand sich unversehens in einem Raum wieder, wo sich die nostalgische Romantik eines alten Tante-Emma-Ladens auf höchst skurrile Weise mit der modernen Optik eines Supermarktes vereinte. In der Mitte des Ladens gab es ein großes, von zwei Seiten begehbares Selbstbedienungsregal mit einem Sortiment an Haushaltswaren, Hygieneartikeln und Süßigkeiten. An der Seite des Raums befand sich eine Kühltheke, hinter deren Glasscheiben frische Wurst, Fleisch und Käse auslagen. Von der Decke hingen Räucherwürste, Schinken und Käselaibe. An der gegenüberliegenden Wand gab es eine weitere Theke mit Brot und daneben eine mit Gemüse.

Am interessantesten war jedoch zweifellos der breite, wuchtige Holztresen, der den rückwärtigen Teil des Ladens einnahm. Etwa ein Dutzend Metallfässer waren in Halterungen an der Wand dahinter gestapelt, und in den seitlich angebrachten Regalen reihten sich zahlreiche Wein- und Ölflaschen.

Chiara blickte sich um. Anscheinend war dies nicht nur das örtliche Einkaufszentrum, sondern auch eine *Enoteca*, und zwar offensichtlich eine mit Ausschanklizenz. Neben der Registrierkasse stand ein Tablett mit Probiergläschen.

Aus einem Raum hinter der Weintheke kam eine Frau zum Vorschein. Sie war um die vierzig, wog mindestens zwei Zentner und strahlte von einem Ohr bis zum anderen, als sie Fabio sah. »Da bist du ja, mein Junge.«

»Hallo, Esmeralda.« Fabio beugte sich über die Theke und gab der Frau einen Kuss auf die Wange. Esmeralda lächelte zufrieden, dann warf sie Chiara einen neugierigen Blick von der Seite zu. »Hast du Besuch mitgebracht?«

»Das ist Chiara. Sie ist Paolos Frau.«

Esmeraldas eben noch lächelndes Gesicht erstarrte zu einer Maske der Ungläubigkeit. »Paolo hat geheiratet?«

Chiara hätte laut aufschreien mögen. Was war nur los mit den Leuten? Gab es vielleicht irgendwo im Umkreis des Guts jemanden, der sich über diese Eheschließung freute?

Eines musste man Esmeralda lassen. Sie fing sich rasch, viel schneller als Valeria oder Giovanna.

»Meinen Glückwunsch.« Ihre Stimme war freundlich, ebenso wie ihr Lächeln, doch Chiara hatte das Gefühl, dass es nicht von Herzen kam. »Paolo hat großes Glück. Er hat eine wunderschöne junge Braut.« Esmeralda deutete auf die Gläschen, dann blickte sie Chiara aufmunternd an. »Noch zu früh für ein Schlückchen Wein?«

»Danke, ich möchte nichts«, sagte Chiara höflich.

Esmeralda nickte, dann drehte sie sich um und schob ihre gewaltigen Körpermassen wieder nach nebenan. Sie rumorte dort herum, und nach ein paar Sekunden rief sie: »Hier ist es!«

Im nächsten Augenblick tauchte sie wieder auf, die fetten Arme um einen riesigen Plastiksack geschlungen. Er schien trotz seiner Größe nicht allzu schwer zu sein, denn Esmeralda reichte ihn ohne größere Kraftanstrengung über die Theke zu Fabio hinüber, der ihn entgegennahm und zu seinen Füßen abstellte. Esmeralda verschwand abermals in den Raum hinter der Theke und kam mit einem zweiten Sack zurück. Nachdem sie ihn Fabio übergeben hatte, hangelte sie nach einer Salami, die über ihrem Kopf an einem Haken hing, schnitt sie ab und hielt sie Chiara hin. »Die müssen Sie versuchen. Sie ist selbst gemacht.«

Chiara betrachtete die armlange Wurst zweifelnd.

»Wenn Sie die gegessen haben, wollen Sie keine andere mehr.«

»Sie ist wirklich sehr gut«, warf Fabio ein. »Ich esse keine andere mehr.«

Chiara hätte schwören können, dass er sich königlich über ihren Anblick mit der überdimensionalen Wurst in der Hand amüsierte.

»Danke vielmals«, sagte sie höflich.

Fabio nahm ihr die Wurst aus der Hand und klemmte sie sich unter den Arm, dann hob er einen der Säcke auf und deutete mit dem Kinn auf den anderen. »Kannst du den nehmen?«

Chiara hob den Sack hoch. Er war tatsächlich nicht schwer. »Was ist das?«

»Wolle.« An Esmeralda gewandt, sagte Fabio: »Auf Wiedersehen, meine Schöne. Bis bald.«

»Ah, du Großmaul!« Esmeralda drohte scherzend mit dem Finger. »Wenn ich fünfzig Pfund leichter wäre – ach was, sagen wir dreißig! –, dann würdest du mir nicht so leichtfertige Komplimente machen! Ich hätte dich schneller am Schlafittchen, als du weglaufen könntest!«

Fabio lachte dröhnend, während er beim Verlassen des Geschäfts den Kopf einzog, um nicht an den Türbalken zu stoßen.

Chiara folgte ihm. »Auf Wiedersehen«, rief sie über die Schulter zurück.

»Wer braucht so viel Wolle?«, fragte sie dann, während sie hinter Fabio hertrottete, den Sack mit beiden Armen vor dem Körper haltend.

»Valeria. Sie hat zwei Hobbys, die ihre ganze Zeit beanspruchen. Das eine ist ihr Garten, das andere Stricken.« Er warf den Sack auf die Rückbank des Jeeps, dann nahm er Chiara ihre Last ab und deponierte sie ebenfalls hinten im Wagen.

»Was strickt sie denn?«

»Alles.« Fabio schwang sich auf den Fahrersitz und wartete,

bis Chiara ebenfalls eingestiegen war. »Schals, Pulswärmer, Handschuhe, Socken, Pullover.«

»Und was passiert damit?«

Fabio grinste, während er den Wagen startete. »Anfangs hat sie den ganzen Haushalt mit ihren Machwerken ausgestattet. Später wurden die Dörfler beglückt. Als schließlich auch noch der letzte Einwohner des Guts bis über die Ohren mit selbst gestrickten Kissenbezügen und Eierwärmern ausgestattet war, hat Monsignore Alberti sich erbarmt und eine Art wohltätigen Export übernommen. Nun spendet sie alles der Kirche.«

»Du meinst – es ist so eine Art Marotte von ihr?«, fragte Chiara vorsichtig. Das Thema *Familienkrankheiten* interessierte sie mehr denn je, vor allem in Bezug auf diese spezielle Familie. Sie hatte guten Grund dazu. Schließlich ging sie mit einem weiteren Mitglied dieser Familie schwanger.

Fabio gab ihr bereitwillig Auskunft. »Sie macht es seit ungefähr zehn Jahren. Damals hat der Arzt eine beginnende Parkinson'sche Erkrankung bei ihr festgestellt. Er hat ihr empfohlen, ihre Hände zu bewegen. Also hat sie angefangen zu stricken. Aus medizinischer Sicht ist es vermutlich Unfug, aber sie glaubt daran, das ist ja meist schon die halbe Heilung. Ich nehme an, dem Arzt ging es ganz einfach darum, sie auf diese Weise von den Symptomen abzulenken, und das hat er geschafft. Außerdem nimmt sie natürlich Medikamente. Momentan ist es gut unter Kontrolle.«

Chiara hatte plötzlich Schwierigkeiten beim Schlucken. »Ist das ... erblich?«

Sie merkte, wie seine Blicke kurz ihren Bauch streiften, und zuckte unwillkürlich zusammen.

»Nein«, sagte er sachlich. »Die Ursachen für Parkinson sind bisher unbekannt. Ein plötzlich auftretender Dopaminmangel löst die Symptome aus. Etwa ein Prozent aller Menschen über sechzig leiden daran. Falls dir das Zittern ihrer Hände aufgefallen sein sollte oder das ein wenig starre Gesicht – es sind Begleiterscheinungen der Krankheit.«

Chiara erinnerte sich nur allzu gut, welche Schlüsse sie aus dem Anblick gezogen hatte.

»Aber abgesehen davon – sie ist doch normal, oder?«

»Ja«, sagte Fabio mit gedehnter Stimme. »Wieso?«

»Ach, nur so.« Tief in Gedanken versunken lehnte Chiara sich zurück. Der Fahrtwind zerzauste ihr das Haar, bis einzelne Strähnen sich aus ihrer Frisur lösten und um ihr Gesicht flatterten. Chiara strich sie hin und wieder mit einer mechanischen Bewegung aus dem Gesicht, sonst achtete sie nicht weiter darauf.

Etwa auf halber Strecke standen drei Arbeiter am Straßenrand. Einer von ihnen zog seinen Hut und winkte, als der Jeep sich näherte. Fabio hielt in einer Haltebucht etwa zwanzig Meter vor der Gruppe an und stieg aus. »Ich bin gleich wieder da.«

Als er die Männer erreicht hatte, scharten sie sich sofort diskutierend und gestikulierend um ihn. Einer der Arbeiter deutete den Hang hinauf, woraufhin Fabio zuerst auf den Jeep und anschließend auf seine Armbanduhr zeigte. Dann nickte er den Männern grüßend zu und kam wieder zum Jeep zurück.

»Ist irgendwas passiert?«, wollte Chiara wissen.

»Sieht so aus, als wäre auf einem Teilstück da oben ein Schaden aufgetreten.«

»Hängt es mit dem Feuer zusammen?«

»Welches Feuer?«

»Der Brand von neulich. Paolo hat mir davon erzählt.«

Er musterte sie stirnrunzelnd. »Nein, es hat nichts mit einem Brand zu tun.«

Weitere Erklärungen zu dem Schaden schien er im Augenblick nicht abgeben zu wollen. Wenn er es ihr erzählen wollte, hätte er es sicherlich getan. Stattdessen wollte er sie ganz offensichtlich zuerst zurückbringen, bevor er es sich selbst anschaute.

Plötzlich fühlte sie sich erschöpft und sehnte sich nach ihrem Bett. Außerdem begann die Hitze des Tages ihr zu schaffen zu machen. Der Morgen war im Nu verstrichen. Es war fast neun Uhr, und die Sonne brannte inzwischen mit voller Kraft vom Himmel.

Als Chiara vor dem Haus ausstieg, blieb Fabio im Wagen sitzen. »Ich habe noch zu tun«, sagte er. »Aber wenn du willst, kann ich dir heute Nachmittag noch mehr von dem Gut zeigen.«

»Mal sehen«, sagte sie vage. »Erst mal vielen Dank für den Ausflug. Es war sehr informativ.«

Noch während ihrer Antwort schoss ihr durch den Kopf, dass diese Äußerung in mehr als einer Hinsicht zutraf. Doch im Moment war vieles von dem, was sie heute erlebt hatte, noch zu verwirrend, um es richtig einordnen zu können. Immerhin konnte sie mit Bestimmtheit sagen, was – genauer gesagt: wer – sie am meisten durcheinander gebracht hatte.

Fabio bedachte sie mit einem flüchtigen Lächeln, dann wendete er den Jeep und fuhr davon. Diesmal war er beim Anfahren vorsichtiger. Es flogen keine Steinchen durch die Gegend.

Chiara ging sofort nach oben auf ihr Zimmer. Es war höchste Zeit, ein paar Telefonate zu führen. Schließlich war sie jetzt eine verheiratete Frau, und niemand aus ihrer Familie wusste davon.

Mit mulmigen Gefühlen drückte sie auf ihrem Handy die eingespeicherte Nummer ihres Vaters. Sie hätte ihn schon gestern anrufen sollen, aber da war zu viel auf sie eingestürmt. Hoffentlich nahm er es einigermaßen gefasst auf.

Er meldete sich sofort. Den Geräuschen im Hintergrund nach zu urteilen, war er gerade im Auto unterwegs.

»Baby«, rief er erfreut aus.

Chiara lächelte unwillkürlich, als sie den Kosenamen aus ihrer Kindheit hörte. Er war womöglich noch weniger italienisch als sie, obwohl er ein waschechter toskanischer Marchese war. Doch Enrico hatte sich nie viel um den Titel geschert. Er lebte seit seinem zweiundzwanzigsten Lebensjahr in London, abgesehen von den mehr oder weniger kurzen Abstechern nach La Befana.

»Wie geht es dir? Ich habe ewig nichts von dir gehört!«

»Genau eine Woche«, sagte Chiara.

»Eben. Alles in Ordnung?«

»Ähm ... ja.«

Er hörte das Zögern in ihrer Stimme und wurde sofort misstrauisch. Schon als Kind hatte sie ihm nie etwas vormachen können. Er sah alles, hörte alles und merkte alles.

»Was ist los?«

»Ich muss dir etwas sagen«, begann sie.

»Sag's!«, befahl er.

»Aber du darfst nicht böse sein.«

»Du sitzt im Gefängnis«, sagte er.

Chiara lachte. »Ganz kalt. Obwohl ... vielleicht doch nicht so sehr. Ich habe gestern Nachmittag geheiratet.«

Am anderen Ende der Leitung herrschte Schweigen, dann, nach etlichen Sekunden, war ein schwaches Krächzen zu hören: Enrico räusperte sich, um seine Stimme wiederzufinden.

»Sag das nochmal.«

»Ich habe geheiratet. Und ... eh ... das ist noch nicht alles. Ich ... na ja, ich ...«

»Du bist schwanger.«

»Ja«, stieß sie hervor, erleichtert, ihn damit nicht auch noch schockieren zu müssen. »Weißt du, wir haben ganz schnell und spontan geheiratet«, sprudelte es dann aus ihr heraus, »wir wollten kein großes Fest, es sollte nicht an die große Glocke gehängt werden ...«

Enrico unterbrach sie mit einem lauten, unerbittlichen: »Wer?«

»Er stammt aus einer guten Familie«, sagte Chiara stolz. Immerhin mit diesem Detail konnte sie Eindruck schinden. »Er ist der Conte Paolo Cortezzi di Velaghese.«

»Kommt mir irgendwie bekannt vor. Was macht er?«

»Er hat in der Nähe von Siena ein Weingut. Ich bin gerade hier. Es ist zauberhaft.«

Dass die Familie ihres Bräutigams weniger Anlass zu Schwärmereien gab, verschwieg sie fürs Erste.

»Nun«, sagte Enrico, »ich kann nicht sagen, dass ich deswegen in Jubelschreie ausbrechen möchte. Aber eins ist klar: Du bist meine Tochter, und für mich ist die Hauptsache, dass du glücklich bist. Bist du es? Ist alles in Ordnung?«

»Ja«, sagte sie sofort, dann lauschte sie erschrocken der Stimme in ihrem Inneren nach. *Bist du sicher*?

»Ich umarme dich«, sagte Enrico zärtlich. »So fest ich kann.«

»Ich dich auch, Papa.« In Chiaras Kehle bildete sich ein Klumpen. Auf einmal sehnte sie sich schmerzlich nach ihrem Vater, fast so wie früher, als sie im Internat gewesen war und es kaum bis zum Wochenende aushalten konnte, wenn er sie holen kam.

»Und ... das Kind?« Seine Stimme klang unsicher und hatte einen ehrfurchtsvollen Unterton. »Was wird es denn?«

Chiara lachte laut und befreit auf. »Ach Papa, es ist noch viel zu früh!«

»Trotzdem, du hättest es mir sagen sollen«, beschwerte er sich.

»Ich weiß«, räumte sie mit schlechtem Gewissen ein. »Aber

dafür erfährst du als Erster, wenn es da ist. Ganz großes Ehrenwort.«

Er gab sich damit zufrieden, dann fragte er nach ihren weiteren Plänen, vor allem, was sie beruflich vorhatte. Das erinnerte Chiara daran, dass sie noch mit Emilio sprechen musste. Es hatte keinen Sinn, länger damit zu warten.

Sie beendete das Gespräch mit ihrem Vater, nachdem sie ihm versprochen hatte, heute noch ihrer Großmutter Bescheid zu sagen.

Emilio war im Büro und hob sofort ab. Dem schwachen Plätschern, das seine Stimme untermalte, war zu entnehmen, dass er sich gerade einer Iontophorese unterzog. Als er Chiaras Stimme hörte, fing er an zu toben. Sie hatte halbwegs damit gerechnet und hielt ihr Handy ein Stück vom Ohr weg, bis er seine Vorwürfe und Anschuldigungen, ihn ruinieren zu wollen, losgeworden war. Es dauerte eine ganze Weile. Doch zu Chiaras Enttäuschung wurde er im Anschluss an seinen Wutanfall nicht versöhnlich, sondern eiskalt. In herablassendem Ton teilte er ihr mit, dass er die ganze Angelegenheit seinem Anwalt übergeben habe.

»Moment mal, was habe ich denn getan?«, rief Chiara aufgebracht. »Ich habe geheiratet und bekomme ein Kind! Das tun viele Frauen! Es ist völlig normal!«

»Du hast mich angelogen!« Emilio geriet erneut in Rage. »Urlaub wolltest du haben! Urlaub! Um dich zu erholen! Von Kindern war nicht die Rede! Und auch nicht davon, dass du mir nichts, dir nichts einen Kunden heiratest und mit dem Geld, das eigentlich unserer gemeinsamen Firma zusteht, einen eigenen Laden aufmachen willst!«

»Das verdrehst du jetzt, Emilio!«

Doch er hörte ihr gar nicht zu. »Du verlogenes Weibsstück!«, schäumte er. »Das ist wettbewerbswidrig!« Ein Platschen, ein Krachen und ein nicht enden wollender Fluch ließ darauf schließen, dass er versehentlich eine der Wannen von seinem Schreibtisch gestoßen hatte. Dann fand er den Hörer wieder und lamentierte lautstark weiter.

Chiara ärgerte sich, dass sie ihm in ihrem Brief überhaupt ihre längerfristigen Pläne mitgeteilt hatte, doch sie hatte einfach fair sein wollen, nachdem sie ihm schon notgedrungen ihre Heiratspläne verheimlicht hatte. Der Himmel wusste, was dieser Anwalt Emilio erzählt hatte, doch allem Anschein nach reichte es aus, um ihr Ärger zu machen. Abgesehen davon hatte sie Emilio noch nie so gehässig erlebt.

Frustriert wartete Chiara eine Pause in seiner Schimpftirade ab. »Also legst du keinen Wert darauf, dass ich weiterhin zur Arbeit komme?«

»Ich verbiete es dir!«, schnappte er, dann legte er auf.

Verärgert ließ Chiara sich der Länge nach aufs Bett fallen. Sie hatte immer geglaubt, dass unter all seinem hysterischen, affektierten Gehabe eine gesunde Portion Menschlichkeit steckte, doch anscheinend war das ein Irrtum. Sie legte die Hand über die Augen und versuchte, sich zu entspannen. Es konnte unmöglich gut für das Baby sein, wenn sie sich so aufregte. Spontan tastete sie mit der anderen Hand über ihren Bauch und stellte sich vor, wie das heranwachsende Leben darin wohl aussah. Chiara malte sich aus, wie das kleine Wesen strampelte und im Fruchtwasser herumschwamm und mit winzigen Fäusten an die engen Wände der Höhle stieß, die es umgab. Noch war es kaum so groß wie ihr halber Daumen, doch in wenigen Monaten würde es kräftig genug sein, um sie seine Bewegungen spüren zu lassen.

Nach einer Weile fühlte Chiara, wie ihre Verkrampfung sich löste. Müßig betrachtete sie die hin und her huschenden Lichtflecken an der Decke, hübsche Effekte, erzeugt von der Sonne, deren Strahlen durch das Laub der Bäume hinterm Haus gefiltert wurden. Sie sollte die Läden schließen, bevor es zu heiß im Zimmer wurde. Außerdem hatte sie sich nicht ausgezogen. Doch zum Aufstehen war sie zu müde. Sie konnte gerade noch ihre Schuhe abstreifen. Bevor sie eindöste, dachte sie an ihre Großmutter. Sophia war die Langmut in Person, doch Chiara hatte schon erlebt, dass sie bei bestimmten Anlässen durchaus aus der Haut fahren konnte. Hoffentlich nahm sie es nicht krumm, dass ihre einzige Enkelin geheiratet hatte, ohne vorher einen Ton zu sagen. Ob sie sich über das Kind freuen würde?

Chiara drehte sich zur Seite, rollte sich zu einer Kugel zusammen und schlief ein.

10. KAPITEL

Als sie aufwachte, war es fast zwei. Sie hätte noch länger geschlafen, wenn das schüchterne Klopfen an der Tür sie nicht geweckt hätte.

»Ja?«, rief sie mit vom Schlaf heiserer Stimme.

Ein sommersprossiges Mädchengesicht erschien im Türspalt. »Es tut mir Leid, wenn ich Sie störe, Contessa. Aber die Contessa lässt fragen, ob Sie zum Mittagessen erscheinen möchten.«

Das Mädchen hob die Hand an den Mund und kicherte albern. »Zweimal Contessa. War das jetzt richtig?«

Chiara gähnte. »Keine Ahnung. Ich nehme es an.«

»Kommen Sie zum Essen runter?«

Allein das Wort Essen reichte, um in Chiaras Magen ein heftiges Rumoren auszulösen.

»Ja«, sagte sie entschieden.

»Dann sage ich unten Bescheid.« Das Mädchen war sicher kaum älter als achtzehn; ihr stämmiger Körper steckte in einem weiten T-Shirt und Jeans. Sie sprach gut italienisch, hatte aber einen merkwürdig harten Akzent.

»Wie heißt du?«

»Maria. Ich bin das Aupairmädchen.«

»Danke, Maria.«

Während das Mädchen sich zurückzog, stand Chiara auf und ging ins Bad. Da sie sich vor dem Schlafen nicht ausgezogen hatte, war sie völlig verschwitzt. Im Zimmer herrschte eine Bullenhitze.

Eilig streifte sie die klammen Sachen ab und gönnte sich eine rasche Dusche. Zum Essen zog sie ein leichtes Baumwollkleid mit einem gesmokten Oberteil und dünnen Trägern an, dazu Sandaletten mit schmalen Riemchen, die ihre Füße kleiner aussehen ließen – ein Kunststück bei Größe einundvierzig, was auch den Preis erklärte, der im Verhältnis zu dem bisschen Schuh extrem gewesen war. Das Haar bürstete sie straff zurück und steckte es am Hinterkopf mit mehreren Spangen zusammen, wie immer ein mühseliges Unterfangen, weil sich ständig widerspenstige Löckchen lösten und wild um ihr Gesicht kräuselten. Schließlich gab sie ihre Verbesserungsversuche auf und beeilte sich, nach unten zu kommen. Einer langwierigen Suche nach dem Esszimmer wurde sie glücklicherweise enthoben, denn Maria kam soeben mit einem Brotkorb aus der Küche. Chiara folgte ihr durch die offen stehende Tür in einen Raum, der mehr von einem Bankettsaal als einem normalen Esszimmer hatte. Wie die Halle war der Raum modernisiert, aber in seinen mittelalterlichen Ursprüngen erhalten geblieben. Die sorgsam geölten Wandpaneele, die Deckenbalken und der gemauerte Kamin waren mit Sicherheit so alt wie das Haus selbst. Das Mobiliar, bestehend aus einer schweren Kredenz mit einem geschnitzten Aufsatz, einer Vitrine und einem gewaltigen Esstisch mit dazu passenden Stühlen, war dagegen jüngeren Datums, vermutlich Ende achtzehntes Jahrhundert.

Die anderen hatten schon mit dem Essen angefangen. Maria stellte den Brotkorb auf den Tisch und setzte sich neben Giovanna. Valeria blickte von ihrer Suppe auf.

»Setz dich, mein Kind«, sagte sie zu Chiara. Mit keinem Blick ließ sie sich den Vorfall von heute Morgen im Garten anmerken.

Mit einer gemurmelten Begrüßung ging Chiara zum Tisch. Es gab nur noch einen freien Stuhl, und der stand neben dem von Fabio. Er hatte sich zum Essen umgezogen und trug nun ein makellos weißes, frisch gebügeltes Hemd. Mit seiner dunklen, sonnenverbrannten Haut sah er wie ein Zigeuner aus. Valeria warf ihm einen scharfen Blick zu, woraufhin er die Brauen hochzog und sich kurz erhob, um Chiara den Stuhl zurechtzurücken. Valeria verdrehte die Augen, als wollte sie sagen, dass er es wohl nie lernen würde. Giovanna blickte kurz auf, widmete sich dann aber wieder ihrem Teller.

»Suppe?«, fragte Fabio höflich.

»Auf jeden Fall«, sagte Chiara. »Ähm … ich meinte natürlich, danke, gern.«

Sie hielt ihm ihren Teller hin, und wartete artig, bis er ihn mit Minestrone gefüllt hatte. Sie Suppe roch köstlich. Vermutlich hatte das, was in der klaren Brühe schwamm, heute Morgen noch in der Erde hinterm Haus gesteckt.

Maria reichte ihr den Brotkorb, und Chiara bediente sich. Sie aß die Suppe mit großem Appetit. Sie schmeckte genauso gut, wie sie roch.

»Es ist köstlich«, sagte sie zu Valeria. »Ist das Gemüse aus Ihrem Garten?«

Die alte Frau nickte stumm, die Blicke auf ihren Teller gesenkt.

»Haben Sie selbst gekocht?«

Das brachte ihr ein Kopfschütteln Valerias ein sowie eine nähere Erklärung von Maria: »Ich hab's gemacht«, sagte das Mädchen stolz. »Ich koche sehr gern.«

Das Gespräch geriet ins Stocken. Fabio tat sich einen Nachschlag auf und fing dann stumm an zu essen. Giovanna spielte mit ihrem Löffel und starrte versunken in ihre erkaltende Suppe. Auch Valeria aß schweigend. Niemand schien einen Beitrag zur Unterhaltung leisten zu wollen.

»Maria, woher stammst du?«, fragte Chiara, nur um die Unterhaltung nicht ins Stocken geraten zu lassen.

»Aus Polen.«

»Bist du schon lange hier?«

»Bald ein Jahr. Im August fahre ich wieder nach Hause.«

»Wir hatten schon viele Aupairs«, warf Giovanna beiläufig ein. »Sie kosten nicht so viel wie richtige Haushaltshilfen. Man kriegt sie praktisch für ein Taschengeld. Die aus Polen sind die Besten. Allerdings muss man da aufpassen. Es können auch richtige Flittchen dabei sein.«

Chiara hätte sich um ein Haar an einem Stück Brot verschluckt. Sie warf Maria einen vorsichtigen Blick von der Seite zu, doch der schien Giovannas Mangel an Takt nicht aufzufallen. Vielleicht hatte sie aber dergleichen auch schon zu oft gehört, um sich noch darüber zu ärgern. Gleichmütig stand das Mädchen auf, nahm die leere Terrine vom Tisch und verschwand in Richtung Küche.

Kurz darauf brachte sie auf einem Tablett den nächsten Gang, geschmortes Kaninchen und Reis. Es war ebenso gut wie die Suppe. Chiara aß reichlich davon und sparte Maria gegenüber nicht mit Lob, was die junge Polin vor Freude erröten ließ.

Von den anderen hatte niemand das Bedürfnis, ein Tischgespräch zu führen, und schließlich gab auch Chiara es auf. Beim Dessert – einer hervorragenden Zabaione – blieb sie ebenso stumm wie die anderen. Nach dem Essen half sie Maria beim Abtragen, und anschließend suchte sie Giovanna, die in den Garten gegangen war. Sie fand sie auf einer Terrasse seitlich vom Haus unter einer Schatten spendenden Markise, wo sie es sich mit einem Buch auf einem Liegestuhl bequem gemacht hatte. Sie war nackt bis auf einen schmalen Slip.

Als Chiara näher kam, blickte sie auf. »Da drüben in dem

Gartenhaus gibt es noch mehr Liegen. Du kannst dir eine holen, wenn du willst.«

»Ich wollte dich eigentlich bitten, mich nach Siena zu fahren. Mein Wagen steht noch da. Außerdem habe ich etwas zu erledigen.«

»Kann Fabio dich nicht fahren?«

»Er ist schon wieder weg.«

Giovanna seufzte. »Ja, wenn er nicht arbeiten kann, wird er verrückt.«

Chiara fragte sich, ob das wörtlich zu nehmen war. Stumm schaute sie Giovanna zu, wie diese ihr Kleid unter der Liege hervorfischte, wo es in einem unordentlichen Haufen gelegen hatte.

»Was hast du denn zu erledigen?«, wollte Giovanna wissen, während sie das Kleid überstreifte.

»Ich möchte zum Arzt.«

»Bist du krank?«

»Nein, es ist wegen der Schwangerschaft.«

Giovanna bedachte sie mit einem spekulativen Seitenblick. »Ist etwas nicht in Ordnung?«

»Nein, nein. Ich möchte einfach nur zu einem Arzt. Bisher habe ich mich noch nicht untersuchen lassen.«

Giovanna blähte die Nasenflügel. »Vielleicht bist du gar nicht schwanger.«

»Ich habe zweimal einen Test gemacht.«

Giovanna zuckte die Achseln. »Trotzdem, es könnte ein Irrtum sein.«

Chiara folgte ihr zu den Garagen, die in einem Anbau untergebracht waren. Außer Giovannas Wagen – einem schnittigen BMW-Coupé – standen noch zwei andere Wagen dort, ein ziemlich verbeult aussehender Landrover und ein altertümlicher Lancia, der aussah, als stammte er aus den Fünfzigern.

»Der Oldtimer gehört Großmutter«, sagte Giovanna. »Aber sie fährt natürlich nicht mehr. Früher hat sie damit die Gegend unsicher gemacht. Sie war ein richtiger Autonarr und ist sogar bei Rennen mitgefahren. Ich erinnere mich noch daran. Als ich klein war, hatte sie oft Ölflecken im Gesicht, und ständig schraubte sie an ihrem Auto herum.«

Sie öffnete Chiara die Tür auf der Beifahrerseite des BMW und stieg dann selbst ein.

»Ich kann dir Doktor Massimo empfehlen«, meinte sie, während sie den Wagen aus der Garage lenkte. »Er ist ein sehr guter Frauenarzt. Seine Praxis ist ganz in der Nähe des Hospitals.«

»Gehst du auch zu ihm?«

Giovanna nickte, dann schob sie eine CD in die Stereoanlage und drehte die Musik voll auf, bis Chiara die Ohren klingelten.

Giovanna nickte und summte im Takt eines Songs von Garth Brooks. Chiara stand nicht sonderlich auf dessen süßliche Rockballaden, doch dieses spezielle Lied, *If tomorrow never comes*, mochte sie. Es gab auch eine neuere Fassung davon, die sehr erfolgreich von Ronan Keating interpretiert wurde. Chiara besaß die CD ebenfalls und hatte sie auch schon häufig im Wagen gehört.

Es zuckte sie in den Fingern, die extreme Lautstärke herabzudrehen, und schließlich tat sie es.

Giovanna sah sie erstaunt an. »Was ist?«

»Es war eine Idee zu laut.«

Für einen Sekundenbruchteil verzerrte Giovannas Gesicht sich vor Abneigung. »Es muss wohl immer alles nach deinem Kopf gehen, oder? Kriegst du immer das, was du willst? Tun alle Leute das, was du sagst?«

»Nein«, sagte Chiara. Ihr ruhiger Ton strafte den Aufruhr in ihrem Inneren Lügen. Jedes Mal, wenn sie mit dieser Frau zusammentraf, kam es ihr vor, als würde sie in einem Film mitspielen, bei dem ihre Rolle gründlich fehlbesetzt war. Sie hatte davon gehört, dass manche Frauen unter dem hormonellen Einfluss einer Schwangerschaft zu eigentümlichen Reaktionen neigten und mitunter spontanen, unangebrachten Gefühlswallungen unterworfen waren, doch im Moment konnte sie den Eindruck nicht loswerden, dass Giovannas Ausfälle nicht unbedingt allein schwangerschaftsbedingt waren.

Gleich darauf hatte sie andere Sorgen, denn Giovannas Fuß stieß den Gashebel nach unten, und der BMW machte einen Satz nach vorn. Den Kopf vorgeschoben, die Unterlippe fest zwischen die Zähne gezogen, jagte Giovanna den PS-starken Wagen in halsbrecherischem Tempo um die Serpentinen.

»Mein Gott, fahr nicht so schnell!«, rief Chiara entsetzt, als das Coupé nur um Haaresbreite einem Zusammenprall mit einem Strommast entging.

»Zu laut, zu schnell – glaubst du, ich lasse mir von dir Vorschriften machen?«, schrie Giovanna wütend zurück. Sie gab stärker Gas, und der Wagen rutschte mit quietschenden Reifen in die nächste Kurve. Weiter vorn wurde die Straße abschüssiger. Seitlich fiel der Hang steil ab. Wenn sie an dieser Stelle und in diesem Tempo aus der Kurve getragen wurden, würden sie mindestens hundert Meter weit durch die Luft segeln, bevor sie irgendwo tief unten aufschlugen.

Chiara geriet zum ersten Mal in ihrem Leben in echte Todesangst. Starr vor Schrecken hielt sie den Seitengriff umklammert, unfähig, das nahende Unheil abzuwenden. Wenn sie Giovanna ins Lenkrad griff, würde diese vielleicht erst recht die Kontrolle über den Wagen verlieren.

»Halt an! Um Himmels willen, nimm den Fuß vom Gas!«

Sie wurde zur Seite geschleudert, als Giovanna das Unmögliche vollbringen und den Wagen um die Kurve lenken wollte. »Brems!«, schrie sie mit überkippender Stimme. »Du schaffst es sonst nicht!«

Buchstäblich in letzter Sekunde zuckte Giovannas Fuß hinüber aufs Bremspedal und trat es bis zum Anschlag durch, während sie gleichzeitig das Lenkrad herumriss. Chiara wurde mit Macht in den Sicherheitsgurt geworfen und gleich anschließend nach hinten, als die Bremswirkung umgesetzt wurde. Traktionskontrolle und Antiblockiersystem hielten den Wagen auf der Straße. Die Reifen kreischten protestierend, drehten aber nicht durch. Sie hatten die Kurve genommen und lebten noch. Giovanna fuhr in normalem Tempo weiter, als wäre nichts gewesen. Strahlend wandte sie sich zu Chiara um. »Wie war das?«

Chiaras Herz raste zum Zerspringen, ihr war speiübel. Sie spürte, wie ihr der Schweiß in Strömen über den Körper lief.

Giovanna zeigte keinerlei Anzeichen von Unwohlsein. Aufgeräumt lenkte sie den Wagen talwärts.

»Den Trick von eben hat Paolo mir gezeigt.« Sie strich sich das Haar aus der Stirn. »Ich habe mal an den italienischen Tourenwagenmeisterschaften teilgenommen, hast du das gewusst? Und zweimal habe ich auch beim Vierundzwanzig-Stunden-Rennen von Le Mans mitgemacht, im Team mit Paolo. Die Leidenschaft fürs Autofahren liegt bei uns in der Familie. Er hat dir sicher davon erzählt.«

Dazu sagte Chiara nichts. Allmählich hatte sie den Eindruck, dass Paolo ihr praktisch überhaupt nichts erzählt hatte. Jedenfalls nichts von dem, was ihr seit ihrer Ankunft ununterbrochen Kopfzerbrechen verursachte. War das wirklich erst gestern gewesen?

Stumm saß sie neben ihrer Schwägerin und massierte sich die rechte Hand, die vom Festhalten schmerzte. Sie hatte sich vorhin derart stark verkrampft, dass ihr ein Fingernagel abgebrochen war.

Giovanna sagte nichts mehr, und Chiara war es ganz recht so. Sie verspürte nicht das geringste Bedürfnis, sich mit ihrer Schwägerin zu unterhalten. Als hinter der nächsten Biegung die Silhouette der Stadtmauer von Siena auftauchte, atmete sie auf.

»Ach, was ich dich die ganze Zeit schon fragen wollte – war deine Mutter eigentlich eine Farbige?«

Chiara ersparte es sich, darauf zu antworten. »Du kannst mich gleich am Ortseingang rauslassen, ich gehe gern ein Stück. Danke fürs Fahren.«

Achselzuckend fuhr Giovanna rechts ran und ließ Chiara aussteigen. Anschließend wendete sie den Wagen, gab Gas und brauste davon.

Chiara sah den BMW hinter einer aufwirbelnden Staubwolke verschwinden. Ihr war immer noch schlecht, doch vermutlich ließ sich das mit einem starken Espresso oder einer eiskalten Cola beheben.

Die Innenstadt war wie bei ihren letzten Besuchen auch diesmal von Touristen bevölkert. Busse hielten unterhalb der Stadtmauern und spuckten Ladung um Ladung kulturbeflissener Reisender aus, die wie Wanderameisen in die Stadt einfielen und mit ihren Rucksäcken, Strohhüten und Kameras scharenweise die Gassen und Plätze bevölkerten.

Am Campo waren noch Spuren vom letzten Palio zu erkennen, der Anfang des Monats stattgefunden hatte. Hier und da lagen noch Reste von Sand und Erde, die während des Rennens entlang des Rundlaufs ausgestreut wurden. Vereinzelt waren noch Fahnen und Wimpel zu sehen, die an den Brüstungen und Balkonen der Häuser befestigt waren. Die meisten Plakate waren abgerissen worden, um den neuen Ankündigungen Platz zu machen. Am 16. August würde bereits der nächste Wettstreit der Contraden stattfinden. Chiara dachte an Paolos Versprechen, das Rennen mit ihr zu besuchen. Ob er gut in Napa Valley angekommen war? Inzwischen hatte er vermutlich sein Reiseziel erreicht; es konnte nicht mehr lange dauern, bis er sich bei ihr meldete.

In einem Straßencafé mit Blick auf den Palazzo Sansedoni bestellte Chiara sich einen Espresso und ein Wasser. Während sie trank, beobachtete sie aus dem Schatten der Markise heraus müßig das bunte Treiben auf dem Campo und dachte an ihren ersten gemeinsamen Abend mit Paolo. Obwohl diese Begegnung noch nicht allzu lange her war, erschien sie Chiara doch in diesem Moment merkwürdig weit weg. Er war ihr Mann, und doch war er ihr in vieler Beziehung fremd. Sie bekam ein Kind von ihm, aber bisher wusste sie so wenig von ihm, dass sie es fast mit der Angst bekam. Sobald er sie in die Arme nahm, fühlte sie sich so sicher und von ihm geliebt, eine Liebe, die sie frohen Herzens erwiderte, doch in diesem Augenblick, wo mehrere tausend Kilometer zwischen ihnen lagen, machten sich plötzlich dieselben nagenden Zweifel in ihr breit wie in der Zeit vor ihrer Eheschließung. Instinktiv befühlte sie mit Daumen und Zeigefinger ihren Ehering. Rastlos drehte sie ihn hin und her und wünschte sich, Paolo möge endlich anrufen.

Sie blieb etwa eine halbe Stunde sitzen, dann zahlte sie und machte sich auf den Weg zu dem Arzt, den Giovanna ihr empfohlen hatte. Bis zum Dom und dem gegenüberliegenden Ospedale di Santa Maria della Scala waren es nur ein paar hundert Meter. Paolo hatte ihr erzählt, dass der gewaltige Palast eines der ältesten kirchlichen Hospize Europas war und – abgesehen von dem immer noch fortbestehenden Krankenhausbetrieb – kunstvolle Fresken von di Bartolo und Beccafúmi beherbergte.

Chiara fragte sich zu der Praxis des Arztes durch – ein schwieriges Unterfangen, da sie mindestens ein halbes Dutzend Passanten ansprechen musste, bis sie auf einen Einheimischen stieß. Bei der Anmeldung im Vorzimmer gab sie versehentlich zuerst ihren Mädchennamen an und musste sich verbessern, was ihr befremdete, aber auch äußerst neugierige Blicke der Sprechstundenhilfe eintrug. Es dauerte eine halbe Stunde, bis sie an die Reihe kam. Im Wartezimmer saßen noch zwei andere Frauen, die in Illustrierten blätterten. Eine der beiden war hochschwanger. Unter ihrem weiten Umstandskleid wölbte sich ihr Bauch zu einer beinahe grotesken Kugel. Chiara betrachtete den Leib der Frau unauffällig und fragte sich mit leiser Beklommenheit, ob sie in einem halben Jahr wohl auch so aussehen würde. Bisher hatte sie sich über die Veränderungen ihrer Figur noch nicht allzu viele Gedanken gemacht. Auf keinen Fall aber hatte sie in Erwägung gezogen, dass sie derartig *dick* werden könnte. Der Gedanke faszinierte sie, stieß sie aber auch ein wenig ab. Sie fragte sich, wie es sich anfühlen mochte, mit so einem gewaltigen Bauch zu duschen, Treppen zu steigen oder ins Bett zu gehen. Vermutlich war es reinste Schwerarbeit.

Doktor Massimo war ein kleiner Mann, dessen graues Haar nicht recht zu seinem jugendlichen Gesicht passen wollte.

Interessiert blickte er von Chiaras neu angelegter Patientenkarte auf, um sie anzusehen. »Cortezzi di Velaghese. Und die Anschrift stimmt auch überein. Sie müssen ein Mitglied von Fabios Familie sein.«

Chiara registrierte, dass er Fabio und nicht Paolo gesagt hatte.

»Ja, ich bin mit Paolo verheiratet.«

Sie glaubte zu sehen, wie ein Schatten über sein Gesicht glitt. »Wirklich? Oh, nun ja … ich gratuliere vielmals.«

»Danke«, sagte Chiara steif. »Kennen Sie meinen Mann?«

»Ich bin eine Zeit lang mit ihm zur Schule gegangen«, sagte Doktor Massimo. Damit hatte sich das private Gespräch offenbar erschöpft. Er befragte sie zu ihrer gesundheitlichen

Vorgeschichte und machte sich Notizen. Anschließend meinte er: »Bitte ziehen Sie sich aus und nehmen Sie auf dem Stuhl Platz.«

Bei der Untersuchung ging er umsichtig und routiniert vor. Mit Ultraschall vermaß er das Innere ihrer Gebärmutter. »Eine intakte Schwangerschaft. Sehen Sie das winzige Zucken hier? Es ist das Herz. Man kann bereits erkennen, wie es schlägt.«

»Oh«, flüsterte Chiara überrascht und entzückt. Sie hatte nicht geglaubt, dass man es schon sehen konnte.

»Sie können sich wieder anziehen. Gehen Sie bitte noch vorn im Labor zur Urinkontrolle und Blutentnahme. Und kommen Sie in vier Wochen wieder.«

In Gedanken versunken holte Chiara ihren Wagen von dem Parkplatz ab, wo sie ihn gestern vor der Trauung abgestellt hatte. Während der Rückfahrt zum Gut fühlte sie sich sehr einsam.

Sie zog sich gerade zum Abendessen um, als ihr Handy klingelte. Es war Paolo.

»Endlich!«, rief sie erleichtert aus, als sie seine Stimme hörte. »Ich habe mir schon Sorgen gemacht! Geht es dir gut?«

»Bestens. Ein bisschen erschöpft von der Reise, aber ansonsten ist alles in Ordnung. Ich bin jetzt wieder im Hotel. Es ist wunderschön in Kalifornien. Sonnig und heiß. Mindestens so heiß wie in Italien.« Er lachte.

»Hast du deine Geschäftspartner schon getroffen?«

»Wir sehen uns morgen. Wie geht es dir?«

»Ich war beim Arzt«, sagte sie aufgeregt. »Er hat eine Ultraschalluntersuchung gemacht. Stell dir vor, man kann schon sehen, wie das Herz schlägt!«

Am anderen Ende der Leitung herrschte Schweigen. Einen Moment lang befürchtete Chiara, dass die Verbindung unterbrochen war, doch dann meinte Paolo erstaunt: »Tatsächlich? Obwohl es noch so früh ist?«

Chiara lachte glücklich. »Ja, ich konnte es auch nicht glauben!« Dann wurde sie unvermittelt ernst. »Paolo, deine Familie…«

»Was ist mit ihr?« Die Frage kam schnell und klang drängend. »Hat Fabio …?«

»Nein«, unterbrach sie ihn. »Er war … er schien mir heute völlig normal. Wir waren im Dorf, und er hat mir die Weinberge gezeigt. Eins ist komisch, Paolo. Ich habe nirgends Spuren von dem Feuer entdeckt, das du erwähnt hast. Und du hast gesagt, dass er krank ist, aber ich weiß nicht … Paolo, du musst mir mehr über ihn erzählen, da gibt es so vieles, auf das ich mir keinen Reim machen kann. Nicht nach dem, wie ich ihn heute erlebt habe.«

Paolo stöhnte. »Müssen wir über ihn reden? Wir haben gestern geheiratet. Da sollte es doch interessantere Themen geben, oder nicht?«

»Ja sicher«, sagte Chiara sofort. Sie zögerte. »Aber deine Schwester …« Sie hielt inne, weil sie nicht wusste, wie sie Giovannas Verhalten beschreiben sollte, ohne dass es ihr als gehässiges Petzen ausgelegt wurde. Stattdessen versuchte sie es auf einem Umweg. Vielleicht würde er dann von sich aus über seine Schwester sprechen. »Wusstest du, dass sie schwanger ist?«

»Wie? Nein, du liebe Güte!« Ein Rumoren war in der Leitung zu hören, dann meinte Paolo: »*Bellezza*, es tut mir Leid, aber ich muss jetzt aufhören, ich habe hier einen dringenden Anruf von meinem Partner auf der Hotelleitung. Ich melde mich wieder.«

»Warte«, sagte sie schnell. »Ich weiß gar nicht, in welchem Hotel du bist!«

»Ach, ich habe vergessen, wie es heißt, es ist so eine

Kette ... Holiday Inn? Nein, ich glaube, Best Western. Irgendetwas Amerikanisches. Ich ruf dich an, sobald ich wieder Zeit habe.« Er senkte die Stimme. »Ich vermisse dich.« Dann legte er auf.

Ungläubig blickte Chiara ihr Handy an. War das alles gewesen, dieses kurze Gespräch? Kein persönliches, liebevolles Wort, bis auf dieses flüchtige *Ich vermisse dich* am Schluss?

Verärgert und verwirrt trat sie vor den Spiegel, um ihr Haar zu richten. Das Gespräch erschien ihr im Nachhinein eigenartig, fast surreal, ohne fassbare Substanz. Es hinterließ ein Gefühl der Unzulänglichkeit bei ihr, wobei sie nicht einmal bestimmen konnte, wer von ihnen beiden derjenige war, der versagt hatte – sie selbst oder Paolo. Für gewöhnlich litt sie nicht unter solchen Empfindungen wie Ratlosigkeit, Hilflosigkeit und Unsicherheit, doch die Bekanntschaft mit Paolo hatte ihr das alles im Übermaß beschert. Das galt erst recht für den Umgang mit seiner Familie. Von Paolos Verwandten war Fabio der Einzige, der von einer Aura erdiger, verlässlicher Realität umgeben war. Daran vermochte merkwürdigerweise nicht einmal sein ausfallendes Verhalten vom letzten Monat etwas zu ändern.

Doch vielleicht täuschte sie sich ja auch. Vielleicht täuschte sie sich in allen Familienmitgliedern. Sie war schwanger, womöglich spielten die Nerven ihr ähnliche Streiche wie Giovanna.

Erbittert musterte sie ihr Spiegelbild. Ganz gegen ihre Gewohnheit beschloss sie, zum Abendessen Make-up aufzulegen. Ihr war danach, die anderen zu erstaunen, ja, sie vielleicht sogar zu schockieren. Falls irgendjemand hier in diesem Haus sie für einen zu groß geratenen Bauerntrampel halten sollte, würde er heute Abend eines Besseren belehrt werden!

Während sie sich sorgfältig schminkte, erinnerte sie sich

daran, wie sie und Lucy sich häufig gemeinsam im Badezimmer zurechtgemacht hatten, kichernd und lachend und über alle möglichen Leute herziehend. Wo sie sich jetzt wohl herumtrieb? Ob sie nach London zurückgegangen war?

Chiara selbst dachte häufig an London, doch es zog sie – abgesehen von ihrem Vater – nicht viel nach England zurück. London hatte seine schönen und reizvollen Seiten, doch einem Vergleich mit Florenz hielt es nicht stand. Außerdem war da noch das Wetter. Es war, mit einem Wort, miserabel. Da ließ es sich in Italien schon besser leben.

Chiara betrachtete sich im Spiegel und war zufrieden mit ihrem Äußeren. Ein bisschen Glitzerpuder, Lidstrich und Lipgloss, und schon sah sie völlig verändert aus. Sie wirkte exotischer denn je, eine unnahbare, hochmütige Fremde mit rätselhaft schräg stehenden Augen und vollen, aufreizend rosa Lippen. Ihre Haut war zart und hatte einen sanften, betörenden Schimmer. Der Ausschnitt ihres Kleides entblößte genug von ihrer Haut, um ihr ein erotisches Fluidum zu verleihen, ohne sie ordinär wirken zu lassen.

Chiara richtete es so ein, dass sie wieder als Letzte zum Essen erschien. Die anderen saßen noch nicht am Tisch, sondern standen mit einem Aperitif am Fenster und unterhielten sich, als Chiara den Raum betrat. Ihre Aufmachung erzielte den gewünschten Effekt, das Gespräch verstummte sofort. Valeria starrte sie an wie eine Erscheinung, und auch Giovanna riss sichtlich verblüfft die Augen auf.

Fabios Reaktion stellte Chiara am meisten zufrieden. Ihm war kaum etwas anzumerken, aber Chiara hatte in der kurzen Zeit ihres Hierseins gelernt, auch die kleinsten Regungen seiner Mimik aufzufangen. Seine Augen verengten sich, und seine Schultern spannten sich an – ein wenig nur, doch Chiara hatte es gesehen.

Triumphierend hob sie den Kopf. Sie war nicht der hergelaufene Mischling, für den manche Leute sie hielten. Sie war die Tochter eines Marchese. Ihre Großmutter besaß eines der größten Güter der Toskana. Ihre Tante war eine der reichsten Frauen des Landes. Sie musste sich vor niemandem verstecken.

»Guten Abend«, sagte sie kühl.

Einen Augenblick lang glaubte sie, in Fabios Augen etwas aufblitzen zu sehen, das sie nicht einordnen konnte – widerwillige Bewunderung, vielleicht sogar Begehren? Doch dann wandte er sich ab und schlenderte auf die Anrichte zu. »Einen Sherry vor dem Essen?«

»Ich würde dir von Alkohol abraten«, sagte Giovanna.

»Und ich denke, einer kann nichts schaden«, sagte Chiara. Sie nahm das Glas entgegen, das Fabio ihr reichte, und nippte vorsichtig daran. Sie hatte nicht vor, es leer zu trinken, sie hatte einfach nur das Bedürfnis gehabt, Giovanna zu widersprechen. Die Szene von heute Nachmittag stand ihr noch zu deutlich vor Augen. Chiara war immer noch wütend deswegen.

»Sie ist … schön«, sagte Valeria leise. Sie sprach in der dritten Person über Chiara, gerade so, als stünde die Frau ihres Enkels nicht weniger als drei Meter entfernt vor ihr.

Ihre Hand, die das Sherryglas hielt, zitterte, doch nun kannte Chiara den Grund dafür, ebenso wie für Valerias Ruhelosigkeit, mit der sie von einem Fuß auf den anderen trat. »Wunderschön«, wiederholte sie leise. Sie ließ Chiara nicht aus den Augen.

Chiara lächelte höflich. »Danke.«

»Ich habe sie gefragt, wer ihre Mutter war, aber sie wollte es mir nicht sagen«, erklärte Giovanna.

Der peinliche Moment des Schweigens, der daraufhin entstand, wurde von Maria unterbrochen, die mit einem schwer beladenen Tablett hereinkam und alle zu Tisch bat.

Wie schon am Mittag war das Essen hervorragend.

»Du könntest als Köchin Karriere machen«, lobte Chiara sie, nachdem Maria die Salatteller abgetragen und den nächsten Gang aufgetragen hatte, Tagliatelle mit einer köstlichen Lachs-Sahne-Sauce.

Maria kicherte erfreut. »Mein Bruder und ich wollen in Warschau ein italienisches Restaurant aufmachen.«

Abgesehen von den gelegentlichen Bemerkungen Chiaras zur Qualität des Essens herrschte während der Mahlzeit ein ähnliches Schweigen wie am Mittag.

Fabio schenkte aus einer Karaffe reihum Wein ein, von dem Chiara ebenfalls probierte. Er hatte einen samtigen, fruchtigen Geschmack, der gut zum Essen harmonierte.

»Stammt er von hier?«, fragte sie.

Fabio nickte. »Ein Chianti Superiore. Sechs Jahre alt.«

Während des Essens war er ebenso wie Valeria und Giovanna wortkarg geblieben, doch als Chiara nach dem Dessert zurück auf ihr Zimmer gehen wollte, hielt er sie in der Halle zurück.

»Wie wäre es mit einem kleinen Verdauungsspaziergang?«

Sie schaute auf ihre Armbanduhr. Es war fast zehn, doch nachdem sie am Mittag so lange geschlafen hatte, war sie weit davon entfernt, müde zu sein. Sie hatte vorgehabt, noch ein wenig fernzusehen. Aber bisher hatte sie von der näheren Umgebung des Hauses kaum etwas gesehen. Warum sollte sie sich nicht ein bisschen von ihrem Schwager herumführen lassen?

11. KAPITEL

Das Kastell war von einer überraschend weitläufigen Gartenanlage umgeben. Kiesbestreute Wege führten durch teilweise kultivierte, teilweise wild eingewachsene Teile eines Parks mit alten Baumbeständen und großzügigen Beeten. Der Rosengarten, den sie heute Morgen schon gesehen hatte, war nur ein kleiner Teil eines im englischen Stil angelegten Blumengartens mit einem gluckernden Springbrunnen und in Form geschnittenen Büschen.

Es war noch hell. Die Sonne war vor einer Weile untergegangen, doch die Röte, die am Horizont über den Hügeln zurückgeblieben war, warf einen schwachen Widerschein auf die Hecken und Rabatten. Hinter dem Park fiel das Land zu einer weiten, tiefen Senke ab. Dort, wo es wieder anstieg, bedeckten Rebenfelder den Hang.

Chiara ging eine Weile stumm neben Fabio her und wartete darauf, dass er eine Unterhaltung begann, doch anscheinend hatte er nicht vor, den Anfang zu machen.

Sie blieb beim Brunnen stehen und betrachtete den marmornen Cherub, der auf einem Wasser speienden Delphin thronte. Sie hielt die Hand unter den kühlenden Wasserstrahl, dann deutete sie auf den Garten ringsum. »Es ist sehr schön hier. Warum ist es nur zum Teil kultiviert?«

»Valeria kümmert sich nur um die Rosen und das Gemüse. Die übrigen Beete sind schon seit vielen Jahren verwildert.

Hier wird jede Hand für den Wein gebraucht. Ab und zu, wenn ich es schaffe, mähe ich das Gras, für mehr habe ich keine Zeit. Was den Rest betrifft, so hat Alfonso sich eine Zeit lang hier ausgetobt.« Er deutete auf die Büsche, die zum Teil fantastische Tiere darstellten. Chiara erkannte einen Elefanten, ein Einhorn und einen Hirsch. Aus dieser Perspektive konnte sie auch sehen, dass das, was sie zunächst einfach für eine hohe Hecke gehalten hatte, in Wahrheit ein Irrgarten war. Die dichten, fast drei Meter hohen Hecken waren kunstvoll zu eleganten quadratischen Formen getrimmt. Ob dieses Labyrinth ebenfalls Alfonsos Werk war? Hatte er hier auf dem Gut gelebt, oder war er nur ein regelmäßiger Besucher gewesen?

»Paolo hat mir von ihm erzählt«, sagte sie vorsichtig. »Dass er erschossen wurde und dass man nicht weiß, wer es getan hat.« Sie starrte ihn an, während sie redete, gespannt, wie er reagieren würde.

Fabio zuckte die Achseln. Der Ausdruck in seinem Gesicht war nicht zu deuten. »Er ist tot, und daran lässt sich nichts ändern.« Er schien das Thema nicht vertiefen zu wollen, obwohl Chiara ausgesprochen erpicht darauf war, mehr darüber zu erfahren. Nachdenklich betrachtete sie ihren Schwager und fragte sich, warum er sie auf diesen Spaziergang mitgenommen hatte. Sie konnte sich nicht vorstellen, dass er lediglich einer Laune gefolgt war. Stattdessen wurde sie das Gefühl nicht los, dass er mit ihr über etwas Bestimmtes reden wollte.

Er hatte die Daumen in die Schlaufen seiner Leinenhose gehakt und blickte schweigend über das hügelige Land. Sein Gesicht war ernst und streng. Von der lausbubenhaften Verschmitztheit, die er am Morgen im Dorf gezeigt hatte, war nichts zu spüren.

»Ich würde gern wissen, wie du Paolo kennen gelernt hast.«

Chiara trocknete ihre nasse Hand an ihrem Kleid ab.

»Das ist kein Geheimnis. Er kam zu unserer Agentur und hat uns einen Auftrag erteilt.«

»Welchen Auftrag?«

»Hat er nicht mit dir darüber gesprochen?«

»Wenn ich es wüsste, würde ich nicht danach fragen, oder?«, meinte er sachlich.

Ihr fiel wieder ein, was Paolo alles über ihn gesagt hatte. Sie hatte es für den Moment schlicht vergessen. Fabio wirkte so vollkommen … normal. Doch Paolo kannte ihn viel länger und vor allem natürlich besser als sie. Sofort wurde sie wieder vorsichtig. Paolo hatte vermutlich gute Gründe, ihm gewisse Dinge zu verheimlichen, vor allem, wenn es in irgendeiner Form mit Geld zusammenhing.

Andererseits würde sie nicht vor ihm verbergen können, dass sie nicht nur vorhatte, hier zu wohnen, sondern auch zu arbeiten. Im Gegenteil, sie würde vermutlich sogar seine Hilfe brauchen, da er sich offenbar von allen hier am besten mit dem Gutsbetrieb und dem Weinbau auskannte.

»Ich bin Teilhaberin einer Designerfirma«, sagte sie schließlich zögernd. *Vermutlich war ich das*, fügte sie in Gedanken hinzu.

»Was machst du da?«

Die meisten Leute dachten bei dem Begriff Design sofort an Mode, Möbel oder Stoffe. Kaum jemand wusste, dass fast alle Utensilien des täglichen Lebens ebenfalls von Designern entwickelt wurden, seien es nun Heizungen, Zahnbürsten, Autos, Brillen, Fernseher, Fenstergriffe oder Bürogeräte. Oder eben auch Flaschen.

»Haushaltsartikel und ähnliche Bedarfsgegenstände«, sagte sie. »Paolo wollte eine neue Flasche. Ich habe mir ein paar Weine aus eurer Produktion gekauft und finde, dass man einiges machen kann.«

»Ist das sehr teuer?«

Schon wieder die Frage nach dem Geld.

»Soweit es allein das Flaschendesign betrifft, hält es sich in Grenzen.«

»Was meinst du damit?«

Sie nannte ihm eine ungefähre Zahl. Fabio nahm es kommentarlos zur Kenntnis.

»Was meintest du damit: *Soweit es nur das Flaschendesign betrifft?*«, wollte er dann wissen.

»Na ja, Paolo möchte neben der äußeren Aufmachung auch ein neues Werbekonzept.«

»Macht deine Firma das ebenfalls?«

»Nein«, räumte sie ein, »aber er will uns den Etat zur Verfügung stellen. Wir sollen verantwortlich die Entwicklung leiten und mit den entsprechenden Firmen zusammenarbeiten.«

»Ist das üblich? Ich meine, dass ihr einen kompletten Werbeetat eigenständig verwaltet?«

Chiara zögerte. »Nein«, gab sie schließlich zu. »Es ist eher ungewöhnlich.«

»Hast du dich nicht darüber gewundert?«

In einer Mischung aus Verunsicherung und Gereiztheit blickte Chiara zu ihm auf. Er überragte sie um fast zehn Zentimeter, obwohl sie Schuhe mit halbhohen Absätzen trug.

»Wir machen das, was der Kunde wünscht«, erklärte sie in abweisendem Ton. »Für uns gilt das Sprichwort: Wer zahlt, schafft an.«

»Tatsächlich? Ist das deine Devise?« Mit einem Mal triefte seine Stimme vor Ironie. Chiara hätte ihren letzten Satz am liebsten zurückgenommen, doch dazu war es zu spät. Warum, zum Teufel, hatte sie plötzlich das Gefühl, etwas Falsches gesagt zu haben? Woher kam auf einmal dieses blöde Bedürfnis, sich vor ihm zu rechtfertigen?

Dämmerung war über den Garten herabgesunken. Matt

breitete sich die Dunkelheit zwischen den Bäumen aus, und die Umrisse der tierförmigen Sträucher zerflossen mit den sie umgebenden Schatten.

»Stört es dich, wenn ich rauche?«

Überrascht schüttelte Chiara den Kopf.

Er zog ein Päckchen Zigaretten aus seiner Brusttasche und zündete sich eine an.

»Ich wusste nicht, dass du rauchst«, meinte sie.

Er nahm einen Zug, und im mattroten Widerschein der Glut bekam seine Augenpartie ein leicht diabolisches Aussehen. »Ich versuche seit einiger Zeit, es mir abzugewöhnen, aber es klappt nicht immer.« Unvermittelt setzte er hinzu: »Hat er einen Vertrag unterschrieben?«

»Ja, er liegt in seinem Büro«, sagte Chiara überrumpelt. Dann ballte sie die Fäuste. Plötzlich verspürte sie den Drang, ihn zu schlagen. »Wir haben außerdem eine mündliche Abmachung, die ist genauso gültig. Warum fragst du mich das alles? Was läuft hier eigentlich? Ich merke doch, dass irgendwas nicht stimmt! Warum ist Paolo immer so komisch, wenn ich etwas über dich wissen will? Und Giovanna – was ist los mit ihr? Warum behandelt ihr mich so … so merkwürdig? Habe ich euch was getan? Habe ich euch irgendwie falsch behandelt?« Sie schluckte heftig. »Oder ist es … ist es mein Aussehen? Ist es, weil ich …« Sie holte tief Luft und brachte es trotzdem kaum heraus. »Weil ich ein Mischling bin?«

Seine Hand kam aus der Dunkelheit hervorgeschossen und packte ihr Handgelenk. Er zog sie näher zu sich heran, bis ihr Bauch seinen Hosenbund berührte. Chiara versuchte instinktiv, ein Stück zurückzuweichen, aber seine Kraft war enorm, er hielt sie mit einer Leichtigkeit fest, die ihr klar machte, dass jede Gegenwehr sinnlos war.

Sofort schoss heiße, wilde Angst in ihr hoch. Die Szene in ihrem Wohnzimmer stand so deutlich vor ihren Augen, als hätte sie sich erst vor Minuten zugetragen. Doch diesmal war auch noch etwas anderes im Spiel. Die Angst ging nicht sehr tief, und sie hatte einen machtvollen, erotischen Unterton. Chiara konnte kaum atmen, so sehr war sie sich dessen bewusst. Ihre Sinne hatten sich nicht getäuscht, denn im nächsten Moment lockerte sich sein Griff, und seine Hand strich sanft ihren Arm entlang nach oben. Seine Fingerspitzen glitten mit ausgesuchter Zärtlichkeit über ihren Ellbogen, fanden die empfindliche Innenseite ihres Oberarms, fuhren flüchtig über ihre Brust, ihre Schulter und ihren Hals, um endlich sachte auf ihrer Wange liegen zu bleiben.

Zitternd und wie gelähmt stand Chiara vor ihm, unfähig, sich zu bewegen. Den Kopf leicht in den Nacken gelegt, blickte sie wie hypnotisiert zu ihm auf. Seine Augen waren dunkel, fast schwarz.

»Du weißt es nicht, oder? Du weißt es wirklich nicht.«

»Was?«, brachte sie mühsam heraus.

Die Fingerspitzen auf ihrer Wange bewegten sich leicht, berührten ihre flatternden Wimpern.

»Wie schön du bist. Wie unglaublich begehrenswert. Dass du für einen Mann eine einzige Versuchung bist.« Seine Worte waren nur ein Hauch, kaum hörbar. Chiara spürte die Hitze, die von seinem Körper ausging und auf sie überstrahlte.

Einen endlosen Moment blieb sie so vor ihm stehen, durch nichts gehalten außer durch diese unglaubliche Hitze und dem leichten, kaum merklichen Druck seiner Fingerspitzen auf ihrer Wange. Dann holte sie keuchend Luft und wich zurück, erst einen Schritt, dann noch einen. In der nächsten Sekunde drehte sie sich auf dem Absatz um und floh wie von Furien gehetzt ins Haus.

Sie hielt es kaum im Zimmer aus. Eine Zeit lang hatte sie nur auf dem Bett gesessen und auf den laufenden Fernseher gestarrt, ohne auch nur eine einzige Szene des Films wahrzunehmen. Dann war sie dazu übergegangen, rastlos auf und ab zu tigern.

Ihr ganzes Leben schien plötzlich ein einziges Rätsel zu sein, so wie das hohe, undurchdringliche Labyrinth draußen im Garten.

Als sie Paolo geheiratet hatte und mit ihm hierher gekommen war, hatte alles noch klar und überschaubar vor ihr gelegen, in hübschen, schwarz-weißen Kästchen, wohl geordnet wie die Felder eines Schachspiels.

Sie erschauerte, weil dieses Bild dasselbe war, das ihr bereits in den Sinn gekommen war, als sie mit Fabio hinunter ins Dorf gefahren war. Und wie heute Morgen sah sie das Brett nicht mehr aus der Position eines Spielers vor sich, sondern aus der einer beliebig manipulierbaren Figur.

Paolo war einer der Spieler, so viel glaubte sie sicher zu wissen. Als sie heute vor dem Abendessen mit ihm telefoniert hatte, war er ihren Fragen ausgewichen. Mittlerweile war Chiara davon überzeugt, dass er ihr in Bezug auf seinen Bruder nicht die volle Wahrheit gesagt hatte. Sie maßte sich nicht an, über eine umfassende Menschenkenntnis zu verfügen; im Umgang mit Menschen vertraute sie eher ihrem Instinkt. Sie lag nicht immer damit richtig, doch was Fabio betraf, so hätte sie ihre Hand dafür ins Feuer legen mögen, dass er nicht krank war. Jedenfalls nicht so, wie Paolo es ihr geschildert hatte.

Nach dem Vorfall in Florenz war sie nur zu bereit gewesen, seiner Darstellung Glauben zu schenken, doch nachdem sie einige Zeit mit Fabio verbracht hatte, war diese Überzeugung schnell ins Wanken geraten.

Chiara erinnerte sich, wie er mit den Kindern gelacht hatte.

Wie sie sich an ihn geklammert hatten. Das Vertrauen, das aus ihren schmutzigen kleinen Gesichtern gestrahlt hatte. Sie dachte daran, wie der Pfarrer sich nur mit Mühe ein Grinsen verkniffen hatte, nachdem Fabio mit dem geräuschvollen Volltreffer seine Ruhe gestört hatte. Trotz seiner brummigen Reaktion hatte niemand übersehen können, dass er Fabio mochte und schätzte. Ihr fiel auch wieder ein, mit welcher Offenheit Esmeralda ihn zur Begrüßung geküsst und an sich gedrückt hatte. Auch den Respekt und das Wohlwollen, das ihm von den Arbeitern entgegengebracht wurde, hatte sie sich nicht eingebildet.

Nein, Fabio war bei weitem nicht so labil und inkompetent, wie Paolo ihn hingestellt hatte. Sie selbst konnte sich irren, aber nicht das halbe Dorf.

Welche Gründe hatte er gehabt, ihr solche Dinge zu erzählen?

Entnervt presste sie die Fingerspitzen gegen ihre Schläfen, dann griff sie kurz entschlossen zu ihrem Handy und wählte Paolos Nummer. In Kalifornien war es jetzt Nachmittag, eine durchaus christliche Zeit zum Telefonieren. Es wurde Zeit, dass er ihr einiges erklärte.

Gleich beim ersten Klingeln meldete sich die verhasste Automatenstimme mit der Nachricht, dass der gewünschte Gesprächspartner vorübergehend nicht zu erreichen sei.

Es gab natürlich eine plausible Erklärung dafür. Paolo hatte selbst gesagt, dass die Reise anstrengend gewesen sei. Vermutlich schlief er und hatte deswegen das Telefon abgeschaltet. Sobald er den Jetlag überwunden hatte, würde er sich wieder bei ihr melden. Anders als noch vor drei Wochen musste sie sich jetzt nicht mehr darum sorgen, dass er nichts mehr von ihr wissen wollte: Immerhin war er nun ihr Mann, und deshalb gab es nicht den geringsten Grund für ihre Ungeduld. Schließlich war morgen auch noch ein Tag.

Sie zog sich aus, putzte sich die Zähne und ging zu Bett. Den Fernseher ließ sie noch eine Weile laufen, um sich von der Geräuschkulisse einlullen zu lassen.

Doch sie konnte lange nicht einschlafen. Gequält warf sie sich auf dem Bett hin und her.

Bilder schossen ihr durch den Kopf und ließen sie nicht zur Ruhe kommen. Das Glühen einer Zigarettenspitze, widergespiegelt in unergründlichen Augen. Eine heiße, harte Hand auf ihrem Arm. Federleichte Fingerspitzen auf ihrer Wange. Das dunkle Empfinden kaum verhüllten, sündigen Verlangens, das von ihm ausging und sie versengte.

Ein letzter Gedanke begleitete sie in den Schlaf. In einem hatte Paolo Recht gehabt: Fabio war gefährlich. Allerdings auf eine völlig andere Art, als sie ursprünglich angenommen hatte.

Am nächsten Morgen wachte sie erst spät auf. Es war fast zehn. Als sie nach dem Duschen und Anziehen hinunter in die Küche kam, fand sie Maria vor, die bereits mit den Vorbereitungen für das Mittagessen beschäftigt war.

Sie war offensichtlich erfreut, als sie Chiara auftauchen sah. »Guten Morgen, Contessa! Möchten Sie Kaffee?«

Chiara nickte. »Und etwas zu essen, wenn es nicht zu viele Umstände macht.« Wie gestern war sie wieder mit einem Bärenhunger aufgewacht. Der Magen knurrte ihr bis zum Hals. Sie hatte den Arzt gefragt, ob sie noch damit rechnen müsse, unter morgendlicher Übelkeit zu leiden, worauf er zu ihrer Erleichterung geantwortet hatte, dass ihr das vermutlich erspart bleiben werde. »Nicht alle werdenden Mütter haben damit zu tun«, hatte er gemeint. »Wenn es im Laufe des zweiten Monats nicht dazu kommt, wird es voraussichtlich völlig ausbleiben.«

Chiara ging Maria beim Herrichten ihres Frühstücks zur Hand und schaute bei der Gelegenheit genau zu, wo alle Dinge standen, die dafür benötigt wurden, damit sie es beim nächsten Mal allein erledigen konnte. Gestern, als Fabio das Frühstück zubereitet hatte, hätte sie zwar ebenfalls die Möglichkeit dazu gehabt, doch aus Gründen, über die sie momentan nicht näher nachdenken wollte, hatte sie nicht daran gedacht.

»Maria, kannst du mir sagen, wo das Büro ist?«

»Natürlich«, sagte Maria. »Wenn Sie wollen, kann ich es Ihnen nach dem Frühstück zeigen. Haben Sie den Rest vom Haus schon gesehen?«

»Nicht allzu viel.«

»Ich zeige es Ihnen, wenn Sie wollen.«

»Wunderbar, Maria. Diese Brioches – hast du sie gemacht? Sie sind ein Gedicht.«

»Nach einem Rezept meiner Mutter«, erklärte Maria geschmeichelt.

Chiara aß drei von Marias selbst gemachten Brioches und hatte anschließend das Gefühl, kaum mehr als einen Appetithappen verspeist zu haben. Begehrlich blickte sie auf den Teller mit dem Schinken, doch sie zögerte, nochmals zuzugreifen. Wenn sie nicht aufpasste, würde sie am Ende der Schwangerschaft wie Esmeralda aussehen. Der Arzt hatte ihr geraten, nicht sinnlos ihren Essgelüsten nachzugeben, sondern sich auf leichte, frische Kost, vorwiegend bestehend aus Obst, Gemüse und fettarmen Proteinen, zu beschränken. »Das Gewicht kommt von ganz allein«, hatte er gemeint.

Zaudernd betrachtete sie den köstlich aussehenden Schinken. »Er besteht eindeutig aus Protein«, murmelte sie dann, während sie entschlossen eine Scheibe zusammenrollte und sich in den Mund schob.

Sie half Maria beim Abräumen des Tisches und ließ sich anschließend von der jungen Polin das Haus zeigen.

»Das Kastell ist sehr alt«, erzählte Maria. »Erbaut wurde es im Jahre 1486. Aber die meisten Anbauten sind erst später dazugekommen. Der größte Teil des Hauses ist gar nicht bewohnt, bloß das Hauptgebäude. Der Chef plant, demnächst einen der Flügel für Touristen umbauen zu lassen.«

Eines von den vielen Dingen, die Paolo unerwähnt gelassen hatte.

»Hier ist die Ahnengalerie«, sagte Maria, während sie in einem Seitentrakt eine Treppe hochstieg. Ihre Stimme klang so stolz, als seien es ihre eigenen Vorfahren, die in der staubigen Galerie von zahlreichen uralten Gemälden auf den Betrachter herabblickten.

Ein Geländer schloss die Galerie zur Außenseite hin ab. Von der gegenüberliegenden Wand fiel trübes Licht durch mehrere hohe, mit Blei eingefasste Fenster und traf auf die vom Zahn der Zeit angenagten Porträts, die zum Teil in einem beklagenswerten Zustand waren. Am Ende der Galerie hingen die neueren Bilder, und Chiara suchte neugierig nach Familienähnlichkeiten zwischen den Personen auf den Porträts und der jüngsten Generation, bestehend aus Paolo, Giovanna und Fabio.

»Hier ist der vorletzte Conte, der Sohn der alten Contessa. Er starb vor zwanzig Jahren. Seine Frau hat anschließend die Kinder allein aufgezogen, zusammen mit der alten Contessa. Sie war eine sehr tüchtige Person, wie man sagt.«

Chiara betrachtete das Ölgemälde. Der gut aussehende, hochmütig wirkende Mann auf dem Bild sah Paolo und Giovanna verblüffend ähnlich mit den gleichen attraktiven Zügen und bernsteinklaren Augen. Die Frau neben ihm war bildschön. Auch hier war eine leichte Ähnlichkeit mit Paolo und seiner Schwester zu erkennen. Fabio sah dagegen völlig anders aus.

Von Paolo oder seinen Geschwistern existierte noch kein

Porträt. Als Chiara Maria darauf ansprach, zuckte die junge Polin die Achseln. »Keine Ahnung, warum es keins gibt«, sagte sie. »Vielleicht lassen sie ja noch eines malen, jetzt, nachdem der Conte verheiratet ist.« Sie zeigte eine Treppe hinunter. »Hier geht's lang zum Büro.«

Sie eilte die Galerietreppe hinab. Chiara folgte ihr durch mehrere verwinkelte, sich kreuzende Gänge in einen Anbau, wo die Büroräume untergebracht waren. Von dort aus, erzählte Maria, führte eine Treppe hinab zu einem tiefer gelegenen Trakt, in dem sich der Kellereibetrieb befand.

Die Geschäftsräume des Weinguts waren in zwei Büros untergebracht, die durch eine Tür miteinander verbunden waren. Auf den Schreibtischen, vor allem im Vorzimmer, herrschte ein ziemliches Chaos. Um die Computermonitore und Telefone herum türmten sich Papiere, Mappen, Prospekte und anderer Kram. Das Hinterzimmer schien geringfügig ordentlicher zu sein, aber auch hier hätte eine Aufräumaktion nicht geschadet.

Stirnrunzelnd blickte Chiara sich um. Maria hatte ihren Blick bemerkt. »Bis vorletzten Monat gab es hier noch eine Halbtagssekretärin, aber die ist jetzt im Ruhestand. Sie hatte eine Nachfolgerin eingearbeitet, aber die musste schon eine Woche später wieder aufhören, weil ihr Mann ins Ausland versetzt wurde. Danach ist Signorina Giovanna eingesprungen, aber nach dem Unglück mit Signor Valetti …« Maria machte eine bezeichnende Geste über den chaotischen Schreibtisch im Vorzimmer. »Sie hat es einfach nicht mehr hingekriegt. Es soll wieder jemand eingestellt werden, aber bis jetzt hat sich noch niemand gefunden. Deshalb sieht es hier momentan so wüst aus. Die wichtigen Sachen macht der Chef selbst, und wenn er nicht hier ist, so wie jetzt, regelt er es vom Handy aus. Er hat eine … eine …«

»Anrufweiterschaltung?«

»Genau.«

Nicht ohne Verbitterung dachte Chiara daran, dass diese technische Verbindungsmöglichkeit ihr selbst bisher mehr Kummer als Nutzen beschert hatte. Abgesehen davon setzte diese Verbindungsmöglichkeit voraus, dass der Empfänger sein Telefon einschaltete, um erreichbar zu sein. Paolo war heute Morgen ebenso wenig erreichbar gewesen wie gestern Abend. Chiara hatte es vor dem Frühstück mehrmals versucht.

»Signor Valetti ... War er der Verlobte meiner Schwägerin?«

Maria nickte, einen betrübten Ausdruck auf dem runden Gesicht. »Er war sehr nett. Ein richtiger Künstler. Und vom Wein verstand er auch was. Es war alles sehr schrecklich.« Sie senkte die Stimme zu einem vertraulichen Flüstern. »Ab und zu lässt sich der Maresciallo noch hier blicken und fragt die Leute aus. Sie suchen immer noch den Mörder.«

Chiara fröstelte. Ein Bild war plötzlich in ihr aufgezuckt, das sich seit gestern mit glasklarer Schärfe eingebrannt hatte: Giovannas beinahe entrücktes Lächeln, nachdem sie Chiara und sich selbst fast umgebracht hatte.

»Na gut, ich denke, dieses Büro ist so gut wie jedes andere«, sagte Chiara. »Da zurzeit niemand hier ist, wird es wohl niemanden stören, wenn ich mir den Schreibtisch hier vorn leer räume und ihn zum Arbeiten benutze.«

Marias sommersprossiges Gesicht nahm einen erstaunten Ausdruck an. »Sie wollen hier arbeiten? Als Sekretärin?«

Chiara stellte diesen Irrtum mit ein paar Sätzen richtig, dann begann sie, auf den Schreibtischen nach dem von Paolo unterschriebenen Vertrag zu suchen. Zuerst wühlte sie die Unterlagen im Vorzimmer durch, dann machte sie im hinteren Büro weiter. Systematisch schichtete sie einen Stapel nach dem anderen um und suchte nach dem bekannten Logo von Brunelli & Scarlatti. Maria sah ihr mit offenem Mund dabei zu.

»Du kannst ruhig wieder rübergehen, ich komme schon allein zurecht.«

»Ich weiß nicht«, sagte Maria zögernd, doch dann zog sie sich achselzuckend zurück.

Auf dem Schreibtisch war der Vertrag nicht zu finden, weder in einem der Ablagekörbe noch in den Aktenordnern. Chiara zog nacheinander alle Schreibtischschubladen auf und schaute dort nach, doch außer weiteren ungeordneten Unterlagen war nichts zu sehen. Mit seiner Büroablage ist Paolo wirklich kläglich im Rückstand, dachte Chiara. Wie sollte er auch eine neue Sekretärin finden, wenn er ständig unterwegs war? Unentschlossen betrachtete sie den Papierwust und überlegte, ob sie sich die Mühe machen sollte, weiter nach dem Vertrag zu suchen. Sie hatte vorgehabt, mit dem Dokument in Emilios Büro zu marschieren und es ihm auf den Schreibtisch zu knallen. In ihren Augen war das die beste Methode, seinen absurden Verdacht zu widerlegen und ihm klar zu machen, dass sie diesen Auftrag für ihre gemeinsame Firma abwickeln wollte, statt das Geld in die eigene Tasche zu wirtschaften, wie er es ihr unterstellt hatte.

Ein merkwürdiges, irrationales Gefühl sagte ihr jedoch, dass sie den Vertrag nicht finden würde – und dass die hier herrschende Unordnung nicht der Grund dafür war.

Hat er einen Vertrag unterschrieben?

Ja, er liegt in seinem Büro ...

»Was tust du hier?«

Chiara fuhr erschrocken herum, als Giovannas Stimme hinter ihr ertönte. »Meine Güte, du kannst einen erschrecken!«

Giovanna stand in der Durchgangstür und hatte die Hände in die Hüften gestemmt. »Spionierst du?«

»Keineswegs. Ich suche ein wichtiges Dokument. Paolo hat mir gesagt, dass es hier liegt.«

»Du hast mit ihm gesprochen?« Giovanna kam einen Schritt näher. »Wann denn?«

»Gestern, als er anrief.«

»Er hat dich angerufen?« Eine Falte erschien auf Giovannas Stirn. »Gestern Abend?«

Chiara nickte und fragte sich, mit welchen Reaktionen sie wohl als Nächstes rechnen musste.

»Was hat er dir sonst noch gesagt?«, wollte Giovanna wissen.

»Ich denke, das geht dich nichts an«, meinte Chiara kühl.

Für einen Moment wirkte Giovanna fassungslos, doch dann senkte sie die Lider. »Du hast natürlich völlig Recht. Du bist seine Frau. Ich bin nur seine Schwester.«

Chiara betrachtete sie unbehaglich. Ihre Schwägerin wirkte wie immer gepflegt und hübsch. Heute Morgen trug sie ein kornblumenblaues Wildseidenkleid, dessen Schnitt ihre schmale Taille unterstrich und viel von ihren schlanken Beinen zeigte.

Unvermittelt blickte Giovanna auf und schaute Chiara eindringlich an. »Was hat der Doktor gesagt?«

»Alles in Ordnung«, erwiderte Chiara langsam.

»Also bist du gar nicht schwanger?«

»Wie kommst du darauf? Ich bin im zweiten Monat.«

»Ach, tatsächlich! Meinen Glückwunsch!« Giovanna ließ ein strahlendes Lächeln sehen, das indessen nicht ihre Augen erreichte. Sie wies auf den von Papieren überquellenden Schreibtisch im Vorzimmer. »Schau dir das an. Das habe ich fabriziert. Ich kann einfach keine Ordnung halten. Aber Paolo ist genauso.«

»Tja, sieht ganz so aus«, meinte Chiara mit einem entnervten Blick auf den Schreibtisch ihres Mannes.

Mit einem Mal schaute Giovanna mutlos und niedergeschlagen drein. »Es wäre besser gelaufen, wenn das mit Alfonso nicht passiert wäre. Dadurch wurde alles ... anders.« Verloren streckte sie die Hand aus und spielte mit einem der herumliegenden Aktenordner. Mit einem Hilfe suchenden Ausdruck in den Augen schaute sie zu Chiara auf. In diesem Moment sah sie aus wie ein verängstigtes kleines Mädchen.

Mitleid wallte in Chiara auf. »Es tut mir sehr Leid, was geschehen ist. Es muss schrecklich für dich gewesen sein.«

Im nächsten Augenblick prallte sie überrascht zurück. Vornübergebeugt stand Giovanna vor ihr, die Hände auf den Schreibtisch gestützt, die Augen blitzend vor Wut. »Es tut dir Leid? Du weißt ja gar nicht, was geschehen ist, du blöde schlitzäugige Gans! Du hast doch keine Ahnung!«

Chiara drehte sich auf dem Absatz um. Ohne ein Wort ging sie zurück ins Vorzimmer und aus dem Büro hinaus und schaute dabei stur geradeaus, darauf bedacht, ihre Schwägerin keines Blickes zu würdigen.

»Wo gehst du hin?«, schrie Giovanna ihr nach. »Ich war noch nicht fertig!«

Chiara gab sich Mühe, so schnell wie möglich außer Hörweite zu gelangen. In ihrer Eile, eine ausreichende Entfernung zwischen sich und ihre Schwägerin zu legen, musste sie irgendwo die richtige Abzweigung im Gewirr der zahlreichen sich kreuzenden Flure verpasst haben. Statt in der Ahnengalerie landete sie in einem Treppenhaus, das wie der Rest des ganzen Anbaus schon bessere Tage gesehen hatte. Der Putz blätterte von den Wänden, die Treppenstufen waren hoffnungslos abgewetzt, und auch das Geländer hätte dringend einen neuen Anstrich benötigt.

Doch diese Einzelheiten nahm Chiara nur ganz am Rande ihrer Aufmerksamkeit wahr. In ihr brodelte es wie in einem Vulkan kurz vor der Eruption. Sie kochte vor hilflosem Zorn und tief empfundener Demütigung. Tränen waren ihr in die

Augen geschossen und trübten ihre Sicht. Nur weg von hier, dachte sie. Weg von diesen komischen Leuten, diesem komischen Haus!

Blindlings rannte sie die Treppe hinunter und durch eine Tür ins Freie. Sie lief weiter, zehn Meter, zwanzig, dreißig – und blieb dann orientierungslos stehen, weil sie nicht wusste, wo sie sich befand. Dieser aus roten Backsteinen errichtete Teil des Gebäudes war wesentlich neuer als der Rest, er stammte schätzungsweise aus den Fünfziger- oder Sechzigerjahren des vergangenen Jahrhunderts. Er verfügte über eine eigene Zufahrt, die um das gesamte Gebäude herumführte und sich weiter talwärts mit der Hauptzufahrt vereinte.

Neben dem Eingang, aus dem sie vorhin herausgekommen war, befand sich ein Tor, das groß genug war, um Traktoren oder kleinere Lastwagen passieren zu lassen. Es stand weit offen und gab den Blick auf eine weitläufige Halle frei, in der es wie in einer futuristischen Fabrik aussah, mit mehreren hohen, edelstahlblitzenden Behältern, aus denen kompliziert wirkende Vorrichtungen ragten. Ein Arbeiter kam zwischen den schimmernden Ungetümen hervor und tippte sich an die Mütze, als er Chiara draußen stehen sah. Sie hob die Hand, um den höflichen Gruß zu erwidern, während ihre Blicke bereits die Umgebung absuchten, um den kürzestmöglichen Weg zur anderen Seite dieses Ungetüms von Haus zu finden. Natürlich hätte sie ebenso gut den Rückweg durch das Innere des Gebäudes nehmen können, doch sie verspürte kein Verlangen danach, ihrer unausstehlichen Schwägerin noch einmal über den Weg zu laufen und sich womöglich weitere Unverschämtheiten anhören zu müssen.

Während sie querfeldein um das Gebäude herumstapfte, versuchte sie, Ordnung in ihre Gedanken zu bringen. Immer noch völlig aufgelöst, merkte sie erst nach einer Weile, dass sie mitten durch ein Rebenfeld lief. In geraden Reihen zogen sich die senkrecht hochgebundenen Gewächse hinab ins Tal. So weit das Auge reichte, wuchs hier der Wein.

Tief durchatmend blieb Chiara stehen und schaute über die endlos scheinenden Felder, dann streckte sie spontan die Hand aus und tat dasselbe, das sie schon bei Fabio gesehen hatte: Sie umfasste eine der dicken, noch unreifen Trauben, die unterhalb der grünen Blätterdächer von den sorgsam entlaubten Stämmen herabhingen. Sie fühlte die pralle Hitze unter der ledrigen Haut der Beeren und schloss die Augen, während die Anspannung allmählich von ihr wich. Ein sanfter Wind trieb ihr einen schwachen Hauch von Rosenduft zu, der sich mit dem Geruch nach Erde und frischen grünen Blättern mischte. Das Sonnenlicht war auf ihren geschlossenen Augen wie eine rote Decke, die sie schützte und wärmte und sie in vollkommener Kontemplation versinken ließ. Es gab nichts mehr außer dieser alles andere ausschließenden Wärme. Chiara hatte keine Ahnung, wie lange sie so dagestanden hatte, als Fabios Stimme an ihr Ohr drang.

»Man kann es fühlen, nicht wahr?«, fragte er sanft.

Chiara riss die Augen auf und starrte ihn an.

12. KAPITEL

Er stand direkt vor ihr, keine Armlänge entfernt. Vermutlich war er bereits seit Stunden auf, denn er war so schmutzig und unrasiert wie eh und je.

Sie musterte seinen dichten Bartschatten und schluckte, während sie sich fragte, welchen Anblick sie ihm wohl bieten musste, in der Sonne träumend wie ein wiederkäuendes Schaf, ein gutes Pfund Sangiovesebeeren in der Hand. Hastig ließ sie die Traube fahren.

»Ich habe dich nicht kommen hören, tut mir Leid«, meinte sie peinlich berührt. »Ich war in Gedanken.«

»Nein, das ist nicht der passende Ausdruck«, meinte er ruhig. »Es war etwas anderes.«

»Was meinst du?«, fragte sie verwirrt.

»Man kann es schlecht beschreiben, aber ich glaube, du weißt, was ich meine. Ich erlebe es selbst häufig. Man steht da und konzentriert sich für ein paar Augenblicke, und dann, mit einem Mal, passiert es. Nicht immer von allein, aber immer, wenn man es will. Man wird eins mit dem Land.« Erklärend setzte er hinzu: »Natürlich geht es nicht jedem so.«

»Aha«, sagte Chiara schlecht gelaunt. »Na dann. Ich will dich nicht aufhalten.« Plötzlich war ihr das Ende ihres gestrigen Abendspaziergangs wieder eingefallen. Und dann war da noch die Sache mit dem Vertrag. Fabio hatte die ganze Nacht und einen ganzen Morgen lang Zeit gehabt, ihn von Paolos

Schreibtisch zu holen, zu welchem Zweck auch immer. Jedenfalls gab es eine Million Gründe, sich von ihm fern zu halten.

Sie wollte um ihn herumgehen, doch er verstellte ihr den Weg.

»Welche Laus ist dir denn über die Leber gelaufen?« Mit dem Daumen wies er hinter sich aufs Haus. »Lass mich raten. Giovanna oder Valeria?«

»Ich will nicht darüber reden.«

Fabios Miene verdüsterte sich. Er nahm Chiaras Arm und zog sie in eine andere Richtung. »Komm.«

Sie entriss ihm ihren Arm, als hätte sie sich verbrannt. »Was soll das?«, herrschte sie ihn an.

»Wenn du weiter da raufläufst, wirst du in einem Brennnesselfeld landen. Ich kenne einen besseren Weg. Du willst doch zurück zum Haupthaus, oder?«

Chiara nickte verdrossen, während sie ihm folgte. Er ging zurück zur Zufahrt, wo er sich zu Chiara umdrehte. »Hast du eigentlich schon die Kellerei gesehen?«

Natürlich wusste er genau, dass das nicht der Fall war, also begnügte sie sich mit einem knappen Kopfschütteln. Im Moment hatte sie kein Verlangen danach, sich Fässer und Pressen, oder was man sonst noch zur Weinerzeugung brauchte, anzuschauen.

Sie rechnete damit, dass Fabio ihr einen Rundgang durch die Kellerei anbieten würde, weshalb sie auch von seiner nächsten Bemerkung völlig überrascht war.

»Ich möchte mich für gestern Abend entschuldigen. Falls ich dir zu nahe getreten sein sollte – es kann sein, dass ich vielleicht zum Essen ein Glas Wein zu viel getrunken habe.«

Das hatte er definitiv *nicht.* Chiara hatte gesehen, dass er nicht mehr als zwei Gläser getrunken hatte. Zusammen mit dem Sherry vor dem Essen reichte das ganz sicher nicht aus, um das, was sich gestern Abend im Garten zwischen ihnen abgespielt hatte, zu erklären.

Doch als Entschuldigung war es ebenso tauglich wie alles andere, was er hätte vorbringen können – nämlich überhaupt nicht.

Chiara war nicht in der Stimmung, mit einem verzeihenden Lächeln zur Tagesordnung überzugehen. Wenn es nach ihr ging, würde sie hier in diesem Haus mit niemandem mehr reden, außer vielleicht mit Maria. Paolo schied als Gesprächspartner momentan zwangsläufig aus, aber irgendwann im Laufe des Tages würde sich dieser frustrierende Zustand ändern. Dann würde sie ihm erklären, warum sie nicht länger hier bleiben konnte.

Sie hatte vor, spätestens nach dem Mittagessen in ihren Wagen zu steigen und von hier zu verschwinden. In Florenz hatte sie genug Freunde, um für eine Weile unterzuschlüpfen, jedenfalls so lange, bis Paolo zurückkam. Marina und Giancarlo hätten sicher nichts dagegen, wenn sie ein paar Tage bei ihnen blieb. Für die Zeit danach würde sich schon eine Lösung finden. Möglicherweise stellte sich die ganze familiäre Situation auch völlig anders dar, sobald Paolo wieder hier war. Das war ein Gedanke, mit dem Chiara sich schon ein paarmal zu trösten versucht hatte. Vielleicht wusste Paolo ja Mittel und Wege, um seine Verwandten dazu zu bewegen, dass sie aufhörten, seiner Frau mit Misstrauen, Unfreundlichkeit und Heimlichtuerei zu begegnen. Oder sie abends im Garten auf eindeutig sexuelle Weise anzufassen.

»Ich habe gelogen«, sagte Fabio plötzlich mitten in ihre erbosten Gedanken hinein.

Verdutzt drehte sie den Kopf, um ihn anzuschauen.

»Wie bitte?«

»Ich habe dich angelogen«, sagte er grimmig. »Es lag nicht am Wein. Ich hatte nicht zu viel getrunken. Und wenn du nicht weggerannt wärst, hätte ich vielleicht noch mehr getan, als nur deinen Arm und dein Gesicht zu berühren. Ich könnte ja jetzt behaupten, es wäre harmlos gewesen. Aber das war es nicht. Es war eindeutig erotisch. Ich nehme an, dir ist es auch aufgefallen.«

Chiara blieb der Mund offen stehen. »Oh. Tja … also, ich weiß nicht …«

»Es ist wirklich nicht meine Art, mich Frauen aufzudrängen«, sagte er steif. »Schon gar nicht gegen ihren Willen. Auch wenn du das nach dem Vorfall in Florenz vielleicht geglaubt hast.«

»Warum, zum Teufel, hast du es dann getan?«

»Was?«

»Die Sache in Florenz natürlich.«

»Das war ein dummer Irrtum«, sagte er prompt.

»In welcher Form?«

»Es würde ewig dauern, es zu erklären, und das meiste würdest du nicht verstehen.«

»Ich habe Zeit. Und ob ich es verstehe oder nicht, bleibt abzuwarten.«

»Vielleicht lieber ein andermal«, wich er aus.

»Und gestern Abend?«

»Was meinst du?«

Sie sah ihn an. »War das auch ein Irrtum?«

»Äh … nein.«

Verblüfft sah sie, dass er tatsächlich über und über rot geworden war. Es war ein faszinierender Anblick, von dem sie nie geglaubt hatte, dass er ihr zuteil werden könnte.

»Ich gebe zu, dass ich mich habe hinreißen lassen. Aber wenn du Wert darauf legst, verspreche ich dir, dich nie wieder in dieser Form anzufassen.«

Sie hätte ihm am liebsten vors Schienbein getreten.

»Ob ich *Wert* darauf lege? Das fragst du noch? Ich bin die Frau deines Bruders! Und ich bin *schwanger* von ihm.«

»Dann hast du hiermit mein Ehrenwort«, versetzte Fabio sachlich.

»Woher soll ich wissen, ob ich mich darauf verlassen kann?«

»Du kannst fragen, wen immer du willst. Wenn ich etwas verspreche, halte ich es. Ich habe noch nie mein Wort gebrochen.«

Der Ausdruck würdevoller Gekränktheit auf seinem Gesicht hätte sie beinahe zum Lachen gebracht, wenn die ganze Thematik nicht so ernst gewesen wäre.

»Ich glaube dir«, behauptete sie, um dieser Farce ein Ende zu bereiten.

Er hob auf seine gewohnt arrogante Art die Brauen. »Mir scheint, dass du das ganz und gar nicht tust, aber ich lasse es darauf ankommen.«

Solange du dazu noch Gelegenheit hast, dachte Chiara ironisch. Soweit es sie betraf, würde sie ihm keine Möglichkeit verschaffen, eine Neuauflage des gestrigen Vorfalls zu produzieren. Ihre Wut war verraucht, doch an ihrer Absicht, so rasch wie möglich von hier zu verschwinden, hatte sich nichts geändert. Ihren ursprünglichen Plan, sich in Paolos Büro einen Arbeitsplatz einzurichten, hatte sie nach Giovannas letztem Auftritt fallen lassen. Mit ihrem Laptop und einem ausreichend großen Tisch für ihre Zeichnungen konnte sie überall arbeiten. Abgesehen davon hatte sie beschlossen, lieber Paolos Rückkehr abzuwarten. Nachdem sich das ganze Projekt ohnehin schon für mehrere Wochen verzögert hatte, kam es ihm sicherlich auf eine oder zwei mehr auch nicht an.

Von der Kellerei führte die asphaltierte Zufahrt weiter bergauf, vorbei an Stallungen, die in einem gesonderten Bau untergebracht waren.

Chiaras Neugier war geweckt. »Haltet ihr hier Pferde?«

»Ein paar, nur zum Privatvergnügen. Wir reiten alle hin und wieder ganz gern aus. Reitest du auch?«

»Ich habe es gelernt, aber viel Gelegenheit hatte ich in den letzten Jahren nicht dazu. Wenn ich im Sommer meine Großmutter besuche, reiten wir zusammen aus.«

Ihr fiel siedend heiß ein, dass sie Sophia noch anrufen musste. Enrico würde ihr den Kopf abreißen, wenn sie es nicht bald erledigte!

»Falls du Lust zum Reiten hast, kann ich dir gern eins der Pferde satteln.«

»Das ist nett«, sagte sie höflich. »Heute allerdings nicht.«

Und auch nicht an einem anderen Tag, jedenfalls nicht, solange Paolo nicht wieder hier war.

Hinter der nächsten Biegung des Weges war die Vorderansicht des Kastells mit seinen altertümlichen Zinnen und Türmchen zu sehen.

Erneut staunte Chiara über die enormen Ausmaße des Anwesens.

»Es muss wahnsinnig teuer sein, das Gebäude zu unterhalten«, entfuhr es ihr.

»Unvorstellbar teuer«, pflichtete Fabio ihr bei. »Vor allem, wenn ständig irgendwo alte Mauern zusammenbrechen oder Teile des Dachs abbröckeln.«

»Es sieht alles ganz gut aus, finde ich. Na ja, zum größten Teil.«

»Inzwischen geht es. Aber du hast nicht gesehen, wie es noch vor ein paar Jahren hier aussah. Die Restaurierung des Haupthauses haben wir erst letztes Jahr abgeschlossen. Neues Dach, neue Bäder, neue Installationen. Zum Glück ist die Bausubstanz in diesem Teil des Hauses noch sehr gut, was man von manchen Anbauten nicht behaupten kann, obwohl die teilweise viel jünger sind. Da muss noch viel gemacht werden. Aber eins nach dem anderen.« Die Sohlen seiner Sandalen knirschten auf dem Kies, als er vor Chiara her zur Eingangstür ging. »In ein oder zwei Jahren wollen wir einen Teil des Gebäudes für Touristen herrichten, sobald das Gut sich von den Ausgaben für die neue Weinpresse und die Gärtanks erholt hat.«

»Ja, Maria hat mir erzählt, dass Paolo so was plant.«

Er blieb so abrupt stehen, dass sie wieder einmal gegen ihn prallte. Doch diesmal machte er keinerlei Anstalten, sie zu berühren. Sein Gesicht hatte einen verärgerten Ausdruck angenommen, als hätte Chiara ihn in irgendeiner Form beleidigt.

Sie betrachtete ihn in einer Mischung aus Argwohn und Vorsicht. Mittlerweile war sie daran gewöhnt, dass die Mitglieder der Familie Cortezzi sie ohne ersichtlichen Grund mit ihrer Feindseligkeit brüskierten.

Doch Fabio sagte keinen Ton. Er schloss die Tür auf, und Chiara folgte ihm ins Haus. Nach der gleißenden Julihitze draußen war die schattige Kühle der Halle wohltuend. Chiara konnte sich zwar nicht erinnern, je in ihrem Leben einen Sonnenbrand bekommen zu haben, doch wenn sie zu lange in der Sonne blieb, bekam sie leicht Kopfschmerzen.

»Ich glaube, ich lege mich vor dem Mittagessen noch ein bisschen hin«, log sie. »Danach fahre ich in die Stadt, ich habe da noch das eine oder andere zu erledigen.«

Sie fand es nicht angebracht, zu erwähnen, dass sie mit *Stadt* Florenz meinte und dass *das eine oder andere* nichts anderes bedeutete als Kofferpacken und Ausziehen. Das würden hier alle noch früh genug von allein feststellen.

»Danke, dass du mir den Weg zurück gezeigt hast.« Sie hatte ihren Fuß schon auf der ersten Treppenstufe, als Fabios Stimme sie innehalten ließ.

»Wenn es dir nichts ausmacht, würde ich gern mit dir über diesen Auftrag reden.«

Misstrauisch drehte sie sich zu ihm um. Ging es wieder um den Vertrag? Automatisch fragte sie sich, ob er ihn genommen hatte – und vor allem, warum.

»Was möchtest du denn wissen?«, fragte sie reserviert.

»Nun – alles.« Er grinste sie auf seine jungenhafte Art an, und Chiara spürte schockiert, wie dieses Lächeln eine erotische Saite tief in ihr sanft zum Klingen brachte. Es war beinahe so wie gestern Abend am Springbrunnen.

Hastig rief sie sich Paolos Züge in Erinnerung, doch zu ihrem Entsetzen schob sich die Realität in Form von Fabios erwartungsvollem, sonnenverbrannten Gesicht dazwischen.

»Und?«, fragte er. »Unterhalten wir uns darüber?«

»Warum?« Ihre Stimme klang krächzend. »Ich meine, warum willst du diese Dinge wissen?«

Er wurde wieder ernst. »Ich habe lange darüber nachgedacht. Natürlich ist es eine immense Geldausgabe. Im Grunde ist es mehr, als Velaghese in diesem Jahr noch verkraften kann. Du musst wissen, dass wir hier einen ständigen Eiertanz mit den Banken aufführen, damit sie uns nicht die Bilanzen um die Ohren hauen. Weinbau bedeutet heutzutage in erster Linie Innovation und Technik. Und das wiederum ist leider gleichbedeutend mit Investition. Aber andererseits macht sich auch die beste Investition nicht bezahlt, wenn ein vernünftiges Marketingkonzept fehlt.« Er fuhr sich mit derselben Geste durchs Haar, wie sie es schon einmal bei ihm beobachtet hatte. Als er die Hände wieder ausstreckte, um Chiara gestikulierend seine Ansichten darzulegen, standen seine Locken wüst in alle Richtungen ab. »Ich weiß ja selbst, dass wir mit unserer Produktpräsentation nicht ganz auf der Höhe der Zeit sind. Bis jetzt dachte ich, es wäre gut genug. Ich glaubte, es käme allein auf das Innere der Verpackung an, nicht auf das Drumherum. Aber das reicht heutzutage wohl nicht mehr. Kurz und gut, ich habe entschieden, dass eine neue Präsentation nicht schaden kann. Nur – ich weiß bisher zu wenig darüber. Ich habe mich noch nicht näher damit befasst, deshalb würde ich gern zuerst mit dir darüber reden.«

Chiara starrte ihn an. Er fing jeden zweiten Satz mit *Ich* an, als wäre er derjenige, der hier das Sagen hatte. Und er klang sehr überzeugend dabei. Genauso überzeugend wirkte er in seiner Rolle als schwer arbeitender Gutsaufseher. Ob er größenwahnsinnig war? Waren die Leute deswegen nett zu ihm? Weil er einfach ein charmanter Irrer war, der alle mit seinem Lächeln einwickelte? Sie konnten ja nicht wissen, dass er hin und wieder grob wurde, zum Beispiel bei Frauen, die es ihm angetan hatten.

Rückwärts gehend entfernte Chiara sich von ihrem Schwager und ging Schritt für Schritt die Treppe hoch. »Natürlich können wir über den Auftrag reden«, sagte sie fröhlich.

»Wann denn?«

Sie bemühte sich um einen gleich bleibend freundlichen Gesichtsausdruck, während sie rasch die Treppe hochstieg. »Vielleicht heute Abend nach dem Essen«, rief sie über die Schulter zurück.

Statt zurückzulächeln wirkte er verunsichert, dann verärgert. Anscheinend war es ihr nicht gelungen, ihn zu täuschen. Bevor sie oben ankam, sah sie noch, wie er die Lippen zu einer verbitterten Linie zusammenpresste.

Die letzten Meter bis zu ihrem Zimmer rannte sie fast, so eilig hatte sie es, von hier zu verschwinden.

Als sie die Hand schon an der Klinke hatte, sprach sie eine leise Stimme von hinten an. Chiara zuckte heftig zusammen und unterdrückte nur mühsam einen erschrockenen Aufschrei.

Valeria stand hinter ihr, klein und schmal in ihrem grauen Sergekleid. Ihre Lippen bewegten sich unruhig, und als Chiara barsch fragte, was los sei, zuckte sie erschrocken zurück.

Chiara holte Luft. »Entschuldigen Sie meinen Ton. Ich war nur ziemlich erschrocken.«

Und nervlich am Ende wegen der übrigen Familienmitglieder, fügte sie in Gedanken hinzu.

»Du armes Kind«, flüsterte Valeria. »Du tust mir so Leid.«

»Warum?«

»Er hätte dir das nicht antun dürfen.«

»Ach das«, sagte Chiara peinlich berührt. »Na ja, das ist schon in Ordnung. Vielleicht war es nicht gerade okay, aber das haben wir geklärt. Ich meine, wir haben darüber geredet, und damit ist der Fall erledigt.« Sie fragte sich, in welchem Winkel die Alte vorhin gelauscht haben mochte.

»Du weißt nicht, wovon du sprichst. Wovon *ich* spreche.«

Irritiert musterte Chiara die alte Frau und wünschte sich, schon in Florenz zu sein. Mit einem Mal war es ihr sogar egal, ob Paolo vorher noch anrief oder nicht.

»Er ist nicht der, für den du ihn hältst«, fuhr Valeria fort. Tränen standen in ihren Augen, und plötzlich begannen ihre Hände unkontrolliert zu zittern. Sie presste sie gegeneinander, als wollte sie ihnen befehlen, aufzuhören. »Er war schon als Kind so. Es ist nicht seine Schuld. Er ist ein guter Junge, er tut niemandem etwas zuleide. Du darfst ihm nicht böse sein, hörst du? Du darfst ihm *niemals* böse sein!«

Voller Unbehagen überlegte Chiara, ob sie Paolos Großmutter darüber informieren sollte, dass sie vorhatte, innerhalb der nächsten Stunde das Gut zu verlassen. Vielleicht würde sich dann die Aufregung der alten Frau legen.

»Bitte«, sagte sie mitfühlend. »Ich weiß Bescheid. Lassen wir das Thema ruhen. Machen Sie sich keine Gedanken.«

Valeria senkte die Augen, dann drehte sie sich um und verschwand ebenso lautlos, wie sie gekommen war.

Aufseufzend betrat Chiara ihr Zimmer und fing unverzüglich an zu packen. Am liebsten wäre sie sofort gefahren, aber der Ausflug durchs Haus und in die Rebenfelder hatte sie zum Schwitzen gebracht.

Sie duschte rasch und zog frische Sachen an, dann schaute sie sorgfältig im Bad und im Zimmer nach, ob sie etwas vergessen hatte – ein gewohnheitsmäßiges Überbleibsel aus ihrer Internatszeit.

Während sie ihre beiden Koffer auf den Gang schleppte, überlegte sie, was sie sagen sollte, wenn jemand sie auf dem Weg zu ihrem Wagen erwischte.

Die Wahrheit war in diesem Falle möglicherweise nicht besonders diplomatisch. Chiara hatte es zwar gründlich satt, sich mit den Verwandten ihres Mannes herumzuärgern, auf der anderen Seite wollte sie aber auch nicht alle Brücken hinter sich abbrechen. Es war nicht von der Hand zu weisen, dass sich nach Paolos Rückkehr hier alles wieder irgendwie würde einrenken müssen. Er würde wohl kaum von hier weggehen wollen, um mit ihr woanders zu leben.

Die Koffer waren im Grunde viel zu schwer, um beide auf einmal nach unten zu tragen, doch Chiara hatte keine Lust, ein zweites Mal zu gehen. Es war am besten für alle Beteiligten, wenn sie unbemerkt verschwand, dann kam sie auch nicht in die Verlegenheit, faule Ausreden erfinden zu müssen. Sie würde mit Paolo darüber reden, sollte er sich doch eine plausible Begründung für seine Familie ausdenken, warum sie auf einmal nicht mehr hier war.

Keuchend wuchtete sie ihr Gepäck bis zur Treppe und stieg die erste Stufe hinab. Beim zweiten Schritt blieb sie mit dem Fuß hängen und kam aus dem Gleichgewicht. Von den schweren Koffern nach vorn gezogen, konnte sie sich nicht abfangen. Ihr Gepäck polterte die Treppe hinunter, die Koffer überschlugen sich mehrmals und landeten jedes Mal mit ohrenbetäubendem Krachen auf den harten Marmorstufen. Einer der beiden platzte auf und verstreute seinen Inhalt kreuz und quer über die Treppe.

Während Chiara selbst bereits fiel, schoss ihr absurderweise durch den Kopf, dass der Lärm sicher jemanden aus der Familie auf den Plan locken würde, ganz zu schweigen davon, dass sie ewig brauchen würde, um ihren Kram wieder einzusammeln.

Der Rest des Sturzes lief wie in Zeitlupe vor ihren Augen ab.

Sie streckte die Hände aus, konnte sich aber nirgends festhalten. Ihre Schulter prallte gegen etwas Hartes, aber eigenartigerweise spürte sie keinen Schmerz. Sie merkte, wie sie sich drehte und überschlug und Meter um Meter in die Tiefe stürzte. Sie wollte schreien, doch beim nächsten Anprall wurde ihr die Luft aus den Lungen gepresst. Ihr Fuß schlug irgendwo an, und als Nächstes ihr Arm. Sie hörte ein dumpfes Knacken, und dann, als die letzten Stufen vor ihren Augen auftauchten, spürte sie einen heftigen Schlag gegen den Hinterkopf.

Sie landete flach auf dem Rücken, immer noch außerstande, Luft zu holen.

Ich ersticke, dachte sie mit eigenartiger Teilnahmslosigkeit. Als Kind war sie einmal vom Baum gefallen und hatte nicht mehr atmen können, genau wie jetzt. Doch diesmal war es schlimmer. Ihr war nicht einfach nur die Luft weggeblieben, ein Arm war unter ihrem Rücken eingeklemmt, der andere lag, in einem merkwürdigen Winkel verdreht, neben ihr.

Irgendwo schrie eine Frau und schluchzte entsetzt auf. Dann war eine Männerstimme zu hören, sie übertönte die weibliche Stimme und rief einen Befehl, in dem das Wort *Telefon* vorkam.

Ein Gesicht beugte sich über sie und kam näher, dicht zu ihr heran, bis sie in die unergründlichen Tiefen dieser lavendelblauen Augen schauen konnte, Augen, die sie gestern bis in ihre Träume verfolgt hatten.

»Beweg dich nicht«, sagte Fabio.

Chiara wollte ihm mitteilen, dass er sich deswegen keine Sorgen machen musste, doch sie konnte nicht sprechen. Dunkelheit breitete sich von allen Seiten her aus und brandete über sie hinweg wie eine schwarze Woge.

Fabios Gesicht verschwand hinter dem Schatten und war plötzlich nicht mehr da. Sie wusste, dass er mit ihr redete, doch sie konnte ihn nicht hören. Einen Sekundenbruchteil später schlug die Schwärze endgültig über ihr zusammen und löschte alle Wahrnehmungen aus.

Als sie wieder zu sich kam, hatte sie am ganzen Körper Schmerzen. Sie wusste, dass sie sich in einem fahrenden Wagen befand. Ein weiß gekleideter Mann war neben ihr und beruhigte sie, als sie aufstöhnte.

»Wohin fahren wir?«

»Ins Krankenhaus.«

»Bin ich schwer verletzt?«

»Sie kommen durch«, sagte der Mann lächelnd.

»Mein Baby?«

Er schaute besorgt drein. »Sie sind schwanger?«

Chiara nickte und gab dem Bedürfnis nach, zu weinen.

Der Mann beugte sich über sie.

»Was machen Sie da?«

»Nur eine kleine Spritze, es ist bald vorbei.«

Sie spürte den Einstich kaum. Wenige Augenblicke später wurde es erneut dunkel um sie.

Als sie das nächste Mal aufwachte, lag sie in einem Krankenhausbett. Sie streckte und bewegte sich probeweise, hatte aber bis auf einen ordentlichen Brummschädel keine nennenswerten Schmerzen. Das Schienbein tat ihr ein wenig weh, und ihr Arm fühlte sich taub an. Als sie die Decke zurückschlagen wollte, merkte sie, dass ihr rechter Arm vom Handgelenk bis zum Ellbogen in Gips steckte. Jemand hatte ihr das Kleid ausgezogen und es durch ein Krankenhaushemd ersetzt. Ihr Bein war verbunden, aber offenbar nicht gebrochen. Sie betastete ihren Kopf und fühlte ein Pflaster an der linken Schläfe. Ihr Brustkorb tat weh, wenn sie gegen die Rippen drückte, aber anscheinend war sie auch hier mit Prellungen davongekommen.

Das Baby, dachte sie mit jäh aufwallender Besorgnis. Hastig befühlte sie ihren Unterleib, griff sich zwischen die Beine. Doch dort war nichts Auffälliges festzustellen, keine Binde und kein Verband, nichts, was auf eine Fehlgeburt schließen ließ. Aufatmend lehnte sie sich zurück und blickte aus dem hohen Fenster des Krankenzimmers auf die mittelalterlichen Fassaden von Sienas Innenstadt. Im nächsten Moment öffnete sich die Tür, und Fabio kam herein, zusammen mit einem Arzt und einer Krankenschwester.

Fabio wirkte besorgt und zugleich erleichtert. »Du bist schon aufgewacht.«

»Seit wann bin ich hier?«, wollte sie wissen. Ihre Stimme klang belegt, aber nicht allzu schwach.

»Seit zwei Stunden. Es ist alles in Ordnung«, setzte er hastig hinzu. »Dem Baby geht es gut. Sie haben eine Ultraschalluntersuchung gemacht, während du bewusstlos warst.«

Der Arzt trat an ihr Bett und leuchtete ihr mit einem Ophthalmoskop in die Augen. »Wie fühlen Sie sich, Contessa?«

Chiara hatte sich noch immer nicht an die ungewohnte Anrede gewöhnt. »Ganz gut«, sagte sie.

»Sie hatten sehr viel Glück. Ich habe gehört, dass Sie eine ganze lange Treppe hinabgestürzt sind.«

»Sie war ungefähr einen Kilometer lang«, bestätigte Chiara matt.

Sie sah, wie Fabio ein Grinsen unterdrückte. Was für eine Macke er auch immer haben mochte, mit seinem Sinn für Humor war jedenfalls alles in Ordnung.

»In Anbetracht der Umstände sind Ihre Verletzungen nicht

der Rede wert«, sagte der Arzt. »Ein paar Prellungen und Abschürfungen, eine leichte Gehirnerschütterung. Ihr Unterarm ist gebrochen, aber es ist ein glatter Bruch, der schnell heilen wird.«

»Wie lange muss ich hier bleiben?«

»Ich würde Sie gerne einen Tag zur Beobachtung dabehalten, wegen der Gehirnerschütterung.«

Der Arzt maß ihren Blutdruck und fühlte ihren Puls, während die Schwester Notizen machte und Fabio im Hintergrund wartete.

Er blieb im Zimmer, als der Arzt und die Krankenschwester hinausgingen.

»Können wir uns kurz unterhalten?«

»Ich bin jetzt nicht in Stimmung, mit dir über diesen blöden Auftrag zu reden.«

»Darüber wollte ich nicht mit dir sprechen.«

Chiara wandte den Kopf ab. Sie ahnte, worauf er hinauswollte. An seiner Stelle wäre sie auch beleidigt gewesen, wenn ihr jemand mit fröhlicher Stimme eine wichtige Besprechung in Aussicht stellte und dieser Jemand kaum eine halbe Stunde später klammheimlich und möglichst auf Nimmerwiedersehen das Weite suchte.

»Du wolltest weg, oder? Deshalb die Koffer.«

»Wenn du es doch schon weißt, warum fragst du dann?«

»Warum dieses Theater vorher?«

Sie wandte den Kopf wieder in seine Richtung. »Ich hatte keine Lust, mein Verschwinden großartig zu rechtfertigen.«

»Mir gegenüber wäre es nicht nötig gewesen. Drei Worte hätten gereicht: *Ich gehe weg.* Oder meinetwegen auch: *Ich habe genug.*«

Chiara wusste nicht, was sie erwidern sollte. Die Tatsachen lagen nun mal auf der Hand, und es hatte keinen Zweck, sie nachträglich verdrehen zu wollen.

»Ist es meinetwegen?«

Sie hätte jetzt lügen können und alles auf Giovanna oder Valeria schieben können. Allein Giovannas Benehmen war mehr als ausreichend, um selbst den geduldigsten Menschen aus dem Haus zu treiben.

Doch auf einmal hatte sie das Gefühl, ihm etwas schuldig zu sein. Es lag nicht daran, dass sie versucht hatte, ihn hereinzulegen – das war in ihren Augen ein eher geringfügiges Vergehen und in Anbetracht der näheren Umstände sicher verständlich –, sondern an der Art, wie er sie ansah. Er wirkte ernst und dabei so bedrückt und voller innerer Anspannung, dass sie ihn nicht mit ein paar oberflächlichen Bemerkungen abspeisen konnte. Sie spürte sich ihm plötzlich auf eine Weise verbunden, die sie nicht verstand, aber auch nicht näher ergründen wollte. Es hing mit dem Gefühl zusammen, das sein Lachen in ihr hervorrief. Und mit dem, was in ihrem Inneren passierte, wenn er sie berührte.

Sie war ihm insgesamt kaum ein halbes Dutzend Mal begegnet, und trotzdem kam es ihr so vor, als würde sie ihn schon lange kennen. Sie wusste, wie sein Gesicht aussah, wenn er lachte oder lächelte, wenn er niedergeschlagen oder erbost war – oder wenn er erregt war und eine Frau begehrte. Sie kannte die Stellen, an denen sein Haar sich zu Wirbeln drehte, wenn er mit den Fingern hindurchfuhr, und sie konnte exakt den Farbton benennen, den die Iris seiner Augen annahm, wenn sie im Widerschein einer glühenden Zigarette funkelten. Es war das dunkle, tiefe Blau von voll erblühten Veilchen. Im Augenblick hatte sie das verstörende Gefühl, ihn besser zu kennen als den Mann, den sie vor ein paar Tagen geheiratet hatte.

Er war eine unkalkulierbare Größe in ihrem Leben, aber er war weder unwichtig noch eine Randfigur. In den letzten Stunden vor ihrem Unfall hatte sie mehr an ihn gedacht als jemals an einen anderen Mann vor ihm, einschließlich Paolo.

»Du schaust mich an, als würdest du mich zum ersten Mal sehen«, sagte er. »Mache ich dir Angst?«

»Eine Zeit lang hatte ich Angst vor dir«, räumte sie leise ein.

»Und jetzt?«

Jetzt habe ich manchmal Angst vor mir selbst.

Sie gab keine Antwort, wich aber seinen Blicken auch nicht aus.

»Es gibt etwas, das du vor mir verbirgst«, sagte er. »Ich weiß, dass es mit mir zu tun hat, und ich glaube außerdem den Grund dafür zu kennen. Mir liegt daran, dass wir das klären.«

Sie gab alle Versuche auf, es weiterhin totzuschweigen. »Paolo hat gesagt, dass du krank bist. Dass du … manchmal komisch bist. Unberechenbar.«

Ein schmerzlicher Zug zeigte sich in seinen Mundwinkeln. »Verschwendungssüchtig? Geldgierig? Dass ich mich nur von Velaghese fern halte, wenn ich einen anständigen Scheck bekomme?«

Sie rührte sich nicht, aber ihre Augen sagten ihm, dass er genau den Punkt getroffen hatte.

»Chiara, sag mir eins: Wie verträgt sich das mit dem, was du bisher gesehen und gehört hast?«

Sie ballte die Fäuste und spürte, wie ihr der verletzte Arm dabei wehtat.

»Warum hast du ihn geheiratet? Wegen des Kindes?«

»Ich liebe ihn«, sagte sie hilflos.

»Tust du das wirklich? Hast du dir genug Zeit genommen, um dir dieser Liebe völlig sicher sein zu können?«

Chiara wurde wütend. »Lass mich in Ruhe! Verschwinde!«

»Sind dir nicht gewisse Dinge komisch vorgekommen, seit du auf dem Gut bist? Oder vielleicht vorher schon? Wie oft ruft er dich an? Meldet er sich regelmäßig?«

Sie drückte eine Seite des Kopfes in das Kissen und hielt sich mit der unverletzten Hand das andere Ohr zu. »Ich will nicht mehr mit dir sprechen. Geh weg.«

»Mach dir nichts vor, Chiara. Hör auf zu träumen und fang an zu denken. Du bist eine intelligente Frau. Es wird dir nicht schwer fallen, zwei und zwei zusammenzuzählen. Wenn du es erst geschafft hast, der Wahrheit ins Gesicht zu schauen, tut sie vielleicht eine Zeit lang weh, aber das geht vorbei.«

Sie merkte, wie seine Hand ihren Gipsarm berührte. Er hielt sein Wort, er fasste sie nicht an, und doch fühlte sie seine Nähe fast körperlich. Sie war außerstande, in irgendeiner Form zu reagieren. Sie wollte nichts hören, nichts sagen, nichts sehen und vor allem nichts denken.

»Ich hole dich morgen nach dem Frühstück ab.«

Augenblicke später fiel mit leisem Klicken die Tür ins Schloss.

13. KAPITEL

Als er sie am nächsten Morgen abholen kam, war sie bleich, aber gefasst. Die Nacht über hatte sie gut geschlafen, weil ihr die Schwester ein leichtes Beruhigungsmittel verabreicht hatte, doch die Zeit zwischen dem Frühstück und der Nachuntersuchung hatte sie in wachsender Nervosität verbracht. Sie trug dasselbe Kleid, in dem sie die Treppe hinuntergefallen war. Immerhin hatte am Vortag irgendjemand – vermutlich Fabio – so viel Umsicht bewiesen, ihre Handtasche mit ein paar Pflegeutensilien wie Kamm und Zahnbürste mit ins Krankenhaus zu bringen. Das Handy war ebenfalls in ihrer Tasche, aber es hatte die ganze Nacht über nicht geklingelt.

»Soll ich deinen Arm nehmen?«, fragte Fabio auf dem Weg zum Ausgang.

Verdutzt schaute sie ihn an, dann erinnerte sie sich an sein Ehrenwort.

»Ich komme schon allein zurecht.« Das entsprach der Wahrheit. Sie humpelte ein bisschen, konnte aber ohne Schwierigkeiten laufen. Die Beine taten ihr weh, doch nicht annähernd so schlimm wie letztes Jahr im August, als sie vom Rad gefallen war und sich anschließend drei Tage kaum hatte bewegen können.

Von der Gehirnerschütterung spürte sie nichts mehr. Der gebrochene Arm pochte ein wenig, verursachte ihr im Moment aber keine Schmerzen. Am linken Bein hatte sie ein paar

Prellungen, die sich über Nacht blau verfärbt hatten. Es sah ziemlich übel aus, aber die Flecken würden vermutlich in ungefähr zwei Wochen verschwunden sein. Am rechten Bein hatte sie kaum Blutergüsse davongetragen, dafür aber einen hässlichen Schnitt quer über den Spann. »Haben Sie das auch von dem Sturz?«, hatte der Arzt gefragt.

Sie hatte nur teilnahmslos genickt, woraufhin er mit den Schultern gezuckt und den Verband durch ein breites Pflaster ersetzt hatte. Der Schnitt war nicht so tief, dass er hätte genäht werden müssen.

Chiara waren die Verletzungen völlig gleichgültig. In ihr hatte sich eine dumpfe, schreckliche Gewissheit ausgebreitet, die für solche profanen Dinge wie körperliche Befindlichkeiten keinen Raum bot. Sie fühlte sich lethargisch, ausgelaugt und schwach, aber nicht im äußeren Sinne, sondern emotional und geistig. Das Einzige, was sie jetzt noch interessierte, war die Wahrheit, und sie war bereit, sich ihr zu stellen.

Fabio hatte den Range Rover in der Nähe des Hospitals geparkt. Er öffnete den Schlag und ließ Chiara einsteigen.

Sieh an, er kann es also doch, dachte sie mit schwacher Belustigung.

»Du stehst im Halteverbot«, sagte sie.

Er zuckte die Achseln und startete den Motor.

»Manche Regeln laden dazu ein, sie zu brechen.«

»Denkst du immer so?«

»Hin und wieder. Wenn ich kranke Frauen aus dem Hospital abhole, auf jeden Fall.«

Unter normalen Umständen hätte sie über die launige Bemerkung lachen können, doch die Umstände waren alles andere als normal. Sie holte die Sonnenbrille aus der Handtasche und setzte sie auf, nicht nur wegen des hellen Tageslichts, sondern weil sie sich nackt und schutzlos und ausgeliefert vorkam. Die dunklen Gläser boten keinen Schutz vor der Wahrheit, doch sie entzogen einen Teil ihrer Verletzlichkeit Fabios forschenden Blicken.

Der Fahrtwind war laut, aber nicht unangenehm. Fabio musste kaum die Stimme heben. Chiara konnte jedes seiner Worte verstehen.

»Wegen gestern«, begann er die unausweichliche Unterhaltung. »Hast du nachgedacht?«

»Ja.« Ihre Stimme klang brüchig.

»Bist du bereit, mich anzuhören?«

»Was bleibt mir übrig?«

»Du könntest weit weglaufen und so tun, als wäre nie etwas passiert.«

In einer unbewussten Geste legte sie die Hand auf ihren Bauch. Fabio sah es.

»Nein«, sagte er ruhig. »Natürlich kannst du das nicht. Es war dumm von mir, so etwas zu sagen. Entschuldige.«

Er umfasste das Lenkrad fester. »Ich will am Anfang beginnen. Als ich Paolo kennen lernte ...«

»Was meinst du mit *kennen lernen*?«, unterbrach Chiara ihn überrascht.

»Wir sind keine leiblichen Brüder. Wusstest du das nicht?«

Chiara starrte ihn an. »Nein. Paolo hat mir nichts davon gesagt.« Natürlich hätte sie selbst darauf kommen können. Nicht nur, weil es keinerlei Familienähnlichkeit gab, sondern weil Fabio eindeutig älter war als Paolo. Wäre er der leibliche Sohn des Conte gewesen, hätte nicht Paolo, sondern er den Titel erben müssen. Wie dumm sie die ganze Zeit gewesen war!

»Für mich war es nie von Bedeutung«, meinte Fabio. »Wir sind als Brüder aufgewachsen und wie Geschwister erzogen worden.«

»Deine Mutter hat Paolos und Giovannas Vater geheiratet, als ihr noch Kinder wart?«

Fabio nickte. »Ich war zum Zeitpunkt der Hochzeit neun, Paolo fünf und Giovanna zwei Jahre alt. Ihre eigene Mutter war bei Giovannas Geburt gestorben.«

Chiara erinnerte sich an die schöne junge Frau auf dem Porträt. »Erzähl weiter«, sagte sie.

»Paolo war schon als Kind anders als andere Jungs. Mit seinem Gesicht und seinem Lachen fiel es ihm leicht, alle Leute um den Finger zu wickeln. Er war ein richtiger Sunnyboy, und daran hat sich bis heute im Prinzip nichts geändert. Aber es gab noch eine zweite Seite von ihm, die schon ziemlich früh zu Tage trat. Er konnte sich nicht besonders gut konzentrieren, war fahrlässig und leichtsinnig und konnte angefangene Aufgaben nicht zu Ende bringen. Es war teilweise so schlimm, dass er deswegen ärztlich behandelt werden musste, vor allem in der Zeit nach Papas Tod. Er hat die Schule nicht geschafft. Später zeigten sich andere Auswirkungen seines Zustandes. Er fing an, Geld auszugeben, völlig unkontrolliert und ohne jeden Sinn für Verhältnismäßigkeiten. Wenn sein Geld aufgebraucht war, lieh er sich welches und gab es nie zurück. Er kaufte sich einen Wagen nach dem anderen, alle auf Kredit. Er fing an zu spielen und versetzte alles, was er besaß. Er stahl meiner Mutter und mir Geld, und er schreckte nicht einmal davor zurück, sich an den Sachen der Dienstboten zu vergreifen. Einmal hat er einen neuen Wagen verkauft, der mir gehörte. Seitdem verwahren wir sämtliche Fahrzeugpapiere von Velaghese im Tresor der Bank.«

Chiara fühlte sich, als werde sie langsam von innen her ausgehöhlt. Sie merkte, dass sie angefangen hatte zu zittern, aber es gab nichts, was sie dagegen tun konnte.

»Sobald er volljährig war, versuchte Paolo, sein Erbe zu beleihen, aber das kam frühzeitig heraus. Mama hat gedroht, ein Entmündigungsverfahren einzuleiten. Es war ihr bitterernst damit, und Paolo hat das wohl auch erkannt. Es gab zu viele

Beweise und Vorfälle, die gegen ihn sprachen. Um dem Verfahren zu entgehen, hat er sich bereit erklärt, vertraglich auf das Gut zu verzichten, womit er sich auch gleichzeitig jeder Möglichkeit beraubt hat, Velaghese jemals zu belasten oder zu verkaufen. Auf das Gut hatte er danach keinen Zugriff mehr, in keiner Weise. Im Jahr darauf starb Mama, und ich konnte sehen, wie ich allein mit ihm klarkam.« Er hielt inne und schwieg eine Weile, tief in Gedanken versunken. Der Wind fuhr durch sein Haar und wirbelte es durcheinander.

Chiara schaute blicklos durch die Windschutzscheibe. Sie fühlte sich wie in einem grässlichen Albtraum gefangen, doch gleichzeitig wusste sie genau, dass es aus dieser Situation kein glückliches Erwachen gab.

»Er ist in seinem Kern nicht schlecht oder böse, versteh das bitte nicht falsch«, fuhr Fabio schließlich fort. »Er kann Menschen lieben und sie auch umgekehrt mit seiner Liebenswürdigkeit für sich einnehmen. Paolo verfügt über einen mitreißenden Charme, die Frauen liegen ihm zu Füßen, wenn er Wert darauf legt. Aber häufig bedeutet es ihm kurz darauf nichts mehr, weil er keinen richtigen Realitätsbezug hat. Allerdings merken die meisten Leute, mit denen er zu tun hat, das erst spät. Oft zu spät.«

Er sah sie nicht an bei diesem letzten Satz.

»Warum hat er ausgerechnet mich geheiratet?«

Fabio zuckte die Achseln. »Ich weiß es nicht. Er tut häufig Dinge, mit denen niemand rechnet.«

Plötzlich spürte sie, wie Wut in ihr hochkochte. »Warum hast du mir nicht sofort gesagt, was los ist? Noch während er da war! Oder damals in Florenz!«

»Hättest du mir ein einziges Wort geglaubt? Er hat es ja offensichtlich wunderbar hingekriegt, die Tatsachen zu seinen Gunsten zu verdrehen. Und als ich dich das nächste Mal wieder gesehen habe, warst du mit ihm verheiratet!«

Ihr Zorn verpuffte wie Luft aus einem angestochenen Ballon. Er hatte Recht. Sie war von Anfang an voreingenommen gewesen. Es war sinnlos, ihm deswegen Vorhaltungen zu machen.

»Was war eigentlich in Florenz los, wieso bist du da so wütend gewesen?«

Fabio presste die Lippen zusammen, wie er es immer tat, wenn er sich sehr über etwas ärgerte. »Er hatte es am Tag davor wieder mal irgendwie geschafft, mich auszutricksen. In den letzten Jahren ist es nicht mehr oft vorgekommen, ich halte immer alles gut unter Verschluss.« Erklärend fügte er hinzu: »Ich meine solche Dinge, die er mitnehmen und versilbern könnte.«

»Was ist passiert?«

»Er hat den Schmuck meiner Mutter gestohlen.«

»Gott«, flüsterte Chiara.

»Ich hatte ihn aus dem Tresor geholt, weil ich ihn reinigen lassen wollte, und das hat er mitbekommen und konnte nicht widerstehen. Wir hatten einen Riesenstreit. Ich habe ihm gedroht, ihm endgültig das Haus zu verbieten. Da hat er auf einmal behauptet, nicht er hätte den Schmuck verkauft, sondern seine englische Freundin, der er ihn zuvor gegeben habe.«

»Er hat mir keinen Schmuck geschenkt. Jedenfalls nicht den, von dem du redest.« Schweigend blickte Chiara auf ihren Ehering. Plötzlich hatte sie das Gefühl, als würde er ihren Finger abschnüren.

»Er hat mir noch mehr über dich erzählt. Schlüpfrige sexuelle Details aus eurer Beziehung, und in Verbindung damit Einzelheiten, wofür du das Geld, das du für den Schmuck eingeheimst hattest, ausgegeben hast.« Sein Gesicht verzog sich angewidert. »Es war nicht sehr angenehm.«

»Und du hast ihm geglaubt?«

»Er hat mir deine Adresse genannt«, sagte er, als wäre das

eine ausreichende Erklärung. »Und dann … ich habe dich gesehen …« Er schluckte plötzlich, dann setzte er wütend hinzu: »Ich *weiß*, dass er krank ist, aber das hält mich verdammt nochmal nicht davon ab, mich bis zum Wahnsinn über ihn zu ärgern! Vor allem dann, wenn ich genau weiß, dass er es darauf anlegt!« Er hielt kurz inne, dann wandte er sich zu ihr um. »Als ich dich das erste Mal sah … Ich habe mir vorgestellt …« Er verstummte erneut und schüttelte den Kopf, offensichtlich diesmal entschlossen, den Satz nicht zu Ende zu führen.

»Was denn?«, rief Chiara aufgebracht. »Woran hast du gedacht? An Liebesspielzeuge und Drogen? An die schmutzigen Dinge, die er mit seiner teuren englischen Nutte im Bett getan hat?«

»Ich will nicht darüber sprechen.«

Lastendes Schweigen breitete sich zwischen ihnen aus. Chiara wandte den Kopf nach rechts und schaute über die hügelige Landschaft. Am liebsten hätte sie sich in einem lichtlosen Raum verkrochen und sich schützend zusammengerollt.

»Wie viel Geld hast du ihm gegeben?«, fragte Fabio nach einer Weile.

Chiara sah keinen Grund, es zu verschweigen. »Alles, was ich hatte.«

Und das, was er vorher schon aus meiner Wohnung gestohlen hat.

»Wie viel?«

Sie nannte ihm die Summe, auf die sie den Scheck ausgestellt hatte, und er nickte mit versteinerter Miene. »Das ist nicht wenig. Dieses Jahr würde ich es wohl nicht mehr schaffen, aber wenn man es aufteilt, könnte ich …«

»Nein«, unterbrach sie ihn knapp.

»Wie du meinst. Mehr als anbieten kann ich es dir nicht. Vielleicht überlegst du es dir noch.«

»Wo ist er jetzt? In Amerika?«

»Eher nicht. Wenn er unterwegs ist, wissen wir nie, wo er sich rumtreibt. Meist fährt er kreuz und quer durch Europa und bleibt, wo es ihm gerade gefällt – so lange, bis das Geld aufgebraucht ist. Diesmal kann es eine Weile dauern. Aber dann kommt er wieder zurück, so sicher wie das Amen in der Kirche.«

»Was ist mit Giovanna?«, wollte Chiara wissen. »Hat sie ... ist sie ...«

»Du meinst, ob sie auch so ist wie Paolo? Dass es vielleicht erblich ist?«

Chiara nickte. Sie wollte die Angst, die in ihrem Inneren hochkroch, nicht zulassen. Noch nicht.

»Sie war immer ziemlich labil, doch das, was im Moment bei ihr abläuft, hängt eher mit äußeren Umständen zusammen. Ihre Nerven liegen praktisch blank, aber irgendwann wird sie es schaffen. Im Moment muss man eine Menge Geduld mit ihr haben. Sie hat viel mitgemacht und steckt noch ziemlich tief in der Krise.«

»Wegen Alfonso? Oder weil sie schwanger ist?«

Fabios Hände zuckten am Steuer, und der Wagen brach seitlich ein Stück aus. Im nächsten Moment hatte er den Range Rover wieder unter Kontrolle, doch sein Gesicht war bleich geworden.

Chiara musterte ihn überrascht. »Du wusstest es noch gar nicht, oder?«

Die Frage war überflüssig, seine Reaktion sprach Bände.

»Es tut mir Leid«, meinte sie betreten, »ich wollte nichts ausplaudern ...«

»Keine Sorge. Ich werde dich nicht düpieren.«

Sie hielt es für ratsam, das Thema zu wechseln.

»Wie ist Paolo dazu gekommen, meiner Firma diesen Auftrag zu erteilen?«

»Keine Ahnung. Eine Laune von ihm, eine Idee des Augenblicks, wer weiß. Wenn er zurückkommt, kannst du ihn ja fragen.«

Sie fühlte sich, als hätte er ihr einen Schlag versetzt.

»Das werde ich ganz sicher tun«, meinte sie in nüchternem Ton.

Er betrachtete sie neugierig von der Seite. »Du willst nicht weg von hier?«

Sie wollte es mehr als alles andere auf der Welt, doch in dem Augenblick, als Fabio ihr die Wahrheit eröffnet hatte, war ihr unumstößlich klar geworden, dass sie nicht weglaufen konnte. Sie hatte Paolo geheiratet, und sie erwartete ein Kind von ihm. An diesen Tatsachen würde ein Ortswechsel nicht das Geringste ändern, wohin sie auch ging. Alles, was sie tun konnte, war, auf Paolo zu warten. Und dann mit ihm zu sprechen. Erst danach konnte sie entscheiden, wie es weitergehen würde.

»Er ist mein Mann«, sagte sie schlicht. »Und er ist der Vater des Kindes, das ich erwarte. Ich werde ganz sicher nicht den Stab über ihn brechen, ohne ihn anzuhören.« Ihre Stimme war fest, doch innerlich war ihr erbärmlich zumute. Sie hielt inne, um sich zu sammeln. »Es ist nicht so, als würde ich dir nicht glauben. Alles, was du mir erzählt hast, passt irgendwie zusammen. Aber so war es auch, als Paolo mir all diese Dinge über dich erzählt hast. Verstehst du, worauf ich hinauswill?«

»Natürlich.« Er lächelte matt. »Jedes Ding hat zwei Seiten. Eine alte, aber immer wieder bemerkenswert zutreffende Weisheit.«

Sie waren angekommen. Fabio fuhr bis dicht vors Haus und stellte den Wagen so ab, dass die Beifahrerseite zum Eingang wies.

Chiara hatte Schwierigkeiten, mit der linken Hand die Wagentür zu öffnen. Ungeschickt fummelte sie an dem Hebel herum.

Fabios Arm langte über sie hinweg. »Lass mich das machen.«

»Ich hab's schon.«

»Du lässt dir nicht gern helfen, oder?«

Sie zuckte nur die Achseln und stieg aus. An der Haustür ließ sie ihm den Vortritt, damit er aufschließen konnte.

In der Halle war es wie immer dämmerig und kühl. Mit einem Mal löste sich Valerias schmale Gestalt aus den Schatten und kam näher.

»Da bist du ja wieder, Kind. Wie geht es dir? Hast du dich gut erholt? Ich hoffe, du hast nicht so schlimme Schmerzen erlitten.«

Chiara staunte über die Ansprache. So viel auf einmal hatte die alte Frau bisher noch nie zu ihr gesagt.

Valeria sah sie offen an. Ihre Augen drückten eine Mischung aus Verzweiflung und Mitgefühl aus, und im selben Augenblick begriff Chiara, welche Geister die alte Frau heimsuchen mussten. Valeria hatte es ihr heute Morgen gesagt, auf ihre Art.

Er hätte dir das nicht antun dürfen.

Er ist nicht der, für den du ihn hältst.

Du darfst ihm niemals böse sein.

Sie hätte nur genau hinhören müssen, vielleicht nachfragen sollen. Stattdessen hatte sie versucht, vor der Wahrheit davonzurennen.

»Es geht mir wieder gut«, sagte sie, wobei sie sich trotz ihrer lähmenden Niedergeschlagenheit um einen versöhnlichen Ton bemühte.

»Maria wird heute Mittag eine besondere englische Spezialität kochen«, sagte Valeria eifrig, während sie neben Chiara herhumpelte. »Sie hat gesagt, es sei für Zentraleuropäer eher ekelhaft, aber ich finde, wenn es Millionen von Engländern essen, sollten wir es vielleicht auch einmal versuchen.«

Chiara spürte einen winzigen Funken von Belustigung. »Was gibt es denn?«

»Das soll vorher nicht verraten werden.«

»Ich bin gespannt.« Zu ihrem eigenen Erstaunen fiel Chiara diese freundliche Erwiderung nicht sonderlich schwer. Die Art, wie Valeria sie empfangen hatte, war eine angenehme Überraschung. Chiara hatte befürchtet, dass nach ihrer Rückkehr weitere unerfreuliche Szenen auf sie warteten.

Sie ging nach oben auf ihr Zimmer. Jemand hatte die Sachen aus ihrem Koffer eingesammelt und sorgfältig in den Schrank geräumt. Die Läden waren vorgelegt, um die Tageshitze draußen zu halten. Chiara stieß sie auf und öffnete das Fenster. Sie brauchte Luft, die eindringende Wärme war ihr gleichgültig.

Der Schmerz in ihrem Inneren hatte sich gelegt, er war einer anderen Empfindung gewichen, die jedoch beinahe ebenso unangenehm war und die Chiara nicht richtig einordnen konnte. Sie dachte genauer darüber nach und kam zu dem Schluss, dass es eine Art Kränkung war, am ehesten vergleichbar vielleicht dem Gefühl, um etwas Schönes betrogen worden zu sein. Sie hatte sich verliebt, aber dann hatte sich herausgestellt, dass der Mensch, dem sie sich mit allen Sinnen hingegeben hatte, nicht real gewesen war, sondern lediglich ein Spiegelbild ihrer eigenen unbewussten Wünsche und Träume. Chiara wusste, dass es einen psychologischen Fachausdruck dafür gab. Man nannte es Projektion oder Übertragung, ein verbreitetes Phänomen – denn der Schlüssel dazu war die Einsamkeit, von der kaum jemand frei ist.

Für Chiara war es Zeit, auf den Boden der Tatsachen zurückzukommen, und dafür war es nötig, den Menschen, dessen Frau sie nun war, richtig kennen zu lernen. Nur so konnte sie ihn verstehen – und damit letztlich auch sich selbst.

Unter vorsichtigen Verrenkungen streifte sie ihr Kleid ab und wusch sich im Badezimmer, was sich mit nur einer Hand als beinahe akrobatisches Unterfangen herausstellte. Mit ihrer Linken war sie nie sonderlich geschickt gewesen. Sie durchstöberte ihre Sachen nach praktischen Kleidungsstücken, in die sie leicht hinein- und hinausschlüpfen konnte. Schließlich entschied sie sich für ein dünnes, cremefarbenes Kleid aus elastischem Stoff ohne Reißverschluss.

Einer spontanen Eingebung folgend, verließ sie anschließend ihr Zimmer und ging zum Ende des Flurs. Die Tür dort war nicht versperrt, und Chiara betrat langsam, aber entschlossen Paolos Zimmer. Sie wusste selbst nicht, was sie erwartet hatte – jedenfalls nicht das hier. Der Raum war größer als ihr Zimmer. Eine gelungene Mischung aus Arbeits- und Wohnzimmer, wirkte er genau so, wie jeder sich das Zimmer eines unverheirateten jungen Mannes vorstellte, mit einem PC-Tisch, einer überquellenden Bücherwand, einer TV- und Stereoecke, einem ziemlich durchgesessenen niedrigen Ledersofa und einer antiken alten Truhe als Couchtisch. An den weiß getünchten Wänden hingen einige abstrakte Drucke, und auf einem Extraregal standen eine Batterie von Fußballpokalen und ähnlichen Trophäen, zusammen mit ein paar Familienfotos. Neugierig trat Chiara näher, um die Bilder zu betrachten. Es waren alte Aufnahmen, sie zeigten eine ihr fremde Frau sowie einen Jungen von vielleicht fünf oder sechs Jahren, in dem sie sofort Fabio wieder erkannte. Sein Lächeln hatte sich nicht verändert. Die Frau musste folglich seine Mutter sein, die Ähnlichkeit war unverkennbar. Sie war nicht im klassischen Sinne schön, aber aus ihren Augen strahlte eine unbändige Lebenslust, und um ihren Mund lag ein ansteckendes Lachen. Es gab noch andere Bilder. Auf einem davon war Fabio, nun etwas älter, zusammen mit zwei kleineren Kindern zu sehen – Paolo und Giovanna, süße Dreikäsehochs in Sonntagstracht, mit frisch gebürsteten Haaren und erwartungsvoll glänzenden Augen. Alle drei sahen aus, als freuten sie sich auf etwas Besonderes – vielleicht ein Besuch auf dem Jahrmarkt oder ein Ausflug in den Zoo? Chiara spürte, wie sich etwas in ihr zusammenzog, als sie das hübsche, frische Gesicht des kleinen Jungen betrachtete, der heute ihr Mann war.

Was ist mit dir passiert?, dachte sie. Was hat dich so werden lassen?

Sie unterdrückte die aufkommende Verzweiflung und wandte sich der übrigen Zimmereinrichtung zu.

Auf dem Sofa lagen ein paar zerknautschte Kissen in selbst gestrickten Bezügen, vermutlich eine Handarbeit von Valeria. Das Bett war ebenso breit wie dasjenige, in dem sie drüben schlief – noch ein Punkt, in dem er gelogen hatte. Auf dem groben Leinenüberwurf lag ein aufgeschlagenes Buch über ökologischen Weinbau und daneben auf dem Nachttisch der neueste Roman von Stephen King.

Hinter ihr ertönte ein Räuspern. »Kann ich dir irgendwie helfen?«

Giovanna stand in der Tür. Sie machte einen entspannten, friedlichen Eindruck, doch Chiara ließ sich nicht davon täuschen. Nachdem sie ein paar Mal eine Kostprobe der jäh aufflammenden Aggressivität ihrer Schwägerin erlebt hatte, hielt sie es für besser, ihr gegenüber ständig auf der Hut zu bleiben.

»Ich wollte mir Paolos Zimmer anschauen«, erklärte sie in neutralem Tonfall.

Giovanna lächelte. »Tatsächlich? Und warum gehst du dann in dieses Zimmer hier?«

Chiara runzelte die Stirn. »Es ist doch sein Zimmer, oder? Du sagtest, es läge am Ende des Ganges.«

»Na, wenn ich das gesagt habe, stimmt es wohl auch.« Giovanna kicherte. »Allerdings ist es gegenüber.«

»Oh«, sagte Chiara. Verlegen sah sie sich nochmals um. »Äh … dann ist das hier wohl …«

Giovannas Kichern steigerte sich zu einem Lachen. »Ganz recht. Es ist Fabios Zimmer. Es ist nett hier, oder?«

Dann wurde sie ernst. »Geht es dir wieder besser? Wir waren gestern fürchterlich erschrocken. Ich habe mir Sorgen um dich gemacht.«

»Es sah schlimmer aus, als es war.«

Giovanna musterte Chiaras in Gips steckenden Arm und die Blutergüsse an ihren Beinen. »Es sieht immer noch ziemlich schlimm aus.« Fragend setzte sie hinzu: »Du wolltest abreisen, oder?«

Chiara konnte es schlecht abstreiten, nachdem sie gestern bei ihrem Sturz zwei gewaltige Koffer die Treppe hinuntergeworfen hatte. »Ich habe es mir anders überlegt.«

Giovanna schien darüber nicht unglücklich zu sein, ganz im Gegenteil. »Dann kann ich mich wenigstens bei dir entschuldigen. Ich habe mich unmöglich benommen. Du musst mich für ein richtiges Aas halten. Oder für eine hysterische, übergeschnappte Gans.«

Das, so überlegte Chiara, kam ihrer Ansicht millimetergenau nahe.

Giovanna las ihre Gedanken. »Ich habe dir gestern wirklich schlimme Dinge an den Kopf geworfen. Und die Sache mit dem Auto war ebenfalls eine Gemeinheit, du musst dich zu Tode erschreckt haben. Ich weiß auch nicht, was da plötzlich in mich gefahren ist. Es ist … Ich glaube, es war einfach alles zu viel für mich. Die furchtbare Sache mit Alfonso. Und jetzt die Schwangerschaft. Es setzt mir wahnsinnig zu. Du kannst dir nicht vorstellen, wie übel mir den ganzen Morgen ist. Ich könnte mich stundenlang nur übergeben. Und dann –

wenn ich dich sehe, wie gut es dir geht ... Dir ist morgens nicht schlecht, du hast einen Mann ...« Sie brach ab und blickte Chiara hilflos an. »Bitte verzeih mir.«

Es war nicht das erste Mal, dass sie Chiara wegen ihres schlechten Benehmens um Entschuldigung bat, doch merkwürdigerweise hatte Chiara diesmal den Eindruck, dass es Giovanna tatsächlich ernst damit war. Ihre Reue schien echt zu sein, der Ausdruck von Betroffenheit und schlechtem Gewissen auf ihrem Gesicht wirkte nicht gespielt.

»Na gut«, meinte Chiara.

»Wie ist es dir im Krankenhaus ergangen?«, wollte Giovanna wissen. »Haben Sie dich gut behandelt? Ist mit dem Baby alles in Ordnung?«

Chiara, die sich diesem Reizthema nicht mehr als nötig widmen wollte, nickte nur knapp, dann wechselte sie das Thema. »Kann ich mir jetzt Paolos Zimmer anschauen?«

Giovanna hob die Schultern. »Es ist nicht abgeschlossen, und er hat sicher nichts dagegen. Schließlich bist du seine Frau. Komm.«

Chiara folgte ihrer Schwägerin die wenigen Schritte über den Flur zu dem gegenüberliegenden Zimmer.

Stumm blieb sie in der Tür stehen. Ihr reichte ein einziger Blick in den Raum. Sie hatte nicht das Bedürfnis, ihn zu betreten.

Ihr Unbehagen war Giovanna nicht entgangen. »Es sieht aus wie ein Hotelzimmer, nicht wahr? Na ja, es erfüllt seinen Zweck, weißt du. Er bleibt nie lange.«

Chiara betrachtete das nüchterne Mobiliar, die kahlen Wände, das schmale Bett. Diesem tristen Raum fehlte jeglicher Hauch von Individualität, bis auf die kratzig aussehende graue Wolldecke, die auf dem Bett lag – sicherlich ebenso wie die Kissen in Fabios Zimmer ein Werk Valerias. Alles wirkte hier so erbärmlich unpersönlich, dass es Chiara beinahe körperlich wehtat. Heftig wallte mit einem Mal ein Gefühl in ihr auf, das sie in Verbindung mit Paolo bisher noch nicht empfunden hatte: Mitleid.

»Ich habe ihm manchmal etwas geschenkt, damit es hier ein bisschen wohnlicher wird«, sagte Giovanna leise. »Ein Bild, einen schönen alten Sekretär, einen kleinen Fernseher. Aber … er konnte nichts damit anfangen, er brauchte es nicht.«

Außer, um es zu verkaufen, dachte Chiara bitter.

»Übrigens, die Sache mit dem Büro«, begann Giovanna verlegen. Sie nestelte an dem schmalen Träger ihres kaffeebraunen Tops. »Ich habe versucht, mich um die Ablage zu kümmern, aber ich verliere immer sehr schnell die Übersicht, und hinterher findet man nichts wieder. Ich kann mich zurzeit nicht besonders gut konzentrieren, mir geht zu viel im Kopf herum. Wir haben wegen einer neuen Kraft annonciert, aber bisher hat sich niemand gemeldet.

Die Lohnbuchhaltung wird extern von einem Steuerberater erledigt, aber im Büro fallen ja noch unzählige andere Dinge an. Bestellungen, Auftragsbestätigungen, Liefervereinbarungen, was weiß ich. Fabio versucht, es irgendwie hinzukriegen, doch er hat wenig Zeit, und oft bleiben die Sachen liegen. Du hast es ja gesehen. Es ist ein einziges Chaos. Aber ich … habe es versucht.«

»Warum sagst du mir das alles?«

»Ich möchte nicht, dass du mich für eine faule, nichtsnutzige Person hältst. Bevor … Noch vor ein paar Monaten war das ganz anders. Da habe ich wirklich viel getan, im Büro und im Haus. Du kannst Fabio fragen, wenn du mir nicht glaubst.«

»Ich glaube dir.«

»Woran wolltest du eigentlich im Büro arbeiten?«, fragte Giovanna neugierig.

Chiara dachte an den Auftrag, der gar keiner war. Noch eine Täuschung, mit der sie würde fertig werden müssen.

»Das hat sich nun erledigt.« Aber noch während sie das sagte, fiel ihr Fabios Angebot ein. Sie beschloss, bei nächster Gelegenheit mit ihm zu sprechen.

»Was für Personal habt ihr eigentlich hier im Haus?«

»Das Aupairmädchen und eine Zugehfrau, die fünfmal die Woche kommt.«

»Sonst niemand? Bei diesem Riesenhaus?«

»Ich sagte ja, es bleibt viel liegen. Nicht nur im Büro. Wir können uns im Moment nicht so viel Personal für das Haus leisten, weil wir hohe Ausgaben hatten. Vielleicht wird's nach der nächsten Ernte besser – wenn sie gut ausfällt. Draußen haben wir natürlich Arbeiter, aber die kümmern sich um die Felder und die Kellerei, höchstens noch um die Ställe, aber nicht um das Haus.«

»Und Fabio?«

»Er macht alles«, kam die prompte Antwort. »Für ihn könnte der Tag achtundvierzig Stunden haben. Er hat wirklich Hilfe nötig, es wächst ihm über den Kopf, auch wenn er es nicht zugeben will. Ich wünschte, ich könnte ihm einen Teil der Arbeit abnehmen.« Giovanna breitete deprimiert die Hände aus. »Aber ich schaffe es momentan einfach nicht.«

Chiara dachte daran, dass es Wochen dauern konnte, bis Paolo sich wieder blicken ließ. Ihren Job bei Emilio war sie los. Sie konnte keinen Vertrag und keinen Etat vorweisen und hatte damit kaum eine Möglichkeit, sich mit ihm auszusöhnen. Davon abgesehen fehlte ihr mittlerweile jedes Bedürfnis, Emilio umzustimmen, selbst wenn Fabio ihr den bereits angebotenen Vertrag nun auf dem Silbertablett servieren würde.

Vermutlich würde Emilios Anwalt ihr eine Auszahlung für ihre Beteiligung an der Firma anbieten, was sie dort zwar endgültig ausbooten, ihr aber gleichzeitig auch eine brauchbare Grundlage für einen beruflichen und privaten Neuanfang verschaffen würde.

Chiara machte sich außerdem klar, dass sie gut daran tat, sich beizeiten nach einer neuen Tätigkeit umzuschauen, wenn sie nicht vor Langeweile eingehen wollte. Eine Anstellung bei einer anderen Firma konnte sie mit einem gebrochenen Arm vorläufig vergessen. Der Arzt hatte gemeint, dass der Gips frühestens in vier Wochen abgenommen werde.

Es lag ihr nicht, den Tag mit Spazierengehen, Fernsehen, Lesen und Schlafen auszufüllen. Rad fahren, der einzige Zeitvertreib, dem Chiara neben der Arbeit über Stunden hinweg mit Begeisterung frönte, schied wegen der Verletzung ebenfalls aus.

Nachdenklich blickte sie ihre Schwägerin an. »Ich werde eine Möglichkeit finden, mich nützlich zu machen.« Sie trat auf den Flur hinaus und zog die Tür zu dem freudlosen Raum hinter sich zu.

14. KAPITEL

Zum Mittagessen gab es, wie Chiara schon insgeheim befürchtet hatte, ein Steak-and-Kidney-Pie. Es war klassisch zubereitet und schmeckte genau so, wie ein ordentliches Steak-and-Kidney-Pie schmecken musste. Chiara verzehrte höflich mit der linken Hand ihre Portion und bat um einen Nachschlag, weil sie den Eindruck hatte, dass alle es von ihr erwarteten. Außer vielleicht Fabio, in dessen Seitenblicken sie hin und wieder leise Belustigung zu erkennen glaubte. Die anderen pickten eher verhalten auf ihren Tellern herum. Am Ende war mehr als die Hälfte des Essens übrig.

Nach der Mahlzeit passte sie eine Gelegenheit ab, um ungestört mit Fabio sprechen zu können. Er war nach dem Dessert in den Garten gegangen, wo sie ihn nun suchte. Sie fand ihn beim Springbrunnen, wo er eine Zigarette rauchte.

»Kann ich kurz mit dir sprechen?«

»Sicher.« Er zog an der Zigarette und schaute sie aufmerksam an. »Stört es dich, wenn ich dabei rauche?«

Sie schüttelte den Kopf. »Nein. Im Gegenteil. Ich habe nie geraucht, aber nach diesem Essen würde ich gerne damit anfangen, glaube ich.«

Seine Miene drückte Heiterkeit aus. »Es hat dir wohl nicht geschmeckt.«

»Dir etwa?«

»Nein, nicht die Spur. Aber ich bin ja auch nicht aus England.«

»Dass ich da aufgewachsen bin, bedeutet noch lange nicht, dass ich das Essen mag.«

»Vermutlich erst recht nicht, nachdem du seit Jahren an die toskanische Küche gewöhnt bist.« Er betrachtete sie aufmerksam. »Wie fühlst du dich?«

»Besser. Ich möchte dich etwas fragen.«

»Nur zu.«

»Dein Angebot, eine neue Produktpräsentation zu entwickeln – steht es noch?«

»Ich habe meine Meinung nicht geändert.«

Das war kein *Ja* und kein *Nein*, wie Chiara sofort erkannte. Ob er es sich am Ende anders überlegt hatte? Sie klopfte vorsichtig auf ihren Gips. »Ich weiß nicht, wie schnell ich vorankomme, aber gewisse Dinge kann ich auch einhändig ganz gut. Zum Beispiel denken.«

»Denken ist immer gut«, stimmte Fabio amüsiert zu.

»An einer PC-Tastatur werde ich auch mit dem Gips zurechtkommen, und am Telefon auch. Also, soll ich es machen?«

»Im Prinzip ja.«

»Aber?«

»Ich weiß nicht, ob ich so viel Geld flüssig machen kann«, sagte er ehrlich. »Vielleicht sollten wir das Projekt einfach verschieben.«

»Das brauchst du nicht«, sagte Chiara sofort. »Es kostet bei weitem nicht so viel, wie ich dir gesagt hatte. Wir fangen klein an. Ein hervorragendes Flaschendesign, einen Faltprospekt mit hoher Auflage. Ich habe gute Verbindungen zu allen Leuten, die wir dafür brauchen. Fotografen, Druckereien, Glasbläser. Sie arbeiten natürlich nicht umsonst, aber kostengünstig. Und ich kann dir jetzt schon versichern, dass du mit dem

Ergebnis mehr als zufrieden sein wirst.« Eifrig hob sie die unverletzte Hand und strich über ihr Haar, das sich in der Mittagshitze krauste. Bestimmt sah sie aus wie ein Mopp, aber das störte sie im Augenblick nicht. Sie spürte, wie allein ihre Schilderung ihren Arbeitseifer entfachte. Ihre Probleme würden sich durch diesen Job nicht in Luft auflösen, aber sie würde wenigstens nicht ständig daran denken müssen – Grund genug, Fabio hier und jetzt zu überzeugen.

»Die Werbung gehen wir unkonventionell an, das kostet uns kaum etwas. Ich kenne beispielsweise den Redakteur eines Lifestyle-Magazins, der bestimmt ganz wild darauf ist, einen Fernsehbericht über ein altes Weinkastell zu drehen, auf dem echte Adlige leben. Man könnte das vielleicht mit einer Weinprobe für Prominente verbinden oder so, das sehen die Leute immer gern. Und es hätte einen hohen Vervielfältigungsfaktor. Den Prospekt verteilen wir landesweit an alle Weinhandlungen und vielleicht regional noch haushaltsweise, zumindest in ein paar ausgesuchten Städten. Eine Freundin von mir ist mit einem Typen verheiratet, der bei der Zeitung arbeitet – und außerdem ein eingefleischter Weinkenner ist. Er fand deinen Supertoscano exorbitant. Oder so ähnlich. An den genauen Ausdruck erinnere ich mich nicht mehr. Aber ich bin davon überzeugt, dass er in der Wochenendbeilage einen lobenden Artikel darüber verfassen würde.« Sie hielt kurz inne, um Luft zu holen. »Das meiste kann ich telefonisch und per E-Mail erledigen. Ein paar Fahrten werden sich nicht umgehen lassen, das heißt, jemand wird mich zwischendurch mal nach Florenz bringen müssen. Ach ja, und was das Ganze für dich vielleicht noch zusätzlich interessant macht – ich könnte ein paar Dinge für dich im Büro erledigen, soweit ich das mit dem Arm schaffe, zum Beispiel Ablage oder Telefon.«

Fabio hatte sich ihre Ausführungen schweigend angehört.

»Was meinst du?«, fragte sie besorgt.

»Was ich meine?«, sagte er langsam. »Soll ich es dir ehrlich sagen?«

»Natürlich«, sagte sie leicht verärgert.

»Na schön. Du bist mit Abstand die bemerkenswerteste Frau, die mir je begegnet ist.«

»Äh … in positiver oder negativer Hinsicht?«

»Das kann keine ernst gemeinte Frage sein.« Jetzt grinste er wieder, und Chiara atmete auf. Sie hatte ihn, wie man so schön sagte, im Sack, was seine nächste Äußerung bestätigte.

»Ich wäre verrückt, wenn ich dazu Nein sagen würde.« Fragend setzte er hinzu: »Was hat dich dazu gebracht, deine Meinung zu ändern?«

»Ich wollte diesen Auftrag die ganze Zeit. Sagen wir einfach, dass sich zwischendurch die Prämissen geändert haben. Aber es kommt natürlich noch mehr dazu. Ich will arbeiten, denn wenn ich in den nächsten Wochen nichts zu tun habe, werde ich wahnsinnig. Den Grund dafür kennst du genauso gut wie ich. Außerdem käme es mir nicht in den Sinn, hier herumzusitzen und mich auf deine Kosten durchfüttern zu lassen.«

»Du gehörst zur Familie«, widersprach er sofort. »Du bist hier zu Hause wie alle anderen auch.« Ihm war anzusehen, dass ihm Chiaras Einstellung zu diesem speziellen Punkt missfiel.

»Nein, das bin ich nicht«, sagte sie ruhig. »Ich bin die Frau deines Bruders, der hier unerwünscht ist. Und wie die Dinge jetzt liegen, kann es gut sein, dass ich demnächst nicht einmal mehr das bin. Bis dahin möchte ich es so halten wie immer. Entweder zahle ich für mein Essen, oder ich arbeite dafür.«

»Warum willst du das auf dich nehmen? Was hindert dich

daran, zu deinem Vater zu gehen? Oder zu deiner Großmutter?«

»Ich möchte sie nicht beunruhigen. Mein Vater glaubt, dass ich eine glückliche Braut bin, und meine Großmutter weiß bis jetzt nicht einmal, dass ich geheiratet habe. Sie würden mit mir leiden, und das will ich nicht. Wenn alles ausgestanden ist – so oder so –, ist es immer noch früh genug, ihnen die ganze Geschichte zu erzählen.«

»Was ist mit deiner Wohnung in Florenz?«

»Ich habe sie aufgegeben, der Mietvertrag läuft sowieso demnächst aus. Es gibt ein paar Freunde, bei denen ich vorübergehend bleiben könnte, aber wenn ich an deinem Auftrag arbeiten will, bin ich hier auf jeden Fall besser aufgehoben. Und ich finde, dass …« Sie unterbrach sich und suchte nach den richtigen Worten. »Ich sollte hier sein, wenn Paolo zurückkommt.« Sie zögerte erneut, hatte aber keine Ahnung, wie sie das ausdrücken sollte, was sie empfand.

Sie wusste selbst nicht, warum ihr bei dieser Erklärung plötzlich ihr Vater in den Sinn kam, doch dann, ganz unvermittelt, erinnerte sie sich an jenen Sommerabend in dem Cottage in St. Ives, wo sie damals den letzten gemeinsamen Urlaub mit ihren Eltern verbracht hatte.

Allzu viel war ihr davon nicht mehr im Gedächtnis geblieben, es waren nur verwischte Eindrücke. Gesichter, aus denen ihr ein Lachen entgegenstrahlte, der Geschmack von Zitroneneis, das sie am Strand gekauft hatten, der Geruch von Salz und Tang und der Dieselgestank der kleinen roten Überlandbusse, die mehrmals täglich die Uferstraße entlangkurvten.

Und dann der Abend, als ihr Vater mit zuckenden Schultern auf den Knien vor dem kalten Kaminofen im Wohnraum des Cottages hockte, das Gesicht in den Händen vergraben, einen zerknüllten Zettel in der Hand. Danach hatte Chiara ihre Mutter nie wieder gesehen. Enrico hatte ihr irgendwelche Ausreden aufgetischt, die für ein kleines Mädchen von vier Jahren einigermaßen plausibel klangen – Mama hat einen wichtigen Job im Ausland bekommen –, aber später, als sie älter war, hatte sie erfahren, wie es in Wahrheit gewesen war. Ihre Mutter war ohne ein einziges Wort des Abschieds verschwunden. Es gab nur diesen Zettel mit ein paar flüchtig hingekritzelten Worten.

Mit einem Mal spürte sie einen harten Kloß im Hals. Seit gestern hatte sie kein einziges Mal geweint, obwohl sie vermutlich noch nie in ihrem Leben mehr Grund dazu gehabt hatte als an diesem Tag. Nun merkte sie, wie viel Kraft sie darauf verwendet hatte, die Trauer und das Entsetzen niederzukämpfen, und sie merkte auch, dass diese Kraft erschöpft war.

Sie bemühte sich um einen geordneten Rückzug ins Haus, aber sie schaffte es nicht. Schon nach wenigen Schritten begann sie zu straucheln, weil sie vor lauter Tränen nichts sehen konnte.

»Chiara!«

Sie schüttelte nur den Kopf und rannte weiter. Die hohe Hecke des Labyrinths tauchte vor ihr auf, und instinktiv suchte sie dahinter Schutz. Raue, abgehackte Schluchzer stiegen in ihrer Kehle hoch, während sie blindlings tiefer in den Irrgarten hineinstolperte.

»Chiara, wo bist du?«

Seine Stimme war hinter ihr, und dann, im nächsten Augenblick, war er bei ihr und trat ihr in den Weg. »Chiara, um Gottes willen, was ist?«

Sie prallte gegen ihn, wieder einmal, doch diesmal zuckte sie nicht zurück, sondern suchte seine Nähe, wie ein verwundetes Tier, das einer tödlichen Falle entkommen und sich in seinem schützenden Bau verkriechen will.

Er blieb reglos stehen, mit herabhängenden Armen. Als sie ihren Kopf an seine Brust drückte, hob er langsam die Hände und legte sie vorsichtig auf ihren Rücken.

Sie weinte und schluchzte den Kummer heraus, der sich in ihr angestaut hatte. Ein Damm war geborsten, und nun brach sich alles Bahn, was sie so lange in ihrem Inneren verschlossen hatte, nicht nur das Leid der letzten Zeit, sondern das, was all die Jahre über tief in ihrem Unterbewusstsein vergraben gewesen war und an den Grundfesten ihrer Seele genagt hatte. Sie war wieder vier Jahre alt und spürte die hilflose Angst beim Anblick ihres weinenden Vaters. Dann war sie neun, die Stirn gegen das regenkühle Fenster gelehnt, hinter dem sie ihren Vater auf dem Vorplatz des Internats ins Auto steigen und wegfahren sah. Sie war sechsundzwanzig und erwartete das Kind eines Mannes, der sie bestohlen und belogen hatte und dem sie nicht böse sein durfte, weil er krank war.

»Gott«, sagte Fabio, »ich wünschte, ich könnte dir helfen.«

Er tat es auf die einzige Weise, die ihm momentan möglich war. Er hielt sie fest. Es waren nicht nur seine Hände, die sie berührten, nicht nur seine Arme, die sie fest umschlangen und an seinen tröstlich warmen Körper pressten, sondern er selbst war es. Chiara spürte es trotz ihres Schmerzes und drängte sich dichter an ihn. Sie wollte ihn spüren, ihm so nah sein, wie es irgend ging. Ihr Gipsarm war dabei im Weg; ungeduldig hob sie ihn seitlich an und legte ihn unbeholfen auf seinen Rücken.

Diese kleine Geste schien etwas in ihm auszulösen. Er beugte sein Gesicht zu ihrem herab, und seine Wange strich sacht und zärtlich über die ihre. Chiara spürte den rauen Bartwuchs auf ihrer Haut und stöhnte. Sie weinte immer noch, aber sie merkte auch, dass sich eine neue Empfindung in ihren Kummer gemischt hatte, etwas Machtvolles, Unwiderstehliches, das sie mit Angst erfüllte, aber viel zu stark war, um es einfach auszublenden.

Sie begann, in seinen Armen zu zittern. Ihr Becken schob sich wie aus eigenem Antrieb vor und rieb sich an ihm. Er zuckte zusammen wie unter einem elektrischen Schlag. Seine Hände glitten automatisch tiefer, umfassten ihre Hinterbacken und pressten ihren Leib gegen seine Härte.

»Sag mir, dass ich aufhören soll«, bat er heiser.

Sie schüttelte eigensinnig den Kopf.

»Ich habe dir mein Ehrenwort gegeben.«

»Vergiss es«, brachte sie mühsam hervor. »Vergiss es für dieses Mal!«

Er zögerte noch, aber kaum länger als für die Dauer eines Lidschlags, dann griff seine Hand in ihr Haar, zog schmerzhaft ihren Kopf zurück, und sie bot ihr Gesicht seinem fieberhaft suchenden Mund dar. Chiara öffnete die Lippen wie eine Blume, die nur der Regen vor dem Verdursten retten kann. Sie trank seine Küsse mit einer nie gekannten Gier und keuchte unter der Gewalt, mit der er ihr das Kleid herabzerrte, damit er an ihre Brüste gelangen konnte.

Er drängte sie zurück, und einen Moment später lagen sie auf dem sonnenwarmen Gras, um sie herum die dunklen, hohen Wände des Labyrinths.

Fabios Gesicht war verzerrt vor Lust, fremd und doch zugleich vertraut. Chiara schloss die Augen und überließ sich seinen fordernden Händen und seinen heißen Lippen. Sie hörte sein Stöhnen dicht an ihrem Ohr und wollte, dass er sie nahm. Nichts in ihrem Leben hatte sie jemals zuvor so sehr gewollt. Ihre linke Hand fuhr über seinen muskulösen Rücken nach oben, sie packte eine Hand voll seines widerspenstigen Haars und zog seinen Kopf herum, um ihn anzusehen. »Ja«, sagte sie wild, »ja!«

Dann küssten sie sich wieder, mit einer Gewalt, die ihr die

Sinne schwinden ließ. Seine Zunge war so tief in ihrem Mund, dass sie fast erstickt wäre. Chiara zog ihre Nägel über seine Schultern und feuerte ihn an, endlich das mit ihr zu tun, wonach sie mit allen Fasern ihres Seins gierte. Sein Körper lag der Länge nach auf ihr, massig und schwer, er schirmte sie nach allen Seiten ab. Als er sich aufstützte und von ihr wegbewegte, gab Chiara ein protestierendes Geräusch von sich, doch Fabio benötigte nicht länger als zwei Sekunden, um sein Hemd über den Kopf zu zerren, seine Hose zu öffnen und ihr den Slip herabzureißen, dann war er wieder bei ihr. Im Augenblick seines Eindringens schrie sie auf, weil er so groß war und ihr wehtat, doch auch diesen Schmerz wollte sie, so wie alles von ihm. Mit weit aufgerissenen Augen starrte sie in die schimmernd blaue Kuppel des Himmels. Sie wollte schreien, weil sie glaubte, es nicht ertragen zu können. Stattdessen drehte sie ihren Kopf zur Seite und verbiss sich in seiner Schulter. Nur Sekunden später baute sich eine ungeheure Woge in ihr auf, es war, als würde die Hitze der Erde unter ihr und die seines pochenden Gliedes in ihr zusammenströmen, bis die schiere Übermacht ihres sexuellen Verlangens sie zur Explosion brachte und die Lust sie über einen unsichtbaren Abgrund taumeln ließ.

Tränen liefen aus ihren Augenwinkeln, während er sich in ihr bewegte, hart und schwer. Chiara spürte seinen pumpenden Herzschlag, einmal, zweimal, dreimal, dann bäumte er sich zuckend über ihr auf, die Augen blicklos auf ihr Gesicht gerichtet, während er sich in ihr ergoss.

Er rollte sich zur Seite weg und blieb dicht bei ihr liegen, das Gesicht in ihren Haaren vergraben. Chiara fühlte sich seiner Wärme beraubt und rückte näher an ihn heran. Er hob den Kopf und schaute auf sie hinab, immer noch keuchend von seinem Orgasmus. Sie blickte verwirrt in seine Augen, die leuchteten wie das bläuliche Innere einer Kerze. In seinem

Blick lag die rohe Befriedigung des Eroberers, aber auch die tiefe Verzweiflung des Besiegten. Erst jetzt ging Chiara die Ungeheuerlichkeit dessen auf, was sie getan hatten. Doch beinahe trotzig hielt sie seinen Blicken stand. Sie sagte nichts, doch er verstand sie auch so:

Sprich jetzt nicht darüber.

Wortlos rappelten sie sich hoch. Fabio half ihr beim Anziehen des Kleides und des Slips, dann strich er ihr die Haare glatt und zupfte einige verirrte Grashalme aus ihren Locken.

»Dein Gesicht ist ziemlich verkratzt von meinem Bart«, sagte er sachlich. »Und du blutest an der Lippe.«

»Ich passe auf, wenn ich ins Haus gehe«, erwiderte sie mit derselben Nüchternheit. »Übrigens – du blutest an der Schulter. Und was den Rest betrifft – lass es uns einfach vergessen, ja?« Sie bedachte ihn mit einem gleichmütigen Lächeln, dann eilte sie davon, so schnell es ging, wobei sie darauf achtete, dass es nicht nach einer panischen Flucht aussah.

Später, während sie in der Dusche stand und sich mühsam mit der linken Hand die Spuren des hitzigen Akts im Garten wegwusch, sagte sie sich, dass das, was sie vorhin getan hatte, keine Bedeutung hatte. Es war nichts weiter gewesen als ein archaisches Bedürfnis ihres Körpers, dem sie nachgegeben hatte, in einem Moment, als sie sich nach der Nähe und der bedingungslosen Hingabe eines menschlichen Wesens verzehrt hatte. Sie hatte sich diesem Drang unterworfen, weil sie nicht anders gekonnt hatte.

Chiara wusste, dass Menschen in extremen Ausnahmesituationen dazu neigten, alle überkommenen Vorstellungen von Moral und Anstand über Bord zu werfen und nur noch einem einzigen, wilden Trieb nachzugeben: sich zu paaren. Der Verstand spielte dabei keine Rolle mehr, es war eine Sache des Instinkts, weder gut noch böse, sondern einfach nur natürlich.

Trotzdem fühlte sie bitteren Selbsthass, als sie aus der Dusche stieg und sich unbeholfen abtrocknete. Ihr rechter Arm schmerzte ein wenig, offenbar hatte sie ihn vorhin im Garten zu stark beansprucht. Zwischen den Beinen war sie wund, doch sie wusste, dass sie sich wegen der Schwangerschaft keine Gedanken machen musste. Bei aller Härte, mit der er sie genommen hatte, war er doch am Ende eher vorsichtig gewesen und nicht so tief in sie eingedrungen, wie es ihm möglich gewesen wäre.

Nackt legte sie sich auf ihr Bett und betrachtete die Sonnenreflexe an der Decke, die wellenförmig von einem Ende des Zimmers zum anderen wanderten, wie die Oberfläche eines goldenen, verwunschenen Sees. Sie wollte nicht darüber nachdenken, was geschehen war, noch darüber, was die Zukunft ihr bringen würde.

Jeder Tag hat seine Plage – das hatte ihre Großmutter oft gesagt, als Chiara noch ein Kind gewesen war. Die ihre hatte sie heute erlebt, aber wann? Heute Morgen, als sie die Wahrheit über Paolo erfahren hatte? Oder gerade eben, draußen im Irrgarten?

In ihrem Kopf drehten sich die Gedanken unaufhörlich im Kreis, um nach einer Weile nur noch dem friedlichen Wellengang des Sonnenlichts über ihr zu folgen, bis sie sich schließlich im wohltuenden Dunkel des Schlafs auflösten.

In den folgenden Tagen taten sie beide so, als wäre nichts vorgefallen. Es war, als hätten sie in diesem Punkt eine stillschweigende Übereinkunft geschlossen, die Sache einfach zu übergehen und sich stattdessen mit anderen Dingen zu beschäftigen. Zu besprechen gab es mehr als genug. Fabio war Chiara dabei behilflich, sich im Vorzimmer seines Büros einen Arbeitsplatz einzurichten. Er sorgte dafür, dass sie eine Internetverbindung bekam und einen besonderen Anschluss für ihren Laptop, dessen Festplatte eine bessere Kapazität aufwies als der Rechner im Büro. Er installierte eigenhändig ein Zeichenbrett, auf dem sie ihre Entwürfe fertigen konnte. Bevor Chiara mit der Arbeit anfing, putzte Maria sorgfältig beide Büroräume von oben bis unten und erklärte anschließend zufrieden, dass es hier vermutlich noch nie so sauber gewesen sei.

Trotz ihres Handicaps mit dem gebrochenen Arm gewöhnte Chiara sich schnell an einen zufrieden stellenden Arbeitsrhythmus. Mit der rechten Hand war sie noch ein wenig unbeholfen, aber der Gips ermöglichte ihr genug Spielraum, um einen Stift zu führen und am PC zu arbeiten. Bald hatte sie die ersten Entwürfe für neue Etiketten fertig gestellt und eingescannt, um sie am Monitor weiterbearbeiten und später in hoher Farbdichte ausdrucken zu können. Nach zwei Wochen waren auch ihre Entwürfe für eine neue Flaschenform so weit gediehen, dass sie plante, in ein paar Tagen nach Poggibonsi zu fahren, um mit Signor Vascari über die Erstellung eines Prototyps zu sprechen.

Mit Valeria und Giovanna kam sie überraschend gut zurecht, weit besser, als sie es sich je hatte träumen lassen. Giovanna kam häufig zu ihr ins Zimmer oder setzte sich zu ihr auf die Terrasse, um mit ihr über Mode, Kunst und ähnliche Themen zu sprechen. Anfangs verliefen diese Unterhaltungen ein wenig förmlich, und Chiara hatte zunächst Schwierigkeiten, sich dabei zu entspannen. Doch Giovanna zeigte sich zunehmend leutselig und fröhlich, sodass sich Chiaras Misstrauen rasch verlor und sie sich sogar auf die gemeinsame Stunde am späten Nachmittag freute. Mit der Zeit konnten sie sogar ganz unbefangen über die Fortschritte ihrer Schwangerschaft sprechen.

An einem Vormittag fuhren sie beide nach Siena, wo sie

gemeinsam Doktor Massimo aufsuchten. Chiara war erleichtert, als der Arzt ihr sagte, dass sich alles normal entwickelte. Doch gleichzeitig spürte sie die Belastung ihrer ganzen ungewissen Situation.

Giovanna weinte, als sie aus dem Untersuchungszimmer kam, doch als Chiara erschrocken aufstand und zu ihr ging, schüttelte ihre Schwägerin unter Tränen den Kopf. »Es ist alles in Ordnung. Es ist nur … Ach, einfach alles. Du weißt schon.«

Eines Nachmittags zeigte Giovanna ein Foto von Alfonso. Er war ein gut aussehender junger Mann gewesen, mit ausdrucksstarken dunklen Augen und einem sensiblen Mund. Giovanna fuhr sacht mit dem Zeigefinger über das Gesicht auf dem Bild. »Er war etwas ganz Besonderes. Es ist schrecklich, dass er so jung sterben musste.«

Sie sagte das, als sei sein Tod unausweichlich gewesen, etwa wie bei einer Krankheit oder einem Unfall. Chiara hätte gern gewusst, was sich damals zugetragen hatte, doch niemand schien mehr darüber zu wissen als das, was ihr Paolo bereits erzählt hatte.

Auch Valeria wurde mit der Zeit umgänglicher. Die alte Frau war zwar alles andere als gesprächig, und manchmal hatten ihre einsilbigen Antworten während der Mahlzeiten etwas Frustrierendes an sich, doch davon abgesehen erwies sie sich als erträgliche Gesellschaft. Wenn Chiara nachmittags auf der Terrasse saß, kam Valeria manchmal dazu. Bei diesen Gelegenheiten hatte sie meist ihr Strickzeug dabei, dicke graue Ballen filziger Wolle und lange, klappernde Nadeln, mit denen sie in stoischer Schweigsamkeit endlose Meter gleichförmiger Rechtecke produzierte.

Häufig kam sie auch vormittags zu Chiara ins Büro, um nach dem Rechten zu schauen, wie sie es nannte. Sie brachte immer eine Kleinigkeit aus der Küche als zweites Frühstück mit, zum Beispiel Kekse, selbst gemachten Kräuterquark oder frisches Obst. Meist stellte sie es mit ein paar gemurmelten Worten auf Chiaras Schreibtisch und ging wieder.

Manchmal kam es vor, dass Fabio ebenfalls gerade im Büro zu tun hatte, wenn Valeria vorbeikam. Wenn sie ihn sah, hatte sie es in der Regel noch eiliger als sonst, wieder zu verschwinden. Chiara fragte Fabio, ob Valeria vielleicht Grund hätte, ihn zu meiden, worauf er achselzuckend meinte, dass Valeria noch nie ein besonders herzliches Verhältnis zu ihm gehabt habe.

Chiaras Verhältnis zu Fabio war ein Kapitel für sich. In seiner Gegenwart hatte sie oft das Gefühl, auf einem schmalen Steg über einen Magmastrom zu balancieren. Trotz ihrer zur Schau getragenen Gelassenheit war sie nicht imstande, den Vorfall im Garten zu vergessen. Wenn sie nicht gerade mit ihrer Arbeit beschäftigt war, dachte sie pausenlos daran, sogar noch häufiger als an ihre unglückselige Ehe. Immer wieder rief sie sich den Moment in Erinnerung, in dem er sich auf sie gelegt hatte und sie auf eine Art in Besitz genommen hatte, die nicht nur ihren Körper, sondern auch ihre Seele gebrandmarkt hatte. Sie glaubte oft, seinen Mund auf ihrem zu spüren, ungezügelt und rücksichtslos. Immer wieder musste sie sich dazu zwingen, an etwas anderes zu denken, doch wie sollte das funktionieren, wenn er so häufig um sie war?

Er hatte zwar viel auf den Feldern und in der Kellerei zu tun, doch sie sah ihn zu jeder Mahlzeit und oft genug auch zwischendurch im Büro, wo er mindestens zwei bis drei Stunden täglich arbeitete. Sie hatte den Verdacht, dass er vorher bei weitem nicht so viel Zeit hier verbracht hatte wie jetzt, doch sie sah keinen Grund, sich zu beschweren, im Gegenteil: Zu ihrer eigenen Bestürzung konnte sie es oft gar nicht abwarten, bis er sich wieder blicken ließ, und wenn er dann endlich auftauchte, verschwitzt, stoppelbärtig und mit funkelnden Augen, hatte sie manchmal das Gefühl, ihr müsse das Herz stehen bleiben vor wilder Erregung. Dann senkte sie die Lider und kämpfte gegen die Scham an, die in ihr aufwallte.

Dieses Gefühl bezog sich allein auf ihre lüsternen Gedanken und ihre unangemessene Begierde, nicht auf ihren Mann. Sie hatte kein schlechtes Gewissen wegen Paolo. Ihre Gedanken kreisten zwar häufig um ihn, aber es waren mehr die theoretischen Implikationen der ganzen vertrackten Situation, die Chiara beschäftigten, nicht die Eigenheiten seiner Person. Es fiel ihr sogar schwer, sich richtig an sein Gesicht zu erinnern. Sie wusste zwar, dass seine Augen die Farbe von Bernstein hatten, doch sie konnte nicht mehr sagen, auf welche Weise er sie angeschaut hatte. Fast war es so, als sei er ein Fremder für sie, jemand, den sie kaum gekannt hatte. Nach einer Weile wurde ihr klar, dass es sich tatsächlich so verhielt. Sie hatte etwas für Liebe gehalten, von dem sie *wollte*, dass es Liebe war – eine einfache Erkenntnis, dafür aber umso schrecklicher, weil sie erst so spät gekommen war.

Das, was sie momentan hier auf Velaghese festhielt, war nicht länger nur ihr Pflichtgefühl und die Notwendigkeit einer Aussprache mit Paolo, sondern in erster Linie der Mann, dessen Berührungen sie immer noch auf ihrer Haut spürte, wenn sie die Augen schloss und sich ihren Tagträumen überließ. Er hatte auf ganz profane, aber dafür umso wirkungsvollere Art etwas bei ihr bewirkt, das man wohl nur als Heilung bezeichnen konnte. Der Schmerz wegen Paolos Täuschung war noch da, aber er war auf ein leicht erträgliches Maß herabgedämpft worden. Zumindest war er bei weitem nicht so intensiv wie die Begierde, die sie jedes Mal aufflammen fühlte, wenn Fabio den Raum betrat, sodass Chiara sich zuweilen fragte, ob sie nicht vielleicht ähnlich sprunghaft und wankelmütig veranlagt war wie Paolo.

Manchmal schaute sie auf ihr Handy, ob sie vielleicht einen

Anruf in Abwesenheit erhalten hatte, doch das Display war jedes Mal leer. Hin und wieder fragte sie sich, wo er jetzt wohl sein mochte. Ob es ihm gut ging, ob er gelegentlich an sie dachte? Ob er vergessen hatte, dass er Vater wurde?

Nach einer Weile ließ sie ihr Handy in der Schublade und verbannte alle offenen Fragen aus ihren Gedanken.

15. KAPITEL

Eines Abends, gut zwei Wochen nach der stürmischen Begegnung im Irrgarten, ließ Chiara sich vor dem Essen von Fabio den Kellereibetrieb zeigen. Sie hatte ihn darum gebeten, weil sie endlich nähere Informationen für den geplanten Prospekt brauchte.

Die Hitze des Tages hatte nachgelassen, und die tief stehende Sonne vergoldete die langen Reihen der Holzfässer in der weitläufigen Halle. Die Arbeiter waren bereits gegangen, es herrschte eine himmlische Ruhe, die nur hin und wieder vom Zirpen der Grillen unterbrochen wurde.

»Diese kleineren Fässer nennt man Barrique«, sagte Fabio, während er mit der Hand über eines der stahlbeschlagenen Holzfässchen fuhr. »Der Reifeprozess des Weines im Fass heißt Ausbau. In der Barrique bauen wir die besten Weine aus. Chianti Classico, Rufina und den Supertoscano. Das Holz verleiht dem Geschmack eine besondere Note von Vanille und Eiche.«

Ein anderer Teil der Halle war den turmartigen Edelstahlbehältern vorbehalten, die Chiara neulich bereits flüchtig gesehen hatte.

»Diese Tanks sind gekühlt«, sagte Fabio. »Die Temperatur ist regelbar und hält den Wein frisch und fruchtig. Hier bauen wir einen einfachen Tafelwein aus. Aber die Haltbarkeit ist bei dieser Sorte eingeschränkt, er sollte nicht zu lange lagern.«

»Was ist der Vorteil dieser Methode?«

»Sie ist kostengünstig.«

»Wirklich?« Chiara betrachtete zweifelnd die Apparaturen an den Tanks. »Es sieht aber teuer aus.«

Fabio verzog das Gesicht. »In der Anschaffung ist es ruinös. Man muss eben zusehen, dass es sich möglichst bald amortisiert.«

Während er weiterging, erzählte er ihr wissenswerte Einzelheiten über die Keltertechnik, doch Chiara hatte Mühe, sich auf die Einzelheiten seines Vortrags zu konzentrieren. Bei jedem seiner Schritte starrte sie auf seinen muskulösen Hintern, der sich gut sichtbar unter seinen ausgefransten Shorts abzeichnete.

Er blieb vor einem kompliziert aussehenden Maschinenkonglomerat stehen.

»Die Trauben werden zuerst entrappt, das heißt, sie werden von den Stielen befreit. Anschließend kommen sie hier in diese Traubenmühle, wo sie zerdrückt werden. Der Saft landet dann zusammen mit den Schalen und Kernen im Gärbehälter, den du hier siehst, und wird dort zu Maische gestampft.«

Chiara fand die Vielzahl der technischen Details verwirrend, obwohl sie für gewöhnlich durchaus Interesse für Maschinen aufbringen konnte. Im Umgang mit ihrem Rechner machte ihr so schnell niemand etwas vor.

»Warum mit Schalen und Kernen?« Chiara kam es so vor, als hätten die unschuldigen Bezeichnungen *Schalen* und *Kerne* mit einem Mal eine völlig andere Bedeutung bekommen, allein dadurch, dass er sie ausgesprochen hatte. Sie zwang sich, ihre Blicke von seinen harten Waden loszureißen.

»Die Schalen geben dem Wein die Farbe, die Kerne den Gerbstoff.«

Er sprach über Maischezeiten, Press- und Vorlaufweine,

Trester, Klären, Filtern und dergleichen mehr. An der Abfüllanlage wies er auf komplizierte maschinelle Abläufe hin, doch inzwischen verstand Chiara kaum noch etwas von dem, was er sagte. Sie hörte nur noch den tiefen, dunklen Klang seiner Stimme.

Irgendwann stellte er ihr eine Frage, was sie halbwegs aus ihrem tranceähnlichen Zustand riss. »Ja?«, meinte sie hastig, weil sie nicht das Geringste verstanden hatte.

Offenbar nahm er es als Antwort auf seine Frage, denn er streckte die Hand aus.«Na schön, dann bitte hier entlang.«

Er stieß eine Tür im hinteren Teil der Halle auf. Eine enge Treppe mit feuchten, ausgetretenen Stufen senkte sich vor ihnen hinab in die Tiefen eines stockdunklen Kellers. Fabio betätigte einen Schalter, und an der Decke flammte trübe das Licht von mehreren nackten Glühbirnen auf. Er ging voraus, und Chiara folgte ihm hinunter in ein niedriges steinernes Gewölbe, in dem links und rechts an den Wänden gewaltige, fast deckenhohe Holzfässer aufgereiht waren.

Fabio musste den Kopf einziehen, als er weiterging. »Das ist vermutlich eher die Art von Weinkeller, wie ihn sich Laien vorstellen.«

Chiara konnte ihm nur Recht geben. Sie kam sich vor wie in einem vergangenen Jahrhundert. Hier unten schien die Zeit stehen geblieben zu sein. Doch als Chiara eines der Fässer näher begutachtete, sah sie, dass es nicht so alt war, wie sie zuerst geglaubt hatte.

»Diese Fässer wurden früher zum Ausbau benutzt, wir sind eigentlich dabei, sie auszurangieren. Aber für den Tourismus könnten sie noch gut was hermachen, deshalb werden wir sie auf jeden Fall behalten.«

»Sie sind riesig«, murmelte Chiara. »Groß genug, um einen Elefanten zu ertränken.«

Fabio lachte. »Beinahe. Sie fassen hundert Hektoliter. Man

muss sie gut pflegen und spätestens alle zwanzig Jahre ersetzen, sonst taugen sie nicht mehr viel.«

An der rückwärtigen Wand des Kellers befanden sich vorsintflutliche Regale, in denen völlig zugestaubte Flaschen lagen, die aussahen, als wären sie seit Jahrzehnten nicht angerührt worden. Fasziniert beugte Chiara sich zu einer von ihnen hinunter und blies vorsichtig den Staub weg. Beeindruckt pfiff sie durch die Zähne, als sie die Jahreszahl las. »Neunzehnhundertdreiundfünfzig. Das ist wirklich ziemlich alt.«

»Da würden dir einige Kenner widersprechen. Du musst wissen, dass es in manchen Kellern noch *richtig* alte Weine gibt.«

»Und wie alt ist das?«

»Ein paar hundert Jahre.«

»Ach du liebes bisschen. Ob das noch jemand trinken will?«

Er grinste. »Es soll gelegentlich vorkommen. Allerdings hat schon manch einer beim Öffnen der Flasche eine unangenehm riechende Überraschung erlebt.«

»Ich habe gehört, dass alter Wein zu Essig wird.«

»Manchmal lässt es sich nicht verhindern, obwohl die Möglichkeiten dazu besser geworden sind.«

»Was macht man denn, damit es nicht passiert?«

»Man öffnet die Flasche, probiert etwas von dem Wein, versiegelt ihn wieder und lagert ihn erneut ein«, sagte Fabio trocken.

Chiara fuhr mit dem Zeigefinger über das bis zur Unkenntlichkeit verstaubte Flaschenetikett. »Ob der hier überhaupt noch schmeckt?«

»Das will ich hoffen. Wenn du willst, machen wir ihn auf und probieren ihn.«

»Er ist sicher mehr wert, wenn er verkorkt bleibt«, gab Chiara zu bedenken. »Stimmt es, dass manche alte Weine unter

Weinliebhabern gekauft und verkauft werden, ohne dass die Flaschen je geöffnet werden?«

»Das kommt vor. Rund um den Wein gibt es viele Exzentriker.«

»Wie ist das mit den Jahrgängen?«, wollte sie wissen. »Es kommt mir vor, als würde um manche ein regelrechter Hype veranstaltet. Gibt es da wirklich solche Unterschiede?«

»O ja«, sagte Fabio sofort. »Man kann sogar sagen, dass mit dem Jahrgang oft der ganze Weingenuss steht und fällt.«

»Was macht einen guten Jahrgang aus?«

»Das Wetter natürlich. Entscheidend ist der richtige Klimaverlauf. Ein heißer Sommer, aber ohne extreme Trockenheit. Keine zu feuchte Witterung im Herbst.«

»Was war zum Beispiel ein guter Jahrgang für euch?«

»Neunzehnhundertneunzig. In der Toskana der größte Jahrgang der letzten Jahrzehnte. Außerdem siebenundneunzig, fünfundneunzig, dreiundneunzig.«

»Und davor?«

»Achtundachtzig, sechsundachtzig, fünfundachtzig, dreiundachtzig, zweiundachtzig und achtzig«, zählte er auf. »Davor neunundsiebzig, achtundsiebzig, siebenundsiebzig, fünfundsiebzig, einundsiebzig, siebzig. Möchtest du den Rest der letzten hundert Jahre auch noch hören?«

»Du kennst sie alle auswendig?«, fragte sie erstaunt.

Er legte den Kopf in den Nacken und lachte herzlich. »Süße, ich bin promovierter Önologe.«

»Das wusste ich nicht.« Sie fand ihre Erwiderung ziemlich töricht, doch im Moment gingen ihr andere Dinge durch den Kopf als die Frage, ob er in ihr eine intelligente Gesprächspartnerin sah. Dass er Weinbau studiert hatte, war eine interessante neue Information, aber ziemlich bedeutungslos im Verhältnis zu dem, was er davor gesagt hatte.

Er hatte sie *Süße* genannt – vielleicht ohne besondere Absicht, aber bei Chiara bewirkte es schlagartig ein Überkochen der Gefühle, die schon die ganze Zeit latent unter der Oberfläche ihrer Empfindungen brodelten. Sie konnte sich kaum von seinem Anblick losreißen. Jedes Detail verschlang sie mit den Augen, als würde sie ihn hier und jetzt zum letzten Mal sehen. Sie sah Einzelheiten, auf die sie vorher nicht sonderlich geachtet hatte, die jedoch plötzlich eine unglaubliche Anziehungskraft auf sie ausübten. Beispielsweise nahm sie zum ersten Mal bewusst wahr, wie lang und dicht seine Wimpern waren. Er stand genau unter einer der Glühbirnen, deren mattes Licht fransige Schatten auf seine Wangen zauberte. Seine Zähne waren sehr weiß und ein wenig unregelmäßig, eine Unvollkommenheit, die den Reiz seines Lachens noch erhöhte. Schräg über dem Adamsapfel hatte er eine gezackte Narbe. Sie war gut verheilt und bestimmt schon recht alt, aber die Art der Verletzung war sicherlich nicht ungefährlich gewesen. Ob er als Junge geweint hatte, wenn er vom Baum oder vom Fahrrad gefallen war? Chiara versuchte, ihn sich weinend vorzustellen, doch es gelang ihr nicht.

An der weichen Stelle unter seinem Kinn war eine kleine blutige Scharte zu sehen, vermutlich hatte er sich beim Rasieren geschnitten. Es konnte noch nicht lange her sein, der Schnitt war frisch. In der letzten Zeit war ihr mehrfach aufgefallen, dass er sich öfters rasierte, bis zu dreimal am Tag. Zu Anfang hatte sie ihn fast nur mit Bartschatten gesehen, jetzt kaum noch. Doch bis zu diesem Moment hatte sie nicht über den Grund dafür nachgedacht.

Sie merkte nicht, dass sie seit geraumer Zeit vor ihm stand und ihn anstarrte wie eine Todgeweihte die Henkersmahlzeit. Er bewegte sich nicht, nur seine Augen. Ruhelos glitten seine Blicke über ihr Gesicht und ihren Körper.

Obwohl es hier unten im Keller sehr kühl war, war Chiara plötzlich von sengender Hitze erfüllt. Sie hatte das Gefühl, durch warmen, betäubend süßen Sirup zu atmen. Ihre Nasenflügel weiteten sich, und sie fing seinen Geruch auf, den sie inzwischen so gut kannte wie ihren eigenen, eine eigentümliche Mischung aus Moschus, Holz, Rauch und jener unbeschreiblichen Note, die bei jedem Menschen anders ist und seinen individuellen, ganz unverwechselbaren Duft ausmacht. Sie hätte seinen Geruch mit geschlossenen Augen und im Schlaf erkannt. Hastig holte sie Luft, tief und zitternd. »Mein Gott.«

Fabio hatte die Hände zu Fäusten geballt und ließ sie keine Sekunde aus den Augen.

»Nein«, sagte er.

Er gab ein unterdrücktes Stöhnen von sich, als sie einen Schritt auf ihn zuging, dann noch einen, bis sie so dicht vor ihm stand, dass kein Blatt Papier mehr zwischen sie beide gepasst hätte. Sie legte die flache Hand auf seine Brust und spürte das Hämmern seines Herzens.

»Du willst es doch auch.« Sie drängte sich gegen ihn. »Du bist hart, die ganze Zeit schon. Ich habe es gerochen. Wusstest du, dass ich es riechen kann? Ich rieche es, wenn du im Büro sitzt. Beim Abendessen. Im Garten. Egal wo. Wenn du erregt bist, verströmst du einen besonderen Geruch, den ich unter tausend anderen erkennen würde. Es ist ein Geruch, der mich heiß macht. Genauso heiß wie dich.« Sie konnte nicht fassen, dass sie solche Worte zu ihm sagte. Noch nie hatte sie so schamlos mit einem Mann geredet, doch jetzt machte es ihr nicht das Geringste aus. Sie hätte noch viel mehr in dieser Art zu ihm sagen können, wenn sie nicht so sehr darauf erpicht gewesen wäre, ihn zu küssen.

Sie erhob sich auf die Zehenspitzen und legte verlangend ihren Mund auf seine Lippen.

Keuchend stieß er den Atem aus, ohne indessen Anstalten zu machen, sie anzufassen.

»Was macht es schon aus, nachdem wir es bereits einmal getan haben?«, sagte sie lockend, während sie mit der Zunge über seine Lippen fuhr. »Wen kümmert es, wenn es nochmal passiert? Was ist, traust du dich nicht? Muss ich dich erst wieder von deinem blöden Ehrenwort entbinden? Na gut, ich tue es hiermit, jetzt und für alle Zeiten.«

Unvermittelt schossen seine Hände hoch, er packte sie bei den Schultern, schwang sie herum und drängte sie hart gegen eines der Fässer. Er drängte mit den Knien ihre Beine auseinander, umfasste einen ihrer Schenkel und schob ihn hoch über seine Taille.

»Pass auf meinen Arm auf«, sagte sie.

Das war der letzte verständliche Satz, den sie in den nächsten Minuten von sich gab.

Nach außen hin verhielten sie sich wie bisher. Sie demonstrierten vor aller Augen das freundschaftliche Verhältnis, das sie verband. Niemand, der sie zusammen sah, hätte mehr dahinter vermutet als eine nette, normale Beziehung zwischen Schwager und Schwägerin. Doch es verging keine Sekunde, in der zwischen ihnen nicht das Feuer der verbotenen Begierde loderte. Chiara meinte manchmal, jeder müsse es merken, obwohl sie sich solche Mühe gaben, es zu verbergen. Fabio gelang es recht gut, wie sie fand, doch was sie selbst betraf, so war sie davon überzeugt, dass kein Mensch übersehen konnte, wie es um sie stand.

Zunächst fehlte Chiara der Mut, abermals den ersten Schritt zu tun. Nach ihrer wilden Vereinigung im Weinkeller lag sie an drei Tagen hintereinander spätabends in ihrem Bett und konnte nicht einschlafen. Allein die Gewissheit, dass er drei Türen weiter ebenfalls im Bett lag, brachte sie beinahe um den Verstand. Sie wusste nicht, woran sie mit ihm war, deshalb wagte sie es nicht, sich nachts in sein Zimmer zu schleichen, aus Angst, er könne ihr vielleicht diesmal eine Abfuhr erteilen – und sei es nur aus dem Grund, dass sein Begehren noch nicht wieder stark genug war, um alle Bedenken in den Wind zu schlagen.

Tagsüber im Büro hatte er keine Annäherungsversuche unternommen, obwohl Chiara ihm angemerkt hatte, wie angespannt er in ihrer Gegenwart war. Wenn sie bei Tisch nebeneinander saßen, nahm sie seine Erregung wahr, aber sie spürte auch, dass er versuchte, es zu unterdrücken. Er ging ihr nicht direkt aus dem Weg, aber er suchte auch nicht bewusst ihre Nähe.

Am vierten Abend war sie so nervös, dass sie es nicht im Bett aushielt. Es war schon nach eins, doch sie wusste genau, dass er ebenso wenig schlafen konnte wie sie.

Aus Gründen, mit denen sie sich nicht näher beschäftigen wollte, hatte sie nach dem Abendessen geduscht und sich sogar das Haar gewaschen, ein nahezu halsbrecherisches Unterfangen mit nur einer Hand. Die letzten Male hatte Giovanna ihr dabei geholfen, doch Chiara konnte sie schlecht mitten in der Nacht dazu aufwecken.

Sie föhnte und frisierte sich, so gut es ging. Allerdings war es nicht möglich, das Haar im Nacken zusammenzubinden, da sie den eingegipsten Arm nicht weit genug heben konnte. Sie ließ es offen auf die Schultern fallen, eine Wolke aus dunkel schimmerndem Gold. Nackt streifte sie anschließend durch ihr Zimmer, ruhelos ging sie von einem Ende zum anderen und wieder zurück.

Irgendwann hielt sie es in dieser Enge nicht mehr aus. Sie zog ihren Morgenmantel über, schlüpfte in ihre Sandalen und ging hinaus auf den Flur. Dort blieb sie fast eine Minute stehen und lauschte, als könnte sie auf diese Weise seine Atemzüge hören. Doch es war vollkommen still im Haus.

Chiara schlich die Treppe hinunter und dann durch die Terrassentür hinaus in den Garten. Beim Springbrunnen verhielt sie ihre Schritte und sog in tiefen Atemzügen die frische, süß duftende Nachtluft ein. Nach einer Weile wurde sie erneut unruhig und ging zurück ins Haus. Vielleicht würde ein Glas warme Milch ihr zum nötigen Schlaf verhelfen. Sie goss Milch in eine Tasse und erhitzte sie in der Mikrowelle, anschließend ging sie leise zurück nach oben. Auf der Treppe kam ihr eine riesenhafte, geisterhaft bleiche Gestalt entgegen. Chiara unterdrückte nur mit Mühe einen schrillen Aufschrei, der mit Sicherheit das ganze Haus geweckt hätte. Etwas von der Milch schwappte über und landete klatschend und warm auf ihren Füßen.

»Du bist es«, sagte sie. Ihre Erleichterung, dass er nicht das von Paolo erwähnte Familiengespenst war, schlug augenblicklich in Erregung um. Er trug nichts weiter am Leib als ein paar weiße Boxershorts und ein helles Leinenhemd, an dem sämtliche Knöpfe offen standen. Die Hand, mit der sie die Tasse hielt, begann zu zittern, und abermals verschüttete sie etwas von der Milch. Fabio nahm ihr die Tasse aus der Hand und stellte sie zu seinen Füßen am äußersten Rand einer Stufe ab. Dann umfasste er ihre Hand und zog sie hinter sich her, die Treppe hinunter und in Richtung Ahnengalerie. Es war dunkel im Haus, doch er fand den Weg mit der traumwandlerischen Sicherheit einer Katze.

»Wohin gehen wir?«

»An einen Ort, wo niemand dein Schreien hören kann.«

Ein winziger Anflug von Angst steigerte Chiaras fiebrige Erregung ins Unerträgliche. Schweigend ließ sie sich von ihm weiterziehen.

Vor der Galerie bog er nach links in einen Gang, den Chiara noch nicht gesehen hatte. Kurz vor der nächsten Abzweigung stieß Fabio eine Tür auf.

»Komm«, sagte er.

Der Raum war von diffusem Mondlicht erfüllt und leer bis auf eine Matratze unter dem Fenster.

Chiara verschwendete keinen Gedanken darauf, ob die Laken sauber waren oder wer dieses Zimmer sonst benutzte. Noch während Fabio die Tür verriegelte, ließ sie ihren Morgenmantel zu Boden gleiten, umschlang Fabio von hinten und schob die Hand unter sein offenes Hemd.

Er lehnte sich rücklings gegen sie und stöhnte. »Wir sind verrückt.«

»Ich weiß«, sagte Chiara zitternd, während sie ihre Hand tiefer gleiten ließ, unter den Bund seiner Shorts.

»Warte.« Er hielt sie fest. »Diesmal will ich mir Zeit lassen.«

»Beim nächsten Mal«, flüsterte Chiara. »Jetzt kann ich nicht warten.« Sie presste ihre geöffneten Lippen gegen seinen schweißfeuchten Nacken und atmete den Geruch seiner Begierde ein, dann nahm sie seine Hand und führte sie zu der feuchten warmen Stelle zwischen ihren Beinen. Er stöhnte abgehackt und gab einen unterdrückten Fluch von sich, während er sie hochhob, als wöge sie nichts. Chiara schrie erschrocken auf, dann lachte sie und genoss das schwerelose Schweben. Sie fühlte sich leicht und frei, und diese Empfindung hörte nicht auf, auch nicht, als er sie auf die Matratze gleiten ließ und seine großen Hände ihren Körper in Besitz nahmen. Als er sich über sie beugte, um ihre Lippen zu suchen, wusste sie, dass sie für ihn geboren war.

Als sie das Zimmer verließen, war es fast vier Uhr früh. Sie gingen einzeln zurück, für den Fall, dass außer ihnen noch jemand im Haus wach sein sollte. Chiara machte sich zuerst auf den Weg. Fabio erklärte nach einem letzten, langen Kuss augenzwinkernd, er werde den Rückzug sichern und die Spuren der Schlacht beseitigen. Chiara dachte über seine Worte nach, während sie durch die dunklen Gänge in Richtung

Halle tappte. Diese Begegnung hatte tatsächlich etwas von einem Scharmützel an sich gehabt. Aber das war nur ganz am Anfang gewesen, als die kompromisslose Gier, die sie beide erfüllt hatte, keinen Raum für Zärtlichkeiten und Spielereien gelassen hatte. Danach war es völlig anders gewesen. Sie hatten sich ineinander verloren, hatten einander alles gegeben, ob sanft oder wild, schnell oder langsam – zwischen ihnen hatte keine Scham und keine Peinlichkeit existiert, nur Lust und vollkommene Übereinstimmung. Chiara hatte aus eigener Initiative heraus Dinge getan und gestattet, von denen sie nie geglaubt hatte, sie jemals praktizieren zu wollen.

Sie war so aufgekratzt wie seit langem nicht – und gleichzeitig todmüde. Im Moment konnte sie an nichts weiter denken als an ihr Bett und an tiefen, traumlosen Schlaf.

Auf halber Höhe der Treppe, an derselben Stelle, an der sie vorhin Fabio getroffen hatte, verharrte sie ungläubig.

Die Tasse, die er dort abgestellt hatte, war verschwunden.

Nach dieser Nacht veränderte sich ihr Verhältnis von Grund auf. Chiara verschwendete in den folgenden Tagen keinen Gedanken mehr an die verschwundene Tasse. Sie war zu glücklich darüber, dass er endlich aufgehört hatte, sich gegen ihre Verbindung zu sträuben. Es war verrückt, verwerflich, verboten, unmoralisch, ungeheuerlich – und herrlich. Im Vergleich dazu war ihre Verliebtheit Paolo gegenüber ein blasser Abklatsch gewesen, so als hätten diese Gefühle niemals existiert, nicht einmal in ihrer Einbildung. Sie nutzte jede Gelegenheit, mit Fabio zusammen zu sein. Mit der plausiblen Begründung, Eindrücke und Informationen für die geplante Werbeaktion sammeln zu müssen, war sie stundenlang mit ihm unterwegs. Wenn er ins Dorf fuhr, um seine Geschäfte zu erledigen, begleitete sie ihn. Während er mit Gemüsebauern oder Feldarbeitern redete, hielt sie ein Schwätzchen mit Esmeralda oder scherzte zwischendurch mit den Kindern. Sie stromerte mit ihm durch das Gelände rund um das Kastell und ließ sich in die Geheimnisse des Weinbaus einweihen. Sie liebte es, ihm zuzuhören, ihn anzusehen und mit allen anderen Sinnen die Begeisterung und die Freude wahrzunehmen, die er bei seiner Arbeit empfand. Seine Augen bekamen jedes Mal einen besonderen Glanz, wenn er über den Wein sprach. Er war ein wandelndes Lexikon und kannte nicht nur alle wissenschaftlichen Hintergründe, sondern auch viele historische Anekdoten, die er bei ihren Wanderungen zum Besten gab. Chiara konnte nicht genug davon bekommen.

Abgesehen von dieser kameradschaftlichen Verbundenheit gab es während ihrer Touren auch Augenblicke, in denen sie ganz plötzlich zu zittern begann. Oft reichte dazu ein kurzes Lächeln von ihm oder eine Handbewegung.

Manchmal merkte er es und zog sie in einen unbeobachteten Winkel, um sie zu küssen und ihr lüsterne Bemerkungen ins Ohr zu flüstern.

Nach außen hin waren sie nach wie vor auf der Hut, obwohl die Heimlichtuerei bei ihnen beiden zunehmende Unzufriedenheit hervorrief.

Acht Tage nach ihrer ersten nächtlichen Zusammenkunft setzte er sich auf die Kante ihres Schreibtischs und sagte unverblümt: »Das muss endlich aufhören.«

Chiara spürte, wie ihr Herzschlag einen Takt aussetzte. Fassungslos starrte sie ihn an.

»Du willst mich nicht mehr?«

Wortlos ging er zur Tür, drehte den Schlüssel um und kam zurück zu ihr an den Schreibtisch. »Du weißt genau, wie sehr ich dich will. Aber ich will dich ganz. Offiziell und ohne Vorbehalte.«

»Wir haben doch schon darüber gesprochen«, sagte sie ausweichend. Sie hasste es, wenn er davon anfing. Sie wollte nicht an die Zukunft denken, sondern einfach nur jeden Augenblick genießen, den sie mit ihm allein sein konnte.

Er schlug wütend mit der Faust auf den Tisch. »Lass dich von ihm scheiden. Sofort. Ich sorge dafür, dass er nie wieder hier auftaucht, und wenn ich ihn einsperren lassen muss!«

»Wie kannst du das sagen? Er ist dein Bruder!«

»Er ist uns im Weg«, sagte er kalt.

»Dann geh mit mir weg«, drängte sie. Bittend schaute sie zu ihm auf. Sie hatte es ihm oft genug vorgeschlagen, doch er hatte jedes Mal nur stumm den Kopf geschüttelt. Das Schlimme war, dass sie ihm deswegen nicht grollen konnte. Sie verstand ihn ja. Velaghese war sein Herzblut, sein ganzer Stolz, alles, wofür er je gelebt hatte. Hier war sein Zuhause, seine Familie, der Mittelpunkt seines Daseins. Er war nicht nur irgendein Weinbauer, sondern der Besitzer dieses Guts, und er trug die Verantwortung für eine Menge Menschen, die ihm vertrauten und auf ihn angewiesen waren. Wie konnte sie von ihm verlangen, das einfach hinter sich zu lassen und irgendwo anders eine ungewisse Zukunft zu suchen? Seufzend senkte sie den Kopf. Welche Laune des Schicksals war hier am Werk? Der Kummer, den Paolo ihr bereitet hatte, war verschwunden, nur um wenig später in völlig veränderter, aber nicht minder zerstörerischer Form wieder aufzuleben.

Fabio trat hinter ihren Stuhl, schwang ihn zu sich herum und zog sie hoch. »Komm, lass mich sitzen.«

»Was hast du vor?«, fragte sie atemlos.

»Es uns beiden so bequem wie möglich zu machen.« Er zog sie auf seinen Schoß und streifte den Träger ihres dünnen Hemdchens herab.

»Und wenn jemand kommt?«

»Dann müssen wir uns eben Mühe geben, vorher zu kommen«, sagte er grinsend. Er beugte sich tiefer und liebkoste ihre Brüste mit den Lippen. Durch die Schwangerschaft waren sie in den letzten Wochen schwerer geworden. Die Warzen hatten einen dunkleren Farbton angenommen und waren, zu ihrer beider Vergnügen, wesentlich empfindlicher als früher.

Sie hatten das Thema von Anfang an offen behandelt. Chiara hatte wissen wollen, ob er es als störend empfand, dass sie von Paolo schwanger war, und er hatte es augenblicklich verneint. Hin und wieder sprachen sie über das Kind. Fabio hatte mit klaren Worten dazu Stellung bezogen. »Im Augenblick begehre ich dich mehr als alles andere. Ich kann nicht schlafen und nicht denken, weil du ständig in meinem Kopf bist. Aber ich weiß nicht, wie es sein wird, wenn man es sieht. Ich meine, wenn dein Bauch dicker wird, wenn das Kind sich bewegt. Es kann sein, dass es überhaupt nichts ausmacht. Dass sich nichts ändert. Ich bin sogar ziemlich sicher, dass es so sein wird. Nur – ich *weiß* es nicht hundertprozentig.«

Chiara wusste nicht, ob sie ihm für seine Ehrlichkeit dankbar sein sollte. Sie hatte seine Äußerung mit einem Anflug von Bangigkeit zur Kenntnis genommen und nichts darauf erwidert. Was hätte sie auch sagen sollen? Sie beschloss, einfach nicht daran zu denken und die Zeit zu genießen, die ihr mit ihm blieb.

Er wollte häufig wissen, wie sie sich fühlte, und wenn sie sich liebten, nahm er Rücksicht auf ihren Zustand, sogar in Momenten äußerster Erregung. Manchmal hätte Chiara weinen mögen über seine Zärtlichkeit.

»Du bist so köstlich«, murmelte Fabio. »Habe ich dir schon gesagt, dass deine Haut wie Karamellcreme schmeckt?«

Aufstöhnend ließ sie den Kopf nach vorn sinken, als seine Hand den Weg unter ihren Rock fand. Sie küsste seinen Nacken und genoss die glatte Wärme unter ihren Lippen. Es war Wahnsinn, was sie hier taten, am helllichten Tag, an einem

Ort, wo sie jederzeit aufgescheucht werden konnten. Doch gerade das fachte ihre Lust erst richtig an.

»Mal sehen, wonach du schmeckst«, sagte sie, während sie sich aus seinen Armen löste und nach unten zwischen seine Schenkel glitt. Er mochte es, wenn sie so mit ihm redete, und ihr gefiel es mindestens ebenso gut. Zwischen seinen Beinen kniend, schaute sie mit verhangenen Augen zu ihm auf, während sie sich an seinem Gürtel zu schaffen machte.

In diesem Moment klopfte es. Fabio war wie der Blitz auf den Beinen und an der Tür, während Chiara sich mit der Wendigkeit einer großen Schlange in eine möglichst unverfängliche Sitzposition wand, den Stuhl wieder zum Schreibtisch herumdrehte und gleichzeitig ihre Kleidung in Ordnung brachte.

Fabio entriegelte möglichst lautlos die Tür, dann huschte er hinüber in sein eigenes Büro und zog sachte die Verbindungstür hinter sich zu.

Es klopfte abermals, und Chiara fuhr sich mit allen zehn Fingern durch die Haare. Ihre Knie zitterten, und sie fragte sich, ob ihre Lippen vom Küssen geschwollen waren.

»Ja?«, rief sie.

Die Tür ging auf, und Valeria erschien, obwohl sie heute bereits zu ihrem obligatorischen Vormittagsbesuch hier gewesen war. Anderenfalls hätte Chiara sich nie auf ein solches Wagnis wie vorhin eingelassen.

Die alte Frau wirkte eigenartig aufgeregt. Ob sie etwas bemerkt hatte? Chiara wappnete sich innerlich.

»Ach, du bist es«, sagte sie zerstreut, während sie sich betont geschäftsmäßig gab. Aufs Geratewohl schichtete sie einen Stapel Papiere auf ihrem Schreibtisch um und tat so, als sei sie bis über die Ohren in Arbeit vergraben.

Im Nebenzimmer hörte man Fabio telefonieren. Kluger Junge, dachte Chiara mit leiser Verdrossenheit.

Sein Improvisationstalent ließ nichts zu wünschen übrig,

wie sie schon bei verschiedenen Gelegenheiten festgestellt hatte.

»Ich habe geklopft, weil die Tür zu war.« Valerias Stimme hatte einen vorwurfsvollen Ton angenommen. »Sonst ist sie immer offen.«

Chiara wies bedeutsam auf die Tür zum Chefbüro. »Fabio hat ein wichtiges Telefonat«, meinte sie, als sei dies eine plausible Erklärung.

»Ich habe zweimal geklopft«, hob Valeria hervor.

»Es tut mir Leid, ich hatte es nicht gehört.«

Valeria klatschte plötzlich aufgeregt in die Hände. »Du wirst nie erraten, wer gekommen ist!« Sie legte den Kopf schräg und betrachtete Chiara mit erwartungsvoller Aufmerksamkeit. »Ich kann dir aber einen Hinweis geben, vielleicht kommst du dann darauf. Es ist jemand, den du sehr liebst!«

Chiara erstarrte zu absoluter Reglosigkeit. Sie spürte den Schwindel einer nahenden Ohnmacht. Nein, dachte sie. Bitte, lieber Gott, nein! Nicht jetzt, nicht so bald!

»Es ist ein Mann«, fuhr Valeria spitzbübisch fort. »Er ist groß, er ist charmant, er ist ein Adliger, er ist ...« Den Rest des Satzes ließ sie bedeutungsvoll in der Luft hängen.

Hinter Valeria tauchte eine hoch gewachsene Gestalt im Türrahmen auf, und eine kräftige Männerstimme führte den von Valeria angefangenen Satz zu Ende.

»Er ist dein Vater.«

16. KAPITEL

Chiara starrte den großen, grauhaarigen Mann an. In ihre Erleichterung, dass es nicht ihr Mann war, mischte sich die mindestens ebenso große Freude, ihren Vater wiederzusehen.

»Papa!« Sie sprang auf, rannte um den Schreibtisch herum und warf sich in seine Arme, so wie sie es schon als Kind getan hatte, wenn sie ihn nach längerer Zeit wiedersah.

»Baby.« Enrico packte sie um die Mitte, wirbelte sie einmal herum und presste sie dann an sich. Lachend drückte sie ihren Kopf an seine Schulter und atmete seinen vertrauten Geruch ein, nach Wolle, teurem Pfeifentabak und seinem Rasierwasser, eine Marke, die er all die Jahre über nie gewechselt hatte. Wie immer sah er sehr gut aus, groß und kräftig wie ein Bär, aber immer noch ohne ein Gramm überschüssiges Fett. Seine einst blonde Mähne war durchgehend ergraut, aber er hatte kaum Haare verloren. Auch sonst machte er eine tadellose Figur. In seinem Saville-Row-Anzug und seinen maßgefertigten englischen Schuhen hätte kein Mensch ihn für einen italienischen Adligen gehalten.

Stirnrunzelnd drehte er Chiara zu sich herum. »Was ist mit deinem Arm passiert?«

»Oh, ein dummer Sturz. Es war ein unkomplizierter Bruch, nächste Woche kommt schon der Gips runter. Es ist nichts sonst passiert«, fügte sie eilig hinzu, als sie Enricos besorgte Miene sah.

Fabio war aus seinem Büro gekommen und bedachte den Neuankömmling mit wachsamen Blicken. Chiara drehte sich hastig zu ihm um und wollte gerade die Vorstellung übernehmen, als Valeria sich mit entzücktem Lächeln einmischte.

»Marchese, wenn Sie erlauben: Das ist mein Enkel.« An Fabio gewandt, setzte sie hinzu: »Das ist der Marchese Enrico di Scarlatti.«

Enrico streckte Fabio die Hand hin. »Einfach nur Enrico. Das ist ja wohl in dem Fall angebracht. Willkommen in der Familie – Sohn.«

»Den Willkommensgruß kann ich gern zurückgeben«, erwiderte Fabio mit höflicher Miene. »Auch wenn ich leider nicht der bin, für den Sie mich halten.«

Chiara warf ihm einen verzweifelten Blick von der Seite zu. Dann wandte sie sich erklärend an ihren Vater. »Papa, das ist Fabio. Mein Schwager.«

Enrico zog erstaunt die Brauen hoch. Er ließ Fabio nicht aus den Augen.«Tatsächlich? Nun, dann bitte ich den Irrtum zu entschuldigen.«

»Trotzdem sind wir jetzt eine Familie«, meinte Valeria mit Bestimmtheit. »Das Essen ist bald fertig. Ich werde Maria bitten, für eine Person mehr zu decken.« An Fabio gewandt, setzte sie hinzu: »Warum führst du den Marchese nicht solange in den Salon?«

»Ich denke, Chiara möchte vielleicht für eine Weile mit ihrem Vater allein sein«, sagte Fabio ausdruckslos. »Schließlich haben sie sich lange nicht gesehen, und es gibt vermutlich viel zu erzählen.«

Tu mir das nicht an, flehte sie ihn mit den Augen an. Doch er nickte ihr nur knapp zu und verschwand wieder in seinem Büro, während Valeria bereits unterwegs war, um Maria zu suchen.

Mit gesenkten Augen blieb Chiara vor ihrem Vater stehen.

Ihr Herz hämmerte, während sie darum betete, dass alles gut werden möge. Sie hätte Gott auch darum bitten können, dass Enrico ihre Lügen schluckte, doch ebenso gut konnte sie darauf hoffen, dass der Mond in den Garten fiel.

Enrico griff unter ihr Kinn und hob es an. Sie wagte nicht, zu ihm aufzublicken, doch ihn nicht anzusehen wäre erst recht verdächtig gewesen.

Sie holte Luft und zwang sich zu einem unbeschwerten Lächeln. »Möchtest du, dass ich dich in den Salon führe? In diesem Fall muss ich dich vorher warnen. Dort sieht es aus wie in einem mittelalterlichen Museum mit riesigen, uralten Schränken, einem drei Meter hohen Kamin und winzigen, fürchterlich harten Sofas.«

Sie wusste, dass Fabio nebenan vermutlich jedes ihrer Worte aufschnappte, doch das kümmerte sie nicht weiter. Fabio hatte ihr gegenüber keinen Hehl daraus gemacht, dass ihm die Innenarchitektur des Hauses völlig egal war. Ihn interessierte nur die Ausstattung der Kellerei und der Zustand der Felder. Er hatte ihr erzählt, dass er die Einrichtung des Hauses den Frauen überlassen hatte, wobei Valeria darauf bestanden hatte, dass im »Repräsentationsbereich«, wie sie Halle, Speisesaal und Salon nebst Bibliothek nannte, alles beim Alten bleiben müsse. Die Schlafräume hatte jeder nach seinem Gutdünken selbst eingerichtet.

Enrico schaute sie unverwandt an. »Ich hatte noch nie viel für Salons übrig. Wie wäre es mit einem Spaziergang?«

»Eine gute Idee«, stimmte sie sofort zu.

Sie führte ihn durch das komplizierte Gewirr der Gänge und Treppen ins Freie.

»Ein Monstrum von Haus«, sagte Enrico. Nun sprach er englisch mit ihr, wie meist, wenn sie allein waren. »Wie kannst du dich hier zurechtfinden?«

»Durch Übung«, erwiderte sie vorsichtig.

Seite an Seite gingen sie durch den Garten. Enrico betrachtete aufmerksam seine Umgebung. »Es ist schön hier. Etwas eigenartig, aber schön.«

Sie hatte gewusst, dass es ihm gefallen würde. In sehr vielen Dingen hatten sie denselben Geschmack. Etwas anderes gefiel ihm dagegen vermutlich sehr viel weniger, und seine nächste Bemerkung machte ihr klar, dass er nur den passenden Augenblick abgewartet hatte, um sie damit zu konfrontieren.

»Wo ist dein Mann?«

Obwohl sie eine passende Antwort auf diese Frage parat hatte, fühlte sie sich ertappt und zuckte zusammen.

»Er ist verreist und kommt bald zurück.«

»Ah ja.« Er blieb stehen. »Sieh mich an.«

Sie tat es, weil ihr nichts anderes übrig blieb. Wenn es einen Menschen auf der Welt gab, dem sie rückhaltlos vertraute, so war es ihr Vater. Er hatte etwas Besseres verdient als Ausflüchte und Halbwahrheiten.

»Ich habe einen Fehler gemacht«, begann sie leise.

»Das ist mir schon seit einer Weile klar.«

Als er ihren erstaunten Blick sah, schüttelte er verärgert den Kopf. »Für wie blöd hältst du mich eigentlich? Glaubst du, es würde mich nicht interessieren, wen du da geheiratet hast? Ich habe selbstverständlich sofort meine Erkundigungen über ihn eingezogen.«

»Tatsächlich?« Chiara war ebenfalls verstimmt, obwohl sie wahrhaftig keinen Grund dazu hatte. Wenn es jemanden in weitem Umkreis gab, bei dem es sich lohnte, seinen Hintergrund auszuleuchten, so war es zweifellos Conte Paolo Cortezzi di Velaghese. Vermutlich lag ihr Missfallen darin begründet, dass sie selbst derart naiv und leichtgläubig gewesen war, getreu dem Sprichwort, dass Liebe blind macht.

»Was blieb mir übrig, nachdem ich feststellen musste, dass

du es nicht für nötig befunden hast, deine Großmutter von deiner Heirat in Kenntnis zu setzen?«

»Du hast mit ihr darüber gesprochen?«, fragte Chiara betreten.

Enrico schüttelte den Kopf. »Natürlich habe ich nichts dergleichen getan. Sie ist eine kluge, sehr weltoffene Frau, aber sie ist auch alt und hat in ihrem Leben genug mitgemacht. Selbstverständlich fiel mir auf, dass sie von deiner Heirat nichts wusste, da sie anderenfalls bei unserem letzten Telefonat darüber geredet hätte. Daraus konnte ich nur den Schluss ziehen, dass etwas nicht stimmt.«

»Wann war das?«

»Vorige Woche. Ich habe versucht, dich anzurufen, aber dein Telefon war abgeschaltet.«

Chiara wich seinen Blicken aus. »Papa ...«

Er übernahm das Reden für sie. »Warst du auf Hochzeitsreise?«

»Äh ... Nein. Weißt du, es gab ein Problem. Paolo ... Er ist schon einen Tag nach der Trauung abgereist. Ich ... ähm ...« Sie stockte und wusste nicht, wie es weitergehen sollte.

»Als ich dich vorhin sah, war ich fürs Erste beruhigt. Weißt du auch, wieso?«

Chiara schüttelte stumm den Kopf.

»Du siehst ungewöhnlich glücklich aus. Du glühst förmlich vor Liebe und erfüllter Sexualität.«

Entsetzt fuhr sie auf. »Du hast es *gesehen?*« Er zuckte die Achseln. »Ich bin dein Vater und kenne dich gut.« Unvermittelt und mit scharfer Stimme setzte er hinzu: »Aber der Mann, auf den sich diese Gefühle beziehen sollten, ist seit der Hochzeit weg, wenn ich dich richtig verstanden habe.«

»Ich liebe ihn nicht mehr«, platzte Chiara heraus. »Ich hatte mir nur eingebildet, in ihn verliebt zu sein, aber das war ein Irrtum!«

So, jetzt hatte sie es gesagt. Sollte ihr Vater sich doch seinen Reim darauf machen!

Offenbar hatte er das längst getan. Enrico streckte die Hand aus und streichelte sanft ihre Wange. »Wie oft habe ich dir gesagt, wie schön du bist, hm? Ich glaube, so an die zehntausend Mal. Jeden Tag, mehrmals. Manchmal konntest du es nicht mehr hören. Es ist einfach nur die Wahrheit gewesen, aber du wolltest es nie richtig glauben, weil du dich aus unerfindlichen Gründen für hässlich gehalten hast. Immer.« Mit sanfter Stimme setzte er hinzu: »Wie denkst du jetzt darüber?«

Chiara schaute ihm in die Augen, die so blau waren wie die seines deutschen Vaters. Es war nicht das intensive Lavendelblau wie bei Fabio, sondern eher zu vergleichen mit dem hellen Farbton von eben erblühtem Rittersporn.

»Ich denke nicht mehr darüber nach«, sagte sie leise.

Enrico nickte, als hätte er nichts anderes erwartet.

»Du tust es nicht, weil es nicht mehr nötig ist. Du *weißt*, dass du schön bist, weil jemand, den du liebst und dem du dich hingibst, dir diese Sicherheit gibt.«

Chiara ließ den Kopf hängen. »Papa, es ist ziemlich schrecklich.«

Enrico ließ ein zustimmendes Brummen hören. »Das ist noch milde ausgedrückt – und das sage ich keineswegs nur, weil ich dein Vater bin.« Er drückte ihre Hand. »Behandelt er dich wenigstens anständig, dieser hässliche lange Kerl mit den blauen Augen? Aber ja, natürlich tut er das. Sonst würde nicht die Temperatur um mindestens zehn Grad steigen, wenn ihr im selben Raum seid.«

»Er ist nicht hässlich«, protestierte Chiara sofort, nur um gleich darauf zu erkennen, dass Enrico sich lediglich einen Scherz erlaubt hatte. Verlegen lächelnd meinte sie: »Er ist ein guter Mann, falls du das meinst. Er ist fleißig, verantwortungsbewusst, großzügig, ehrlich …« Sie suchte nach weiteren Vokabeln, um Fabios untadeliges Wesen zu beschreiben, doch Enrico hob abwehrend die Hand. »Verschone mich, ich glaube dir auch so.« Er deutete auf den Brunnen. »Komm, lass uns da rübergehen, dort sieht es etwas kühler aus als hier.«

Sie schlenderten hinüber zum Springbrunnen.

»Du hast schon alles gewusst, bevor du gekommen bist«, sagte sie.

»Bis auf den höchst interessanten und ziemlich dramatischen Umstand, dass du dich in deinen Schwager verliebt hast.«

Chiara setzte sich auf die steinerne Einfassung und tauchte ihre Hand in das Becken. Enrico blieb vor ihr stehen, beide Hände in die Hosentaschen geschoben. Nachdenklich betrachtete er sie, während die Fontäne hinter ihm in einem unaufhörlichen Strahl glucksend und platschend im Wasser landete.

»Was soll jetzt werden?«, fragte er behutsam.

Chiara schwenkte ihre Hand durch das von der Sonne erwärmte Wasser. »Ich weiß es nicht«, bekannte sie niedergeschlagen.

»Was ist mit dem Baby? Willst du es noch?«

»Aber ja!«

Enrico hob die Schultern. »Entschuldige bitte, aber so abwegig war dieser Gedanke nicht, zumindest nicht in Anbetracht der Umstände. Hast du eigentlich schon überlegt, was dein Mann sagen wird, wenn er das nächste Mal hier auftaucht und merkt, was los ist?«

»Am liebsten würde ich gar nicht darüber nachdenken.« Sie seufzte. »Ich habe keine Ahnung, wie weit deine Erkundigungen reichen, aber du musst wissen, dass er nicht einfach nur verschwendungssüchtig oder verantwortungslos ist. Er ist ... krank.«

»Mein kleines Lämmchen, du hast keine Vorstellung davon,

wie umfassend die Informationen sind, die man für Geld kaufen kann. Ich weiß so ziemlich alles, was es über ihn zu wissen gibt.« Enrico setzte sich zu ihr auf die Brunneneinfassung. »Man kann vieles kriegen, wenn man nur genug Geld hat. Eine schnelle, unkomplizierte Scheidung zum Beispiel. Komm nach England, dort hast du bessere Rechte. Du musst auch an das Kind denken. Hier hast du schlechte Karten, wenn dein Mann es darauf anlegt. Er könnte dir sogar das Sorgerecht für das Kind streitig machen.«

Daran hatte sie noch nicht gedacht, so wie sie überhaupt praktisch jeden Gedanken an Paolos Rückkehr verdrängt hatte. Doch im Augenblick kam es für sie nicht infrage, das Gut zu verlassen. Ihr ganzes Inneres rebellierte gegen die Vorstellung, nicht länger mit Fabio zusammen sein zu können.

»Er könnte eine Scheidung verweigern, womit ihr erpressbar seid, du und dein Liebhaber«, spann Enrico seine Gedanken fort. Das Wort *Liebhaber* klang in Chiaras Ohren grob und gespreizt, obwohl ihr Vater es sicherlich nicht so gemeint hatte. Es war aber der einzige Ausdruck, der ihr Verhältnis einigermaßen traf. Vermutlich hatte Enrico bewusst die Bezeichnung *Schwager* vermieden, weil sich dabei zwangsläufig die Assoziation von Inzest und widernatürlicher Liebe aufdrängte.

»Du darfst nicht vergessen, dass er offiziell ein vollwertiger Bürger Italiens ist, im Vollbesitz seiner geistigen Kräfte. Er wurde nie entmündigt oder unter Pflegschaft gestellt. Wenn er einen Nutzen daraus ziehen kann, wird er dir Schwierigkeiten machen, glaub mir.«

»Du meinst, er könnte Geld von mir verlangen? Nun, dann hat er Pech. Ich habe nichts mehr.«

Chiara ärgerte sich sofort, dass sie darüber gesprochen hatte, denn Enrico richtete sich steif auf. »Wie viel hast du ihm schon gegeben?«

»Ach, Papa, das ist doch jetzt egal. Es waren ein paar Ersparnisse und das, was Luisa mir zum Geburtstag geschenkt hat. Ich werde es überleben. Im Moment habe ich ganz andere Sorgen als das blöde Geld.«

»Ich werde dafür sorgen, dass du zumindest diese Sorgen nicht mehr hast«, sagte er entschieden. Er hob die Hand, als sie widersprechen wollte. »Ich weiß, dass du immer darauf bestanden hast, für dich selbst zu sorgen, und das will ich dir auch jetzt nicht ausreden. Aber nimm es für das Kind, wenn du es schon nicht für dich selber haben willst.« Er legte den Arm um ihre Schultern. »Was auch passiert – ruf mich an. Versprichst du es mir?«

Chiara nickte stumm.

»Und vergiss niemals, dass es einen Ort gibt, an den du gehen kannst, wenn du nicht mehr weiterweißt.« Seine Blicke waren in die Ferne gerichtet, als könne er dort die Hügel von La Befana sehen. »Es ist unser aller Zuhause, und dort bist du so sicher wie nirgends sonst. Denk immer daran.«

Am nächsten Tag kam der Fotograf, ein dünner, nervöser Typ namens Pietro, der die Aufnahmen für den Faltprospekt machen sollte. Chiara hatte schon öfter mit ihm zu tun gehabt und wusste, dass er trotz seiner zappeligen Art hervorragend arbeitete. Sie machte mit ihm einen Rundgang rund um das Kastell und die Nebengebäude und zeigte ihm alle sehenswerten Stellen. Hingerissen von den zahlreichen pittoresken Motiven, war er wenig später vollauf damit beschäftigt, den günstigsten Winkel und das beste Licht zu finden. Chiara ließ ihm freie Hand und ging zurück zum Haus.

Auf dem Rückweg zum Büro lief sie Giovanna über den Weg, die ein Pferd am Zügel führte, einen Apfelschimmel mit schöner, leuchtender Zeichnung. Er lahmte ein wenig an der Hinterhand.

»Ist das dein Pferd?«, fragte sie.

Giovanna nickte. »Ist er nicht schön? Ich war seit Wochen nicht mit ihm draußen, und kaum raffe ich mich dazu auf, passiert auch schon was.« Sie deutete auf den verletzten Huf. »Wahrscheinlich ein Nagel.« Sie rieb die Nüstern des Pferdes, dann beschattete sie die Augen und schaute talwärts. »Es sieht nach Regen aus, was meinst du?«

»Keine Ahnung«, gab Chiara zurück. Der Himmel war wolkenlos blau, aber sie maßte sich nicht an, Vorhersagen für den Rest des Tages zu treffen. Der Regen kam in diesem Teil des Landes mitunter rasch und unerwartet.

»Dein Vater ist ein sehr gut aussehender Mann.«

Die enervierende Angewohnheit, unvermittelt das Thema zu wechseln, hatte Giovanna nicht aufgegeben, doch Chiara hatte sich inzwischen daran gewöhnt.

»Danke«, entgegnete sie zerstreut. In Gedanken war sie bereits bei Signor Vascari, der heute Morgen angerufen hatte. Der Prototyp für die Flasche war fertig, und Chiara konnte es kaum erwarten, ihn endlich zu sehen. Die Probedrucke der Etiketten erwartete sie ebenfalls in den nächsten Tagen, voller Spannung, was Fabio dazu sagen würde.

»Er ist bestimmt schon sechzig, aber in seiner Jugend soll er ein Bild von einem Mann gewesen sein, sagt Großmutter.«

»So heißt es.« Chiara überlegte, dass auf jeden Fall eine Aufnahme der neuen Flasche in den Prospekt gehörte. Sie beschloss, morgen vorsorglich ihre Digitalkamera mitzunehmen, dann würde sie die Bilder auch gleich an Giancarlo mailen können, das sparte Zeit und Geld.

»Natürlich sieht kein anderer Mann so gut aus wie Paolo«, erklärte Giovanna.

Chiara fuhr zu ihr herum, schlagartig aus ihren Gedanken gerissen.

»Ich vermisse ihn schrecklich.« In Giovannas Augen glänzten Tränen. »Eine Weile geht es gut ohne ihn. Aber dann ... Dann würde ich alles geben, bloß damit er wieder nach Hause kommt.« Sie schluckte. »Geht es dir nicht auch so?«

Chiaras Blicke irrten ab. Sie konnte ihrer Schwägerin unmöglich ins Gesicht sehen. Verzweifelt hielt sie nach einem Punkt Ausschau, an dem sich ihre Augen festhalten konnten.

»Ach, ich glaube, Pietro hat mir gerade gewinkt. Wahrscheinlich hat er eine Frage. Ich lauf rasch rüber. Bis später, Giovanna.«

In der folgenden Nacht sprach sie mit Fabio darüber. »Wenn die Rede auf Paolo kommt, ist sie irgendwie komisch, findest du nicht?«

»Sie hängt sehr an ihm. Schon als kleines Mädchen ist sie nie von seiner Seite gewichen. Wenn er überhaupt fähig ist, einen Menschen auf Dauer zu lieben, dann ist es Giovanna.«

Die Worte erfüllten sie mit leiser Bitterkeit, doch sofort verdrängte sie dieses Gefühl. Von Paolo geliebt zu werden, war alles andere als erstrebenswert, und umgekehrt galt das erst recht.

Fabio lag neben ihr, beide Arme um sie geschlungen. Am Kopfende der Matratze flackerte eine Kerze und verbreitete ein sanftes, unruhiges Licht.

Seine langen Beine rieben sich auffordernd an ihren. »Woran denkst du?«

Sie seufzte und erzählte ihm von Enricos Befürchtungen. Fabio hob die Hand und strich sich in einer resignierten Geste über die Stirn. »Glaubst du denn, über all diese Dinge hätte ich nicht schon bis zum Exzess nachgedacht?«

»Du redest nie mit mir darüber«, hielt sie ihm vor.

»Was würde das ändern?«

»Vermutlich nichts«, gab sie zu. Am liebsten hätte sie das Thema einfach fallen lassen, aber seitdem ihr Vater so deutlich darüber gesprochen hatte, ging es ihr nicht aus dem Kopf.

»Er ist jetzt schon lange weg. Meinst du nicht, dass er bald zurückkommt?«

»Er war schon wesentlich länger weg.«

»Du bist so … gelassen, wenn wir darüber reden!«, sagte sie verärgert.

Er umfasste spielerisch ihre rechte Brust. »Es reicht doch, wenn du dich darüber aufregst.«

Sie schlug seine Hand weg. »Du bist unmöglich!«

Im Kerzenschein sah sie, wie seine Gesichtszüge sich verhärteten. »Und du kannst mir nicht vertrauen. Wie oft habe ich dir gesagt, dass ich mich um alles kümmern werde, sobald er zurück ist?«

»Ja, aber du sagst mit keinem Wort, *was* du tun willst!«

Fabio stützte sich neben ihr auf. »Das hängt schließlich davon ab, wie er sich verhält!«

»Du willst einfach nicht mit mir darüber reden, oder?«, rief sie erbost aus.

Mit einem frustrierten Stöhnen ließ er sich zurückfallen, rollte sich zur Seite und setzte sich auf.

Chiara versteifte sich. »Was hast du vor?«

Er hangelte nach seiner Hose. »Ich gehe zurück in mein Bett.«

Sie griff nach seiner Schulter und hielt ihn fest. »Geh nicht! Es tut mir Leid! Ich weiß, ich bin hysterisch, aber es ist … es ist einfach diese blöde Ungewissheit.«

»Wir haben diese Unterhaltung schon ein dutzend Mal geführt«, sagte er gereizt, während er ihre Hand abschüttelte und seine Hose überstreifte. »Es führt zu nichts, und das willst du einfach nicht begreifen. Auf der einen Seite bestehst du darauf, dass wir unsere Beziehung geheim halten, bis er wiederkommt, aber andererseits verlangst du von mir eine Art Generalstabsplan, wie alles laufen soll, wenn er wieder da ist. Du bist ein Feigling, weißt du das?«

Ein unangenehmes Schweigen breitete sich zwischen ihnen aus, während er nach seinem Hemd suchte, das sich irgendwo zwischen den Laken verheddert hatte. Schließlich hielt Chiara es nicht länger aus.

»Bleib«, sagte sie leise.

Er warf ihr einen undeutbaren Blick über die Schulter zu. »Warum?«

Chiara wusste nicht auf Anhieb, was sie darauf antworten sollte. Sie dachte kurz nach.

»Weil ich dich darum bitte«, meinte sie schließlich.

Er zögerte, doch plötzlich zuckte ein schwaches Lächeln um seine Mundwinkel auf.

»Du bittest mich?«

Sie nickte.

Er hob auf unnachahmlich freche Art eine Braue und zog die Hose wieder aus.

»Dann tu es«, schlug er vor.

Später lagen sie eng aneinander geschmiegt in der Dunkelheit. Die Kerze war bereits vor einiger Zeit herabgebrannt und erloschen.

»Erzähl mir was«, sagte Chiara schläfrig.

»Was möchtest du hören?«

»Zum Beispiel, wie du als Kind warst.«

»Ich war immer größer als die anderen und konnte dementsprechend besser austeilen als einstecken. Außerdem war ich ein Ass in der dörflichen Fußballmannschaft. Meine Fähigkeiten als Mittelstürmer sind heute noch legendär.«

Chiara gab ein anzügliches kleines Geräusch von sich. »Du hast anscheinend viele legendäre Fähigkeiten.«

»Du verdorbenes Biest.«

»Das bin ich nur bei dir«, meinte Chiara und kicherte.

Fabio streckte sich und nahm eine bequemere Position ein. Chiara drückte sich an ihn, legte ihre Hand auf seinen Rücken und genoss die Härte der langen, beweglichen Muskelstränge unter ihren Fingern.

»Als ich damals mit meiner Mutter hierher kam, war es nicht ganz leicht für mich. Der Conte hat sich von Anfang an viel Mühe mit mir gegeben. Er war nicht besonders herzlich, aber immer fair, was ich ihm im Nachhinein hoch anrechnen muss, denn ich war damals eine ziemliche Plage. Ständig fielen mir irgendwelche Streiche ein.«

»Streiche sind eine Methode, um Aufmerksamkeit zu erbetteln.«

»Sprach die begabte Amateurpsychologin.« Er hob die Hand, fuhr mit den Fingern in ihr krauses Haar und massierte vorsichtig ihre Kopfhaut.

»Mhm, das tut gut.« Sie drehte den Kopf, damit er besser an eine bestimmte Stelle hinter dem Ohr herankam, wo sie besonders empfindlich war. »Welche Streiche waren das? Was war dein schlimmster?«

»Warte, lass mich überlegen.« Ein langer Finger fuhr sacht über ihre Ohrmuschel, und Chiara erschauerte vor Wohlbehagen.

»Ich war neun. Valeria fuhr damals noch ständig mit dieser alten Kiste durch die Gegend, bloß dass es zu der Zeit kein Oldtimer war, sondern ein schnelles, etwas älteres Auto, das noch ganz gut in Schuss war und jede Menge PS hatte. Sie bastelte ständig daran herum, unterstützt von Giovanna und Paolo. Obwohl die beiden noch ziemlich klein waren, wussten sie schon ganz gut über das Innere eines Motors Bescheid und gaben mir gegenüber fürchterlich damit an. Valeria nahm die zwei häufig auf ihre Rennfahrten mit und brachte ihnen alles bei, was es darüber zu wissen gab.«

»Sie muss eine ungewöhnliche Frau gewesen sein, bevor sie die Krankheit bekam.«

»Das war sie wohl. Im italienischen Rennsport gab es nie viele Frauen, erst recht nicht damals. Man konnte sie an einer Hand abzählen. Sie hatte ziemlich viel Schneid.« Mit dem Finger umkreiste er ihr anderes Ohr, bis Chiara wie eine Katze zu schnurren begann.

»Hör nicht auf«, bat sie.

»Tu ich ja nicht. Na ja, ich war wohl eifersüchtig. Oder neidisch. Keine Ahnung. Ich verstand nichts von Motoren und noch weniger vom Rennsport, aber ich sah, wie viel Spaß die drei damit hatten, während ich häufig dumm daneben stand und niemanden zum Spielen hatte. Es hat mich gewurmt, dass sie mich ausgeschlossen haben. Irgendwie kam ich mir immer wie das fünfte Rad am Wagen vor. Andererseits blieb ich auch von diesem öden Benimmunterricht verschont, mit dem sie Paolo regelmäßig traktierte. Nun ja, sie war nicht meine Großmutter, sondern die von Giovanna und Paolo. Mit mir konnte sie sich nie so recht anfreunden. Ich war ihr vermutlich zu … bourgeois. Ein schlecht erzogener Bauer. Diese Meinung vertritt sie übrigens noch heute, aber sie behält sie jetzt wenigstens für sich.«

»Was hast du angestellt? Ihr die Luft aus den Reifen gelassen?«

»So ähnlich.« Chiara spürte, wie er in der Dunkelheit grinste. »Ich habe ihr Zucker und Sand in den Tank getan. Sie musste den ganzen Motor komplett ausbauen und reinigen. Es gab einen Riesenärger deswegen.«

»Hast du eine Tracht Prügel bekommen?«

»Nein, wir wurden nie geschlagen. Aber eine Woche Hausarrest und Fußballverbot für einen Neunjährigen sind sicher doppelt so schlimm wie ein paar hintendrauf. Meine Mutter war nicht allzu streng, aber Valeria kannte in manchen Punkten keine Gnade.«

»Hattest du als Kind je ernsthafte Probleme mit Paolo oder Giovanna?«

Noch während sie die Frage stellte, spürte sie, wie er sich versteifte.

»Fängst du schon wieder damit an?«

»Nein«, sagte sie sofort, um ihn zu besänftigen. Doch in Wahrheit ärgerte es sie, dass er jedem ihrer Versuche, das Thema auch nur entfernt zu streifen, mit solcher Beharrlichkeit auswich.

»Wie spät ist es?«, wollte sie wissen.

Er zog seinen linken Arm unter ihrem Rücken hervor und schaute auf die Leuchtziffern seiner Armbanduhr. »Halb vier.«

»Dann wird es Zeit.« Chiara löste sich von ihm und setzte sich auf. Sie hasste es, jedes Mal wie ein Dieb in der Nacht in den frühen Morgenstunden zurück in ihr Zimmer schleichen zu müssen, doch allein die Vorstellung, dass Valeria oder Giovanna von der Sache Wind bekamen, ließ ihr die Haare zu Berge stehen. Sie wusste, dass Fabio sich deswegen längst nicht so sehr den Kopf zerbrach wie sie selbst. Er tat zwar nichts, was den Verdacht der übrigen Familienmitglieder geweckt hätte, doch wenn ihre Affäre trotzdem herauskäme, würde es ihn vermutlich nicht sonderlich stören, im Gegenteil: Chiara argwöhnte, dass es ihm nur zu recht wäre, Paolo bei seiner Rückkehr vor vollendete Tatsachen stellen zu können. Vermutlich meinte er, dass eine klärende Aussprache mit seinem Bruder überflüssig wäre, sobald ihre Beziehung erst allgemein bekannt war.

Während sie in ihr Bett zurückkehrte, grübelte Chiara darüber nach, wie Fabio sich das alles vorstellte. Paolo war nicht sein leiblicher Bruder, aber Velaghese war sein Elternhaus. Außerdem hing Paolo an Giovanna und Valeria, soweit er in seiner eingeschränkten Emotionalität dazu imstande war. Plante Fabio allen Ernstes, ihn einfach rauszuwerfen und ihm für alle Zeiten das Haus zu verbieten? Wie würden sich Giovanna und Valeria dazu stellen?

Fragen über Fragen, und es wurden täglich mehr. Draußen über den Hügeln zeigte sich bereits das erste Tageslicht, als Chiara endlich in einen unruhigen Schlummer fiel.

17. KAPITEL

Der sechzehnte August war ein heißer, trockener Tag. Seit Wochen hatte es nicht geregnet, und von der Arena rund um den Campo stiegen hin und wieder kleine Staubwolken auf, während der *Corteo Storico* unter der sengenden Nachmittagssonne seine feierliche Runde drehte. Es war kein ausgelassener Marsch wie beim Karneval, sondern ein förmlicher Umzug in gemäßigtem Tempo mit genau einstudierten Schrittfolgen.

Als Fabio Chiara zum Palio eingeladen hatte, war ihr zwangsläufig wieder eingefallen, mit welcher Begeisterung Paolo darüber gesprochen hatte – einer der wenigen Anlässe, bei denen ihre Erinnerungen an ihn sich Bahn brachen. In der letzten Zeit hatte sie ihn recht erfolgreich aus ihren Gedanken verbannen können, doch es gab immer wieder Augenblicke, in denen sie sich klar machte, wie brüchig diese von ihr selbst erzeugte Illusion war. Dementsprechend wuchs ihre Nervosität von Tag zu Tag. Inzwischen war sie sogar so weit, dass sie hin und wieder ernsthaft über den Vorschlag ihres Vaters nachdachte, vorübergehend nach London zu gehen, um von dort aus eine Scheidung in die Wege zu leiten. Doch ihre Überlegungen hielten jedes Mal nur so lange vor, bis Fabio das nächste Mal den Raum betrat. In diesen Momenten wusste sie, dass sie Velaghese nicht verlassen konnte, egal, welche Probleme auf sie zukommen mochten.

Ihre Beziehung hatte während der letzten Wochen ständig an Intensität gewonnen und war von extremen Gefühlsschwankungen begleitet. Es war wie eine lebensgefährliche Wanderung auf einem sehr schmalen Felsgrat, zwischen verzehrender Leidenschaft auf der einen Seite und lähmender Zukunftsangst auf der anderen.

Sie befanden sich im dritten Stock eines Palazzo direkt oberhalb der Start-Ziel-Linie. Vermutlich hatte Fabio ein Vermögen für die Karten ausgegeben. Chiara wusste, dass schon die Tribünenplätze kaum erschwinglich waren. Von hier oben aus hatten sie den gesamten Campo im Blick.

Es war drückend heiß in dem Saal hinter ihr, und die Menschenmengen, zwischen denen sie eingekeilt waren, heizten die mörderischen Temperaturen noch weiter auf.

Fabios Hemd war völlig durchgeschwitzt. Chiara war vom Geruch seines Körpers eingehüllt und spürte seine Nähe mit allen Poren, auch ohne ihn zu berühren.

Sie hätte gern seine Hand genommen, gerade jetzt. Doch wie immer hatte sie Angst, jemand könnte sie mit ihm zusammen sehen. Sie wusste, dass Giovanna auf einer der Tribünen saß, und auch Maria befand sich unter den Zuschauern.

Ihm so nah zu sein und ihn dennoch nicht berühren zu dürfen, verursachte Chiara einen fast körperlich spürbaren Schmerz. So war es jedes Mal. Sie hasste die Mahlzeiten, bei denen er nur eine Armlänge von ihr entfernt saß, aber gleichzeitig auch meilenweit weg war, von ihr getrennt durch die Anwesenheit Giovannas und Valerias, die von allem nichts wissen durften.

Fabios Stimme riss sie aus ihren Gedanken. »Was weißt du über den Palio? Hat dir schon jemand etwas darüber erzählt?«

»Nein«, log sie, während sie zerstreut ihren rechten Arm rieb. Sie hatte sich noch nicht so recht daran gewöhnt, dass der Gips verschwunden war.

»Dann werde ich es dir jetzt erklären, denn nachher wird es so laut sein, dass du nichts mehr verstehen wirst. Dann ist der ganze Campo ein einziger Hexenkessel.« Er deutete auf die Kurve unter ihnen. »Dort ist der Start. Das Rennen geht im Uhrzeigersinn vorbei am Fonte Gaia und dann abwärts in die San-Martino-Kurve, anschließend vorbei am Torre del Mangia, am Palazzo Pubblico und schließlich dort vorn durch die Casato-Kurve – und hier unten wieder durchs Ziel.«

»Wie lange dauert das Rennen?«

»Ungefähr anderthalb Minuten – so lange, wie der Sieger für die drei Runden braucht.«

Chiara war überrascht.

»Dieses ganze Theater für diese kurze Zeit?«

Fabio lächelte mit blitzenden Zähnen. »Der Palio ist mehr als nur dieses kurze Rennen. Er ist eine Lebensphilosophie. Schon das ganze Drumherum ist eine Wissenschaft für sich. Es sind viele komplizierte Zeremonien einzuhalten, die tagelang vorher beginnen.« Er zeigte auf die farbenprächtig gewandeten Fahnenträger, die ihre Banner unter ohrenbetäubenden Trommelwirbeln hoch in die Luft schleuderten und geschickt wieder auffingen.

»Sie üben das ganze Jahr für diesen Umzug. Für sie ist es viel mehr als nur ein Pferderennen. Es ist ein wesentlicher Teil ihres Lebens, denn sie repräsentieren hier die Ehre und den Stolz ihrer Contraden.«

Chiara betrachtete fasziniert die in historische Kostüme aus dem fünfzehnten Jahrhundert gekleideten Zugteilnehmer, ein buntes Durcheinander aus mittelalterlichen Helmen, hoch aufragenden Hellebarden, vornehmen Brokatgewändern und altertümlichen Lederwämsen. Jede Contrade hatte ihre eigenen Farben und Symbole.

Chiara erinnerte sich an die Tafeln und Wimpel, auf die sie bei ihren bisherigen Streifzügen durch Siena an allen Ecken und Winkeln gestoßen war. Den unterschiedlichen Wappen der einzelnen Contraden begegnete man hier auf Schritt und Tritt, sie prangten an Fassaden, Durchgängen, Laternen und Zäunen. Stumm versuchte Chiara, einige von ihnen aufzuzählen, doch ihr fielen kaum ein halbes Dutzend der siebzehn Stadtteile ein. Wölfin, Welle, Gans, Giraffe, Raupe … Sie fragte Fabio nach den Namen der übrigen Contraden, und er vervollständigte die Liste, ohne nachzudenken. »Muschel, Adler, Stachelschwein, Einhorn, Widder, Panther, Drache, Eule, Raupe, Schildkröte, Selva.«

»Selva?«

»Das steht für Urwald oder Urtier.«

Begleitet vom Glockengeläute des Torre del Mangia und den schmetternden Klängen einer Blaskapelle, die vor dem Palazzo Pubblico aufspielte, zogen zuerst die festlich gewandeten Fahnenschwenker und Standartenträger der zehn Contraden ein, die heute am Rennen teilnahmen. Danach kamen die übrigen sieben, und schließlich folgten, der Tradition entsprechend, Vertreter von sechs weiteren, heute nicht mehr bestehenden Contraden.

Das Ende des Zuges bildete ein üppig verzierter, von vier massigen Ochsen gezogener Kriegswagen mit einem seidenen Banner.

»Dieses Banner ist der eigentliche Palio.« Fabio sprach laut, um den Lärm zu übertönen, der von der Piazza heraufscholl. »Man nennt es auch einfach *Tuch* oder *Lappen.* Der Sieger erhält es nach dem Rennen. Gewinnen kann auch eine Contrade, deren Pferd ohne Reiter ins Ziel geht.«

Chiara erfuhr, dass nicht nur die Teilnahme, sondern auch die Verteilung der Pferde dem Zufallsprinzip unterworfen war. Die Tiere wurden von einer Rennkommission ausgewählt und später unter den einzelnen Contraden verlost. Es handelte sich um kräftige, grobgliedrige Pferde aus der Maremma, die den Strapazen der Rennen, bei denen es häufig zu Rempeleien und Stürzen kam, besser gewachsen waren als hochgezüchtete Vollblüter.

Bei seinen Erläuterungen wippte Fabio auf den Fußballen, die Daumen in die Schlaufen seiner Jeans gehakt, während seine Blicke unablässig über den Platz glitten.

Chiara hatte den Eindruck, als sei er nervöser als sonst. Doch vielleicht hatte er sich auch einfach nur von der allgemein herrschenden Aufregung anstecken lassen.

Zehntausende von Menschen drängten sich unter ihnen auf den Tribünen und dem Platz, ein Gewimmel von Köpfen und schwitzenden Leibern. Der Raum, in dem sie sich befanden, war ebenfalls rettungslos überfüllt, es war ein einziges Schieben und Keilen um den besten Platz. Fabio wurde in dem Gedränge von Chiara weggedrückt, dann wieder näher herangeschoben, bis er schließlich so nah bei ihr stand, dass sie die Hitze seines schweißüberströmten Körpers auf ihrer Haut fühlen konnte. Sie trug nur ein dünnes, kurzes Sommerkleid, kein Hindernis zwischen ihr und seinen nackten, muskulösen Armen. Sie spürte das sanfte Scheuern seiner behaarten Haut an ihrer. Als sie kurz zu ihm aufblickte, begegnete sie seinem durchdringenden Blick. Er sagte etwas, aber in dem Trubel war es unmöglich, ihn zu verstehen.

Die Bannerträger hatten auf der Tribüne Platz genommen. Ordner beseitigten die Spuren des Umzugs und richteten die Sandarena für das Rennen her. Die Pferde, die in einem abgegrenzten Areal angebunden waren, scharrten und tänzelten vor Nervosität. Der Startrichter und seine Helfer trafen die letzten Vorbereitungen für den Start. Seile wurden über die Bahn gespannt, zwischen denen die Pferde sich vor dem Start versammelten, und schließlich wurde die Startreihenfolge ausgelost.

Atemlose Stille hatte sich über das weite Halbrund des Platzes gesenkt. Die fiebrige Unruhe war fast mit Händen zu greifen.

Dann, für Chiara völlig unerwartet, zerriss der Knall eines Böllerschusses die Luft, und unter dem unvermittelt aufbrausenden Jubel stolzierten die Pferde der Reihe nach hinaus auf die Strecke, bis sie alle zwischen den beiden aufgespannten Seilen Platz gefunden hatten. Drängelnd und unter wüsten gegenseitigen Beschimpfungen formierten sich die Jockeys zum Start, während das frenetische Gebrüll der Menge sich zum Orkan steigerte. Die Pferde stampften und scheuten und bildeten innerhalb der Absperrung ein einziges undurchdringliches Chaos, um im nächsten Augenblick, als endlich das erlösende Startzeichen kam, in einer wüsten Stampede loszubrechen.

Chiara hatte ihre Umgebung völlig vergessen. Die schweißfeuchten Körper, zwischen denen sie eingequetscht war, die vielen Hände und Ellbogen, die sie stießen und sich gegen sie drückten, die Alkoholfahne der beiden amerikanischen Touristen, die direkt hinter ihr Stellung bezogen hatten – das alles war binnen Augenblicken in Vergessenheit geraten angesichts des Schauspiels da unten auf dem Platz. In einer wilden Kavalkade preschten die ungesattelten Pferde vorbei, ein Pulk stoßender, durchbrechender, auskeilender Gestalten. Die Jockeys beugten sich tief über die Mähnen und prügelten mit ihren Gerten wahllos nach rechts und links, um die Gegner aus dem Rennen zu werfen. Pferdeleiber klatschten gegen die zum Schutz aufgestellten Matten, und gleich in der ersten Kurve stürzte eines von ihnen und blieb zuckend im Sand liegen.

Der Schweiß lief Chiara in Strömen über den Körper, während sie ebenso wie alle Umstehenden ihre Begeisterung und Erregung laut herausschrie. Sie fühlte sich wie unter Strom, aufgeladen von einer archaischen, geheimnisvollen, knisternd erotischen Elektrizität. Das tobende Inferno auf der Piste ging in die zweite Runde und kämpfte sich donnernd voran. Die unterschiedlichen Farben der einzelnen Contraden rasten unter ihr vorbei und explodierten zu herumwirbelnden bunten Fragmenten.

Ein merkwürdiges Gefühl bewog sie, sich zu Fabio umzudrehen. Seine Blicke waren nicht auf den Platz gerichtet, sondern auf sie. Seine Augen flackerten, während er sie anstarrte, und seine Lippen waren leicht geöffnet und feucht.

Die unverhüllte Gewalt seines sexuellen Verlangens traf sie wie ein Schlag, und als er im nächsten Augenblick seine Hand hob und sie inmitten des um sie herum herrschenden Tohuwabohus auf ihre Brust legte, begann sie haltlos zu zittern. Seine Lippen formten ein einziges Wort.

»Komm.«

Wie im Traum nahm sie seine Hand und ließ sich von ihm durch die tobende Menge zerren, eine Treppe hinauf, dann noch eine, bis sie ein leeres Hinterzimmer gefunden hatten, auf der vom Campo abgewandten Seite des Gebäudes. Er nahm sie im Stehen, bei halb geöffneter Tür, so rasend und wild wie das Rennen draußen, das in diesem Augenblick zu Ende ging. Ein Dröhnen und Brausen erhob sich um sie herum, das Gebrüll aus abertausenden von Kehlen steigerte sich zu einer kreischenden Kakophonie kollektiven Wahnsinns.

Während Chiara mit weit geöffneten Augen den Kopf zurücklegte und aufschrie unter der betäubenden Macht ihres Höhepunkts, erschien ein Gesicht im Türspalt, ausdruckslos und so kalkweiß wie die getünchte Wand des Zimmers.

Chiara schrie abermals auf, diesmal jedoch nicht vor Lust. Keuchend und zitternd grub sie ihre Fingernägel in Fabios Schultern, um ihn zum Aufhören zu zwingen.

Von namenlosem Entsetzen erfüllt schaute sie in die Augen ihres Mannes.

Er starrte sie an. Chiara konnte nichts weiter tun, als hilflos seinen Blick zu erwidern, während sie immer noch an Fabios Körper hing, schlaff und reglos in ihrem Schock. Fabio drehte den Kopf und sah seinen Stiefbruder an. »Hallo«, sagte er kalt.

Paolo bleckte die Zähne zu einem totenkopfähnlichen Grinsen, dann schüttelte er plötzlich den Kopf, als wollte er sich von unsichtbaren Spinnweben befreien. Mit einem Mal irrte sein Blick ab. Er starrte ins Leere und begann heftig zu atmen, wie nach einem langen Lauf. Im nächsten Moment schaute er wieder auf, und diesmal war sein Blick klar. Eine Sekunde später war er im Treppenhaus verschwunden.

Wie aus einer unausgesprochenen Übereinkunft heraus sagten sie beide kein einziges Wort. Bei dem unbeschreiblichen Lärm, der überall in der Stadt tobte, hätte man sowieso nichts verstanden.

Irgendwie kämpften sie sich durch die Menschenmenge, die alle Winkel, Treppen und Gassen rund um den Campo verstopfte. Fabio ging voran und bahnte ihnen schubsend und schiebend einen Weg. Chiara folgte ihm blindlings durch die halbe Stadt in Richtung Porta Ovile und weiter in Richtung Bahnhof, wo sie ein Taxi nahmen und schweigend zum Gut zurückfuhren.

Chiara befeuchtete ihre trockenen Lippen, während sie dicht hinter Fabio ins Haus ging. Er hatte immer noch nichts gesagt, doch Chiara spürte, dass er unter ähnlicher Anspannung stand wie sie selbst. Seine Bewegungen ließen die gewohnte Lässigkeit vermissen, und sein Gesicht war bar jeglichen Ausdrucks.

Chiara wich nicht von seiner Seite. Wie ein Schatten folgte sie ihm überall hin, außerstande, einen klaren Gedanken zu fassen. Wie sehr das Geschehene immer noch nachwirkte, erkannte sie erst, als sie mit Fabio zusammen im Badezimmer stand und er sich auszog, um zu duschen. Die Absurdität der Situation entging ihr nicht, und ermattet ließ sie sich auf den zugeklappten Toilettendeckel fallen.

Endlich fand er seine Sprache wieder. »Du solltest dich ebenfalls umziehen. Dein Kleid ist patschnass.«

Seine Bemerkung riss sie aus der Erstarrung, die sie die ganze Zeit über gefangen gehalten hatte. »Was sollen wir tun?«

»Warten.«

Stumm sah sie ihm dabei zu, wie er seine durchgeschwitzten Sachen abstreifte. Als er auf sie zutrat und vor ihr niederkniete, zuckte sie zusammen.

»Ich tu dir nichts«, sagte er, während er sanft, aber entschieden ihr Kleid öffnete und es ihr auszog.

»Bitte nicht.«

»Keine Sorge. Alles was ich will, ist eine anständige Dusche. Und da du auch eine brauchst und vermutlich nicht vorhast, so lange draußen zu warten, können wir es genauso gut gemeinsam hinter uns bringen. Und falls du wieder einmal einwenden möchtest, dass uns jemand dabei erwischen könnte – ich muss wohl nicht extra darauf hinweisen, dass die Zeit für Heimlichkeiten nun ein für alle Mal vorbei ist. Heute Abend werden es alle wissen, so oder so.«

Chiara lehnte bewegungslos an der gefliesten Wand, während das Wasser auf sie beide herabrauschte. Fabio goss Shampoo in seine hohle Hand und massierte es ihr vorsichtig ins Haar. Mit geschlossenen Augen beugte sie sich vor, während er ihr den Schaum abwusch. Nach dem Duschen frottierte er sie sorgsam ab, bevor er ein Handtuch um ihren Körper wand und sie in ihr Zimmer brachte, wo sie sich mit den hölzernen Bewegungen einer Marionette anzog.

Er bestand darauf, dass sie sich hinlegte.

»Ich kann sowieso nicht schlafen«, sagte sie, während er

sich zu ihr aufs Bett setzte und sanft ihre verkrampften Schultern massierte.

»Versuche, dich zu entspannen.«

»Wie konnte er uns dort finden?«, murmelte sie.

»Zufall«, sagte Fabio.

»Das glaubst du doch selber nicht«, kam Paolos Stimme von der Tür.

Mit einem Schrei fuhr Chiara vom Bett hoch. Fabio sprang auf und stellte sich zwischen sie und Paolo. Sein Gesicht war von Grimm und unversöhnlicher Abneigung erfüllt.

Paolo stand im Türrahmen. Sein Hemd war von Flecken übersät, und an seiner Hose stand ein Knopf offen. Sein Gesicht war gerötet, und in seinen Augen war ein unstetes Flackern. Allem Anschein nach hatte er getrunken, aber er war nüchtern genug, um Fabio mit höhnischen Blicken zu mustern. »Das hast du prima hingekriegt, gratuliere. Dein Timing war schon immer perfekt.« Seine Aussprache klang leicht verwaschen, doch seine Bewegungen waren sicher, als er ins Zimmer trat und näher kam.

»Verschwinde«, sagte Fabio. »Setz dich in deinen Wagen und hau ab. Und komm nicht wieder. Niemals.«

Paolo blieb stehen und verschränkte die Arme vor der Brust. »Was willst du dagegen machen?«, fragte er interessiert. Sein Blick ruhte auf Chiara, die mit angezogenen Beinen im Bett saß und ihn in angstvoller Besorgnis anstarrte.

»Den Maresciallo anrufen und dich verhaften lassen«, sagte Fabio kalt. »Den Grund muss ich dir ja wohl nicht erst erklären.«

»Paolo.« Chiara umklammerte ihre Knie so fest, dass es wehtat. »Diese Ehe war ein schrecklicher Fehler. Bitte lass es uns nicht schlimmer machen, als es sowieso schon ist. Ich werde mich um die Scheidung kümmern.«

»Du bist so sicher, dass er dir die Wahrheit gesagt hat,

stimmt's? Was hat er dir erzählt? Wie labil und verantwortungslos und schwach ich bin?« Paolo ließ ein bitteres Lachen hören, und plötzlich sprang er mit einem Satz auf das Bett zu und fiel dort vor Chiara auf die Knie. Fabio war mit einem einzigen Schritt an seiner Seite, um ihn beim Kragen zu packen und hochzuzerren, doch Paolo hielt sich mit aller Gewalt an der Bettkante fest. Er beugte den Kopf vor und schob ihn dicht vor Chiaras Gesicht. »Siehst du das?«, brüllte er. »Kannst du erkennen, was da hinten ist?«

Entsetzt sah Chiara die handtellergroße, ausrasierte Stelle an seinem Hinterkopf, eine missgestaltete, unförmige Tonsur, die von einer feuerroten, mehrfach gezackten Narbe geteilt wurde. Die Naht war dick und geschwollen und an mehreren Stellen noch blutunterlaufen.

Paolo wurde von Schluchzern geschüttelt, während er sich, jetzt widerstandslos, von Fabio zur Tür zerren ließ. »Hat er es dir gut besorgt, mein potenter Bruder? Bist du in seinen Armen zu Wachs geworden, so wie bei mir?«

»Halt die Klappe!«, schrie Fabio wütend.

»Es gibt einen Grund, warum ich dich nicht angerufen habe«, sagte Paolo. Tränen liefen über sein Gesicht. »Ich bin ausgeraubt und fast umgebracht worden. Ich lag wochenlang im Koma, und als ich wieder aufwachte, wusste ich nicht, wer ich war.«

»Wenn du nicht augenblicklich verschwindest, rufe ich die Polizei«, drohte Fabio.

»Kommt es dir nicht komisch vor, dass er dich ausgerechnet beim Palio in ein schäbiges kleines Hinterzimmer zerrt, für eine schäbige kleine Nummer?«, schrie Paolo. »Ich kann dir sagen, warum er das gemacht hat! Er hat *mich* gesehen, und er hat gesehen, dass ich *euch* gesehen habe! Wie findest du das? Hat er sich nicht eine nette Methode ausgedacht, mich ein für alle Mal bei meiner Frau auszustechen?« Ein schnaufendes, würgendes Geräusch kam aus seinem Mund, eine obszöne Mischung aus Lachen und Schluchzen. »Und das ist nicht alles, weißt du. Er hat mich angerufen und mir gesagt, dass ihr dort sein werdet. Damit ich ja nichts verpasse. Damit ich mit eigenen Augen sehen kann, wie er es mit dir treibt.«

»Das ist nicht wahr«, sagte Chiara tonlos.

Fabio drängte Paolo auf den Gang hinaus. »Verschwinde endlich!«

Chiara war aufgestanden. »Sag, dass es nicht wahr ist. Sag, dass du mir das nicht angetan hast. Dass du niemals niederträchtig genug wärst, um zu solchen Methoden zu greifen.«

Paolo torkelte in Richtung Treppe. Er weinte immer noch und stieß zwischendurch abgehackte, unverständliche Bemerkungen aus.

»Stimmt es, was er gesagt hat? Hast du ihn angerufen?«

Fabio wich ihren Blicken aus, aber dann sah er sie an. Er musste nichts sagen. Sie konnte in seinem Gesicht lesen wie in einem offenen Buch.

Ihr wurde übel. Sie schaffte es gerade noch bis ins Bad. Als sie anschließend zurück in ihr Zimmer kam, trat Fabio ihr in den Weg. »Lass mich erklären …«

Sie stieß ihn zur Seite, nahm ihre Handtasche von der Kommode und eilte zur Treppe.

Fabio folgte ihr und hielt sie an der Schulter fest. »Hör mich an.«

Sie riss sich los und rannte die Treppe hinunter, immer zwei Stufen auf einmal nehmend. Eine Sekunde länger in diesem Haus, und sie würde ersticken. Ihr war immer noch schlecht, obwohl sie gerade erst ihren gesamten Mageninhalt von sich gegeben hatte. Der Ausdruck von Schuld in Fabios Gesicht war in ihrem Kopf, eingeätzt wie mit Säure, und sie wusste, dass dieses Bild sich niemals vertreiben lassen würde.

In ihrer Eile, nach draußen zu kommen, achtete sie nicht darauf, ob er ihr gefolgt war. Erst als sie draußen in der Einfahrt in ihren Wagen stieg, merkte sie, dass er im Haus geblieben war. Mit zitternden Fingern kramte sie in ihrer Tasche nach dem Autoschlüssel, fand ihn jedoch nicht. Sie öffnete das Handschuhfach, tastete darin herum und bekam auf Anhieb den Reserveschlüssel zu fassen, den sie dort aufbewahrte. Die aufsteigenden Tränen trübten ihren Blick, sie konnte kaum etwas sehen, als sie ihn ins Zündschloss schob. Sie schluchzte rau und abgehackt, während sie heftig Gas gab und den Wagen auf die von Zypressen gesäumte Zufahrt lenkte. Nur um Haaresbreite entging sie dabei einer Kollision mit einem der Pflanzenkübel. Sie schrie auf und riss im letzten Sekundenbruchteil das Lenkrad herum. Gleich darauf gab sie einen zweiten, wesentlich lauteren Schrei von sich, denn im Rückspiegel sah sie, dass Paolo hinter ihr im Fond saß. Der Wagen machte einen unkontrollierten Satz und schoss die steile Zufahrt hinunter.

»Ich muss mit dir reden«, sagte Paolo. »Vorhin im Haus ging's ja nicht, also bin ich zu dir in den Wagen gestiegen. Du hast es gar nicht mitgekriegt, weil du so in Eile warst und so laut geweint hast. *Er* hat dich zum Weinen gebracht, der Mistkerl.«

Reflexartig trat Chiara auf die Bremse, um anzuhalten, doch der Wagen reagierte nicht. Chiara versuchte erneut zu bremsen, doch das Pedal bot keinen Widerstand, ihr Fuß pumpte ins Leere. Erschrocken keuchte sie auf und umklammerte das Steuer.

»Du musst dich vor ihm hüten. Er ist ein Lügner und Betrüger und geht über Leichen. Alfonso war nur der Anfang.« Paolo redete schnell, die Worte sprudelten förmlich aus ihm heraus. »Fabio konnte diese Heirat nicht zulassen, denn dann hätte Giovanna vielleicht eine Auszahlung ihres Anteils am

Gut verlangt, um mit Alfonso weggehen zu können. Das wäre Fabios Ruin gewesen. Und ebenso wenig kann er es zulassen, dass du mein Kind auf die Welt bringst. Es wäre der rechtmäßige Erbe. *Mein* Erbe. Verstehst du mich? Du bist in Gefahr!« Paolo beugte sich so weit vor, bis er ihr ins Gesicht schauen konnte. »Es gibt nur eine Möglichkeit. Wir gehen weg. Weit weg.« Paolo lächelte, herzzerreißend und flehend. »Ich freue mich auf das Kind, und ich werde mich anstrengen, ein guter Vater zu sein.« Er hielt inne, dann fuhr er leise fort: »Als ich im Krankenhaus aufwachte und zuerst nicht wusste, wer ich bin, da hatte ich dein Gesicht vor Augen. Das war außer den Schmerzen die einzige Realität, die ich hatte. Dein wunderschönes Gesicht. Dann habe ich mich nach und nach erinnert. An alles. Und an dich. Du bist meine Frau, und darüber bin ich froh. Habe ich dir heute schon gesagt, dass ich dich liebe?«

Er lächelte sie an, und für einen Moment stockte Chiaras Herzschlag, als sie ihn so neben sich sah. Dieses hinreißende Lächeln, dieser Blick. Sein makellos schönes Gesicht …

Mit einem Ruck wurde sie in die Wirklichkeit zurückgerissen. Verzweifelt versuchte sie, den Wagen zum Stehen zu bringen, doch auch diesmal funktionierte die Bremse nicht. Hastig zerrte sie an der Handbremse, ebenfalls ohne Erfolg. Der Wagen beschleunigte stetig bergab, und Chiara schrie auf, als Augenblicke später die erste Serpentine vor ihr auftauchte. Hart riss sie das Lenkrad herum und wurde von den Fliehkräften gegen die Tür gepresst, während der Wagen schlingernd und mit kreischenden Reifen um die Kurve rutschte.

Die nächste Biegung war nur noch fünfzig Meter entfernt. Dann dreißig, dann zehn. Und dann gab es keine Straße mehr, nur noch die blaue Weite des Himmels, der ihr entgegenflog. Chiara öffnete den Mund, um zu schreien, doch bevor sie einen Ton hervorbringen konnte, verschwand das Blau und wurde zu einem rasenden, wirbelnden, sich unaufhaltsam nähernden Grün. Einen Lidschlag später war auch das Grün weg, und es gab nichts mehr außer einer endlosen, alles verschlingenden Schwärze.

Wie schon einmal in der letzten Zeit wachte sie in einem Krankenhausbett auf. Sie hatte keine Schmerzen, fühlte sich aber am ganzen Körper seltsam taub und hatte Schwierigkeiten mit dem Atmen. Um sie herum standen blinkende medizinische Geräte, von denen Schläuche zu ihrem Körper führten. In ihrem Arm steckte eine Kanüle, über die sie mit Infusionen versorgt wurde. Sie wusste, dass sie schwer verletzt sein musste. Beim letzten Mal hatte es weder Schläuche noch Kanülen gegeben, als sie nach ihrem Unfall aufgewacht war.

Eine Schwester saß auf einem Stuhl neben ihr. Als sie sah, dass ihre Patientin zu Bewusstsein gekommen war, stand sie auf, um einen Arzt zu holen.

Er machte ein ernstes Gesicht, als er an ihr Bett trat. »Contessa.«

Ihre Augen baten stumm um Antworten auf die vielen Fragen, die sie nicht stellen konnte, weil ihre Stimme ihr nicht gehorchte.

Er nahm ihre Hand. »Sie hatten einen schweren Unfall. Der Conte ... es tut mir so Leid. Ihre Angehörigen sind verständigt. Bald wird jemand hier sein, der Ihnen Beistand leistet.«

Chiara schloss die Augen. Paolo war tot. Sie würde bald darüber nachdenken müssen. Er war ihr Mann gewesen, und er war gestorben. Doch es war besser, nicht daran zu rühren. Noch nicht. Außerdem hatte sie Schwierigkeiten mit dem Denken. Schwäche und Teilnahmslosigkeit hüllten ihren Verstand ein. Nur einen Schritt weit entfernt wartete ein wohltuender weißer Nebel, in den sie sich einfach fallen lassen musste. Dann wäre alles gut.

Doch sie erinnerte sich an etwas, das sie unbedingt wissen musste.

Chiara öffnete die Augen wieder. Ihre Lippen bewegten sich, während sie zu dem Arzt aufschaute. *Das Baby.*

Sie kannte die Antwort, noch bevor er bedauernd den Kopf schüttelte.

Sie hatte das Kind verloren. In ihren Augen brannte und stach es. Chiara hatte das Bedürfnis, sie zu reiben, doch ihre Hände wogen eine Tonne, sie konnte sie nur ein paar Zentimeter vom Laken heben.

»Sie können andere Kinder haben. Was das betrifft, können Sie ganz unbesorgt sein.« Der Arzt gestattete sich ein vorsichtiges Lächeln. »Sie haben sehr viel Glück gehabt, dass Sie den Unfall überlebt haben. Ihre Verletzungen sind schwer, aber sie werden heilen, und Sie werden keine nennenswerten Spuren zurückbehalten.«

Der Arzt erläuterte ihr in knappen Worten, was geschehen war. Sie war nicht angeschnallt gewesen, ein Umstand, der ihr das Leben gerettet hatte, weil sie noch vor dem endgültigen Aufprall des Wagens herausgeschleudert worden war, unmittelbar, bevor er an einem Felsen zerschmettert wurde und in Flammen aufging. Paolo hatte nicht die geringste Chance gehabt.

Der Arzt meinte, sie selbst müsse einen Schutzengel gehabt haben, denn ihr Sturz sei nicht nur von der nachgiebigen Krone einer Zypresse abgemildert worden, sondern sie sei außerdem bei dem anschließenden Fall aus rund fünf Metern Höhe exakt auf einem Haufen Laub gelandet, das Arbeiter am Morgen dort zusammengerecht hatten.

Der Arzt zählte ihre Verletzungen auf. Mehrere Rippenbrüche, ein gebrochenes Schlüsselbein, ein Beckenbruch, ein

Milzriss, eine zwanzig Zentimeter lange Schnittwunde am rechten Oberschenkel, multiple Prellungen und Verstauchungen. Sie würde wieder auf die Beine kommen, aber es konnte ein paar Wochen dauern.

Chiara spürte, wie ihre Fähigkeit, sich auf die Ausführungen des Arztes zu konzentrieren, nachließ. Sie wollte sich zwingen, wach zu bleiben, um nachdenken zu können, doch ihre Wahrnehmungen wurden zusehends schwächer.

»Schlafen Sie einfach«, sagte der Arzt. »Sie bekommen Beruhigungs- und Schmerzmittel, damit Sie die ersten Tage besser überstehen. Entspannen Sie sich. Es wird alles gut.«

Noch während er das sagte, glitten ihre Gedanken davon, und sie ließ sich von dem gnädigen weißen Nebel einhüllen.

18. KAPITEL

Als sie das nächste Mal erwachte, saß Fabio an ihrem Bett. Er sah entsetzlich aus. Sein Haar stand in allen Richtungen ab, und ein mehrere Tage alter Stoppelbart verunstaltete Kinn und Wangen. Seine Augen waren blutunterlaufen, und seine Hände, die er auf den Knien abgestützt hatte, zitterten.

Chiara schloss die Augen wieder, um ihn nicht ansehen zu müssen, doch er hatte mitbekommen, dass sie aufgewacht war. Sie wollte nicht mit ihm reden, nicht um alles in der Welt.

»Wie geht es dir?« Seine Stimme entsprach seinem Aussehen. Sie klang übernächtigt und hohl. Chiara gab keine Antwort. Wenn er wissen wollte, wie es ihr ging, brauchte er nur den Arzt zu fragen. Oder sie anzuschauen. Seine Gegenwart tat ihr weh, es war, als bohrte jemand ein Messer in eine offene Wunde. Einige orientierungslose Sekunden lang wusste sie nicht den Grund dafür, doch dann fiel ihr alles wieder ein, und sie begann, am ganzen Körper zu zittern.

Fabio gab einen unterdrückten Fluch von sich und nahm ihre Hand. Sie wollte sie wegziehen, doch sie war zu schwach dazu.

»Gott«, sagte er. »Ich wünschte, ich könnte es ungeschehen machen.«

»Das Baby ist tot«, flüsterte sie, als sei das von allem das Schlimmste. Vielleicht war es das auch, aus ihrer Sicht. Sie spürte den Schmerz wie eine kalte harte Faust um ihr Herz, wenn sie in sich hineinhorchte, während Paolos Tod nur ein tiefes, von Mitleid erfülltes Bedauern in ihr wachrief.

»Ich weiß«, sagte er leise. »Es tut mir so Leid.«

Tat es ihm auch Leid, dass Paolo gestorben war? Was während des Palio passiert war? Machte er sich Vorwürfe wegen der Intrige, die er angezettelt hatte und derentwegen ein Mann und ein ungeborenes Kind hatten sterben müssen?

Plötzlich wallte wilder Zorn in ihr auf und überflutete sie bis in die Fingerspitzen.

»Lass mich allein«, sagte sie. »Ich will dich nicht wiedersehen. Niemals mehr. Für mich bist du genauso tot wie das Baby und Paolo.«

Er machte keine Anstalten, ihre Hand loszulassen. »Macht es einen Unterschied, wenn ich dir sage, dass ich dich liebe? Dass alles nur aus diesem Grund geschehen ist?«

Noch vor ein paar Tagen hätte sie alles dafür gegeben, diese Worte endlich aus seinem Mund zu hören. Doch jetzt war es ihr merkwürdig egal. Sie wollte nur noch allein sein. Nein, das stimmt gar nicht, verbesserte sie sich sogleich in ihren Gedanken. Sie wollte nach Hause. Dorthin, wo ihr Vater war. Ihre Großmutter. Luisa. Die wenigen Menschen, die zu ihrer Familie gehörten. Ihrer richtigen Familie. Menschen, die sie *wirklich* liebten.

Irgendwann merkte sie, dass er ihre Hand losgelassen und gegangen war. Sie drehte den Kopf zur Seite und starrte blicklos gegen die Wand.

Am nächsten Tag kam ihr Vater. Die Erschütterung und das Entsetzen standen ihm ins Gesicht geschrieben, obwohl er sich Mühe gab, sich nichts anmerken zu lassen.

»Baby«, sagte er, während er sie vorsichtig auf die Stirn

küsste. Seine Stimme klang erstickt, und in seinen Augen glänzte es verdächtig. »Wie fühlst du dich?«

Sie zwang sich zu einem Lächeln. »Besser, weil du da bist.«

Er setzte sich auf den Stuhl neben ihrem Bett und nahm ihre Hand. Minutenlang schaute er sie einfach nur an. Sie erwiderte seinen Blick, ruhig und in schweigender Übereinstimmung. Bei ihm war sie sicher, jetzt und für immer.

»Ich will heim, Papa. Bitte, bring mich nach Hause.«

Er wusste sofort, wovon sie sprach.

»Sobald der Arzt sagt, dass du hier rauskannst, komme ich dich holen.«

In der Zwischenzeit quartierte er sich in einem Sieneser Hotel ein und sorgte mit seinen täglichen Besuchen dafür, dass sie nicht in ihrer Einsamkeit und ihren Grübeleien versank. Ihr Körper erholte sich schnell, und ihre Verletzungen heilten überraschend gut, wie ihr der Arzt attestierte, doch ihre innerliche Starre wollte sich nicht lösen. Tagsüber starrte sie stundenlang aus dem Fenster. Sie betrachtete die Tauben, die dort draußen auf dem Pflaster pickten, ohne sie wirklich zu sehen. In den Nächten lag sie schlaflos da und suchte nach Gründen, Erklärungen und Rechtfertigungen für alles, was passiert war. Doch das Einzige, das dabei herauskam, war die Erkenntnis, dass sie sich mit ihren Gedanken ständig im Kreis drehte.

Drei Wochen nach dem Unfall durfte sie das Krankenhaus verlassen. Enrico setzte sie in den Wagen, den er gemietet hatte, und brachte sie ohne Zwischenstopps auf das Gut seiner Mutter.

Chiara warf keinen Blick zurück, bis die Anhöhe von Siena mit den hoch aufragenden rotbraunen Backsteinmauern in sicherer Entfernung hinter ihr lag. Sie betrachtete das Kleid, das ihr Vater ihr mitgebracht hatte, ein kostspieliges Modell von Miyake, und erst jetzt fiel ihr ein, dass sich ihre ganzen Sachen noch auf Velaghese befanden. Enrico hatte ihren Blick bemerkt. »Mach dir keine Gedanken. Ich habe alles abgeholt.«

Chiara schluckte. »Hast du … hast du mit ihm gesprochen?«

Enrico nickte. »Er hat mich ja angerufen, sonst hätte ich sicher nicht so rasch von dem Unfall erfahren.«

Der Arzt hatte zwar davon gesprochen, dass ihre Angehörigen verständigt worden seien, doch natürlich hatte er damit nicht ihren Vater gemeint, sondern die Familie ihres Mannes.

Als die vertraute Landschaft von La Befana vor ihren Augen auftauchte, atmete Chiara tief ein. Sie war seit Monaten nicht mehr hier gewesen, doch wie immer war es so, als sei sie erst gestern das letzte Mal von hier aufgebrochen. Nur wenige Kilometer von Montepulciano und Chiusi entfernt, erstreckte sich das Land der Scarlattis in südwestlicher Richtung. Das Gut umfasste ein Gebiet von etwa zweitausend Hektar Land, auf dem sanfte grüne Hügel mit den schroffen, ausgewaschenen Hängen der *Crete* wechselten und eine majestätische Kulisse für das Herrenhaus bildeten. Es befand sich am Ende einer langen Zypressenallee und war umgeben von Wirtschaftsgebäuden und einem halben Dutzend Bauernhäusern. Das zweigeschossige Gutshaus stammte aus dem siebzehnten Jahrhundert und lag mit einer talwärts in den Hang gemauerten Terrasse auf halber Höhe eines Berges. Die Vegetation hier oben war üppig. Olivenhaine, Rosengärten, Kräuter- und Gemüsebeete, Maulbeerbäume und dichtes Buschwerk säumten das ganze Areal, und oberhalb vom Familienfriedhof zog sich ein kleiner Wald den Hang hinauf bis zur Kuppe des Berges.

Unweit vom Haus gab es eine alte Klosterruine, in der die Bewohner des Guts während der schweren Artillerieangriffe des Zweiten Weltkrieges Schutz gefunden hatten. Das von Granatgeschossen durchsiebte Gemäuer war vollständig von wilden Brombeerranken überwuchert. Als Kind hatte Chiara sich manchmal dort versteckt und sich vorgestellt, in einem verwunschenen Schloss zu sein. Während sie auf ihren imaginären Prinzen wartete, hatte sie die alten lateinischen Inschriften und das große Steinkreuz in den verfallenen Wänden des ehemaligen Refektoriums betrachtet.

Hier an dieser Stelle, so erzählten heute noch die Bewohner des Gutes, hatte der Ehemann der Gutsherrin, Chiaras Großvater Richard Kroner, viele Frauen, Kinder und alte Menschen vor dem deutschen Ungeheuer gerettet und sie alle miteinander vor dem sicheren Tod bewahrt.

Sophia, von Chiara danach befragt, hatte in der ihr eigenen, unnachahmlich trockenen Art gemeint, dass die meisten Legenden einen wahren Kern hätten. Dann hatte sie mit ungewöhnlichem Ernst hinzugefügt, dass es gewisse Dinge im Leben gebe, die man besser vergessen solle. Allerdings könne es sein, dass einmal eine Zeit komme, in der sie darüber reden wolle, eines Tages, wenn Chiara alt genug sei, um es zu verstehen.

Bis jetzt war das Thema nie wieder zur Sprache gekommen.

Chiara schaute aus dem Seitenfenster des Wagens und sah die haushohen Zypressen der Zufahrt vorbeigleiten. »Hast du mit Großmutter gesprochen?«

»Mir blieb nichts anderes übrig. Alle Welt weiß, dass der Conte di Velaghese tödlich verunglückt ist und dass seine Frau den Unfall schwer verletzt überlebt hat. Dein Foto war in allen Zeitungen.«

»Woher ... «

»Wenn die Hyänen erst Blut gewittert haben, finden sie ihre Beute immer«, beantwortete Enrico ihre unausgesprochene Frage.

»Weiß Großmutter von Fabio?«

Enrico schüttelte den Kopf. »Ich überlasse es dir, was du ihr darüber erzählen willst. Aber du weißt, wie schwer es ist, etwas vor ihr zu verbergen.«

»Das muss erblich sein«, murmelte Chiara.

Enrico lachte erfreut, weil sie anscheinend ein wenig von ihrem alten Humor wiedergefunden hatte.

Als er ihr vor dem Haus aus dem Wagen half, kam Sophia ihnen bereits mit ausgestreckten Armen entgegen. Sie war fast achtzig, doch ihre große, schlanke Gestalt vermittelte einen Eindruck von erstaunlich jugendlicher Elastizität. Das volle, schneeweiße Haar, das früher dunkel und taillenlang gewesen war, trug sie jetzt kurz geschnitten.

Sie zog Chiara wortlos in ihre Arme und hielt sie fest. Anschließend umarmte sie ihren Sohn und küsste ihn auf beide Wangen.

Danach nahm sie Chiara bei der Hand und brachte sie ins Haus.

Die folgenden Wochen erschienen Chiara im Rückblick als eine Zeit der Ruhe und Einkehr. Nach all dem Horror, den sie durchlebt hatte, war La Befana wie eine Oase der Schönheit, still und friedlich, ein Ort, an dem ihre Seele genesen konnte.

Körperlich war sie längst wieder gesund. Der Arzt hatte Recht behalten. Bis auf die blassrosa, längliche Narbe an ihrem Oberschenkel waren von dem Unfall keine äußerlichen Spuren zurückgeblieben. Die Brüche und Prellungen waren gut verheilt; Chiara hatte keinerlei Beschwerden mehr.

Die Tage verliefen einer wie der andere in müßiger Beschaulichkeit. Sie schlief lange, nicht selten bis in den Vormittag hinein. In den Nachmittagsstunden ritt sie oft mit Sophia aus, um mit ihr die Pächter des Guts zu besuchen. Das althergebrachte System der *Mezzadria*, nach dem die Kleinbauern ihre Erträge mit dem Eigentümer des Landes teilen mussten und dafür im Austausch die persönliche Hilfe und Fürsorge des Gutsherrn beanspruchen konnten, war schon seit vielen Jahren abgeschafft, doch Sophia ließ es sich nicht nehmen, wie in alten Zeiten nach dem Rechten zu sehen und sich um das Wohl »ihrer« Leute zu kümmern. Die Menschen begegneten ihr überall mit großer Ehrerbietung. Die Männer tippten sich an die Mütze, wenn sie auf eines der Gehöfte geritten kam, und die Frauen baten sie auf ein Glas Wein oder einen Teller Suppe ins Haus. Chiara kam sich manchmal vor wie in einem historischen Film. Doch ihr Eindruck von behäbiger, unverwüstlicher Bauernidylle war trügerisch.

»Viele der Höfe sind inzwischen verlassen«, erzählte Sophia auf einem ihrer Ausritte. »Die alten Leute sterben, und die jungen gehen lieber in die Stadt, als sich auf dem Feld abzuplagen. Ich kann es ihnen nicht verdenken, die Zeiten haben sich geändert. Wer kann heutzutage noch Gefallen an dieser primitiven Plackerei finden? Man müsste etwas Neues versuchen, etwas Modernes. Alternativen Landbau vielleicht. Oder auf Wein umsteigen. Er wächst hier sehr gut, es könnte sich lohnen, mehr zu produzieren als die paar Flaschen für den Bedarf des Gutes und des Dorfes. Aber dann müsste man es in großem Maßstab betreiben, nicht nur mit den paar Feldern, die wir jetzt nebenher bewirtschaften. Und es müsste jemand machen, der etwas davon versteht. Heute geht ja nichts ohne Wissenschaft.« Sie schnalzte verärgert mit der Zunge. »Ein Jammer, dass ich so alt bin, sonst würde ich es lernen.«

Chiara hatte sich während Sophias Ausführungen in Schweigen gehüllt. Sie hätte so vieles dazu sagen können; die Worte waren da und drängten sich auf ihrer Zunge: Was Fabio zu diesem und jenem Thema gesagt haben würde. Wie bewandert er in allen Fragen des modernen, effektiven Weinbaus war. Wie umsichtig er seinen Gutsbetrieb leitete.

Und noch mehr hätte sie erzählen können. Manchmal wollten die Worte mit einer Macht heraus, die Chiara erschreckte und ängstigte. Immer weniger war sie in der Lage, die Gedanken an Fabio zu verdrängen. Die Erinnerungen an ihn waren allgegenwärtig und verfolgten sie, wohin sie auch ging. Anfangs hatte sie versucht, ihn aus ihrem Gedächtnis zu streichen, so wie sie es in all den Wochen vor ihrem Unfall bei Paolo getan hatte. Doch nichts hatte sie darauf vorbereitet, mit welcher Intensität er sich in ihr Unterbewusstsein eingebrannt hatte. Oft genügte ein beiläufig ausgesprochenes Wort bei Tisch oder während eines Spaziergangs, etwa die Erwähnung einer bestimmten Weinsorte oder der Name eines Dorfes in der Nähe von Siena, um alle Erinnerungen schlagartig lebendig werden zu lassen. Nicht nur die Geschehnisse im Zusammenhang mit dem Unfall traten auf diese Weise zu Tage, sondern immer mehr auch all die vielen alltäglichen Dinge, die sie mit Fabio erlebt hatte. Ihr fiel wieder ein, wie er einmal bei einer gemeinsamen Weinprobe in Esmeraldas Laden Witzchen gerissen und darüber selbst so laut gelacht hatte, dass der Pfarrer auf der Bildfläche erschienen war und eine Erklärung für den unziemlichen Lärm verlangt hatte. Fabio hatte ihm zur Antwort einen ordentlichen Becher Riserva eingeschenkt.

Sie erinnerte sich an seine ausholenden Gesten, während er ihr die technischen Einzelheiten der Maschinen in der Kellerei erklärt hatte. An seine ernste Miene, als er ihr während eines Spaziergangs davon erzählt hatte, wie seine langjährige Beziehung gescheitert war. Er hatte während des Studiums eine junge Frau aus Rom kennen gelernt, die ihn auch später häufig auf Velaghese besuchte. Als es schließlich um Heirat ging, war es zum Bruch gekommen – sie wollte nicht auf dem Land leben.

Vor allem aber erinnerte Chiara sich an die Nächte und die

vielen fieberheißen Stunden, in denen sie einander ohne Scham und frei von jeder Zurückhaltung Lust bereitet hatten. Immer wieder blitzten in ihrem Geist Bilder auf, die sie zusammen mit ihm zeigten, verbunden in einem ewigen Reigen unauslöschlicher Begierde.

Hin und wieder geschah es, dass Chiara nachts schwitzend und keuchend aus einem verstörend erotischen Traum aufschreckte und davon überzeugt war, dass gerade eben noch seine großen Hände über ihren Körper geglitten waren.

Dann wieder klangen ihr Paolos letzte Worte in den Ohren. *Habe ich dir heute schon gesagt, dass ich dich liebe?*

Und sie hörte auch wieder das, was er davor gesagt hatte. *Du musst dich vor ihm hüten. Er ist ein Lügner und Betrüger und geht über Leichen. Alfonso war nur der Anfang.*

Seit sie nach dem Unfall hierher gekommen war, hatte Fabio sich nicht bei ihr gemeldet. Chiara sagte sich, dass es so besser war. Dass sie dieses Kapitel ihres Lebens abgeschlossen hatte, so wie auch andere davor, und dass ihre Wunden nur dann vollständig heilen konnten, wenn sie ihn endgültig vergaß. Doch an den Abenden, wenn sie mit Sophia im Salon saß und dem wundervollen Klavierspiel ihrer Großmutter lauschte, fühlte sie den bittersüßen Schmerz der Erinnerung.

Am letzten Sonntag im September wurde Sophia achtzig Jahre alt. Zwei Tage davor kam Luisa nach La Befana, um bei den Vorbereitungen zu helfen. Sie war erst vor einer knappen Woche von ihrer Asientour zurückgekehrt und sprudelte über vor interessanten Neuigkeiten.

Auch Enrico war aus London angereist, um an der geplanten Familienfeier teilnehmen zu können. Nachdem er Chiara in Sophias Obhut zurückgelassen hatte, war er in regelmäßigen Abständen für ein paar Tage hergekommen, doch seine Geschäfte in London forderten zwischendurch immer wieder seine Anwesenheit.

Luisa begrüßte ihre Nichte mit überschwänglicher Herzlichkeit und bestand darauf, dass Chiara ihr auf der Stelle alles erzählte, was in den Monaten ihrer Abwesenheit passiert war. Chiara warf ihrer Großmutter, die während dieser Unterredung abwartend im Hintergrund stand, einen Hilfe suchenden Blick zu, worauf Sophia es übernahm, Luisa ins Bild zu setzen.

Luisa nahm Sophias knappen Bericht über Chiaras kurze Ehe und den Unfall schweigend auf, aber die senkrechte Falte zwischen ihren Augen verhieß nichts Gutes.

Als Chiara später die Treppe vom Obergeschoss herunterkam, um sich zu der gewohnten abendlichen Zusammenkunft im Salon einzufinden, hörte sie, dass zwischen ihrem Vater, Luisa und Sophia eine erregte Debatte im Gange war.

»Seid ihr verrückt? Was wollt ihr mir da weismachen? Ich merke doch, dass hier etwas faul ist! Und ich habe Ohren. Außerdem habe ich viele sehr gute Bekannte, nicht nur in Florenz, sondern auch in Siena. Und beides, sowohl meine Ohren als auch meine Bekannten, habe ich heute Nachmittag unermüdlich zum Einsatz gebracht! Ich habe telefoniert, bis mir fast der Hörer aus der Hand fiel.«

»Du warst immer schon ein neugieriges, skandalsüchtiges kleines Ding«, warf Enrico mit nachsichtiger Zärtlichkeit ein.

»Das *klein* lasse ich dir durchgehen, ich kann schließlich nichts dafür, in eine Familie von lauter Riesen hineingeboren zu sein«, gab Luisa patzig zur Antwort. Sie war mit dem Temperament einer echten Rothaarigen ausgestattet, und ihre Art, mit Leuten umzugehen, war ebenso offen wie ungestüm. Sie konnte in ihrem Ärger genauso überwältigend sein wie in ihrer Herzlichkeit.

»Was ich da gehört habe, hat nicht gerade zu meiner Beruhigung beigetragen. Nicht nur, dass er sie noch am Tag der Hochzeit wieder verlassen hat – er war auch noch einer der größten Spieler und Geldverschwender, die diese Gegend je gesehen hat.«

»Er ist tot«, sagte Sophia ruhig.

»Damit könnte der Fall erledigt sein«, stimmte Luisa bereitwillig zu. »Wenn er nicht der zweite Tote innerhalb weniger Monate wäre. Wusstet ihr, dass der Verlobte von Cortezzis Schwester dort oben auf dem Gut erschossen wurde?«

»Willst du irgendwelche Zusammenhänge andeuten?«, fragte Enrico scharf.

»Nun, der Wagen ist vollständig ausgebrannt, aber möchtest du deine Hand dafür ins Feuer legen, dass niemand bei dem Unfall die Finger im Spiel hatte? Jemand könnte dafür gesorgt haben, dass der Wagen über die Klippe flog. Zum Beispiel derselbe Jemand, der schon den Verlobten umgelegt hat! Oder möchtet ihr mir widersprechen?«

Luisa erhielt keine Antwort auf ihre ohnehin rein rhetorische Frage, und so fuhr sie fort: »Alles ziemlich mysteriös, nicht wahr? Aber das eigentliche Gerede dreht sich um ganz andere Dinge. Genauer gesagt um einen anderen Mann. Noch genauer gesagt um einen Adoptivbruder, der jetzt, nachdem der ursprüngliche Erbe ein für alle Mal weg ist, freien Zugriff auf das Weingut hat.« Luisa machte eine bezeichnende Pause, bevor sie fortfuhr: »Und man sagt, dass sich dieser Zugriff vorübergehend auch auf die Frau seines Bruders bezog.«

»Es ist Chiaras Leben, wir sollten uns nicht einmischen«, sagte Enrico.

»Bist du verrückt?«, brauste Luisa auf. »Sie ist deine Tochter, und es ist deine gottverdammte Pflicht, dich einzumischen! Außerdem liebe ich sie wie ein eigenes Kind, und das wisst ihr sehr gut. Ich nehme es euch übel, dass ihr mich nicht gerufen habt, als es ihr schlecht ging! Hört ihr, *übel*!«

»Achte auf deinen Ton«, befahl Sophia ihr mit autoritätsgewohnter Stimme.

»Ich hasse es, wenn sie leidet«, widersprach Luisa leidenschaftlich. »Und *dass* sie leidet, merkt ein Blinder!« Sie senkte die Stimme, und ihre nächsten Worte konnte Chiara nicht mehr verstehen.

Etwas lauter setzte Luisa hinzu: »Und wenn ihr mir nach alledem erzählen wollt, dass sie um ihren toten Ehemann trauert, kriege ich einen Schreikrampf!«

Chiara hatte genug gehört, sie zog sich leise auf ihr Zimmer zurück. Als Luisa später heraufkam, um nach ihr zu sehen, schützte sie Kopfschmerzen vor. Doch so leicht ließ Luisa sich nicht abwimmeln. Mit energischen Schritten betrat sie das Zimmer und setzte sich in einen der niedrigen Klubsessel, mit denen die Sitzecke ausgestattet war.

»Meine sehr geschätzte Schwester und Ziehmutter Sophia mag angesichts deiner offenkundigen Depressivität vielleicht in vornehmer Zurückhaltung verharren, aber du kennst mich. Es war nie meine Art, still vor mich hin zu schweigen und zu warten, bis jemand, den ich sehr liebe, mir freiwillig die Dinge erzählt, die ihm Löcher in die Seele brennen. Du bist frisch verwitwet, aber das ist es nicht, was dich quält.«

Chiara, die vornübergebeugt auf dem Bett saß, massierte ihre Schläfen. Plötzlich hatte sie tatsächlich Kopfschmerzen.

»Du hast vorhin gelauscht, oder?«, stellte Luisa mit treffsicherer Scharfsicht fest.

Chiara nickte müde, dann hob sie die Schultern. »Was willst du also wissen?«

»Liebst du ihn?«

Chiara begann zu zittern und presste beide Hände vor den Mund. Der Schmerz in ihrem Inneren war so unvermittelt aufgebrochen, dass es sie vollkommen überraschte. Luisa war bestürzt aufgesprungen und kam zum Bett. Sie setzte sich neben Chiara und legte den Arm um ihre Schultern. »Ich sehe, wie es um dich steht. Kann ich etwas für dich tun?«

Chiara schüttelte stumm den Kopf, dann sagte sie leise und hoffnungslos: »Es ist vorbei. Es gibt keinen Weg zurück.«

»Oh, Kind.« Luisa seufzte. »Wie jung du bist! Du ahnst nicht, wie hoch die Hürden sind, die der Mensch überwinden kann. Und das gilt besonders für die Frauen in unserer Familie. Du musst wissen, dass wir unsere Kraft aus den Niederlagen schöpfen, nicht aus den Siegen. Wenn die Zeit reif ist, wirst du es erkennen. Bis dahin – verlier nicht die Hoffnung.« Zögernd und fast flüsternd setzte sie hinzu: »Entdecke deine eigene Stärke. Wenn du etwas wirklich willst, dann schaffst du es auch.« Ihre Stimme klang bei diesen letzten Worten eigenartig, fast hypnotisch, beinahe so, als würde sie einen Zauberspruch aufsagen. In ihrem sonst so glatten, jugendlichen Gesicht zeigten sich plötzlich um den Mund herum scharfe Falten.

Chiara schaute sie erstaunt an. »Es klingt wie Magie, wenn du diese Worte aussprichst.«

»Nun, das sind sie«, antwortete Luisa ruhig. »Sie haben mir in einer sehr schlimmen Zeit das Leben gerettet. Und das ist nicht nur eine Floskel.« Chiara wusste plötzlich, dass Luisa von ihrer Entführung sprach.

Entschlossen stand Luisa auf und ging zur Tür. »Ein persönliches Mantra kann nicht schaden. Schon gar nicht eins, das von deinem Großvater selbst stammt. Gute Nacht.« Sie warf ihrer Nichte eine Kusshand zu und zog vorsichtig die Tür hinter sich ins Schloss.

Am nächsten Morgen stand Chiara wesentlich früher auf als gewöhnlich und machte sich nach einem kurzen Frühstück in der Küche zu einem Spaziergang auf. Sie hatte das Bedürfnis, sich im Freien zu bewegen. Vielleicht würde sie es heute schaffen, die längst überfällige Bilanz zu ziehen. So viel war passiert, und es war an der Zeit, sich damit auseinander zu setzen.

Wie so häufig in ihrer Kindheit ging sie hinüber zu der alten Klosterruine. Sie war schon lange nicht mehr hier gewesen. In den vergangenen Jahren waren die Brombeerranken weiter gewachsen und bildeten nun ein undurchdringliches Dickicht rund um das Mauerwerk, das nach dem Sturmangriff der Engländer im Zweiten Weltkrieg noch von dem Refektorium der Mönche übrig geblieben war. Doch von dort, wo sie stand, konnte sie gut die Wand mit dem steinernen Kreuz sehen. Obwohl sie nicht religiös war, übte es eine unerklärliche Faszination auf sie aus. Es zu betrachten wirkte seltsam tröstlich, zugleich aber auch eigenartig aufwühlend. Dort, direkt neben diesem Kreuz, so erzählten sich die Leute im Dorf und auf den Gehöften, war ihr Großvater zum Helden geworden, als er den wahnsinnigen Deutschen erschoss, der Sophia und den damals gerade geborenen Enrico töten wollte.

Hinter ihr war ein Rascheln im Gebüsch zu hören, und als Chiara sich umdrehte, sah sie ihre Großmutter näher kommen.

»Ich dachte mir, dass du hier bist«, sagte Sophia lächelnd. »Du bist als Kind schon immer gerne hierher gekommen.«

»Ich schaue mir das Kreuz an«, sagte Chiara verlegen.

Sophia nickte, als wäre es das Natürlichste der Welt. »Diesem Ort wohnt eine besondere Kraft inne. Vor vielen Jahren habe ich hier meinen Glauben wiedergefunden. An mich, an die Menschen, an Gott. Genau dort vorn, bei dem Kreuz.«

Sie schaute in die Ferne, versunken in ihre Erinnerungen. Dann begann sie unvermittelt zu lächeln. »Du liebe Güte, da vergesse ich doch glatt, warum ich dir gefolgt bin. Du hast Besuch.«

Chiaras Puls beschleunigte sich, sie spürte das Blut in ihrer Kehle pochen. Sie folgte ihrer Großmutter ins Haus und verfluchte sich, weil sie nicht wusste, ob sie lieber rennen oder sich verstecken wollte.

Als sie dann sah, wer der Besucher war, der auf der Terrasse auf sie wartete, waren ihre Empfindungen ähnlich zerrissen. Sie schwankte zwischen maßloser Erleichterung und tiefer Enttäuschung.

Lucy erhob sich langsam von dem gepolsterten Gartenstuhl, auf dem sie gesessen hatte.

»Hallo, Chiara«, sagte sie.

Chiara hätte ihre Freundin beinahe nicht wiedererkannt, so sehr hatte Lucy sich verändert. Ohnehin von jeher schlank und zartgliedrig, war sie bis auf die Knochen abgemagert. Der dürre Körper steckte in einem dunkelroten Kleid, das wie ein unförmiger Sack an ihr hing und die ungesunde Blässe ihres ausgemergelten Gesichts betonte. Ihre einst leuchtenden Augen lagen tief in den Höhlen, und ihr Haar, sonst immer ihr ganzer Stolz, war zu einer Art Pagenkopf zurechtgestutzt, ein zotteliges Gewirr, ausgefranst und ohne jeden Glanz.

Erschüttert holte Chiara Luft. »Lucy.« Sie blieb abwartend stehen. Früher hätte sie nicht gezögert, ihre Freundin zur Begrüßung fest in die Arme zu nehmen, doch das war in einem anderen Leben gewesen, zu einer anderen Zeit.

Lucy ließ sich zögernd wieder auf den Stuhl sinken. Chiara setzte sich zu ihr, wobei sie darauf achtete, dass sich der Tisch zwischen ihnen befand. »Kann ich dir etwas bringen lassen?«

Lucy deutete auf das Glas Limonade, das vor ihr stand. »Ich bin schon versorgt, danke. Deine Oma ist echt eine tolle Frau. Sieht super aus, und dabei wird sie morgen schon achtzig.«

»Ihr habt euch unterhalten?«

»Nur kurz. Eigentlich bin ich hergekommen, um mit dir zu reden.« Lucy lächelte, eine klägliche Karikatur des unbeschwerten Grinsens, das sie früher bei jeder Gelegenheit hervorzaubern konnte.

»Wo warst du die ganze Zeit?«, fragte Chiara.

Ihr Versuch, um ihrer alten Freundschaft willen eine höfliche Konversation in Gang zu bringen, hatte ungeahnte Auswirkungen.

Lucys Unterlippe zitterte, und mit einem Mal begann die mühsam aufrechterhaltene Fassade zu bröckeln.

»Überall. Immer da, wo er gerade bleiben wollte. Rom. Paris. Berlin. Ich weiß nicht.«

Plötzlich schluchzte sie laut auf und vergrub das Gesicht in den Händen. Ein furchtbarer Verdacht keimte in Chiara auf. Mit einem Mal ergaben Dinge einen Sinn, die sie niemals richtig hatte einordnen können. Lucys Gereiztheit, wenn es um Paolo ging. Ihre unversöhnlichen, schon fast hasserfüllten Reaktionen, als Chiaras Affäre mit ihm ihren Anfang genommen hatte.

»Du hast ihn geliebt«, sagte sie langsam, wie zu sich selbst.

Lucy hob den Kopf. Sie musste nichts sagen. Chiara konnte ihr von den Augen ablesen, was sie durchgemacht hatte. Vermutlich eine Neuauflage ihrer eigenen Seelenpein, als sie die Wahrheit über ihn herausgefunden hatte.

Lucy fuhr sich mit dem Handrücken über die Augen. Sie weinte still vor sich hin, mit zuckenden Schultern und krampfartig zusammengekniffenem Gesicht. Unvorstellbar, dass sie noch vor kurzer Zeit eine bildschöne, blühende junge Frau gewesen war.

»Wie lange hat es gedauert?«, wollte Chiara wissen.

»Bis er zurückgegangen ist.«

Zu diesem Zeitpunkt hätte Lucy längst wissen müssen, wie

es um ihn bestellt war. Doch ein Blick auf die trostlose Gestalt vor ihr am Tisch machte Chiara klar, dass Liebe häufig seltsame Wege geht. Lucy *hatte* es gewusst, und sie war trotzdem bei ihm geblieben.

»Ich war zuerst mit ihm zusammen«, sagte Lucy tonlos. »Vor dir. Wir hatten ... Gleich, nachdem er das erste Mal bei uns in der Firma war, haben wir uns getroffen. Das hat ihn aber nicht daran gehindert, sich auch an dich heranzumachen. Er sagte, er findet dich toll. So einfach war das für ihn.«

Chiara betrachtete sie, starr vor fassungslosem Mitgefühl. »Warum hast du nichts gesagt, um Himmels willen!«

Lucy zuckte die Schultern. »Was hätte ich denn sagen sollen? Dass er mir gehört? Er wollte mich ja nicht mehr. Nicht zu jener Zeit. Er wollte dich.«

Chiara starrte auf die fein gemaserte Holzplatte des Tisches. »Warum ist Paolo überhaupt zu Brunello & Scarlatti gekommen?«

»Er hat ... er hat sich nicht mit seinem Bruder verstanden. Manchmal hatte er eine gute Idee für eine Verbesserung im Weinbetrieb, aber das wurde nie angenommen.«

Also war ihre Ehe letztlich das Ergebnis einer Trotzreaktion? Chiara hatte geglaubt, mit mehr Gelassenheit an die Vergangenheit denken zu können, doch jetzt spürte sie, wie die alte Bitterkeit wieder hochkam.

»Ein einziges Wort von dir hätte mir vielleicht viel erspart.«

Lucy blickte sie an. Etwas flackerte in ihren Augen auf, von dem Chiara glaubte, dass es vielleicht Hass war.

»Wenn ich gewusst hätte, dass er dir ein Kind macht und dich heiratet, hätte ich nicht geschwiegen.«

»Warum bist du mit ihm weggegangen?«

»Weil ich ihn liebte«, sagte Lucy schlicht. »Ich habe ihn immer geliebt. Er war alles für mich, was ich mir je in meinem Leben erträumt habe.«

Mit einem Mal musste Chiara daran denken, was Fabio zu ihr gesagt hatte.

Wir hatten einen Riesenstreit. Ich habe ihm gedroht, ihm endgültig das Haus zu verbieten. Da hat er auf einmal behauptet, nicht er hätte den Schmuck verkauft, sondern seine englische Freundin, der er ihn zuvor gegeben habe.

Er hat mir noch mehr über dich erzählt. Schlüpfrige sexuelle Details aus eurer Beziehung, und in Verbindung damit Einzelheiten, wofür du das Geld, das du für den Schmuck eingeheimst hattest, ausgegeben hast.

Chiara konnte keine Abneigung empfinden, nicht gegen diese ausgebrannte, vernichtete Frau. Vielleicht war Lucy von ihnen allen am schlimmsten verletzt worden, weit mehr als die anderen, denen Paolo durch seine bloße Existenz das Leben schwer gemacht hatte.

»Brauchst du Geld?«, fragte sie.

Lucy schüttelte den Kopf, doch ihre zitternden Hände und die stumpfen Augen sprachen eine andere Sprache. Chiara verstand nicht viel von diesen Dingen, doch sie hätte schwören mögen, dass die Engländerin in ein Krankenhaus gehörte.

»Bitte lass dir helfen«, sagte Chiara.

»Nein.« Lucy stand auf. »Ich bin auch nur noch einmal hergekommen, um dir zu erzählen, was am Schluss abgelaufen ist. Ich finde, du hast ein Recht darauf, weil du ja seine Frau warst und so.« Sie holte Luft und ging zu der gemauerten Brüstung, welche die Terrasse zum Tal hin abgrenzte. »Gott, ist das schön hier. Ich wusste gar nicht, dass deine Familie hier ein so wunderschönes Zuhause hat.« Sie sammelte sich, dann fuhr sie fort: »Wir waren in Berlin. Ein paar streitsüchtige Neonazis haben ihn zusammengeschlagen, und er musste ins Krankenhaus. Er war ziemlich schwer verletzt. Ich saß plötzlich ohne einen Cent im Hotel und hatte keine Ahnung, wann er wieder rauskommt. Er hatte buchstäblich unser letztes Hemd verkauft, und nur der Teufel wusste, wie wir die nächste Zeit überstehen sollten. Aber das Schlimmste war, dass er sich nicht mehr an mich erinnern konnte.« Lucy machte eine abgehackte Handbewegung. »*Pffft* – und sein Gedächtnis war weg. Einfach so. Der Arzt sagte, das würde bald wiederkommen, und so war es auch. Aber die einzige Person, an die er sich plötzlich wieder erinnerte, warst du. Er hat nur von dir gesprochen. Wie schön du bist. Dass du sein Kind erwartest. Dass er dich immer lieben wird. Lauter solches Gesülze.«

Lucy umklammerte die steinerne Brüstung. Entsetzen und Mitgefühl schnürten Chiara die Kehle zu. Wie viel Leid konnte ein Mensch ertragen? Wie viel hatte *Lucy* ertragen?

»Es hört sich jetzt vielleicht verrückt für dich an, aber es war sein heiliger Ernst. Er ist zurückgekommen, weil er mit dir von vorne anfangen wollte. Ich dachte einfach, dass du das wissen sollst. Er war nicht wirklich schlecht, Chiara. Niemand würde einen Menschen lieben, der wirklich schlecht ist. Er konnte die Dinge nur nicht richtig … einordnen. Ich möchte nicht, dass du ihn hasst, weil er so war, wie er war.« Lucy schaute angestrengt in die Ferne. »Ich konnte noch nicht mal zu seiner Beerdigung gehen. Man hätte mich gesehen. Und dann hätte man vielleicht schlecht über ihn geredet.« Lucy bewegte sich fahrig von der Brüstung weg. »So, jetzt habe ich mein Sprüchlein aufgesagt. Zeit, dass ich verschwinde. Mach's gut, halt die Ohren steif.«

»Bleib«, rief Chiara erschrocken. Doch Lucy eilte bereits, die dünnen Beine schauten wie zwei Stecken unter ihrem hässlichen roten Kleid hervor, mit großen Schritten davon.

Gleich darauf hörte Chiara das Zuklappen einer Autotür, und wenig später tauchte ein kleiner alter Wagen in der Zufahrt auf, um Augenblicke danach zwischen den Zypressen zu verschwinden.

19. KAPITEL

Anscheinend war dies der Tag der Besuche, denn am Nachmittag kam Luisa zu ihr ins Zimmer und teilte ihr mit, dass ein Mann sie sprechen wolle.

»Ich habe ihn in die Bibliothek verfrachtet, er wartet auf dich. Das heißt, ich könnte ihn auch wieder wegschicken, falls du ihn nicht sehen willst.«

Diesmal dauerte Chiaras bange, spannungsgeladene Ungewissheit kaum länger als einen Atemzug, gerade die Zeitspanne, die Luisa benötigte, um mit angewiderter Miene ihren nächsten Satz zu formulieren.

»Ich habe nichts gegen kleine, dicke, kahle, schwule Männer, wirklich nicht. Aber seine Hände ... Sie sind nicht nur einfach feucht wie bei manchen Spannern – sie sind *nass!*«

»Es ist eine Krankheit, man nennt es Hyperhidrose«, sagte Chiara geistesabwesend. Emilio war hier? Was wollte er von ihr, nach all diesen Wochen?

»Wer ist der Kerl?«, wollte Luisa wissen.

»Emilio Brunello.«

Luisa war überrascht. »Dein Geschäftspartner?«

Chiara nickte, schon auf dem Weg zur Tür.

»Gib ihm nicht die Hand«, rief Luisa ihr hinterher.

Emilio bot das übliche Bild, als Chiara die Bibliothek betrat. Er tigerte ohne Unterlass hin und her und war in der Betrachtung der antiken Bücherschränke und Regale versunken.

Als Chiara zur Tür hereinkam, fuhr er herum, einen Ausdruck reinen Entzückens auf dem Gesicht. »Das ist unglaublich!«, rief er aus, während er mit einer schwungvollen Gebärde den ganzen Raum erfasste. »Dieses Ambiente! Dieses herrliche, authentische Gutsherrenflair! Bei wem lässt deine Großmutter dekorieren?«

»Es hat schon vor hundert Jahren hier so ausgesehen.«

»Ah«, flüsterte er, und dabei schaute er so ehrfürchtig drein, als hätte er soeben vom Baum der Erkenntnis gegessen.

Dann kam er näher und betrachtete Chiara von Kopf bis Fuß. »Du bist völlig unverändert«, befand er erstaunt, als sei dies mindestens ebenso befremdlich wie Schnee im August.

Chiara verspürte einen schwachen Anflug von Belustigung. Sie hatte allen Grund, sauer auf ihn zu sein, doch komischerweise war sie nicht im Mindesten ärgerlich. Emilio hatte etwas an sich, dass es einem schwer machte, ihm böse zu sein.

»Es ist nur ein paar Monate her, seit wir uns zuletzt gesehen haben. Warum sollte ich anders aussehen?«

»Nun, du bist eine Witwe«, sagte Emilio würdevoll. Er senkte den Kopf, seine ganze Haltung triefte vor Pietät. Um ein Haar hätte Chiara laut gelacht. Was hatte er denn erwartet? Dass sie Schwarz trug und einen verhärmten Eindruck machte?

»Was willst du hier, Emilio?«

Die Frage schien ihn zu entrüsten. »Ziemt es sich etwa nicht für einen Mann von Ehre, seiner frisch verwitweten Teilhaberin seine Aufwartung zu machen?«

Teilhaberin? Misstrauisch suchte sie nach Anzeichen dafür, dass er sich über sie lustig machte, doch er sah nicht so aus, als würde er scherzen.

Einigermaßen konsterniert machte Chiara sich klar, dass er die Dinge, die er ihr bei ihrem letzten Telefonat um die Ohren geschlagen hatte, recht erfolgreich aus seinem Gedächtnis getilgt haben musste. Allem Anschein nach hatte er seine zuletzt geäußerte Meinung äußerst gründlich revidiert.

Er ging sogar so weit, eine kleine Verbeugung anzudeuten. »Mein Beileid, Contessa.«

»Danke«, erwiderte Chiara verblüfft.

Es klopfte an der Tür, und das Hausmädchen brachte frische Limonade, was Chiara Gelegenheit bot, sich von der Überraschung zu erholen und kurz nachzudenken.

Die Frage nach ihrer beruflichen Zukunft hatte sie in den letzten Tagen und Wochen zwar längst nicht so stark bedrückt wie die anderen Dinge, die ihr Kopfzerbrechen bereiteten, doch falls sich hier eine neue Perspektive bot, sollte sie das vielleicht als gutes Omen betrachten.

Emilio brauchte noch eine Weile, bis er zum eigentlichen Grund seines Besuchs vorstieß, aber das hatte Chiara nicht anders erwartet, weil es seine Art war, um den heißen Brei herumzureden. Aus der einen oder anderen devoten Bemerkung schloss Chiara, dass er sein Verhalten bedauerte. Er war nicht der Typ, der seine Fehler offen zugab, also war das hier vermutlich das Höchstmaß an Entschuldigung, das sie je erwarten konnte.

Kurz darauf war er offenbar der Meinung, dass dem Gebot der Höflichkeit ausreichend Genüge getan war, denn er beendete den Smalltalk und kam zum Geschäft.

»Wir arbeiten jetzt schon so lange zusammen, dass ich mich manchmal frage, wo all die Jahre geblieben sind«, begann er pathetisch.

»Es waren nicht mal drei«, sagte Chiara trocken.

»Richtig. Höchste Zeit, über eine vernünftige Beteiligung nachzudenken.«

Chiara traute ihren Ohren nicht. »Du willst mir eine höhere Beteiligung anbieten?«

»Was hältst du von fünfzig Prozent?«, fragte er strahlend.

»Auf einmal, aus heiterem Himmel?«

Beleidigt richtete er sich auf. »Ich hätte es schon längst getan. Aber du warst ja plötzlich verschwunden und wolltest nicht mehr für mich arbeiten!«

Darauf ging Chiara nicht ein. »Was hat dich zu diesem Sinneswandel bewogen?«

Überrascht erwiderte er ihren misstrauischen Blick. »Das fragst du noch? Liest du keine Zeitung? Alle Welt kauft den Supertoscano von Velaghese, Kindchen! Und wenn du mich fragst, liegt es nicht an dem Geschmack dieses roten Gesöffs, sondern an der neuen Flasche. Schließlich hat die ja auch den italienischen Designerpreis gewonnen, nicht das, was drin ist. Und die Etiketten sind auch ein Kunstwerk für sich. Beneidenswert, was du in dieser kurzen Zeit auf die Beine gestellt hast.«

Als Chiara verdattert schwieg, bedachte Emilio sie mit verdutzten Blicken. »Mensch, du wusstest das gar nicht! Wie ist das möglich?«

»Ich war nach dem Unfall wochenlang im Krankenhaus. Ich habe kaum Zeitung gelesen.«

»Aber es war sogar im Fernsehen! Eine sehr interessante Reportage! Und überall gibt es jetzt diese wundervollen Flyer, die du entworfen hast! Die Fotos sind übrigens genial, wir sollten viel öfter mit Pietro arbeiten.«

Chiara gab sich keine Mühe, ihren aufkommenden Argwohn zu verbergen.

»Falls du vorhattest, aus diesem Auftrag im Nachhinein Kapital zu schlagen – das läuft nicht. Meine Arbeit dort war rein privat, sie hatte nicht das Geringste mit Brunello & Scarlatti zu tun. Es gab keinen Vertrag und keine Bezahlung.«

»Was hältst du von mir!« Diesmal war Emilios Empörung alles andere als aufgesetzt. »Ich weiß doch, dass du es für die Familie deines Mannes getan hast, wie könntest du dafür

Geld nehmen! Das wäre ja ... unfein!« Das spekulative Funkeln in seinen Augen ließ allerdings keinen Zweifel daran, dass er künftige, möglichst familienfremde Geschäfte weit lukrativer einschätzte. Erwartungsvoll beugte er sich vor. »Sagt dir mein Angebot zu? Ich finde es sehr großzügig.«

»Ich lasse es mir durch den Kopf gehen«, versprach sie.

Emilio nahm das offenbar als Zusage. Erfreut rieb er sich die Hände an der Hosennaht ab und stand auf. »Wann können wir wieder im Büro mit dir rechnen?«

»Ich ruf dich an.«

»Dann will ich dich jetzt nicht länger aufhalten. Sicher hast du noch viel zu tun. Ich hörte, dass hier morgen eine Familienfeier stattfindet.«

»Meine Großmutter wird achtzig.«

Emilio riss ungläubig die Augen auf. »Wirklich? Dafür sieht sie aber unglaublich gut aus! Keine einzige Falte, und das rote Haar wirkt völlig echt!«

Chiara unterdrückte ein Grinsen. Emilio mochte zuweilen ein Trottel sein, aber auf eine gewisse Art musste man ihn gern haben.

»Komm«, sagte sie, »ich bringe dich zur Tür.«

Später am Nachmittag ging sie in die Küche, um Sophia und Luisa bei den Vorbereitungen für das Essen zu helfen, das es am nächsten Tag geben sollte. Luisa hatte vorgeschlagen, dass man die Verpflegung für die erwarteten Gäste auswärts bestellte, doch das hatte Sophia mit einem abfälligen Schnauben abgetan. Zusammen mit Luisa und drei Köchinnen aus dem Dorf war sie seit Tagen praktisch ununterbrochen damit beschäftigt, Unmengen von Essen vorzubereiten. Die eigentliche Feier sollte zwar nur im engsten Familienkreis stattfinden, doch es war damit zu rechnen, dass hunderte von Leuten aus der ganzen Umgebung zum Gratulieren auftauchen würden. Allein auf dem Gut lebten dutzende von Bauern, die Saisonarbeiter und Hausangestellten nicht mitgezählt. Rechnete man noch Sophias zahlreiche Freunde und Bekannte aus Montepulciano hinzu, so war abzusehen, was für ein Auftrieb an diesem achtzigsten Geburtstag herrschen würde.

Chiara arbeitete fast bis zehn Uhr in der Küche mit, dann wurde ihr der Hitzedunst zu viel. Die ständig wechselnden, durchdringenden Gerüche erschwerten ihr das Atmen. Chiara hatte das Gefühl, ersticken zu müssen, wenn sie nicht bald an die frische Luft kam. Auf ihrem Weg in die Halle bemerkte sie, dass der Küchendunst sich in ihren Haaren und Kleidern festgesetzt hatte. Sie roch wie eine wandelnde Speisekarte. Naserümpfend ging sie nach oben, um zu baden.

Das Badezimmer war ihr absoluter Lieblingsraum im ganzen Haus. Jedes Mal, wenn sie in der großen, mit Klauenfüßen bewehrten Wanne saß, fühlte sie sich in ein wundervolles Märchen versetzt, umgeben von goldhaarigen Nixen, grimmigen Wassermännern, herrlich blühenden Unterwasserpflanzen und silbern schimmernden Fischen. Die kunstvollen Mosaike, mit denen das Bad vom Fußboden bis zur Decke ausgelegt war, stammten ursprünglich aus dem neunzehnten Jahrhundert. Ein Teil davon war während des Krieges zerstört worden, doch Sophia hatte es originalgetreu restaurieren lassen.

Nach einer entspannenden, traumverlorenen halben Stunde im heißen Badewasser wusch Chiara ihr Haar, bevor sie frische Sachen anzog und wieder nach unten ging.

Die Arbeiten in der Küche waren mittlerweile eingestellt worden. Im Wirtschaftstrakt des Hauses war es dunkel. Die Aushilfskräfte waren gegangen.

Aus dem Salon ertönte Klavierspiel; es verging kaum ein Abend, an dem Sophia sich nicht auf diese Weise entspannte.

Chiara zögerte einen Moment lang, doch dann entschied sie, ihren ursprünglichen Vorsatz in die Tat umzusetzen und noch eine Runde spazieren zu gehen.

Diesmal schlug sie den Weg ein, der zum Familienfriedhof von La Befana führte. Der Mond erhellte den Pfad vor ihr und tauchte die ganze Umgebung in bleiches Licht. Das Schindeldach der Kapelle schimmerte silbrig in der Dunkelheit, und der Marmor der Grabsteine war von einem matten Glanz überzogen.

Viele Menschen hatten hier ihre letzte Ruhestätte gefunden, nicht nur die Mitglieder der Familie Scarlatti, sondern auch zahlreiche namenlose Flüchtlinge, die während des Krieges in den Wäldern und Hügeln von La Befana erfroren, verhungert oder von den Mördern der Fascia und der Nazis umgebracht worden waren.

Vor dem Grab ihres Großvaters blieb Chiara stehen. Mühsam versuchte sie, in der Dunkelheit die Inschrift auf dem Marmor zu entziffern. Natürlich war sie schon mehrmals hier gewesen, doch sie hatte die genauen Daten vergessen.

»Geboren am dritten Mai neunzehnhundertacht, gestorben am vierzehnten Januar neunzehnhundertneunundneunzig.« Sophias Stimme hinter ihr war nur ein Hauch, doch Chiara verstand jedes Wort.

»Vermisst du ihn sehr?«, fragte sie.

Sophia nickte. »Natürlich. Manchmal fehlt er mir so sehr, dass ich schreien möchte.« Sie senkte den Kopf, und ihr Haar leuchtete in der Dunkelheit auf. »Ich versuche, mich damit zu trösten, dass er ein gesegnetes Alter erreicht hat. Dass er bis zum Ende klar war und ganz er selbst. Dass ich bei ihm sein konnte, als er ging. Man sagt, dass die Zeit alle Wunden heilt. Aber mir hilft nur der Gedanke, dass ich irgendwann wieder mit ihm zusammen sein werde.« Sie lächelte schwach. »Nicht zu bald natürlich. Ich lebe gern.«

»Gab es irgendwann mal eine Zeit, in der du dachtest, es ginge nicht mehr?« Chiara furchte die Stirn und überlegte, wie sie ihre Frage klarer formulieren konnte. »Ich meine, hat er jemals etwas gesagt oder getan, mit dem er dich so sehr verletzt hat, dass du ihn nie wiedersehen wolltest?«

»O ja«, sagte Sophia sofort. Ein grimmiger Zug zeigte sich auf ihrem Gesicht. »Er hat etwas wirklich Schlimmes getan. Er hat mich geheiratet.«

Chiara lächelte zögernd, doch gleich darauf erkannte sie, dass Sophia keinen Witz gemacht hatte. »Das meinst du ernst«, sagte sie erstaunt.

Sophia nickte. »Und ob.«

»Was war so schlimm daran?«

»Er war bereits mit einer anderen Frau verheiratet.«

Chiara blieb der Mund offen stehen. »Du meinst ...« Sie wagte nicht, es auszusprechen.

Sophia hatte damit kein Problem. »Ordinäre, schlichte Bigamie. Es gab zwischen ihm und seiner früheren Frau keine eigentliche Ehe mehr. Sie lag seit langer Zeit nach einem Selbstmordversuch, der ihre Persönlichkeit ausgelöscht hatte, im Koma, in einem Pflegeheim. Als Richard mir gestand, dass er verheiratet war, lebte sie ironischerweise gar nicht mehr. Sie war kurz zuvor gestorben. Er wusste es nur noch nicht.«

Chiara konnte kaum fassen, welches Drama sich in ihrer Familie abgespielt hatte. Ob ihr Vater davon wusste?

»Warum hat er das getan?«, fragte sie neugierig. »Aus Liebe?«

»Natürlich aus Liebe. Nicht, um mich ins Bett zu kriegen, da hatte er mich vorher schon.« Sophia kicherte leise. Plötzlich wirkte sie sehr jung. »In erster Linie tat er es, weil ich mit deinem Vater schwanger war. Und weil ich aus einer sehr angesehenen, ehrenhaften Familie stammte. Ich war die Tochter eines Marchese und er ein ranghoher Offizier. Er wollte nur mein Bestes. Es war hier ein offenes Geheimnis, dass wir uns liebten, und mit dem unehelichen Kind eines Deutschen hätte ich leicht in Schande fallen können. Die Deutschen waren hier nicht gerade beliebt zu der Zeit, weißt du.«

»Wie hast du es herausbekommen?«

»Er sagte es mir von sich aus, ein paar Tage, nachdem Enrico geboren worden war.«

»Wie hast du reagiert?«

Sophia hob die Schultern. »Ich warf ihn auf der Stelle raus.«

»Hast du lange gebraucht, um darüber hinwegzukommen? War es schwer für dich?«

»Ziemlich schwer. Ich habe ihn erst nach einem Jahr wiedergesehen.«

Chiara erschrak. »So lange warst du böse auf ihn?«

»Nein, natürlich nicht.« Sophias Stimme klang weich. »Ein paar Wochen vielleicht. Aber er war in englischer Kriegsgefangenschaft und konnte nicht eher nach Hause kommen.«

»Gab es etwas, das dir dabei geholfen hat, ihm zu verzeihen?«

»Eine Weile dachte ich, nie darüber hinwegkommen zu können. Für mich war Liebe vor allem Offenheit, Vertrauen, gegenseitige Hingabe. Dass er mich vor Gott und der Welt mit einem derart schändlichen Geheimnis zur Frau nehmen konnte, war in meinen Augen der schlimmste nur denkbare Verrat. Dazu kamen meine anderen Sorgen. Es war nicht leicht in dieser Zeit. In Italien tobte der Krieg, wir hatten nichts zu essen, das ganze Gut war mit den Tretminen der Deutschen gespickt, und unser Haus lag teilweise in Trümmern. Ich hatte zwei Säuglinge zu versorgen, deinen Vater und Luisa, und dutzende weiterer hungriger Mäuler aus der ganzen Umgebung, die von mir abhängig waren. Ich war die Herrin dieses Gutes und für alle verantwortlich.« Sie holte tief Luft. »Ich war ganze einundzwanzig Jahre alt.«

Plötzlich streckte sie den Arm aus und ergriff Chiaras Hand. »Komm mit, ich möchte dir etwas zeigen.«

Chiara folgte ihrer Großmutter den ausgetretenen Pfad zwischen den Grabreihen hindurch, tiefer in die Dunkelheit des Friedhofs hinein. Vor einem älteren Grabstein blieben sie stehen.

Sophia holte eine kleine Taschenlampe hervor und knipste sie an. Chiara las die Inschrift, die von dem runden Lichtkegel erhellt wurde.

Roberto Giuliano Alfonso di Scarlatti, geb. 1895, gest. 1943

Ihr Urgroßvater.

»Ich war damals oft hier oben an seinem Grab und stellte mir vor, wie er die Dinge geregelt haben würde, wenn er noch da gewesen wäre. Ich habe mich daran erinnert, was er zu mir gesagt hat, kurz bevor er starb. Ich höre die Worte heute noch, sie haben mich ein Leben lang begleitet, und diese Worte meines Vaters waren es auch, die mir geholfen haben, als ich glaubte, meine Liebe für immer verloren zu haben. Er sagte: Liebe geht wie der Zufall manchmal seltsame Wege. Das Schicksal zeichnet uns diese Wege vor, und man kann nicht anders, als ihnen zu folgen.« Sophia räusperte sich. »Er hatte Recht, weißt du. Der Weg war immer da, ich konnte ihn nur eine Zeit lang nicht sehen.« Sanft legte sie Chiara die Hand auf die Schulter. »Für dich gibt es diesen Weg auch, du musst nur richtig hinschauen. Wenn du weißt, wo du suchen musst, ist es ganz einfach. Es gibt nur einen Ort, wo du ihn findest.«

Mit diesen Worten drückte sie Chiara die Taschenlampe in die Hand und ging davon. Ihre leisen Schritte entfernten sich, und Augenblicke später verschwand ihre Gestalt in der Dunkelheit zwischen den Gräbern.

Chiara starrte auf die Lampe in ihrer Hand. *Es gibt nur einen Ort …*

Es gab diesen Ort, und mit einem Mal begriff Chiara, was ihre Großmutter gemeint hatte. Sie musste in ihr Herz schauen, um ihn zu finden. Der Weg war in ihr selbst. Und dann, ganz plötzlich, lag er vor ihr, breit und gerade und hell erleuchtet. Sie brauchte ihm nur noch zu folgen.

Eilig kehrte sie zum Haus zurück. In der Halle traf sie auf ihren Vater.

»Was hast du vor?«, rief er verblüfft, als sie schlitternd auf dem glatten Marmorboden vor ihm zum Stehen kam.

»Kannst du mir deinen Wagen leihen?«

»Du willst noch weg?«

Sie nickte atemlos. »Ich bin morgen rechtzeitig zur Feier wieder da, keine Sorge. Aber heute Abend … Ich habe noch etwas zu erledigen.«

»Was denn, wenn ich fragen darf?«

Chiara zögerte, dann holte sie tief Luft. »Ich habe etwas wiedergefunden, von dem ich dachte, ich hätte es verloren. Jetzt gehe ich, um es mir zu holen.«

Enrico musterte sie eingehend, dann reichte er ihr mit resigniertem Lächeln die Autoschlüssel. »Der hässliche lange Kerl mit den blauen Augen, nicht wahr?«

»Er ist nicht hässlich«, rief sie, schon auf dem Weg nach draußen.

Anfangs fuhr sie vorsichtig und bremste übertrieben in jeder Kurve, doch nach kurzer Zeit war ihre Ungeduld stärker als ihre Ängstlichkeit. Sie legte die Entfernung zwischen La Befana und Velaghese in weniger als einer Stunde zurück.

Ihr Herz klopfte zum Zerspringen, als die malerischen Umrisse des Kastells im Licht der Scheinwerfer vor ihr auftauchten. Sie parkte den Wagen in der Einfahrt, stieg aus und ging langsam auf die Tür zu. Plötzlich war sie wieder unsicher.

Nicht, was ihre Gefühle betraf. In diesem Punkt hegte sie nicht mehr den leisesten Zweifel. Doch das dunkel vor ihr aufragende Haus hatte mit einem Mal etwas Bedrohliches bekommen. Chiara hatte den absurden Gedanken, dass es aussah, als sei es lebendig geworden – die Fenster tückische Augen, die sie beobachteten, und das Eingangsportal ein riesiger Schlund, der gierig auf ihr Eintreten lauerte.

Sie hatte etwas in dieser Art erwartet, aber nicht, dass ihr Unbehagen so stark sein würde.

Im nächsten Moment wurden ihre Vorbehalte schlagartig beiseite gefegt, denn die Tür ging auf und Fabio stand vor ihr. Er starrte sie an wie einen Geist. Seine Lippen bewegten sich, aber er brachte keinen Ton hervor. Schließlich räusperte er sich, und sein Adamsapfel bewegte sich krampfartig. »Du bist gekommen«, flüsterte er heiser. Auf seinem Gesicht wechselten die Empfindungen mit rasender Geschwindigkeit: Schmerz, Ungläubigkeit, und dann, langsam und zögernd, ein flüchtiger Schimmer von Hoffnung.

»Ja«, sagte sie einfach. »Weil ich dir etwas sagen muss.«

»Was?«

»Viele Dinge. Aber das Wichtigste zuerst. Ich liebe dich.«

Ihre Arme zuckten in dem Verlangen, ihn zu umarmen, doch sie blieb abwartend stehen. Das Ende des Weges war fast erreicht, aber das letzte Stück musste er ihr entgegenkommen.

Und genau das er tat. Mit zwei Riesenschritten war er bei ihr und riss sie in seine Arme. Chiara lachte und weinte und zitterte, während er sie an sich presste. Sie glaubte, ersticken zu müssen, so fest hielt er sie. Doch es machte ihr nichts aus, im Gegenteil. Sie genoss das herrliche Schaben seiner Bartstoppeln an ihrer Wange, das heftige Pochen seines Herzens an ihrer Brust, die harten Muskeln seiner Oberschenkel an ihren Hüften.

Er bog den Kopf ein wenig nach hinten, um sie küssen zu können, und Chiara kam ihm bereitwillig entgegen. Der Geschmack seines Mundes erregte sie binnen weniger Augenblicke so sehr, dass sie ihre Hände kaum noch im Zaum halten konnte. Ihm ging es jedoch nicht anders. Chiara kannte ihn gut genug, um das Zittern seines Körpers und das Stöhnen, das aus der Tiefe seiner Brust stieg, richtig deuten zu können.

Mühsam löste sie sich von ihm. »Ich glaube, wir verschwinden lieber, sonst bieten wir hier noch ein Schauspiel.«

Er musterte sie besorgt und verunsichert. »Willst du nicht mit reinkommen?«

»Später. Ich ... ich möchte jetzt nicht im Haus sein.«

»Wollen wir in den Garten gehen?«

Chiara schüttelte entschieden den Kopf. »Können wir nicht ein Stück laufen?«

Er nahm ihre Hand und zog sie vom Haus weg, die Zufahrt hinunter. »Ich weiß zwar nicht, wie lange ich laufen kann, aber ein Stück schaffe ich wohl noch. Vorausgesetzt, besagtes Stück ist nicht allzu lang.«

Chiara kicherte und klammerte sich an seiner Hand fest, aufgeputscht von herrlicher, unbezähmbarer Erregung und Vorfreude. Warum hatte sie so lange gewartet?

Weil es eben so lange gedauert hat, beantwortete sie sich gleich darauf ihre eigene Frage. Wenn sie vorher gekommen wäre, hätte es vielleicht nicht so sein können wie jetzt.

Er brachte sie zu den Ställen. Aus den Boxen drangen die schwachen Geräusche von schnaubenden Nüstern zu ihnen herüber, hin und wieder unterbrochen vom Scharren eines Hufs oder dem trockenen Knistern von Stroh. Es roch nach Heu und Pferdedung.

Fabio zog sie zu dem ehemaligen Kutscherhaus, einem kleinen Ziegelbau neben den Stallungen. Das Innere des

Hauses bestand aus einem einzigen Raum mit einem winzigen Fenster, und es gab keine Einrichtung außer einem verrosteten Ofen und einer alten Pritsche. Fabio verriegelte die Tür hinter ihnen und kam auf sie zu. Im gespenstischen Zwielicht des Mondes wirkten seine Augen schwarz wie Kohle. Er zerrte mit einem Ruck sein Hemd über den Kopf, und mit einem weiteren Handgriff entledigte er sich seines Gürtels. Während er achtlos mit den Füßen seine Hose zur Seite schleuderte, kam er näher. Chiara stand dicht gegen die Wand gepresst. Unter ihren Handflächen fühlte sie das rissige Holz, das noch warm von der Hitze des Tages war. Sie atmete laut und schwer, als wäre sie kilometerweit gelaufen. »Ich habe dich vermisst«, flüsterte sie. »Lieber Himmel, du hast mir so gefehlt!«

Im nächsten Augenblick war er bei ihr. »Gott helfe mir, ich möchte es dir schön machen. Aber es ist so lange her, und ich kann jetzt nicht warten.«

Chiara tastete nach seiner Hand, hob sie an und legte sie auf ihr wild pochendes Herz. »Dann warte nicht.«

20. KAPITEL

Später entflohen sie der stickigen Enge des Kutscherhauses und schlenderten die Straße entlang. Fabio hatte den Arm um sie geschlungen, und Chiara kostete genüsslich seine Nähe aus. Die Nacht um sie herum war voller Düfte und Geräusche. Chiara hätte ewig so weiterwandern mögen, doch sie spürte, dass es Zeit wurde, über alles zu reden. Bis jetzt hatten sie beide nicht viel gesagt, sondern stattdessen ihre Körper sprechen lassen. Aber die Probleme, die zwischen ihnen standen, wurden dadurch nicht geringer. Chiara beschloss, die Aussprache auf einem Nebenkriegsschauplatz zu beginnen.

»Wie geht es euch hier auf Velaghese? Wie ging es weiter nach … nach dem Unfall?«

»Nicht gut. Abgesehen vielleicht von unserem durchschlagenden Vermarktungserfolg. Wir haben so viele Bestellungen, dass ich doppelt so viel Wein anbauen könnte. Aber das … es war auf einmal nicht mehr wichtig. Paolos Tod … Für Valeria und Giovanna ist eine Welt zusammengebrochen. Und ich habe mich deinetwegen verrückt gemacht. Kein Mensch wusste, wo du warst, und ich …«

»Aber ich war auf La Befana!«

»Darauf bin ich schließlich auch gekommen. Aber zunächst hieß es, dass du in London bist.«

»Mit wem hast du gesprochen?«

»Mit deiner Großmutter. Ich habe sie angerufen und habe nach dir gefragt.«

Chiara stutzte, doch dann lachte sie leise.

»Was ist daran so komisch?«

»Sie wusste, dass ich noch nach dem Weg suchte, und vermutlich dachte sie, dass ich ihn von allein finden müsse.«

»Ich verstehe kein Wort.«

»Nicht so wichtig. Was hast du dann getan?«

»Versucht, dich in London ausfindig zu machen. Einmal hatte ich Glück und hatte deinen Vater an der Strippe. Er befahl mir, dich in Ruhe zu lassen, da du dich noch nicht von dem ganzen Stress erholt hättest. Nun, ich sagte mir, dass ich das aus deinem eigenen Mund hören wollte und flog nach London. Das war letzte Woche. Ich fand weder dich noch ihn.«

»Da war er schon wieder auf La Befana.«

Fabio nickte grimmig. »Ich war noch nicht so weit, aufzugeben. Mir wurde langsam klar, dass deine Familie mich an der Nase herumführte. Du hättest mich dieser Tage schon noch gesehen.«

Chiara seufzte. Es ließ sich nicht länger hinausschieben. »Komm, wir setzen uns ein bisschen.«

Sie hockten sich auf einen Erdwall am Straßenrand, dicht hinter ihnen die steil ansteigenden Reihen der Reben. Chiara lehnte sich gegen Fabios Schulter. »Die Sache während des Palio war nicht der einzige Grund, warum ich nicht eher gekommen bin.«

»Glaub mir, ich …«

Sie hob die Hand. »Warte, lass mich ausreden. Diese Sache habe ich überwunden, obwohl ich zuerst schrecklich böse deswegen war. Du hast da ein ziemlich mieses Intrigenspiel eingefädelt. Keine Frage, du hast es vor allem aus Hass und Rachsucht getan. Aber ich habe im Nachhinein auch deine Verzweiflung erkannt, die hinter allem stand. Du hast immer versucht, sie vor mir zu verbergen, weil du stark sein wolltest.« Ihre Stimme wurde leise und liebevoll. »Man hat dir schon von klein auf eingebläut, dass du stark zu sein hast, nicht wahr? Dass du die anderen beschützen musst, weil du größer und kräftiger warst als sie alle. So war es doch, oder? Du hast geahnt, dass meine beste Freundin jene Engländerin war, von der Paolo gesprochen hatte, und du hast nichts gesagt, um mir nicht noch zusätzlich wehzutun.«

»Sprich weiter«, sagte er ruhig.

Sie holte Luft. »Ich will dir noch erzählen, was im Wagen passiert ist. Zuerst haben wir gesprochen, Paolo und ich.«

»Was hat er gesagt?«

»Er hat unter anderem gemeint, du würdest über Leichen gehen. Dass Alfonso nur der Anfang war, da Giovanna ihn anderenfalls geheiratet hätte und somit die Gefahr bestand, dass die beiden die Auszahlung ihres Anteils am Gut verlangt hätten.«

Fabio setzte zu einer Bemerkung an, doch Chiara bedeutete ihm mit einer knappen Geste, ihr weiter zuzuhören. »Er sagte auch, du könntest nicht zulassen, dass ich sein Kind bekäme, weil damit ein weiterer Anwärter auf das Gut existieren würde.«

Sie drückte seine Hand und fuhr leise fort: »Kurz: Er hat eine Menge ausgemachten Blödsinn erzählt, den ich keinen Moment lang geglaubt habe.«

Fabio stieß heftig den Atem aus, und Chiara fuhr überrascht zu ihm herum. »Dachtest du etwa, ich hätte auch nur ein Wort davon für wahr gehalten?«

Als er stumm die Schultern hob, runzelte Chiara nachdenklich die Stirn. »Na ja, ich gebe zu, als ich merkte, dass die Bremsen manipuliert worden waren, dachte ich vielleicht eine winzig kleine Millisekunde lang ... Oder nein, höchstens eine Nanosekunde. Wenn überhaupt.«

Seine Hände schossen hoch und packten sie bei den Schultern. Erregt beugte er sich vor und starrte ihr eindringlich ins Gesicht. »Was sagst du da?«

Sie entwand sich seinem harten Griff und massierte sich die Schulter. »Nicht so fest. Das ist ein frisch verheilter Bruch, mein Lieber.« Dann holte sie entschlossen Luft. »Es tut mir Leid, ich wollte es dir nicht so beiläufig sagen. Denn das ist der eigentliche Punkt, auf den ich die ganze Zeit zu sprechen kommen wollte. Nun, wie auch immer, jetzt weißt du es. Die Bremsen funktionierten nicht, jemand hat die Bremsleitungen gekappt oder was man sonst tun muss, um sie lahm zu legen.«

»Bist du sicher?«

»So sicher, wie ein Laie da nur sein kann. Was dachtest du denn, wie es zu dem Unfall gekommen ist? Etwa, dass Paolo mich erschreckt hat?«

»Das war die Version, die ich der Polizei erzählt habe. Eine nett gemeinte Überraschung des verliebten Bräutigams nach langer Auslandsreise, die in einem tragischen Unglück endete.«

Chiara nickte. Damit war auch geklärt, warum sie nach dem Unfall keinen Besuch von der Polizei erhalten hatte.

»Und welches war deine private Version?«, fragte sie.

»Dass es im Wagen ein Handgemenge gab. Ich weiß, dass du zwar manchmal schreckhaft bist, aber deine Reflexe ausgezeichnet unter Kontrolle hast.«

Er starrte stumm vor sich hin, die Brauen grübelnd zusammengezogen.

»Da war noch etwas«, fuhr Chiara fort. »Es liegt schon eine Weile zurück, und damals hatte ich der Angelegenheit keine besondere Bedeutung beigemessen, weil ich gar nicht auf die Idee gekommen bin, dass etwas daran faul war.«

»Worauf willst du hinaus?«, fragte er mit kaum gezügelter Ungeduld.

»Auf eine Verletzung«, sagte sie ruhig.

Sie erzählte ihm von dem Schnitt, den sie sich beim ihrem Treppensturz zugezogen hatte. »Damals bin ich an irgendetwas hängen geblieben, aber erst nach dem Autounfall ist mir klar geworden, dass jemand bei diesem Sturz nachgeholfen haben muss. Mit einem quer über die Treppe gespannten Draht zum Beispiel.«

»Du meinst, jemand könnte versucht haben, dich zu töten?«

»Nein«, korrigierte sie. »Kein Konjunktiv. Jemand *hat* es versucht. Am Anfang war vielleicht nur beabsichtigt, dass ich verschwinde, aber am Ende sollte es möglichst für immer sein. Das war in den letzten Wochen der Hauptgrund, warum ich nicht hergekommen bin. Ich befand mich in einem Zwiespalt.« Mit beiden Händen machte sie eine umfassende Geste, hinaus in die Weite der Nacht.

»Das hier – es ist dein Leben. Wie kann ich dir das wegnehmen?«

»Was, zum Teufel meinst du damit?«

»Du kannst den Rest deiner Familie nicht einfach auf einen unbewiesenen Verdacht hin fortschicken. Und du selbst würdest niemals von hier weggehen wollen.«

»Was glaubst du, wer es getan hat?«

Chiara lachte bitter. »Es gibt ja wohl keine große Auswahl, oder? Giovanna, Valeria, Maria – und du.« Sie blickte ihn ernst an. »Ich weiß nur eins: Du bist es nicht gewesen.«

»Maria ist längst wieder in Polen. Und was macht dich so sicher, dass nicht ich es war?«

Sie nahm seine Hand, drehte sie um und küsste sacht die schwielige, verschwitzte Innenfläche. »Keine Ahnung.«

»Ein überzeugender Grund.« Er lächelte kaum merklich, dann fuhr er auf. »War da gerade ein Geräusch?«

»Ich habe nichts gehört.«

Nervös sprang er auf, eilte zur Mitte der Straße und

lauschte in alle Richtungen, dann kam er zurück und blieb dicht vor Chiara stehen. »Es gibt da etwas, das du noch nicht weißt. Vielleicht ist nun die Zeit gekommen, es dir zu erzählen.«

Hinter Chiara knackte ein Zweig, und als sie reflexartig herumfuhr, sah sie einen weißen Schleier vorbeihuschen. Im nächsten Moment stand Giovanna barfuß oben auf dem Erdwall, die nackten Beine gespreizt, die Hände in die Hüften gestemmt. Das hauchdünne Nachthemd umwehte sie wie flüssiges Silber, und ihre Augen waren dunkle, unergründliche Seen im Mondlicht.

»Du willst unser Familiengeheimnis ausplaudern?«, fragte sie mit einem elfenzarten Kichern. »Nur zu, ich will es auch hören. Es ist mein gutes Recht, findest du nicht?«

Fabio war abrupt stehen geblieben. Sein Gesicht war hart wie Stein. »Du kannst es selbst erzählen, wenn du schon hier bist.«

»Sicher, warum auch nicht. Schließlich gehört Chiara zur Familie. Oder zumindest so ungefähr.« Sie warf zuerst Fabio, dann Chiara anzügliche Blicke zu. »Also sperr die Ohren auf, damit dir nichts entgeht: Ich war die Geliebte deines Mannes.«

Chiara starrte sie an, bis die Konturen der schlanken, groß gewachsenen Gestalt zu einer diffusen blassen Fläche verschwammen. Von allen abenteuerlichen Vermutungen und Konstruktionen war dies das Letzte, was ihr je in den Sinn gekommen wäre.

»Wir haben schon früh damit angefangen«, fuhr Giovanna fort. Ihre Stimme klang gelassen, als sei es das Natürlichste von der Welt. »Ich war erst zwölf. Aber schon damals hat es mir Spaß gemacht. Und ihm natürlich auch.«

Fabio gab ein gepresstes Stöhnen von sich.

»Ah, mein guter Stiefbruder. Er leidet wie ein Tier, merkst du es? So hat er immer darunter gelitten. Er hat es gewusst, von Anfang an. Der liebe Fabio war in unser süßes Geheimnis eingeweiht. Aber er durfte es niemandem erzählen, denn wir haben damit gedroht, uns umzubringen.« Sie warf schwungvoll den Kopf nach hinten und fuhr mit beiden Händen durch ihre kurzen Locken. »Nach Papas Tod hat er es dann doch seiner Mutter erzählt. Er hat uns das mit dem Selbstmord wohl nicht mehr geglaubt. Oder es war ihm egal.« An Chiara gewandt fuhr sie fort: »Damit war Paolo endgültig erledigt. Sie haben ihm sein Erbe abgeknöpft und ihm Geld gegeben, damit er verschwand. Sie wollten Velaghese für sich allein.«

»Was ist mit deinem Erbteil?«

»Das existierte niemals«, sagte Giovanna. »In dieser Familie geht das Gut nur auf Söhne über. In dem Fall auf Fabio, denn Papa hatte ihn ja adoptiert. Sie hatten sich das alles sehr gut ausgerechnet.«

»Du weißt, dass du niemals zu kurz gekommen bist«, sagte Fabio ruhig. »Ich habe dir alle Wünsche erfüllt, so weit es mir möglich war. Und dass Paolo auf sein Erbe verzichtet hat, geschah nur zu unser aller Schutz. Wir hätten sonst schon längst kein Zuhause mehr.«

»Das Kind?«, fragte Chiara, von schmerzlicher Unruhe erfüllt.

»Ah!« Giovanna blähte die Nasenflügel. »Hast du Angst vor einem inzestuösen Bastard, der in die Erbfolge aufrücken könnte?«

»Es gibt kein Kind«, sagte Fabio. Er trat an Chiaras Seite und drückte kurz ihre Hand, dann erklomm er den Erdwall und legte den Arm um Giovanna. »Komm, ich bringe dich zurück.«

Mit hängendem Kopf ließ Giovanna sich von ihm zur Straße herunterhelfen. Chiara sah, dass ihre nackten Füße mit blutigen Schrammen übersät waren.

»Es gab ein Kind«, sagte Giovanna leise über die Schulter

zu Chiara. »Ich habe es verloren. Aber keine Sorge, es war nicht von Paolo. Alfonso war der Vater.«

Mit schleppenden Schritten folgte sie Fabio zum Haus. Chiara ging wenige Meter hinter den beiden her und versuchte, die neuen Informationen zu verdauen. Es war wie bei einem verwirrenden Puzzle. Einige Teile fügten sich problemlos zusammen, doch es gab auch andere, die nicht passten.

Im Haus war es vollkommen still. Chiara wartete in Fabios Zimmer, bis er Giovanna zu Bett gebracht hatte. Als er endlich zurückkehrte, wirkte er verschlossen und in sich gekehrt.

»Hat sie sich beruhigt?«, wollte Chiara wissen.

»Sie hat sich hingelegt. Ich habe ihr ein Beruhigungsmittel gegeben.« Er setzte sich zu ihr aufs Bett und rieb sich den Nacken. Chiara legte die Hand auf seine Schulter und spürte seine Verkrampfung.

»Du bist völlig verspannt!« Spontan kniete sie sich hinter ihn und begann, seine Schultern zu massieren. »Was soll jetzt aus ihr werden?«, fragte sie. »Du wirst sie nicht verhaften lassen können. Es gibt keinen Beweis dafür, dass sie eine Mörderin ist.«

»Das liegt daran, dass sie es nicht getan hat.«

Ihre Finger blieben reglos auf seinen Schultern liegen. »Was sagst du da?«

»Dass sie es nicht war. Sie war nie etwas anderes als ein Opfer, von Anfang an. Ich habe für sie getan, was ich konnte, aber es war nicht genug.«

»Aber wer …«

»Ich«, kam eine brüchige Stimme von der Tür.

Das Gewehr hob sich in obszöner Schwärze von dem knöchellangen, steifleinenen Nachthemd ab. Die Hände, die den Schaft umklammert hielten, zitterten, doch der Lauf war mit tödlicher Zielsicherheit aufs Bett gerichtet. Chiara blickte direkt in die dunkle Doppelmündung.

Fabio machte eine unwillkürliche Bewegung.

»Rühr dich nicht«, schnarrte Valeria. »Du weißt genau, dass ich treffe. Und ich ziele auf *sie.*«

»Ich bin die ganze Zeit von falschen Voraussetzungen ausgegangen«, sagte Fabio. Er sprach leise, wie zu sich selbst. »Ich war bis vor wenigen Minuten noch davon überzeugt, dass Paolo Alfonso erschossen hat.«

»Schweig«, befahl Valeria mit kalter Stimme. Sie sah aus wie immer. Eine nette alte Frau, die gern strickte und sich um ihre Kräuter kümmerte.

»Alfonso hat es herausgefunden, nicht wahr?«, fuhr Fabio unbeeindruckt fort. Er blieb ruhig sitzen, aber Chiara fühlte, wie seine Schultern sich unter ihren Händen zusammenzogen. »Und er hat damit gedroht, alles hinauszuposaunen. Das Unaussprechliche, von dem niemand wissen darf. War es nicht so? Du musstest den Skandal verhindern.«

»Sei still!«

»Und mit seinem Tod war es nicht zu Ende. Auf einmal war noch jemand da, der das Geheimnis entdecken würde. Paolos Frau.« Fabio wandte den Kopf und starrte die alte Frau an. »Hast du dich jemals gefragt, warum er geheiratet hat, Valeria? Paolo musste Giovanna noch etwas heimzahlen. Er konnte nicht damit fertig werden, dass sie sich von ihm lösen wollte. Dass sie einen ganz schlichten, bürgerlichen Traum leben wollte. Mit einem Mann und einem Kind. Dass sie dieses Kind bereits unter ihrem Herzen trug. Also hat er für einen gerechten Ausgleich gesorgt.«

Chiara hatte ihm wie betäubt zugehört. Ja, Paolo hatte sich an seiner Schwester gerächt. Und sie, Chiara, war das Mittel dieser Rache gewesen. Eine Frau, ein Kind. Er hatte sie hier abgelegt wie ein Kuckucksei und war verschwunden, so wie es die ganze Zeit sein Plan gewesen war.

»Hast du bei deinen Mordplänen nicht daran gedacht, dass sie Paolos Kind trug?«, fuhr Fabio fort.

Der Gewehrlauf zitterte mit einem Mal stärker.

»Sie war nicht gut für ihn.«

Er war nicht gut für mich! Chiara wollte der alten Frau die Worte ins Gesicht schreien, sie unter der Wucht ihrer Anklage zusammenzucken sehen. Doch sie gab keinen Ton von sich. Alles, was ihr blieb, war ein Spiel auf Zeit.

»Und sie hat die Ehe gebrochen«, flüsterte Valeria, das faltige Gesicht vor wildem Abscheu verzerrt. »Jede Nacht, bei jeder Gelegenheit! Sie ist eine Schlampe und hat den Tod verdient!«

Nur mit Mühe unterdrückte Chiara ein entsetztes Aufstöhnen.

»Stattdessen hast du deinen Enkel getötet«, sagte Fabio mit kalter, wohl berechneter Grausamkeit.

Valeria gab einen lauten, klagenden Schrei von sich. Mit glasklarer Schärfe sah Chiara, wie sich der gichtige Zeigefinger um den Abzug krümmte. Fabio, dessen Muskeln die ganze Zeit über bis zum Zerreißen angespannt gewesen waren, warf sich nach hinten, und noch bevor Valerias schriller Aufschrei verklungen war, hatte er Chiara rücklings vom Bett gestoßen.

Chiaras Ächzen ging unter in der krachenden Detonation des Schusses, und die Welt um sie herum löste sich auf in einer Explosion von Mörtel, Bettfedern und Blut.

Chiara lag seitlich neben dem Bett. Sie war mit großer Wucht auf dem Rücken gelandet, und der Aufprall hatte ihr alle Luft aus den Lungen gepresst. Die aufkommende Stille wurde von Fabios Stöhnen unterbrochen. Er war irgendwo über ihr auf dem Bett. Getroffen, vielleicht sogar tödlich.

Chiara hörte das Tappen von Valerias Hausschuhen. Sie wandte den Kopf, bis sie den Saum des Nachthemdes sehen konnte.

»Ich wollte ihn nicht töten«, sagte Valeria mit weinerlicher

Stimme. »Woher sollte ich wissen, dass er plötzlich in den Wagen steigt?«

Chiara hatte etwas gesehen, das sie dazu brachte, das Spiel auf Zeit weiterzuspielen. Sie rang nach Luft und ignorierte das Stechen in ihrem lädierten Zwerchfell.

»Was änderst du, wenn du uns auch noch umbringst?« Ihre Stimme war kaum mehr als ein ersticktes Keuchen. Fabios Stöhnen war inzwischen verstummt, und eine gespenstische Stille erfüllte das Zimmer.

Valeria lief um das Bett herum und stand dann direkt über ihr. Der lange Gewehrlauf senkte sich, bis er fast Chiaras Brust berührte.

»Manche Dinge im Leben muss man einfach zu Ende führen. Es ist eine Sache des Prinzips.«

Valerias Gesicht kam in ihr Blickfeld. Chiara glaubte, in ihren Augen so etwas wie Mitleid erkennen zu können.

»Du hättest das Zeug zu einer guten Frau gehabt. Du bist stark und klug und schön. Aber du hast keine Ehre, weil du nicht weißt, was Treue bedeutet.«

»Und du weißt nicht, was Liebe bedeutet.« Giovannas Stimme war leise, schwankend, von tödlichem Hass erfüllt.

Ein heftiger Ruck ging durch den Körper der alten Frau. Ihre Augen weiteten sich, und ein unartikuliertes Stöhnen drang aus ihrem geöffneten Mund. In der nächsten Sekunde wurde ihr Blick glasig. Sie sackte zeitlupenartig in sich zusammen, den Finger immer noch am Abzug. Chiara hob instinktiv die Hand und stieß das Gewehr von ihrer Brust. Keine dreißig Zentimeter neben ihrem Kopf explodierte der Schuss und riss ein halbes Dutzend Bohlen aus dem Parkett. Chiara stieß einen markerschütternden Schrei aus und rollte sich blitzartig zur Seite, um sich vor den herumwirbelnden Holzsplittern zu schützen, während sie ein schweres, warmes Gewicht auf ihren Füßen spürte. Valeria war teils auf ihr, teils auf dem zerfetzten Parkettboden gelandet. Chiara kämpfte sich unter ihr hervor, stützte sich am Bettrand ab und schaffte es endlich auf die Knie. Sie schrie ein ums andere Mal Fabios Namen heraus, ohne ihre eigene Stimme zu hören. Dann sah sie eine Bewegung auf dem Bett. Seine Hand, die sich langsam hob und ihr signalisierte, dass er noch am Leben war. Aber all das Blut! Das ganze Bett war davon getränkt! Fieberhaft tastete sie ihn ab und suchte nach der Wunde. Als sie seine rechte Schulter berührte, zuckte er heftig zusammen, tat aber keinen Mucks.

»Sag doch was!«, flehte sie. »Bitte sprich mit mir!«

Wieder konnte sie ihre Stimme nicht hören, und nun erst begriff sie, dass sie kaum etwas hören konnte. Der Schuss hatte irgendetwas mit ihren Trommelfellen angerichtet.

Giovanna hatte sich nicht bewegt. Blut tropfte von der Spitze des zwanzig Zentimeter langen Brieföffners, den sie umklammert hielt. Valeria lag reglos zu ihren Füßen. Auf dem weißen Stoff des Nachthemds zeigte sich zwischen den Schulterblättern ein roter Fleck, der rasch größer wurde.

Dann fiel der Brieföffner zu Boden, und Giovanna begann zu taumeln, offensichtlich nicht nur wegen des Schocks, sondern auch unter der Einwirkung des Beruhigungsmittels. Chiara packte sie und ließ sie rasch aufs Bett gleiten, unmittelbar neben Fabio.

Dann rannte sie ans Telefon, um die Ambulanz zu rufen.

Sie war die Einzige aus der Familie, die in der darauf folgenden Woche an der Beerdigung teilnahm. Fabio lag in Siena im Krankenhaus. Bis zu seiner Entlassung würde es mindestens noch eine weitere Woche dauern. Die Kugel hatte keine lebenswichtigen Organe verletzt, und auch der Schulterknochen war verschont geblieben, aber er hatte extrem viel Blut verloren. Erst nachdem zwei Tage später festgestanden hatte, dass er durchkommen würde, hatte der Arzt Chiara anvertraut, dass man bei seiner Einlieferung nicht mit seinem Überleben gerechnet hatte.

Giovanna war noch in der Nacht von Valerias Tod in ein Sanatorium gebracht worden. Drei Tage lang hatte sie sich in einem Besorgnis erregenden, katatonischen Zustand befunden, dann war sie langsam wieder zu sich gekommen. Der behandelnde Arzt meinte, dass mit geduldiger Psychotherapie durchaus Aussicht auf Heilung bestand.

»Natürlich ist sie krank«, hatte er gesagt. »Sie ist psychotisch, neurotisch, zwangsgestört. Aber in gewisser Weise steckt das in jedem von uns. Es kommt immer auf die Umstände an. Wenn die sich zum Guten ändern, kann es besser werden. Geben Sie uns drei Monate mit ihr, dann sehen wir weiter.«

Chiara hatte seitdem zweimal mit Giovanna telefoniert und den verzweifelten Wunsch ihrer Schwägerin nach einem normalen, gesunden Leben gespürt. Vielleicht würde das in Zukunft möglich sein, sobald es ihr gelang, die Schatten der Vergangenheit endgültig abzustreifen.

Die Beisetzung verlief in Eile und in aller Stille. Außer dem Pfarrer und ein paar neugierigen alten Leuten aus dem Dorf war niemand gekommen. Valerias Abschied von dieser Welt war ebenso unrühmlich wie die letzte Zeit, die sie lebend in ihr verbracht hatte.

Während des Rosenkranzgebets hatte es begonnen, in Strömen zu regnen. Chiara warf einen besorgten Blick zum Himmel, während sie den mitgebrachten Schirm aufspannte. Die Weinlese stand kurz bevor. Zu viel Regen wäre jetzt eine Katastrophe!

Während der Pfarrer am offenen Grab mit gerade noch vertretbarer Hast die letzten Segnungen sprach, versuchte Chiara, sich eine lebenslustige junge Frau vorzustellen, die wagemutig in ihren Rennwagen stieg und der Männerwelt trotzig die Stirn bot. Einen Moment lang glückte es ihr, und sie sah Valeria, wie sie früher gewesen sein mochte.

Nachdenklich wandte sie sich ab und ging einige Schritte weiter, zu einem anderen Grab. Der Stein darauf war erst kürzlich errichtet worden, der Marmor glänzte noch neu und frisch. Sie las die Inschrift mit dem Namen ihres Mannes und dachte daran, in welches Gespinst aus Lügen, Halbwahrheiten und Realität er sie verstrickt hatte. Dass sie einander geliebt hatten, auf eine unerklärliche Weise, und dass er eine Zeit lang der Mittelpunkt ihres Universums gewesen war. Wie viel er ihr genommen hatte. Ihre Würde, ihr Selbstvertrauen. Ihre beste Freundin. Wenn man es genau betrachtete, sogar ihr ganzes bisheriges Leben. Aber etwas anderes war ihr dafür geschenkt worden, etwas Verheißungsvolles, Kostbares: ein neuer Anfang.

Als sie Fabio zehn Tage später vom Krankenhaus abholte, schien die Sonne. Zum Glück hatte es nicht wieder geregnet, und alles deutete darauf hin, dass es dieses Jahr einen hervorragenden Wein geben würde. Chiara konnte es gar nicht erwarten, selbst Hand anzulegen, und sie freute sich auf die erste Kelter.

Fabio begegnete ihrem Überschwang mit Lethargie. Körperlich war er praktisch wiederhergestellt, wie der Arzt Chiara versichert hatte, doch er wirkte müde und lustlos. Sein alter Elan und seine Stärke waren lähmender Depression gewichen. In den letzten Tagen hatte Chiara bei jedem ihrer Besuche mit den Tränen kämpfen müssen, weil er so niedergeschlagen war. Auch die Rückkehr auf das Gut änderte nichts an seiner Stimmung. Als sie mit dem Wagen in die Einfahrt einbogen, wirkte er genauso stumm und in sich gekehrt wie in den ganzen letzten Tagen.

Chiara atmete tief ein und blieb im Wagen sitzen.

»Was ist?«, fragte Fabio. Alles an ihm wirkte blass. Seine Augen, sein Gesicht, sein Haar. Chiara streckte die Hand aus und legte sie auf seine Wange. »Mein Liebster, ich kenne dich so gut. Es ist das, was Giovanna gesagt hat, nicht wahr? Du kannst es nicht vergessen. Nach allem, was passiert ist, glaubst du, deinen moralischen Anspruch auf das Gut verwirkt zu haben. Du würdest nur weitermachen, weil es deine Pflicht ist. Weil die Leute hier in der Gegend von dem Gut abhängen. Aber es würde dir keinen Spaß mehr machen. Du möchtest am liebsten alles in fremde Hände geben und von hier weggehen, aber du hast Angst davor, denn du weißt, dass du ein Mann bist, der ohne Weinland unter den Füßen nicht leben kann.«

Auf seinem Gesicht lag plötzlich ein Ausdruck solcher Qual, dass Chiara scharf Luft holte. Sie startete umgehend den Motor und wendete den Wagen.

»Was hast du vor?«

»Dir zu zeigen, dass die Welt für dich nicht untergegangen ist.«

Mehr ließ sie sich nicht entlocken. Erst als sie die lange Zypressenallee erreicht hatte, die zum Gutshaus von La Befana hinaufführte, hielt sie an und wandte sich zu dem Mann an ihrer Seite um. Dabei spürte sie das Knistern in ihrer Jackentasche. Der Brief ihrer Großmutter war schon in der letzten Woche gekommen. Sophia hatte in Richards alten Aufzeichnungen ein Gedicht gefunden und es für Chiara abgeschrieben, weil es, wie sie meinte, sehr gut auf ihre derzeitige Situation passte. Eine Übersetzung hatte sie ebenfalls angefügt, denn es war ein deutsches Gedicht, von dem Dichter Hermann Hesse. Und sie hatte ein paar persönliche Worte hinzugefügt, die Chiara die ganze Zeit über nicht aus dem Kopf gegangen waren.

Das Gedicht trug den Titel *Stufen*, und einige Zeilen davon hatten sich Chiara besonders eingeprägt:

Es muss das Herz bei jedem Lebensrufe
Bereit zum Abschied sein und Neubeginne,
Um sich in Tapferkeit und ohne Trauern
In andre, neue Bindungen zu geben.
Und jedem Anfang wohnt ein Zauber inne,
Der uns beschützt und der uns hilft zu leben.

»Was wollen wir hier?«, fragte Fabio, als sie aus dem Wagen stieg.

»Schau dich um und sag mir, ob es dir hier gefällt.«

Er stieg ebenfalls aus und beschattete seine Augen mit der Hand, während er seine Blicke langsam über die Hügel schweifen ließ.

»Es ist gutes Land«, sagte er schließlich.

Sie nahm seine Hand. »Es gehört mir«, sagte sie stolz. »Ich will hier Wein anbauen. Und ich hätte gern, dass du mit mir zusammenarbeitest.«

Er hatte wieder sein Pokerface aufgesetzt, aber seine Wangen hatten sich gerötet.

»Welche Art von Zusammenarbeit stellst du dir vor?«

»Eine globale«, sagte sie.

»Für wie lange?«

»Wie wäre es erst mal mit einer Probezeit von, sagen wir, so vierzig oder fünfzig Jahren?«

Seine Augen hatten plötzlich die Farbe von Lavendel im Regen.

Und zu Chiaras grenzenlosem Entzücken antwortete er ihr mit demselben Satz, mit dem Sophia ihren Brief geschlossen hatte.

»Ein Versuch kann nicht schaden.«

Die junge Kunsthistorikerin Luisa ist nach Florenz gegangen, um die Schatten der Vergangenheit hinter sich zu lassen, doch schon bald fühlt sie sich auch hier verfolgt. Dann kreuzen zwei Männer ihren Weg: Jakob, der liebenswürdige Deutsche, und Marco, der charismatische, aber undurchsichtige Italiener. Beide umwerben die junge Frau, doch das Gefühl der Bedrohung läßt nicht nach. Als sich in Luisas Umfeld mehrere Kunstdiebstähle ereignen, spitzen sich die Ereignisse zu. Plötzlich ist Luisa nicht nur in verbrecherische Machenschaften verstrickt, sondern auch gefangen in einer Dreiecksgeschichte voll tödlicher Leidenschaft ...

ISBN 3-404-14588-7

BASTEI LÜBBE

Laura Andros verbirgt ein Geheimnis vor ihrem Mann Roger: Sie ist eine Mörderin!

Sechs Jahre hat sie in einer Jugendstrafanstalt verbracht, nachdem sie – in Notwehr – eine Klassenkameradin tötete. Doch auch der millionenschwere Roger ist alles andere als ein unbescholtener Bürger, denn seine sexuellen Phantasien überschreiten das Maß des Gewöhnlichen. Als sich Laura in den ehemaligen Freund und jetzigen Erzfeind ihres Mannes verliebt, steht plötzlich mehr als ihre Ehe auf dem Spiel.

ISBN 3-404-14879-7

BASTEI LÜBBE